江苏省社会科学基金项目（14wb005）

唐代
文儒与文风研究

顾建国　著

上海三联书店

目 录

绪言

　　唐代"文儒"与文风关系的研究，较早始于葛晓音教授。她的《盛唐"文儒"的形成和复古思潮的滥觞》一文（《文学遗产》1998 年第 6 期），旨在发掘盛唐诗歌革新的深广背景，由此论及了盛唐"文儒"的概念和形成等问题，并概要指出以"二张"（张说、张九龄）为首的"文儒"阶层的形成，对于盛唐的政治影响和文学影响是巨大的，应得到充分的估计和评价。

　　由此引起了学界对唐代"文儒"与文风关系的关注。安徽师大中国诗学研究中心的丁放教授和北京语言大学汉语学院的臧清教授，就先后发表过《张说、张九龄集团与开元诗风》（《文学评论》2002 年第 2 期）、《唐代"文儒"的文学与历史承担——从张说到孙逖》（《郑州大学学报》2004 年第 4 期）等文章。丁文指出，开元年间，张说、张九龄先后为相，执掌集贤院，长期主持朝廷政治文化大局，他们的这种双重领袖身份，对推动唐代"文儒"阶层的演进与盛唐文学的发展，起了巨大作用。臧文则认为，张说、张九龄、孙逖等人是在最贴近盛世理解的天人关系的理性基础上，使其礼乐观念深入人心，再于天人交感的礼乐体系中找到了儒学与文学的契合点。因此，"文儒"文学观从天人交感、礼乐政教这样根本的层次上肯定了文的重要价值和地位,这对增加文人对文的自信,促进盛唐人讲求文学技艺,哺育盛唐气象等方面无疑有着直接的推动作用。

台湾学者龚鹏程在《唐代中叶的文人经说》(《湖南大学学报》2006年第1期)一文中,从考察科举考试与经学之间的深层关系入手,对中唐经学的独特性做了别开生面的阐释,指出以韩愈等人为代表的,"探周公孔子之意,又妙能为辞章"(韩愈《韦侍讲盛山十二诗序》)的中唐"文儒"们的古文创作,并非文人辞章家采用儒家思想来创造一种新的文学样貌,乃是儒者约六经之旨以成文,表达周孔之意的一种方式。

刘顺和李伟等学者也分别将文儒研究的范围,进一步拓展到中唐和初唐。他们先后发表了诸如:《典范的变改:中唐文儒历史记忆之书写》(《河北师范大学学报》(哲学社会科学版)2003年第4期)《唐前文儒概念的生成》(《贵州师范大学学报》(社会科学版)2009年第4期)《中唐文儒的思想与文学》(中国社会科学出版社,2013年版)等论文和论著。

拙著《张九龄研究》(中华书局,2007年版),亦曾在第二章"张九龄的文学交游考论"中,较为详细地考订了当时文儒交游与相互影响的情况,指出:"张九龄的文学交游,上及'文章四友''沈宋''吴中四士'和'燕许'二公等著名文人,下携王维、孟浩然、綦毋潜、卢象、韦陟、钱起、皇甫冉、王昌龄、李泌等后起之秀,平日所交亦多文儒逸士。观其志在'文儒'辅国,察其行在文章用世,而其仕途的沉浮与历练,又使他洞悉了诗赋寄情感遇之文心,并以其一代文宗的地位和影响,为文学盛唐的到来,为陈子昂到李白、杜甫之间诗文的继承、革新与发展,开拓了道路,准备了队伍,架起了桥梁。"

鉴于目前对唐代"文儒"的研究仅局限于某一时段和少数作家,还未能揭示出有唐一代"文儒"与文风演进之间的关系及其规律,本著旨在拓展疆土,由点及面,立足于文儒本文的解析,对这一问题作一贯通和纵深研究。

本著第一章"文儒"界说,提出"文儒"是一个动态发展的概念。在经学与文学的此消彼长与动态结合中,"文儒"的内涵也在不断地发生着变易。由此梳理了唐前"儒"名的衍生与"文儒"概念的指向,进而从面上探及了唐代"文儒"的形成与演变的问题。在第二章"初唐文儒与文风"中,着重研究了以唐太宗时期的"十八学士"、武则天时期的"北门学士""珠英学士"和唐中宗时期的"修文馆学士"等为代表的文儒群体及其文风,并对王勃等文儒个案进行了分析。第三章"盛唐文儒与文风"提出,从政治文化的角度看,文学与儒学在盛唐达到了最佳的结合状态,从而形成了士大夫政治演生史上最具特色的"文儒"集团。盛唐"文儒"是既具有儒家的礼乐政治理想,又具有参与社会政治活动能力和经历的一批文人。他们对文风的影响,表现在创作内容上,既能贴近社会政治生活,又有自己的性情操守;表现在创作风格上,既有自家的独特面目,又具有相当的影响力。第四章"中唐文儒与文风"认为,中唐时期,是文儒文化与文风的一个重要转型期。针对国家礼崩乐坏、风衰俗怨和百废待兴的现实,在挽救危局的政治氛围下,以天宝至大历时期的萧颖士等为前导,以韩愈和柳宗元等为代表的文儒,秉持复古正德、"文以载道"的理念,努力地实现文与道的统一。在文风上,展现出了返本开新的重大变化。第五章"晚唐文儒与文风"指出,晚唐帝国在党争、藩镇和权宦的操弄,以及此起彼伏农民起义的打击下,帝国的大厦百孔千疮、风雨飘摇。时代的衰败,儒道的沦丧,给文儒的心理以巨大的冲击,焦虑、失望、愤激、抗争、沮丧、无奈相交织的情绪,染及文风,或生涩怪奇、质直板重,或词锋锐利、好用夸饰。真正能形成自家面目,且能秉持儒家思想的人物,主要有杜牧、罗隐、皮日休等人,并从"高绝"取向下的气盛词雄之作,和末世沉沦中的怨刺锋芒等两个方面,论析了这一时期的文儒文风。

本著从唐代的政治制度、儒家经学与文学创作之间的交互演生关系入手,从"文儒"这一极具解释力的独特视角切入,深入发掘了唐代"文儒"集群与诗文风气演进之间的因缘关系,充分展示了民族传统文化的生成风貌。在研究的方法上,以点带面,考论结合。首先,甄别出唐代有作为、有影响的"文儒"型人物;其次,详细地梳理出唐代"文儒"们的主要文学观念及其创作倾向;再次,在此基础上,进行分析归类,建立起了观照唐代诗文演进发展的新视角和新座标。

第一章

"文儒"界说

　　"文儒"是一个动态发展的概念。在经学与文学的此消彼长与动态结合中,"文儒"的内涵也在不断地发生着变易。

第一节　唐前"儒"名的衍生与"文儒"概念的指向

　　"文儒"是一个合成词。"文"字的本义是指"交错画的花纹",《说文解字》:"文,错画也,象交文。"①进而喻指自然界或人类社会某些带规律的现象。如《易·贲》:"观乎天文,以察时变;观乎人文,以化成天下。"再引伸为礼乐仪制、文化、文辞、文章、文采等。如《论语·子罕》:"文王既没,文不在兹乎?天之将丧斯文也。"朱熹注:"道之显者谓之文,盖礼乐制度之谓。"②儒家的创始者孔子在此明确以"斯文"的守护者自居。《论语·八佾》:"子曰:'周监于二代,郁郁乎文哉!吾从周。'"意为:周朝的礼仪制度是以夏商二代为根据,然后制定的,

---

① (汉)许慎撰《说文解字》,中华书局影印,1963年版,第185页。
② (宋)朱熹《四书集注》,王浩整理,凤凰出版社2005年版,第117页。

多么丰富多彩呀！我主张周朝的。① 法家代表人物韩非曾指斥："儒以文乱法"。（《韩非子·五蠹》）这里的"文"，正是指的古代的礼乐制度和典章文献。意为儒者动辄引用古代的礼乐制度，扰乱国家法令。再如，荀子曾批评墨子"蔽于用而不知文。"（《荀子·解蔽》）此"文"义为"文饰"，谓墨子只知实用而不懂文饰。也有人将此处的"文"解为礼仪制度，亦通。《论语·雍也》："子曰：'质胜文则野，文胜质则史。文质彬彬，然后君子。'"这里的"文"是为"文采""文雅"。② 《左传·襄公二十五年》："仲尼曰：'《志》有之："言以足志，文以足言。"不言，谁知其志？言之无文，行而不远。'"③ 由此可见，孔子确为"文"的自觉守护者和修行者，以至后世历代修建"文庙"，虔诚供奉，以延文脉，可谓因缘有自。

　　"儒"，从其字的形声组合分析而言，就是人之所需，指人的需要。《说文解字》第八上："儒，柔也。术士之称。从人，需声。"④ 章太炎在《原儒》一文中认为："儒之名盖出于需。需者，云上于天，而儒亦知天文、识旱潦。……古之儒知天文占候，谓其多技，故号遍施于九能，诸有术者悉晐之矣。"⑤ 认为"需"，是求雨的巫觋。而胡适则认定儒是"殷民族的教士"，以"治丧相礼"为职业。⑥ 葛兆光先生亦倾向于"儒"之起源，源于殷周时代参与仪礼操持的巫祝史宗一类文化人。⑥ 徐中舒先生在其《甲骨文中所见的儒》一文中也指出："从甲骨所载的子需

① 参见杨伯峻：《论语译注》，中华书局1980年12月第2版，第28页。
② 同上书，第61页。
③ 《春秋左传正义》卷36，《十三经注疏》附校勘记（全二册）下册，中华书局影印，1980年版，第1985页。
④ （汉）许慎撰：《说文解字》，中华书局影印，1963年版，第162页。
⑤ 刘梦溪主编：《中国现代学术经典·章太炎卷》，河北教育出版社1996年版，第99页。
⑥ 参见葛兆光：《中国思想史》第一卷《七世纪前中国的知识、思想与信仰世界》，复旦大学出版社1998年版，第171页。

之事来看,儒这种行业在殷商时就有了。"①他们精通冠婚丧祭礼仪,而古人敬鬼神、重死生的思想观念,以及由此产生的广泛的社会需求,便使他们成为专事职业者——巫师、术士——中国早期的知识分子。至于释"儒"为"柔",学界争议颇多。一是从其字形与音源层面分析,认为雩、需二字上古同音,故此二字义相通。"雩"为"旱请雨祭名","需"则应为"灵星舞子吁嗟以求雨者"。按照《周礼》的记载,旱祭舞雩者为女巫。还应加上那些伴舞的童男童女们,而无论是女巫,还是童男童女,都是柔弱者,因而从"需"的"儒""濡""孺""蠕""懦""糯"等字都有软弱柔顺的涵义。② 此前,徐中舒先生亦认为:"从而、从更、从需的这些字,大都包含有柔、软的意思。"③再是从社会历史文化发展的大背景下考察,认为"儒之本意诚然是柔,但不是由于他们本是奴隶而习于服从的精神的柔,而是由于本是贵族而不事生产的筋骨的柔。"④还有认为"儒"字,通"濡",是指学习以先王之道浸润其身的人。(魏)何晏解,(梁)皇侃疏《论语集解义疏》卷三:"儒者,濡也。夫习学事久,则濡润身中,故谓久习者为儒也。"徐中舒先生认为:"需在甲骨中象沐浴濡身,濡应是儒字的本义。汉衡方碑'少以濡术',即以濡(从水需声)作为儒的形声字,可见东汉时人还知道儒的本义为濡。沐浴濡身本来是人之常事,为什么会成为儒家的专名呢?原来古代的儒为人相礼,祭祖事神,办丧事,都必须经常斋戒。《礼记·儒行》:'儒有澡身而浴德',澡身就是沐浴,浴德就是斋戒,澡身

---

① 《四川大学学报》(哲学社会科学版)1975年第4期。
② 参见王齐洲:《中国古代文学观念发生史》,人民文学出版社2014年版,第431—432页。
③ 徐中舒:《甲骨文中所见的儒》,《四川大学学报》(哲学社会科学版)1975年第4期。
④ 郭沫若:《驳〈说儒〉》,《郭沫若全集·历史编》第1卷,人民出版社1982年版,第456—458页。

的同时就要浴德,否则就不足以致其诚敬。《礼记·祭义》:'宫室既备,墙屋既设,夫妇斋戒沐浴,盛服奉迎而进之,其孝敬之心至也与!'祭祖宗也要斋戒沐浴,致其诚敬。《孟子·离娄》:'虽有恶人,斋戒沐浴则可以事上帝',事上帝也要斋戒沐浴致其诚敬。"①南宋著名理学家朱熹认为:"儒,学者之称。"②等等。

章太炎先生在《原儒》一文中,曾辨析:"儒有三科,关达、类、私之名。达名为儒,儒者,术士也。""类名为儒,儒者称,知礼乐射御书数。"即所谓"师儒"。"私名为儒",则特指"儒家者流"。③ 以此追溯达名(即广义)之"儒",早在殷商武丁时代,子需即成为一个著名的儒者,并且以儒为名字。④ 钱穆先生也从《论语·雍也》:"女为君子儒,毋为小人儒"的记载中,论及儒名不始于孔门,"儒为术士,即通习六艺之士。古人以礼、乐、射、御、书、数,为六艺,通六艺,即得进身贵族,为之家宰小相,称陪臣焉。孔子然,其弟子亦无不然。儒者乃当时社会生活一流品,……非学者自锡之嘉名,故得有君子有小人,而孔子戒其弟子勿为小人也。"⑤在此需要申述的是,尽管作为广义上的"儒"名("术士之称")之称,不始于孔子,但孔子仍是最早提出"儒"的类名的人。他认为儒有"君子儒"和"小人儒"之区分,并告诫弟子要为君子儒,无为小人儒。⑥ 何为"君子儒"? 何为"小人儒"? 后世多有疏解释读。或谓:"君子所习者道,道是君子儒也;小人所习者矜夸,

① 徐中舒:《甲骨文中所见的儒》,《四川大学学报》(哲学社会科学版)1975年第4期。
② (宋)朱熹:《四书集注》,王浩整理,凤凰出版社2005年版,第92页。
③ 刘梦溪主编:《中国现代学术经典·章太炎卷》,河北教育出版社1996年版,第98—100页。
④ 参见徐中舒:《甲骨文中所见的儒》,《四川大学学报》(哲学社会科学版)1975年第4期。
⑤ 钱穆:《古史辨》第四册《序》,上海古籍出版社1982年版,第1—2页。
⑥ 《论语·雍也》:"子谓子夏曰:女为君子儒,无为小人儒。"(宋)朱熹:《四书集注》,王浩整理,凤凰出版社2005年版,第92页。

矜夸是小人儒也。"①或谓："君子儒为己,小人儒为人。"②"君子于学,只欲得于己;小人于学,只欲见知于人。"③或谓："有所谓君子儒者,其用心专在为己,不求人知,凡理有未明,行有未修,无不切实讲求,绝无干名求誉之心,此君子儒也。有所谓小人儒者,其用心专在骛名,不肯务实。若知得一理,行得一事,便欲沽取声誉,绝无近里著己之意,此小人儒也。……夫此君子、小人之分,在一人为学术之辨;在天下,即为世道之关。诚用君子儒,以实心行实事,则天下咸被其泽;倘用小人儒,以伪学窃虚名,则天下受其患。"④今人雷庆翼认为,这里的"小人"不是从道德品质好坏而言,而是从地位上讲的,与"小人学道则易使也"的"小人"相同。更准确一点说,"小人儒"是为"小人"而教授技艺的"儒","君子儒"是指为君子出谋划策的"儒",孔子告诫子夏要成为为君子出谋划策的君子儒,而不是告诫他要成为好儒而非坏儒。⑤

孔子首开"儒"的类名后,荀子又从人的品学修养和实际事功等方面,作了进一步的阐发,提出了"俗人""俗儒""雅儒""大儒"等类称。指出那些"不学问,无正义,以富利为隆"者,便是"俗人"(《荀子·儒效》);那些"缪学杂举""其衣冠行伪已同于世俗"者,则为"俗儒"(同上);能"法后王,一制度,隆礼义""尊贤畏法""内不自以诬,外不自以欺"者,是为"雅儒"(同上);能"法先王,统礼义,一制度,以浅持博,以古持今,以一持万"者,方为"大儒"。"大儒"们"通则一天下,

① (魏)何晏解,(梁)皇侃疏:《论语集解义疏》卷3,清知不足斋丛书本。
② (宋)程颐:《程氏经说》卷7《论语说》,清文渊阁四库全书本。
③ (宋)黎靖德:《朱子语类》卷32,明成化九年陈炜刻本。
④ (清)库纳勒等撰,康熙御定,宋玉功,萧红艳点校:《日讲四书解义》卷5《论语》,中医古籍出版社2012年版,第103页。
⑤ 雷庆翼:《释"儒"》,《学术月刊》1997年第4期。

穷则独立贵名,天不能死,地不能埋,桀跖之世不能污",如孔子就是这样的人。(同上)

"文儒"一词及其概念的提出,始自东汉著名思想家、政论家王充的《论衡》一书。他在其《书解》篇中说:"著作者为文儒,说经者为世儒。(《论衡》卷二十八)他将能著书立说的文人定义为"文儒",而"文儒"也代表了王充理想中的文士。李伟在《唐前"文儒"概念的生成》一文中认为,儒家的"尚文"特点,为"文""儒"两者的结合提供了深厚的思想基础,始于战国时期的知识分子类型和功能的分化和互渗整合,及其在理论层面的深入探讨,则是"文儒"概念产生的宽广的历史背景。① 王充之所以提出"文儒"与"世儒"的概念,并为之一辩,主要是缘于当时社会重"世儒"而轻"文儒"。他认为文儒与世儒一样,都是崇信圣贤、宣扬经传的,只是在方式方面有所不同。世儒通过语言,口耳相传;文儒通过文字,进行传播。朝廷与社会,本不应厚此薄彼。他论辩云:"世儒当时虽尊,不遭文儒之书,其迹不传。周公制礼乐,名垂而不灭。孔子作《春秋》,闻传而不绝。周公、孔子,难以论言。汉世文章之徒,陆贾、司马迁、刘子政、扬子云,其材能若奇,其称不由人。世传《诗》家鲁申公,《书》家千乘欧阳、公孙,不遭太史公,世人不闻。夫以业自显,孰与须人乃显? 夫能纪百人,孰与廑(仅)能显其名?"(《论衡·书解》)意即:著作的文儒靠自己的业绩(指著作)闻名于世。讲授经书的世儒虽然在门徒的崇拜下显得很尊贵,没有得到文儒写书宣扬,也不会流传。周公制礼乐(主要指著《周礼》《仪礼》等),孔子作《春秋》,他们都以著述而名垂千古。就以汉代来说,陆贾著《新语》、司马迁写《史记》(当时称《太史公书》)、刘向编《说苑》《新序》、扬雄著《太玄经》《法言》,他们都不依赖别人,靠自己的本事,靠

---

① 李伟:《唐前文儒概念的生成》,《贵州师范大学学报》(社会科学版)2009 年第 4 期。

自己的著作,声闻天下,名传后世。现在世上流传的著名的讲授《诗》的专家鲁申公,讲授《书》的专家千乘欧阳、公孙,如果不是司马迁把他们写入《史记》,那么,世人也不知道他们的事迹。靠自己的业绩显名天下和必须别人宣传才能扬名于后世,二者比较,谁更高明呢? 能纪百人业绩,扬百人善名,与仅能传扬自己的名字,二者比较,哪一种更伟大呢? 王充这两句话,都是对文儒的肯定与赞扬。① 所以李伟认为,"文儒"的提出,创造了一种崭新的文人范型,突出了文人通过写作文章进行自我身份的确认和实现多样功能转化以更适应现实,使之实现为学和从政的兼得,从而可以更好地推动文化建设和实现政治理想,这对后世文人规范行为、思想趋向和自我定位影响深远,因此王充的这种认识具有划时代的意义。②

但在王充之后,人们对"文儒"这一概念的认识和运用,仍经历了一个由泛称"儒士文臣",到专称"以文见用"的文人学士的过程。如,东晋葛洪在其《抱朴子·广譬》中云:"干戈兴则武夫奋,《韶》《夏》作则文儒起。"(《抱朴子》外篇卷四)此例以"武夫"与"文儒"对举,义为"讲求礼乐教化的儒士文人。"又如,南朝刘宋时期著名史学家范晔在《后汉书·舆服志》中,曾提及:"进贤冠,古缁布冠也,文儒者之服也。前高七寸,后高三寸,长八寸。公侯三梁,中二千石以下至博士两梁,自博士以下至小史私学弟子,皆一梁。宗室刘氏亦两梁冠,示加服也。"(《后汉书》卷四十)这里所说的"文儒",就是泛指文官。再如,南朝萧齐永明年间,著名文人王融在其《永明十一年策秀才文五首》中写道:"今农战不修,文儒是竞。弃本殉末,厥弊兹多。"析其字义,是说当今人们鄙弃农耕战备,竞为文儒之士。而当时"文儒"的情状,就

---

① 参见周桂钿:《王充哲学与东汉社会》,《北京师范大学学报》(社会科学版)1996 年第 5 期。
② 李伟:《唐前文儒概念的生成》,《贵州师范大学学报》(社会科学版)2009 年第 4 期。

如钟嵘所说的那样"膏腴子弟,耻文不逮,终朝点缀,分夜呻吟。"(《诗品》卷一)南朝以文取人,士族文人驰骋词采蔚成时风。因此,王融此篇策论中所说的"文儒",与史学家范晔《后汉书》中所说的"文儒",在概念内涵上并不完全一致。它既指"舞文弄墨的文人",又言及了当时崇文尚儒的一种风气。所以阎步克先生认为,此篇策论"是针对南朝浮华靡丽的文化风气而发的,体现了专制官僚政治对士族政治的抵制。"①李伟则专从"文儒"概念生成的视角分析云:"这是对当时过于崇尚文人的不满之辞。'文儒'具体指以沈约、谢朓、王融为代表的永明体诗人。他们的诗歌讲求声律美,对唐代近体诗的形成有重要影响,可见这里的'文儒'使用偏向于'文',注重'文'所代表的审美特性,这与魏晋到南朝时期重情尚丽的文学自觉趋向是一致的。这种有益于理解文学自身特征的认识,随着南朝文学传统在初唐时期得到了延续和改进,必然会对初唐'文儒'的认识发生影响。"②

第二节　唐代"文儒"的形成与演变

大唐王朝建立伊始,即注意广泛吸纳各方文人,加强文化建设。如自幼能诗的陈叔达,由丞相府主簿擢为黄门侍郎;儒学传家的颜师古,初在秦王李世民府第为敦煌公文学,唐开国,即擢任起居舍人;文士孔绍安,知李渊即位后,立即由洛阳奔赴长安,并赋诗陈情云:"只为来时晚,开花不及春。"褚亮、褚遂良父子,在秦王李世民破灭薛举

---

① 阎步克:《南齐秀才策题中之法家论调考析》,《北京大学学报》(哲学社会科学版)1997年第2期。
② 李伟:《唐前文儒概念的生成》,《贵州师范大学学报》(社会科学版)2009年第4期。

子仁杲后,遂即被擢入秦王府第,任文学、参军等职。① 后来唐朝历代帝王基本上继承了这一优礼文人的传统。武德七年,欧阳询、令狐德棻、袁朗等奉命编撰的类书《艺文类聚》正式告成,这是我国现存最早的百科性质资料图书,保存了唐代以前大量的诗文歌赋等珍贵文学作品。为此,唐高祖赐帛二百段以示褒奖。由唐初开启的奖掖文化事业的政策,在有唐一代也始终相沿不绝。

武德九年,唐太宗登位后,贞观君臣首要面对的问题,就是以史为鉴,避免重蹈覆辙。作为"以武定祸乱"(胡三省注《资治通鉴》)的一代英主,唐太宗深知文武相济之道。早在为秦王时,他即锐意经籍,广延四方儒士。武德四年十月,他于宫城之西开文学馆,"引礼度而成典则,畅文词而咏风雅。"②著名的"十八学士",如杜如晦、房玄龄、于志宁、薛收、褚亮、姚思廉、陆德明、孔颖达、虞世南、许敬宗等,以及后来收补的杜淹、刘孝孙,几乎都是一流文士。身为帝王后的第二个月,他即下令于门下省的弘文殿聚书二十余万册,大阐文教,同时设立弘文馆。"精选天下贤良文学之士,虞世南、褚亮、姚思廉、欧阳询、蔡允恭、萧德言等,以本官兼学士,令更宿值。听朝之隙,引入内殿,讲论文义,商量政事,或至夜分方罢。"③这可视为唐代最早一批以儒学见长的文儒之士。

太宗秉持以儒为本的施政方针,武德九年十二月,太宗诏立孔子后人孔德伦为褒圣侯,命虞世南撰立《孔子庙堂碑》,以示尊重儒家。针对东汉末年以来儒家经典散佚,文理乖错,儒学内部宗派林立,互诘不休,经学研究混乱等问题,唐太宗命国子祭酒孔颖达等著名儒士

---

① 参见傅璇琮:《唐初三十年的文学流程》,《文学遗产》1998 年第 5 期。
② (唐)李世民:《置文馆学士教》,《全唐文》卷 4,上海古籍出版社 1990 年版,第 1 册,第 15 页。
③ (宋)王溥:《唐会要》卷 64《宏文馆》,中华书局 1955 年版,中册,第 1114 页。

撰修《五经正义》，以适应天下一统的政治、思想、文化建设的需要。贞观十六年（642），《五经正义》撰成。太宗下诏褒奖曰："卿皆博综古今，义理该洽，考前儒之异说，符圣人之幽旨，实为不朽。"之后，此书又经太学博士马嘉运校定，长孙无忌、于志宁等再加增损，于唐高宗永徽四年（653）在全国正式颁行，成为士子习经和科举考试的统一标准。

为了培养经邦治国的人才，太宗高度重视学校建设，在沿袭高祖所立国学、太学、四门学和地方各级官学的基础上，进一步扩大中央官学的规模，增筑学舍、增置生员，对学生进行经学教育。《旧唐书·儒学传》云：太宗"数幸国学，令祭酒、博士讲论。毕，赐以束帛。学生能通一大经已上，咸得署吏。又于国学增筑学舍一千二百间，太学、四门博士亦增置生员，其书算合置博士、学生，以备艺文，凡三千二百六十员。其玄武门屯营飞骑，亦给博士，授以经业；有能通经者，听之贡举。是时四方儒士，多抱负典籍，云会京师。俄而高丽及百济、新罗、高昌、吐蕃等诸国酋长，亦遣子弟请入于国学之内。鼓箧而升讲筵者，八千余人。济济洋洋焉，儒学之盛，古昔未之有也。"[①]这些措施对复兴儒学起到了积极作用。在文化教育上，府有府学，州有州学。府州学之下有县学，各县还设有乡校（或村学）。府州学的学生，学成之后即可应乡试，合格者可作为举子荐送到京城应礼部试，有些则被选拔入京都的四门学。

另据《旧唐书》卷五《高宗纪》，咸亨元年（670）："五月，丙戌，诏曰：'诸州县孔子庙堂及学馆有破坏并先来未造者，遂使生徒无肆业之所，先师缺奠祭之仪，深非敬本。宜令所司速事营造。'"这是由朝廷

---

① （五代）刘昫：《旧唐书》卷189《儒学上》，上海古籍出版社，上海书店《二十五史》（第5册），1986年版，第594—595页。

下令,将各地州县的学馆作一次普遍的调查,并加以修葺。州县学内设有博士,以资教学。① 玄宗开元年间,又"令天下州县,每乡一学,仍择师资,令其教授。"(《资治通鉴》卷214)在乡村普及学校教育,这不仅是唐代文化教育事业一大盛举,也是唐代人才辈出的重要原因。而学校教育,例奉先圣先师。元人马端临在《文献通考·学校考》中指出:"自唐以来,州县莫不有学,凡学莫不有先圣之庙也"。唐人称道:"今庠序遍于四海,儒生溢于三学。"

由于最高统治者重视儒学文化教育,也刺激了民间儒学教育的发展。《旧唐书·王恭传》称王恭"少笃学,博涉《六经》,每于乡间教授,弟子自远方至数百人"②。硕儒名师马嘉运退隐白鹿山后,四方来受业者多至千人。③ 名儒曹宪在江都讲学,生徒多达数百人。卢照邻十余岁,"就曹宪、王义方授《苍》《雅》及经史。"④再者,唐代科举取士的资格和用人途径,又并不拘于官学生员,在私学受业的学生照样可以赴考或以才学为官。如成为唐代重臣名士的虞世南、王方庆、杨汪、刘焯等,就都是由私学卒业的。⑤ 这也为埋头苦读的下层文士标示了以才学显名的向上一路。

唐王朝为吸纳更多的庶族文人参与政治,用科举制度逐步取代门阀垄断仕途的制度,从而根本改变了整个社会的价值观念。"贞观、永徽之际,缙绅虽位极人臣,不由进士进者,终不为美。"(《唐摭

---

① 参见傅璇琮:《唐代科举与文学》第十六章《学校与科举》,陕西人民出版社1986年版,第485—第486页。

② (五代)刘昫:《旧唐书》卷73《王恭传》,上海古籍出版社,上海书店《二十五史》(第5册),1986年版,第313页。

③ 参见(宋)欧阳修:《新旧唐》卷198《儒学传》(上),上海古籍出版社,上海书店《二十五史》(第6册),1986年版,第602页。

④ (五代)刘昫:《旧唐书》卷190《文苑传·卢照邻传》,上海古籍出版社,上海书店《二十五史》(第5册),1986年版,第601页。

⑤ 参见魏承思:《论唐代文化政策与文化繁荣的关系》,《学术月刊》1989年第4期。

言》)于是，"父教其子，兄教其弟，无所易业。"崇文尚儒，著力典籍文章，成为普遍的社会风气。唐人王泠然在投送给当时文儒集团著名的领袖人物张说的求荐书中说："有唐以来，无数才子，至于崔融、李峤、宋之问、沈佺期、富嘉谟、徐彦伯、杜审言、陈子昂者，与公连飞并驱，更唱迭和。此数公者，真可谓五百年挺生矣。"①从总体上看，"唐代统治者的重儒政策、官方教育中的崇儒倾向、科举考试中的尚儒情结都使得儒家思想成为了唐代文人成长和发展的主要文化背景。"②

武则天秉政时期，出于巩固统治的需要，大崇文章之选，破格用人。当时，"公卿百辟无不以文章达，因循日久，浸以成风。"③以文学见长的才士们被擢为要职、参与朝政，进而形成了新的文士群体。诸如"北门学士""珠英学士""文章四友""方外十友"等。其中，"北门学士"以其兼具文学家和政治家的双重身份而显得格外突出。而兼具文学家和政治家双重身份的这一特点，正是唐代"文儒"最典型的身份特征。

葛晓音先生在《盛唐"文儒"的形成和复古思潮的滥觞》一文中指出，"文儒"二字连接为一个名词的用法，在初唐文中几乎找不到先例，到盛唐才较多见。"文儒"作为一个合成词，其意为"儒学博通及文词秀逸"者(《唐大诏令集》卷四《改元天宝赦》)。他们既能"探周公孔子之意，又妙能为辞章"(韩愈《韦侍讲盛山十二诗序》)是活跃于盛唐政坛和文坛上的一批文词雅丽、通晓儒学的文人。初唐之所以罕见"文儒"的提法，并非因为不存在兼通儒学和文学的士人，而是这类

---

① 王泠然：《论荐书》，(清)董诰：《全唐文》卷 294，上海古籍出版社 1983 年版，第 2 册，第 1318 页。

② 赵小华：《初盛唐礼乐文化与文学关系述论》，《华南师范大学学报》(社会科学版)2008 年第 5 期。

③ (唐)杜佑：《通典》卷 15，《选举》(3)注，中华书局 1988 年版，第 357—358 页。

人很少,尚未形成气候。如王勃就是兼通文儒的士人典型,他不但文章宏丽,而且以继承王通续儒家经典的事业自任。但由于受南北朝以来正统儒家的影响,他将儒学和文学对立起来,斥文学为小道。齐梁以来"重文轻儒"的风气不仅造成儒者抵斥文学(《旧唐书·儒学传》),文人也同样蔑视儒学。因此文和儒不可能在理论上统一起来,自然也就不会出现大批以文儒自命的士人。"文""儒"的结合是与大倡礼乐直接有关的。虽然唐高宗时为配合封禅已开始注意到礼乐的用处,但真正从复兴儒学的角度提倡礼乐,是从唐玄宗景云年间才开始的。而张说则是倡导礼乐,扭转初盛唐之交学术风气的关键人物。从景云至开元时,崇儒兴学的风气迅速形成。在朝廷的倡导下,诗礼已成为一般文人学业追求的主要目标,这就必然在开元年间培养出一大批文儒型的士人。开元十一年,朝廷置丽正书院,十三年改集仙殿为集贤殿,改丽正书院为集贤殿书院。"延礼文儒,以挥典籍"(《资治通鉴》卷212),表明"文""儒"结合不但得到玄宗的正式支持,而且有了机构的保障。加之,以张说、张九龄、孙逖、裴耀卿、严挺之、房琯等文儒重臣前后相继执掌文衡,奖拔汲引文人,如杜甫《又作此奉卫王》一诗中所云:"曳裾终日盛文儒","文儒"型知识阶层便于开元年间得以形成。到了中晚唐,虽然"文儒"一词在继续沿用,但其内涵亦随时代的变化而不断改变,判断文儒的标准也与盛唐大不相同了。

葛晓音先生通过对相关史料的研究后发现,天宝文儒的主要特征都承自开元文儒,但由于天宝政治的变化,天宝文儒又显现出与开元文儒不同的特点:自开元二十四年(736)张九龄罢知政事后,与文儒对立的"吏能"派掌握了朝政。在这种政治背景下,文儒型士人普遍受到压制。天宝以后文儒从礼乐向道德转化,天宝年间的复古思潮,由贾至、李颀、萧颖士、李华、越骅、柳芳、李嶷、张茂之、颜真卿这批人滥觞,这批文儒之间的思想联系比开元文儒更为密切。他们常常通过文集序、书信、碑传等各类文章,称述同道知己,互相抬举,从而形成一个网络清晰、倾向一致的文儒圈子。而元结、杜甫、李白、独孤及与这一文儒圈子也是同声相应的。开元文儒较重视文,而天宝文儒则多侧重于儒。而在这分化的趋势中,有一种倒退的倾向尤其值得注意,这就是以萧颖士、颜真卿、柳芳等人为代表的士族观念的回潮。①

尚文和重儒唯在杜甫身上得到了集中的体现,直至天宝年间他还继续努力在文与儒之间保持平衡,建言献赋,关心国是,一心要致君尧舜,同时又曾像李白那样浪游四方,从李白、王昌龄式的生命状态里寻求兴会诗学的实现。写作中他不止一次标举先祖大儒杜预,实际上并不曾真正踵武杜预的经术之学,只是作为儒道理想和价值观的象征,以及诗歌感兴的来源,表现出作为文学之儒而非经学之儒的气质和取向。② 杜甫诗文中所言之"儒臣"和"文儒",分别是杜甫儒家言功和立言理想的曲折反映,而儒学道统的传承问题则要等到中唐的韩愈时才被明确地提出来。③

还有的论者注意到,房琯是玄宗、肃宗权力过渡期的文儒领袖,诸如严武、贾至、刘秩、杜甫等都在这时得到了他的推荐和任用,李颀、綦毋潜、储光羲、岑参、高适等,也直接受其影响。但由于陈涛斜和青坂两役的失败,彻底动摇了朝野对于帝王师式人才的信任。面对危机不能挽狂澜于既倒,刺伤了文儒的自信与从容,在黜华崇实的时代风气之下,曾经以琐琐目之的吏能之士,开始受到士人的称扬。

---

① 参见葛晓音:《盛唐"文儒"的形成和复古思潮的滥觞》,《文学遗产》1998 年第 6 期。

② 参见臧清:《唐代文儒的文学与历史承担———从张说到孙逖》,《郑州大学学报》(哲学社会科学版)2004 年第 4 期。

③ 参见冯乾:《儒臣与文儒:杜诗中的儒学观与唐代社会文化》,《杜甫研究学刊》2001 年第 3 期。

因为中唐君臣无法再自三代王道中寻求应对危机的思想资源,王霸之别、帝伯之辨全然无助于振滞起溺的现实之需。在追仿近古以挽危局的政治氛围之下,大唐曾有的阔大昂扬之气象及此则渐转为寒蹇僧态。①

针对国家礼崩乐坏、风衰俗怨和百废待兴的现实,顾况等文儒,曾通过复古的"补诗经""补乐"一类的作品,意欲重树礼乐,但由于统治者对礼的漠视,文儒们"定礼乐,正雅颂"的理想,缺乏必要的政治舞台,于是他们只能更多地致力于恢复世俗的道德风气和对民众的教化。② 中唐儒臣权德舆论道:"先师曰:'人藏其心,不可测度。'庄生亦云:'人心险于山川,难于知天。'噫夫!淳化为醨,利胜于义久矣。被荐绅衣冠,语道德仁义,皆伟然有古君子之风。心之所师,有异于是者,则不仁而多才。且以主意为政,但虑智不足以取合,力不足以固位,而不计合之固之枉直焉。"③ 士人不以义交而以利合,在此世风之下,欲以张说所言及之"以礼制心"为应对策略,自然迂腐不切实际。赵匡认为,传统经典,可以防乱,但固守经典则不足以制乱,士人当自经典之中,运一己之灵心,发见治世之良方。在中唐文儒看来,世道人心的扭转只能依赖于个体的自我觉醒,方有可能。著名文儒陆贽也认为,理乱之本,系于人心。"国家接周隋之余,俗未淳一,处都邑者利巧而无耻,服田亩者朴野而近愚,尚文则弥长其浇风,复质

---

① 参见刘顺:《典范的变改:中唐文儒历史记忆之书写》,《河北师范大学学报》(哲学社会科学版)2003 年第 4 期;胡永杰《论房琯对中唐初期士风与文风的影响》,《中州学刊》2009 年第 4 期。

② 参见邓芳:《"致君尧舜上,再使风俗淳"——试论盛唐后期到中唐前期的文儒思想及其文学影响》,《北京大学学报(哲学社会科学版)》2009 年 3 月,第 46 卷第 2 期。

③ (唐)权德舆:《答客问》,(清)董诰《全唐文》卷 495,上海古籍出版社 1990 年版,第 3 册,第 2237 页。

又莫救其鄙俗。"①

　　在佛、道二教昌炽,世道人心不古,儒家思想的主体地位面临严峻的挑战的时代背景下,一代文宗韩愈起而抗争。在文学革新与儒学创新之间,他力主"文以载道",认为圣人可学、可至,后人之所以不能成圣,主要在于自我缺乏成圣的追求,过多地关注自我利益,待己轻而责人重,因此而无法臻于圣人"内圣外王"之美。而要解决这一问题,首先在于"师道"之重建。唐代官学唯贞观之时较为完整系统,在随后的百余年中,由于科举重文等原因,官学日衰而私学兴起。但更为关键的是,儒学经典开始成为士人进身之具,面临着彻底知识化、工具化而与士人精神世界全然无涉的尴尬。与官学衰落同时的是学人对于"师道"尊严的漠视。如前所述,中唐文儒自孙逖等人始,即具有强烈的群体意识,通过科举与兴学等方式,文儒不但形成了彼此之间或显或隐的学术承传关系,且师道之尊在文儒之间得以延续。学以传道,道以学明,学统道统互为支持。文儒在儒学传授过程之中,突破了汉儒章句之学,强调以道相尚的全新理念。为师之道乃在于传先圣之道,道之尊严才是师之尊严的根本所在,士人为学当以明道相尚,自觉担负"道"的承传的历史责任。此道之本原为"仁义之道"与"君臣之礼",将内在人心与外在之社会政治组织融而为一。对"道"的承传自觉,内含华夏文化正统之自觉。抵抗异族文化的侵蚀,重建华夏文化的主体地位构成了文儒"道"论的重要部分。其次,在于"著述之自觉"。中唐文儒的思考中,文学在儒学话语体系中已不再与政教与个体心性修养保持平衡,而成为"载道之具"。与此同时,在学术志趣转向的刺激之下,文学的外在美学风格也颇异于初盛唐。

---

① (唐)陆贽:《策问博通坟典达于教化科》,(清)董诰:《全唐文》卷464,上海古籍出版社1990年版,第3册,第2102页。

"文以载道"可以认作中唐文儒的集体看法。文以载道,其意在于:"文"发于个体之心志,学文、为文即为个体道德践履之过程,应有助于国家政教,促进社会生活的伦理化。文根诸个体内在心志,惟内具仁义之人,方能发而为明道之文。士人以儒学精神为内在依托,以文章为手段表达个人对于时局的态度与应对之思考。

与韩愈并称的文儒柳宗元,亦力主"文以明道",强调君子务必在内心"明道",讲究仁道。"君子学以植其志,信以笃其道"①,"圣人之言,期以明道,学者务求诸道而遗其辞"②,"今之世,为人师者众笑之,举世不师,故道益离;为人友者,不以道而以利,举世无友,故道益弃。"③与韩愈的儒家道统观有异的是,柳宗元的思想,兼收融合了释、道的元素。他认为儒家和道家,有异曲同工之妙,两家都为王官之学,目的都在于治国安邦。④ 在孔子以来的儒家思想体系中,本来既有偏重道德性命的"内圣"一面,也有偏重经世济民的"外王"一面,韩愈强调前者,柳宗元强调后者。出于打击佛、老的需要,韩愈强调儒"道"的仁义道德内涵,从而把儒与佛、道区别开来;而出于融合三教的需要,柳宗元则强调儒"道"的经世致用内涵,从而在"佐世"功能上实现三教的融合。对儒学,吸收其经世济民的思想,而批评汉代以来的"天人感应"论;对佛教,吸收其"中道观"与心性论,而批评其"无夫妇父子""不为耕农蚕桑而活乎人";对道教,吸收其"元气论"与"自然论",而批评其服饵、食气等方术。柳宗元主张汲取儒释道三家思想

① (唐)柳宗元:《送薛判官量移序》,《柳河东集》卷 23,上海古籍出版社 2008 年版,上册,第 392 页。
② (唐)柳宗元:《报崔黯秀才论为文书》,同上书,下册,第 550 页。
③ (唐)柳宗元:《师友箴》,同上书,上册,第 341 页。
④ 参见孙君恒、温斌:《柳宗元的儒家君子观》,《常州大学学报》(社会科学版)2016 年第 3 期。

之长而舍弃其短,相互补充,相互融合。① 柳宗元在对待思想分歧的问题上,能采取宽容的态度,遵循孔子的"君子和而不同"原则,不因此影响到人情、友谊。例如,在政治上,柳宗元参预永贞革新,韩愈反对永贞革新,竭力维护已成之法;在哲学上,韩愈相信天命鬼神,柳宗元则著《天说》批驳天命论。他们似乎针锋相对,势不两立,但是并没有影响到他们私交友谊,历史上他们并称为"韩柳"。②

　　当时"三教融合"的其他倡导者白居易、刘禹锡等,与韩愈和柳宗元在儒家道统观上也有较大的差异。白居易一生儒佛道兼综,曾于大和元年(827)文宗诞日,代表儒家一方参加在麟德殿举行的"三教论衡"。白居易与柳宗元都主张"三教融合",但两人又有实质性的区别。与柳宗元积极从佛、道思想中挖掘"佐世"资源不同,白居易则把它们当成躲避现实的工具。在白居易身上,"三教融合"表现为"外袭儒风,内宗梵行"(《和梦游春诗序》),"身委逍遥篇,心付头陀经"(《和答诗十首》),他并没有吸收佛道思想来进行儒家理论的建构。白居易极少谈论宇宙论、心性论等抽象的哲学问题,只是在少数几篇讨论政治问题的文章中偶有涉及,观点无出乎天人感应、祥瑞妖灾之外。刘禹锡则充分肯定佛教在教化与心性方面对儒学的补充作用,提倡儒佛融合,这是与柳宗元一致的。但柳、刘两人在对佛教及三教关系的理解上又有深浅之别。对佛教,刘禹锡特别欣赏其"虚""达"之人生态度,而柳宗元则在此基础上又进一步批评其"去孝以为达,遗情以贵虚"之病,刘重自我心性的解脱,柳重社会功能的开显。③

　　褚斌杰先生认为,儒、道、佛三家在考察人生的角度和出发点上,

---

① 参见张勇:《柳宗元:唐代三教融合思潮中的儒家代表》,《孔子研究》2010 年第 3 期。

② 参见孙君恒、温斌:《柳宗元的儒家君子观》,《常州大学学报》(社会科学版)2016 年第 3 期。

③ 参见张勇:《柳宗元:唐代三教融合思潮中的儒家代表》,《孔子研究》2010 年第 3 期。

以及在人生最后的归宿问题上虽有所不同，但在超越世俗这一点上却有一致性。而白居易一生的思想写照便是："上遵周孔训，旁鉴老庄言。"（《遇物感兴因示子弟》）即从儒家思想中，吸取刚健自强的人生态度和"为政以德"的政治思想；从道家思想中吸取洁身自爱，以及容忍不争和喜爱自然、放达自适的精神；从佛教中吸取慈悲为怀、乐善好施的思想等等，从而成就了白居易独特的人生。对此，刘禹锡亦十分赞赏和钦羡："诗家登逸品，释氏悟真论。吏隐情兼逐，儒玄道两全。"（《酬乐天醉后狂吟十韵》）①在如何缓解士大夫精神自由和社会力量之间的矛盾关系这个问题上，白居易以"闲适"之道来应对，其目标就是通过一番合理的思想调整，在世俗名利、社会变迁和仕途浮沉之中，尽力保持士大夫人格精神的稳定和心境的平和，维护士大夫的精神格调和尊严。② 尽管在儒家道统的确立与建构方面，白居易难与韩愈比肩，但从文学和文化史的角度来看，白居易无疑是继李白、杜甫之后的又一座丰碑式人物，是中唐的一个特殊的文化符号。他不仅处于"百代之中"使文学创作发生了转折性变化，而且对士人精神世界和生存观念产生了重要影响。③

当然，也有的学者认为，元、白等人早期颇以名节自守，并创作大量的乐府、讽喻诗，追求立身修道，正心诚意。但是他们不能一以贯之，后期更多地关注实际的政事，即吏能，以及个人闲适的生活状态，走向独善。既不能修德著述，也不能引导社会风俗。因此，他们并不是纯粹的文儒。文儒就是应对时代变化而出现的新儒，④从这个意义

---

① 褚斌杰：《白居易的人生观》，《文学遗产》1995 年第 5 期。
② 李俊：《试论白居易的"身心观"与闲适思想》，《中国青年社会科学》2017 年第 2 期。
③ 罗时进：《白居易在唐代诗歌史上的"第三极"意义》，《文艺理论研究》2014 年第 3 期。
④ 参见向铁生：《晚唐咏史诗兴盛的儒学背景》，《云南大学学报(社会科学版)》2013 年第 2 期。

上来审视,中唐时期的李翱更值得关注。李翱的思想倾向与韩愈基本相同,但在政治主张与哲学思想方面具有自身的特色。他继承了儒家传统的民本思想,对现实政治与民生疾苦表现出强烈的关怀,同时致力于儒学理论的创新。他对佛、道二教的批评比同时代人更为理性,善于吸取其中的理论精华,丰富了传统儒学的内容。李翱于儒家众多的经典中,着重表彰《中庸》《大学》《易传》《论语》《孟子》。其《复性书》以儒为主,综合佛、道二家(特别是佛教)的思想,加以创造性的熔铸,形成了一种较为系统的心性理论,补充和完善了儒学在心性论方面的不足,丰富了儒家思想,开启了宋明新儒学的先河。①

晚唐文儒受中唐文儒影响较大,他们大多沉沦下僚,不得其位,因此对社会政治黑暗及官场腐败的控诉与批判,对现实政治及民生的热切关注,对君主治国导民的一系列论断,比中唐文儒更为强烈。他们普遍标举杜甫和韩愈,渴望匡世济民。杜牧、罗隐、皮日休等人,即是其代表。杜牧出身于世业儒学的贵族家庭,祖父杜佑是重视实用之学的三朝宰相,所著《通典》二百卷,即以经世致用著称。受其影响,杜牧重视学以致用,强调文学的政治教化功能和经世致用功能,反对那些株守儒学经义而不知通变的所谓"博士"。面对宦官专权、南北司之争、藩镇割据、外族入侵等内忧外患,他在《郡斋独酌》诗中表达了自己的政治理想:"岂为妻子计,未去山林藏。平生五色线,愿补舜衣裳。弦歌教燕赵,兰芷浴河湟。腥膻一扫洒,凶狠皆披攘。生人但眠食,寿域富农桑。"为此,他继承祖父杜佑经世致用的家学传统,对治乱兴亡之迹、财赋兵甲之事、地形之险易远近、古人之长短得失等与社会现实有直接关系的政治、经济、军事问题特别留意,悉心

---

① 参见杨世文:《论李翱对传统儒学的继承与改造》,《中华文化论坛》2001年02期。

研究,写了大量卓有见地的论政谈兵之文。①

罗隐出身寒士之门,早年多奔波于科场,颇有振兴儒学之志,他认为"三教之中儒最尊"(《代文宣王答》),并以自称"贫儒""下儒"为荣。遭逢不遇后,转而儒、道兼修,力图揉合儒、道两家思想,提出"太平匡济术"。在其《太平两同书》中,他将最高统治者的"贵德崇俭",视为可致天下太平之本。② 终其一生,他从未放弃儒家"忠信"信条。

皮日休亦生长于寒庶之家,早年曾过着躬耕苦读的生活。他对现实生活感受很深,在世道浑浊、人心苟且的社会中,他努力保持着一股清介浩然之气,力图通过儒学复兴来挽救社会危机,实现拯时救弊的政治目的。在其《原化》一文中,他明确表述了自己的主张:"圣人之化,出于三皇,成于五帝,定于周、孔。其质也,道德仁义;其文也,《诗》《书》《礼》《乐》,此万代王者未有易是而能理者也。"皮日休信仰儒学,并步韩愈后尘倡导儒学,大力提倡儒家的仁政德治,大力宣扬孟子和韩愈。他继承了韩愈的文统说与道统说,并对宋代理学的形成和发展产生了影响。③

---

① 参见寇养厚:《杜牧的文学思想》,《文史哲》1993 年第 6 期。
② 参见郭武:《罗隐〈太平两同书〉的社会政治思想》,《宗教学研究》2006 年第 3 期。
③ 参见王国轩:《皮日休与晚唐儒学》,《孔子研究》1989 年第 1 期;高微征:《皮日休对儒家传统的继承与突破》,《太原科技大学学报》2009 年第 2 期;李珺平:《作为新儒家承前启后中介人物的皮日休》,《湛江师范学院学报》2013 年第 2 期。

第二章

初唐文儒与文风

初唐时期,虽然"文儒"这一概念在政治和文学实践中还较少运用,但"儒学博通及文词秀逸"者的文儒型人物和群体已然出现。文儒群体,以太宗时期的"十八学士"、武则天时期的"北门学士""珠英学士"和中宗时期的"修文馆学士"等文臣群体为代表。文儒个体,则以王勃等为代表。

第一节 "十八学士"的文学观念与文风

据《旧唐书·褚亮传》和《唐诗纪事·褚亮传》所载,杜如晦、房玄龄、于志宁、苏世长、薛收、褚亮、姚思廉、陆德明、孔颖达、李玄道、李守素、虞世南、蔡允恭、颜相时、许敬宗、薛元敬、盖文达、苏勖,被称为"十八学士"。"十八学士"本是秦王李世民身边的智囊和文秘团队,他们不仅具备过硬的儒学和文学素养,而且思维敏捷、洞悉时事,是唐代最早一批文儒之士。太宗登位后,他们在以儒为本的施政方略下各展所长,或以儒术辅政、经学名世,或以文案供奉、诗歌应制,进而对唐初的学风和文风产生了重要影响。

作为帝王身边的文儒群体，"十八学士"的身世和经历不尽相同，他们皆缘于一代君王广招天下贤士为己所用而聚首一处。

杜如晦（585—630），字克明，京兆杜陵人，祖上皆为北周高官。隋朝取代北周后，其祖父杜果在隋为工部尚书，封义兴公；父亲杜咤为隋朝昌州长史。杜如晦为十八学士之首，学综经籍，聪明识达，能洞察事理，有王佐之才，李世民常到文学馆与杜如晦等讨论经义。

房玄龄（579—648），名乔，字玄龄，齐州临淄人，生于官宦之家，其曾祖房翼，后魏镇远将军、宋安郡守，袭壮武伯；祖父房熊，释褐州主簿；父亲房彦谦，通涉《五经》，富有辩才，是魏、齐间的山东学者。房玄龄自幼耳濡目染，颇承其父遗风，聪慧好学，善诗能文，博览经史，精通儒家经书。

房、杜二人在辅佐秦王和执政期间，以善于谋略和处事果断并称"房谋杜断"，成为良相典范。

于志宁（588—665），字仲谧，雍州高陵人，北周太师于谨曾孙。于志宁位至宰相，著有文集四十卷、《谏苑》二十卷，并参与修撰《隋书》《律疏》《大唐仪礼》《周易正义》《尚书正义》《留本司行格》等。

苏世长，雍州武功人。祖、父历仕后魏、北周。世长幼读《孝经》《论语》，年十余岁，即上书言事，周武帝奇之。隋文帝受禅，世长屡上书言事，多有裨益，迁长安令。大业中，为都水少监，使于上江督运。王世充称帝，世长为太子太保、行台右仆射。入唐，历任谏议大夫、陕州长史、天策府军谘祭酒、巴州刺史等职，以机智善辩，敢于谏言著称。

薛收（591—624），字伯褒，蒲州汾阴人，隋内史侍郎、著名文人薛道衡之子。薛收自幼过继给本家薛孺，薛孺工文史，生性正直，仕于隋，为官清廉。薛收从小受家庭的熏陶和教育，孝于父母，刻苦治学，十二岁已能文，与族兄薛德音、侄子薛元敬齐名，世称"河东三凤"。

王绩称薛收赋"韵趣高奇,词义旷远。嵯峨萧瑟,其不可言。"①薛收为文敏速,李世民在南征北伐时有关军事民政的檄文布告,大多出自其手笔。

褚亮(555—647),字希明,祖籍河南阳翟,后徙居江南钱塘,幼聪敏好学,善属文,博览无所不至,经目必记于心,喜游名贤,尤善谈论,在陈、隋时已有显名,曾参修《魏书》。入秦王府后,李世民常访以政事,与其讨论故籍,榷略前载。贞观间,被授予员外散骑常侍,封阳翟县男,拜通直散骑常侍。其子遂良亦名于世。

姚思廉(557—637),字简之,字思廉,京兆万年人。姚思廉之父姚察,励精学业,博通史籍,善为文章,精于史学,历仕梁、陈、隋三朝,为当时儒者所称。姚思廉承其父之好,"学兼儒史""少受汉史于其父,能尽传家业。"②贞观十年(636),撰成《梁书》五十卷、《陈书》三十卷,又著有《文思博要》等。

陆德明(约550—630),名元朗,以字行,苏州吴县人。早年受学于梁陈间的硕学大儒和玄学大师周弘正、张讥等,"陈大建中,太子征四方名儒,讲于承先殿。德明年始弱冠,往参焉。国子祭酒徐克开讲,恃贵纵辨,众莫敢当;德明独与抗对,合朝赏叹"。(《旧唐书》本传)入唐后,陆德明以《易》学闻名,终以《经典释文》享誉后世。此著,对贞观经学有开拓之功,为学术的统一奏出了先声,直接启迪了《五经正义》官方意识形态的确立。

孔颖达(574—648),字冲远,冀州衡水人,孔子第31世孙,八岁就学,曾从名儒刘焯问学,日诵千言,熟读经传,善于词章。隋炀帝时,曾令国子秘书学士与天下大儒辩论,门下省纳言(侍中)杨达评第

---

① (唐)王绩:《答处士冯子华书》,《王无功文集》卷4,清钞本。
② (五代)刘昫:《旧唐书》卷73《姚思廉传》,上海古籍出版社,上海书店《二十五史》(第5册),1986年版,第311页。

高下,以孔颖达为最。入唐后,孔颖达与颜师古、司马才章、王恭、王琰等人受诏撰定《五经》义训,总共一百八十卷,名为《五经正义》。此著集魏晋南北朝以来经学之大成,唐太宗曾下诏曰:"卿等博综古今,义理该洽,考前儒之异说,符圣人之幽旨,实为不朽。"

李玄道(577—645),本陇西人,世居郑州,为山东冠族,一门五相,贤才辈出。祖、父历仕魏、隋,玄道在隋时为齐王府属,李密据洛口,引为记室,后为王世充著作佐郎。太宗朝,先后任给事中、幽州长史、常州刺史等职,清简为政,百姓安居乐业,太宗下诏褒奖。有《李玄道集》十卷。

李守素(?—约628),出身赵郡李氏东祖房,世代为山东名族。太宗平王世充,征为文学馆学士,署天策府仓曹参军。守素精通谱学,晋宋以来四海士流及世家大族,莫不了然于胸,时人谓之"行谱"。曾与虞世南共同谈论各地人物,言及江左、山东,世南还能酬对;而说到北方诸侯,守素滔滔不绝,侃侃而谈,世南却只能抚掌而笑,不复能答。因此,视守素为活的"人物志"。

虞世南(558—638),字伯施,越州余姚人,其父虞荔曾任陈朝太子中庶子,其兄虞世基曾任隋朝内史侍郎。世南少时与兄长虞世基同在名儒顾野王门下读书,又曾问学著名文学家徐陵,还拜王羲之七世孙智永和尚为师,深得羲之书法真传。世南以儒学为规,修身力行,太宗器重其博识,常召其谈经论史。在任秘书监时,他充分利用国家藏书,主编了大型类书《北堂书钞》一百六十卷,还参与编撰了《群书治要》等书,时有"德行、忠直、博学、文辞、书翰"五绝之称。

蔡允恭(约561—约628),字克让,荆州江陵人。祖、父历仕梁、后梁。允恭美姿容,有风采,善缀文,工为诗,仕隋历著作佐郎、起居舍人。虞世南荐引其为秦王府参军、文学馆学士。贞观初年,任太子洗马。有集十卷,又撰《后梁春秋》十卷。

颜相时，字睿，雍州万年人，名儒颜之推之孙，颜师古之弟，其父颜思鲁亦以学问著称。相时与其兄同承家学，贞观中，累迁谏议大夫，拾遗补阙，有诤臣之风，寻转礼部侍郎。相时性仁友，及师古卒，不胜哀慕而卒。

许敬宗（592—672），字延族，杭州新城人，隋礼部侍郎许善心之子。其先自高阳南渡，世仕江左。敬宗幼善属文，在唐历仕高祖、太宗、高宗三朝，官至礼部尚书、侍中、中书令，自太宗至高宗朝一直监修国史，朝廷所修《五代史》《晋书》及《东殿新书》《西域图志》《文思博要》《文馆词林》《累璧》《瑶山玉彩》《姓氏录》《新礼》等，他皆总知其事，还参与了《隋书》《武德实录》《贞观实录》的撰写，著有文集八十卷。

薛元敬，字子诚，蒲州汾阴人。父迈为隋选部侍郎。元敬以文闻名，与薛收、收之族兄德音齐名，时人谓之"河东三凤"。收为长雏，德音为鸑鷟，元敬以年最小为鹓雏。武德中，元敬为秘书郎。秦王李世民召其为天策府参军兼值记室，杜如晦称之为"小记室"。收与元敬俱为文学馆学士。李世民为皇太子，元敬任太子舍人。其时军国政务，总于东宫，元敬专掌文翰，竭尽职守，深得赏识。

盖文达（578—644），字艺成，冀州信都人，早年师从刘焯，与族弟盖文懿皆为名儒，人称"二盖"。文达博览群书，尤精于《春秋》三传。刺史窦抗集诸儒讲论，有刘焯、刘轨思、孔颖达等宿儒在座，而文达所言皆诸儒所未言，众人叹服。武德中，授国子助教，为秦王文学馆直学士。贞观初，迁谏议大夫，兼弘文馆学士，任蜀王师，后拜崇贤馆学士。

苏勖，字慎行，雍州武功人。武德中，为秦王谘议、典签、文学馆学士，尚南康公主，拜驸马都尉。贞观中，迁魏王泰司马，博学多识，泰甚重之。十二年，勖劝泰应效法古代贤王，多引宾客，著书立说。

贞观十五年,撰成《括地志》五百五十卷,又序略五卷,诏令付秘府,赐
勖、萧德言等修撰者。后历吏部郎、太子左庶子。

由上可见,"十八学士"在政略谋划、典制制订、修史治经、类书编
撰、诗文创作、宗谱书法等方面都有成就。他们对初唐文风的影响,
主要体现在以文辅政的理念和经学、史学、文学的具体实践中。

所谓"以文辅政",这里的"文"是指广义的政本儒学之"文",它具
有经天纬地、礼乐化成等作用,而不是狭义的"诗文"之"文",文学只
是其中的一部分。为政者的首要素质是德行,仁德之心、爱民之政既
备之后,文学之事可以作为艺术修养和趣味爱好存在,即"学文以饰
其表,……可时命追随,以代博奕耳"[①],而不在其雕章琢句。文臣之
用,重在通教化治道,知儒学之根本。如孔颖达等,"非惟宿德鸿儒,
亦兼练达政要"[①]。这对有着积极用世热情的文人士子而言,无疑是
个方向标。使他们既盛饰文辞以求仕进,又刻意以摒弃雕虫、高扬器
识为标榜。

经儒学方面,以孔颖达的《五经正义》和陆德明的《经典释文》为
代表。这两部经典,为初唐文学观念和文学思想的形成奠定了理论
基础。秉承唐太宗以儒治国的政治策略,借鉴陆德明《经典释文》辩
证经学源流的科学方法,孔颖达通过注疏经典,统一了经学文本,表
明了帝王的态度,使之成为国家的意识形态。这除了对经学之外的
礼仪文化制度建设有着很大影响,作为有唐一代科举考试之必读书
覆盖士林、学界,其中所表达的文质思想对文坛雅正风气的形成,对
唐代文学的发展亦产生了深远的影响。

孔颖达顺应唐帝国统一的政治、文化格局的需要,通过对儒家经

---

① (唐)张玄素:《重谏太子承乾书》,《全唐文》卷148,上海古籍出版社1990年版,第1册,
第661页。

典的整理，确立了"诗述民志""缘政而作"的文学价值观和"情志"统一的文学本体论。他在《诗大序正义》中说："诗述民志，乐歌民诗，故时政善恶见于音也。"①在此，孔颖达表达了一个重要的理论创见，就是把传统"诗言志"的"志"理解为"民志"，即民众的真情实感。"述民志"的风雅之诗和"歌民诗"的乐，要表现"时政善恶"的真实情况，反映当时的社会现实。②说到底就是要使下情上达，共致美政。否则"下情不通，取亡之道也。"③在突出诗歌"缘政而作"和"述民志"的社会价值的同时，孔颖达还强调了"情志"统一、"畅怀舒愤"的文学特质。他说："在己为情，情动为志，情志一也，所从言之异耳。"④孔氏所言的"情志"，既非先秦两汉政教传统之"志"，亦非魏晋六朝审美传统之"情"，而是打通了"言志"与"缘情"所代表的诗学传统，旨在实现文学政教与抒情功能的统一，也进一步完善了魏征等贞观史臣提出的文质并重的文学思想，从而为唐代文学"经邦致用""关注民瘼"的现实主义风范的形成，为"文质相炳焕"的文学创作繁荣局面的到来，奠定了理论基础。⑤

　　史学方面，姚思廉的《梁书》《陈书》全用散文写成，其语言通晓简练，在唐初"八史"中首屈一指。众所周知，六朝盛行骈文，唐初行文仍多用骈文。但此时的骈文已失去了它在勃兴时对文化产生的积极作用，表现为专意注重辞藻用典，过分强调音韵对偶。这种形式主义

---

① （唐）孔颖达：《毛诗正义》卷1，（汉）毛亨：《毛诗注疏》，（清）阮元校刻：《十三经注疏》（上册），中华书局1980年版，第270页。

② 参见杨继刚、张丽君等：《魏晋隋唐文学艺术思想研究》，郑州大学出版社2015年版，第40页。

③ （宋）司马光：《资治通鉴》卷193，上海古籍出版社1987年版，下册，第1293页。

④ （唐）孔颖达：《春秋左传正义》卷51，（晋）杜预：《春秋左传注疏》，（清）阮元校刻：《十三经注疏》（下册），中华书局1980年版，第2108页。

⑤ 参见陆双祖：《唐代文质论研究》，新华出版社2016年版，第66页。

文风往往影响思想内容的表达,颠倒了思想内容与表现形式的主从关系。就史书而言,唐以前的《宋书》《南齐书》,叙事及论赞时用骈文。即便同是"十八学士"中的房玄龄和许敬宗所监修的《晋书》,其论赞仍喜用骈文,"竞为绮艳,不求笃实"(《旧唐书·房玄龄传》)。唐太宗本人亲撰的四篇史论也是用骈文写成的。但姚思廉却抛弃了骈文笔法,代之以朴实、准确的散文。如《梁书·韦叡传》叙其合肥等处之功写道:

> 四年,王师北伐,诏叡都督众军……遂进讨合肥。先是,右军司马胡略等至合肥,久未能下,叡按行山川,曰:"吾闻'汾水可以灌平阳,绛水可以灌安邑',即此是也。"乃堰肥水,亲自表率,顷之,堰成水通,舟舰继至。魏初分筑东西小城夹合肥,叡先攻二城。既而魏援将扬灵胤帅军五万奄至,众惧不敌,请表益兵。叡笑曰:"贼已至城下,方复求军,临难铸兵,岂及马腹?且吾求济师,彼亦征众,犹如吴益巴丘,蜀增白帝耳。'师克在和不在众',古之义也。"因与战,破之,军人少安。初,肥水堰立,使军主王怀静筑城于岸守之,魏攻陷怀静城,千余人皆没。魏人乘胜至叡堤下,其势甚盛,军监潘灵祐劝叡退还巢湖,诸将又请走保三叉。叡怒曰:"宁有此邪!将军死绥,有前无却。"因令取伞扇麾幢,树之堤下,示无动志。叡素羸,每战未尝骑马,以板舆自载,督厉众军。魏兵来凿堤,叡亲与争之,魏军少却,因筑垒于堤以自固。叡起斗舰,高与合肥城等,四面临之。魏人计穷,相与悲哭。叡攻具既成,堰水又满,魏救兵无所用。魏守将杜元伦登城督战,中弩死,城遂溃。

文中叙事简洁明畅,写人生动形象。文笔不重华丽而求平实,其所引典故亦皆通俗易懂。又如《梁书·昌义之传》写道：

> 是冬，英果率其安乐王元道明、平东将军杨大眼等众数十万，来寇钟离。钟离城北阻淮水，魏人于邵阳洲西岸作浮桥，跨淮通道。英据东岸，大眼据西岸，以攻城。时城中众才三千人，义之督帅，随方抗御。魏军乃以车载土填堑，使其众负土随之，严骑自后蹙焉。人有未及回者，因以土迮之，俄而堑满。英与大眼躬自督战，昼夜苦攻，分番相代，坠而复升，莫有退者。又设飞楼及冲车撞之，所值城土辄颓落。义之乃以泥补缺，冲车虽入而不能坏。义之善射，其被攻危急之处，辄驰往救之，每弯弓所向，莫不应弦而倒。一日战数十合，前后杀伤者万计，魏军死者与城平。

作者重点描绘了战争场面的激烈和凶残，魏将领元英为攻城做了充分的准备，而梁军的应战则聊聊数语，生动地描画了梁军同仇敌忾、睿智善战的激烈场面。整个战争的描绘言事详备，跌宕起伏，自然朴实，灵活畅达。[①]

姚思廉还仿司马迁笔法，常常引用当时口语，使人物语言个性化。如《梁书·侯景传》记僧通与侯景对话："僧通取肉揾盐以进景。问曰：'好不？'景答：'所恨太咸。'僧通曰：'不咸则烂臭。'"既能反映时代特点，又使文字活泼通俗。

因此，清人赵翼称赞道："行文则自出炉锤，直欲远追班马。盖六朝争尚骈俪，即序事之文，亦多四字为句，罕有用散文单行者，《梁书》

---

① 参见毛振华：《姚察、姚思廉散文特点及其对古文运动的影响》，《南昌大学学报》（人文社会科学版）2011 年第 2 期。

则多以古文行之。如《韦睿传》叙合肥等处之功,《昌义之传》叙钟离之战,《康绚传》叙淮堰之作,皆劲气锐笔,曲折明畅,一洗六朝芜冗之习。《南史》虽称简净,然不能增损一字也。……世但知六朝之后,古文自唐韩昌黎始,而岂知姚察父子已振于陈末唐初也哉。"①认为姚氏父子在梁至初唐之际,就以其文史实践开启古文之风了。这与其坚守古朴平实的史笔、鄙弃轻薄浮艳文风的思想自觉密切相关。姚思廉在梁、陈二书中,就曾直接或间接地表达了自己的文学观。如他批评曰:"文则时以轻华为累,君子所不取焉。"(《梁书·简文帝纪》)又曰:"(江总)能属文,于五言七言尤善,然伤于浮艳,故为后主所爱幸。"(《陈书·江总传》)而称赞道:"子野为文典而速,不尚丽靡之词,其制作多法古,与今文体异。"(《梁书·裴子野传》)"景历属文不尚雕靡,而长于叙事"(《陈书·蔡景历传》)等等,足见其"志古精勤,纪言实录"的法古追求和对轻艳文风的坚决矫正。

文学方面,虞世南、褚亮、许敬宗、蔡允恭、薛收、薛元敬、李玄道等都曾有诗名于世,其中的典型代表是虞世南、褚亮和许敬宗。他们的文学观念、诗歌风气,对初唐的诗歌创作有很大的影响。当然作为宫廷文人,其思想观念首先是与朝廷创业垂统、以儒治国的大政相一致。因此,他们毫无例外地都致力于儒家政教文学观的倡导和弘扬,旨在复建一度中衰的礼乐体系。他们认为,"文之为用,其大矣哉!上所以敷德教于下,下所以达情志于上。大则经纬天地,作训垂范;次则风谣歌颂,匡主和民。"(《隋书·文学列传序》)"移风俗于王化,崇孝敬于人伦,经纬乾坤,弥纶中外,故知文之时义大哉远矣。"(《晋书·文学列传序》)"经礼乐而纬国家,通古今而述美恶,非文莫可也。是以君临天下者,莫不敦悦其义,缙绅之学咸贵尚其道,古往今来未

---

① (清)赵翼:《廿二史札记》卷9,清嘉庆五年湛贻堂刻本。

之能易。"(《梁书·文学列传序》)《新唐书·虞世南传》曾载:"帝尝作宫体诗,使赓和。世南曰:'圣作诚工,然体非雅正。上有所好,下必有甚者,臣恐此诗一传,天下风靡,不敢奉诏。'"(亦见《唐诗纪事》)最终使得太宗皇帝不得不妥协。由此可见,他们所强调的主要是文学的政治与伦理价值,核心还是崇圣尚质,倡导"雅正",反对南朝的淫靡文风。但由于文学发展有其自身的演进规律,以"十八学士"为代表的主流作家群,虽然理论上说得头头是道,但在具体的创作实践中,却难以做到开拓创新、文质炳焕。宫廷生活的狭窄视野,大多来自南朝的趣味习尚,便造成了"贞观宫廷诗风堆砌而乏疏朗灵动的总体风格"①。这方面的代表又以许敬宗为最,其大量的应制颂美诗极尽典丽铺排之能事。如《全唐诗》列于许氏之作首篇的《奉和执契静三边应诏》:

> 玄塞隔阴戎,朱光分昧谷。地游穷北际,云崖尽西陆。
> 星次绝轩台,风衢乖禹服。寰区无所外,天覆今咸育。
> 窜苗犹有孽,戮负自贻辜。疏网妖鲵漏,盘薮怪禽逋。
> 髻飞尚假息,乳视暂稽诛。乾灵振玉弩,神略运璇枢。
> 日羽廓游气,天阵清华野。升旸光西夜,驰恩溢东泻。
> 挥袂静昆炎,开关纳流赭。锦轺凌右地,华缨羁大夏。
> 清台映罗叶,玄沚控瑶池。驼鹿输珍贶,树羽缮来仪。
> 辍耜观化宇,栖籥萃条支。熏风交阆阙,就日泛蒙漪。
> 充庭延饮至,绚简敷春藻。迎姜已创图,命力方论道。
> 昔托游河乘,再备商山皓。欣逢德化流,思效登封草。

---

① 聂永华:《初唐宫廷诗风流变考论》,中国社会科学出版社2002年版,第37页。

　　据考证,这首诗作于贞观二十年九月。是时太宗甫灭薛延陀,至灵州(今宁夏回族自治区灵武市),敕勒诸部归附,称天可汗,遂于灵州勒石纪功。太宗作《执契静三边》,许敬宗有此应诏之作。① 诗中开篇即叠用典故,铺排颂扬。"玄塞"典出曹植《求自试表》:"西望玉门,北出玄塞。"李善注:"玄塞,长城也。北方色黑,故曰玄。"是知用"玄塞"代指长城。"阴戎",典出《左传》:"昭公九年,晋梁丙、张趯率阴戎伐颍。"杜预《春秋左氏传集解》曰:"阴戎,陆浑之戎。颍,周邑。"②陆浑之戎是允姓戎的别部,西周初年迁到陕西秦岭以北。后被秦晋两国迁到今河南伊川鹿蹄山南(今属河南境洛阳居于伊川)。这里是用"阴戎"代指北方少数民族。是说"长城"(又喻指大唐的军阵国防)阻断了来自北方的侵扰。"朱光"典出《楚辞》"阳杲杲其朱光",曹植《感节赋》有句云:"折若华之翳日,庶朱光之长照。"西晋张载《七哀诗》亦曰:"朱光驰北陆,浮景忽西沉。"是知"朱光"即日光。"昧谷"典出《尚书·尧典》:"分命和仲,宅西,曰昧谷"。孔安国《尚书注疏》曰:"昧谷曰西,则嵎夷东可知。此居治西方之官,掌秋天之政也。"③是知"昧谷"喻指西方极远之地,是传说中日落的地方。是说大唐的声威已播及西域。"地游",语出西晋张华《励志诗》:"大仪斡运,天回地游。"李善《文选注》引《河图》曰:"'地有四游,冬至,地上行北而西三万里。夏至,地中行南而东三万里。春秋二分,是其中矣。'地常动移,而人不知。譬如闲舟而行,不觉舟之运也。""云崖",语出左思《杂诗·秋风何冽冽》:"明月出云崖,皦皦流素光。""地游穷北际,云崖尽西陆"

① 彭庆生:《初唐诗歌系年考》,北京大学出版社2012年版,第70页。
② (战国)左丘明:《左传》,(西晋)杜预:《集解》,上海古籍出版社2015年版,第768—769页。
③ (汉)孔安国:《尚书注疏》,(唐)孔颖达:《尚书正义》卷2,(清)阮元校刻:《十三经注疏》(上册),中华书局1980年版,第119页。

即是对前两句所言境况的强调和复述——当下的大唐王朝已地穷北方边野,云尽西方广域。"星次",是古人为了说明日月五星的运行和节气的变换,把黄赤道附近一周天按照由西向东的方向分为十二个等分,叫做星次。西晋皇甫谧《帝王世纪》曰:"黄帝受命,乃推分星次,以定律度。""轩台"就是轩辕台,指皇帝所在之处,即朝廷。"风衢",是指畅达的大道或街市。"禹服",典出《尚书·仲虺之诰》:"表正万邦,缵禹旧服。"服,本指王畿以外的疆土,后用以称中国九州之地。两句是说原先西域和北地的天文地理都与大唐相隔绝。而现今已是"寰区无所外,天覆今咸育",普天之下皆我大唐王土了。开篇八句,实际说的就是一层意思:西北边地已平定,天下一统举目可见。

接下来六句,仍是叠典铺叙。"窜苗"典出《尚书·虞书·舜典》:"窜三苗于三危。"《史记·五帝本纪》云:"三苗在江淮,荆州数为乱。"意指南方还有残窜的反抗势力。"戮负"意指负罪该戮者,"自贻辜"意指罪恶昭彰,自作自受。"盘数"意指鸟窝,两句是说那残余的反抗势力只不过是窜逃于一时。"髯飞",典出《山海经·西山经》:"上申之山,上无草木,而多硌石,下多榛楛,兽多白鹿。其鸟多当扈,其状如雉,以其髯飞,食之不眴目。"传说中的当扈鸟不用翼飞而用髯飞,后遂用髯飞称当扈鸟。这里是用传说中的怪鸟比喻残窜的势力还存在。"乳视",典出《山海经·海外西经》:"刑天与帝争神,帝断其首,葬之常羊之山,乃以乳为目,以脐为口,操干戚以舞"。是知乳视,指刑天。刑天是神话中的被断首之神,他用两乳当目,以肚脐当口,仍不甘心失败。这里是以刑天喻指隋亡后残留的反唐势力。"尚假息",是指残留的反唐势力还在喘息于一时。"稽诛",典出《韩非子·难四》:"稽罪而不诛,使渠弥含憎惧死以徼幸。"南朝陈徐陵《陈公九锡文》:"频岁稽诛,实惟劲虏。"此指这些残留的反唐势力,罪行累累,只是暂时还未讨伐他们。可见以上六句,重词叠句,说的就是一层意思,即南方的反唐势力,还在苟延残喘。

"乾灵"两句是说太宗运筹天机,因势而动。至此才应对诗题"执契静边"之旨。其下十二句围绕"静三边"铺陈,词采琳琅满目,极陈王业辉煌。

"辍肴"以下八句,歌咏帝德化天下,处处台阁气象。

最后四句用"商山皓"典故,点明自己身兼太子右庶子的身份。又用司马相如草封禅文之典故,颂美太宗功业比肩汉武,表达文笔报效之心。

有论者从应制诗文特定的仪式性特征角度来分析,认为应制诗歌略无风情,与这种仪式氛围对文学作品郑重肃穆的风格要求有很大关系。此类作品风格必须与仪式的要求相匹配,需要表现出典雅郑重、恢弘富丽等特点。哪怕仪式程式非常繁琐,文学作品可铺叙繁缛,但必不能遗漏。[①] 但从阅读者的体验而言,全诗密集的用典用事,客观上淹没了性情,炫摆了学问,令人读来晦涩无味。

有论者统计,许敬宗现存诗 27 首,奉和侍宴应诏诗总共 20 首,占他本人诗作的 74%。贞观时期的应制诗近 50 首,许敬宗一个人就占了大概 40%。贞观后期,宫廷诗风明显地朝典雅富丽和轻艳绮媚这两种趋向发展。造成这种转变的关键人物是许敬宗和上官仪。许敬宗于贞观后期得居机要,在贞观末到高宗龙朔年间宫廷文风的变化中起了重要的作用。[②]

---

① 梁尔涛:《唐初文馆学士诗歌平议——以许敬宗为主要考察对象》,《郑州大学学报》(哲学社会科学版)2014 年第 1 期。

② 李晓青:《论许敬宗及其诗歌创作》,《安徽理工大学学报》(社会科学版)2007 年第 4 期。

第二节　高宗、武后与中宗时期学士群体的文学观念与文风

从高宗继位到武周时期,唐代文坛的文学观念、文学理想、创作环境、文学创作群体,都较贞观文坛发生了变化。《旧唐书·儒学传序》称:"高宗嗣位,政教渐衰,薄于儒术,尤重文史。于是醇醲日去,毕竟日彰,犹火销膏而莫之觉也。及则天称制,以权道临下,不吝官爵,取悦当时。……至于博士、助教,唯有学官之名,多非儒雅之实。……因是生徒不复以经学为意,唯苟希侥幸。二十年间,学校顿时隳废矣。"①高宗《严考试明经进士诏》中,也透露了这一信息:"学者立身之本,文者经国之资,岂可假以虚名,必须徵其实效。如闻明经射策,不读正经,抄撮义条,才有数卷。进士不寻史传,惟诵旧策,共相模拟,本无实才。所司考试之日,曾不简练,因循旧例,以分数为限。至于不辨章句,未涉文词者,以人数未充,皆听及第。其中亦有明经学业该深者,惟许通六,进士文理华赡者,竟无科甲。铨综艺能,遂无优劣。试官又加颜面,或容假手,更相嘱请,莫惮纠绳。緣是侥幸路开,文儒渐废,兴廉举孝,因此失人,简贤任能,无方可致。自今已后,考功试人,明经试帖,取十帖得六已上者;进士试杂文两首,识文律者:然后并令试策,仍严加捉搦。必材艺灼然,合升高第者,并即依令。其明法并书算贡举人,亦量准此例,即为常式。"(《全唐文》卷13)诏文旨在通过严格科举考试的关目,选拔一批文质兼善、适于时用之人,但从中亦可见时风之变。其中最大的变化就是"文儒渐废"、重文轻儒,"北门学士""珠英学士"和"修文馆学士"等,成为这一

---

① (五代)刘昫:《旧唐书》卷189《儒学》(上),上海古籍出版社,上海书店《二十五史》(第5册),1986年版,第595页。

时期主流文人群体的代表。

李肇《翰林志》载:"初,国朝修陈故事,有中书舍人六员,专掌诏诰,虽曰禁省,犹非密切,故温大雅、魏征、李百药、岑文本、褚遂良、许敬宗、上官仪,时召草制,未有名号。乾封(666—668)已后始曰'北门学士'。刘懿之、刘祎之、周思茂、元万顷、范履冰为之。则天朝,苏味道、韦承庆。其后上官昭容独掌其事。睿宗,则薛稷、贾膺福、崔湜。"①

刘懿之、刘祎之(631—687)兄弟二人,常州晋陵人,其祖父刘兴宗,曾任南陈鄱阳王咨议参军,其父刘子翼,善诵,有学行,隋朝大业初年,任秘书监。入唐后,太宗征拜为吴王府功曹,再升迁著作郎,弘文馆直学士,朝散大夫,参与编写《晋书》,有文集二十卷。承此家学渊源,刘祎之少时与孟利贞、高智周、郭正一皆以文章知名,不久与孟利贞等进昭文馆,高宗上元二年(675)升迁左史,弘文馆直学士,与著作郎元万顷,左史范履冰、苗楚客,右史周思茂、韩曹宾,都被召入宫中,共同修写《列女传》《臣轨》《百僚新诫》《乐书》等千余卷。并令其参与决策,以分宰相之权。其兄刘懿之时任给事中。祎之终因私议武后返政,被诬罪赐死。有集七十卷,传于时。②

周思茂(? —688),贝州漳南人。与弟周思钧,俱早年知名。后以文学之士选入禁中,受命与范履冰等撰有《玄览》及《古今内范》各百卷,《青宫纪要》《少阳政范》各三十卷,《维城典训》《凤楼新诫》《孝子》《列女传》各二十卷,《内范要略》《乐书要录》各十卷,《百僚新诫》《兆人本业》各五卷,《臣轨》两卷,《垂拱格》四卷。自右史转太子舍人,至于政事损益,多参预焉。累迁麟台少监、崇文馆学士。垂拱四

---

① (唐)李肇:《翰林志》,清知不足斋丛书本。
② 参见(五代)刘昫:《旧唐书》卷87《刘祎之传》,上海古籍出版社,上海书店《二十五史》(第5册),1986年版,第342页。另参《旧唐书·武则天本纪》。

年,下狱死。①

元万顷(?—约689),洛阳人,后魏景穆皇帝后裔。万顷善属文,起家拜通事舍人。乾封中,从英国公李绩征高丽,为辽东道总管记室,因撰檄文事泄军机而被流于岭外。后会赦得还,拜著作郎,参与《列女传》《臣轨》《百僚新诫》《乐书》等撰著。朝廷疑议及百司表疏,皆密令万顷等参决。万顷属文敏速,然性疏旷,不拘细节,无儒者之风。则天临朝,迁凤阁舍人。无几,擢拜凤阁侍郎。万顷素与徐敬业兄弟友善,永昌元年,为酷吏所陷,配流岭南而死。②

范履冰(?—690),怀州河内人。自周王府户曹召入禁中,凡二十余年。垂拱中,历鸾台、天官二侍郎。寻迁春官尚书同凤阁鸾台平章事,兼修国史。载初元年,坐尝举犯逆者被杀。

有论者认为,唐高宗时置"北门学士",是武则天的主张,是其广开才路,任用文学之士的一个重要举措,也是其打击关陇集团,消解关陇本位体制的重要手段。"北门学士"兼有文学和政事双重职责,一是撰写书籍,二是参与政治活动。武则天就是利用这一批人撰写修改诏令,而其主要目的是要"分宰相之权",以便逐渐把宰相之权集中到自己的手中。如《旧唐书》载:"时天后讽高宗广召文词之士入禁中修撰,(元)万顷与左史范履冰、苗神客,右史周思茂、胡楚宾咸预其选,前后撰《列女传》《臣轨》《百僚新诫》《乐书》等凡千余卷。朝廷疑议及百司表疏,皆密令万顷等参决,以分宰相之权,时人谓'北门学士'。"③但也有学者对此持不同看法,认为在高宗还没有武则天这个皇后之前,"北门学士"之类的职任,如中书舍人等已经存在,高宗不

---

① 参见(五代)刘昫:《旧唐书》卷190《文苑传·周思茂》,上海古籍出版社,上海书店《二十五史》(第5册),1986年版,第602页。
② 参见《旧唐书》卷190《文苑传·元万顷》。
③ 同上。

过是延续传统作法而已，说武则天的主意，是画蛇添足的另一种曲笔，夸大武则天在高宗时期掌控朝廷的说法是不符合实际的。"北门学士"只侵蚀了宰相的部分决策权力，而且是间接的，对宰相的施政权力并没有直接的影响。不过，与中书舍人相比，"北门学士"的私密性特征确实很明显。在职官编制上，中书舍人属于中书省，长官最初为中书省的长官中书令，后来则属中书门下的政事堂宰相之下。而所谓"北门学士"，乃是一种"绰号"式的称谓，是指这些人经常于大明宫的北门出入"候进止"，而不经南衙，比起中书舍人无疑更接近皇帝。他们是皇帝私自委任的一批文学之士，除了为其撰写诏书，侍奉左右，还分担了不少中书舍人原有的职务，身份也比中书舍人更为显贵。他们不隶属于任何衙署或三省六部，无"长官"可言，皇帝就是他们的直接长官。①

"北门学士"中，虽说元万顷等个体"性疏旷，不拘细节，无儒者之风"，但从其受命编撰的各类书籍来看，文风总体上还是注重文质并举的，即尚文的同时还尚用。试以《臣轨》一书为例。

此书共 2 卷 12 篇，前有"序"，正文分为同体、至忠、守道、公正、匡谏、诚信、慎密、廉洁、良将、利人十章，后有"论"。全书以儒家传统道德观念为基础，论述为臣者正心、诚意、爱国、忠君之道，作为臣僚的座右铭与士人贡举习业的读本。其卷上《至忠》章写道：

> 盖闻古之忠臣事其君也，尽心焉，尽力焉。称才居位，称能受禄。不面誉以求亲，不愉悦以苟合。公家之利，知无不为。上

---

① 参见孟宪实：《北门学士及其历史书写》，收入王双怀、贾云主编：《汉唐史论——赵文润教授八十华诞祝寿文集》，三秦出版社 2015 年版，第 194—205 页；刘健明：《论北门学士》，第 214 页；赖瑞和：《论唐代中书舍人的使职化》，《清华大学学报》（哲学社会科学版）2015 年第 2 期。

足以尊主安国,下足以丰财阜人。内匡君之过,外扬君之美。不以邪损正,不为私害公。见善行之如不及,见贤举之如不逮。竭力尽劳而不望其报,程功积事而不求其赏。务有益于国,务有济于人。夫事君者以忠正为基,忠正者以慈惠为本。故为臣不能慈惠于百姓而曰忠正于其君者,斯非至忠也。所以大臣必怀养人之德,而有恤下之心。利不可并,忠不可兼。不去小利,则大利不得;不去小忠,则大忠不至。故小利,大利之残也;小忠,大忠之贼也。昔孔子曰:"为人下者,其犹土乎! 种之则五谷生焉,掘之则甘泉出焉。草木殖焉,禽兽育焉。多其功而不言。"此忠臣之道也。

接着又引《尚书》《礼记》《昌言》、古语,以及楚恭王时大臣"管苏事君"等典故,对古之忠臣是如何尽心尽力事君这一主旨加以佐证阐发。行文未用四六骈体,但句式仍偏于整饬,亦与"官箴"体式相适应。

《臣轨》全书 21000 余字(含文中注),旁征博引《尚书》《周易》《论语》《礼记》《左传》《荀子》《孔子家语》《老子》《庄子》《孙子兵法》《吴子》《尉缭子》《吕氏春秋》《管子》《尸子》《列子》《鬼谷子》《国语》《史记》《汉书》《汉名臣奏》《贾子新书》《说苑》《新序》《列女传》《淮南子》《风俗通义》《文子》《刘子》《昌言》《代要论》《体论》《典语》《傅子》等 30余种,以壮文蕴,各章皆采取"概要论述 + 辑缀前人语事"的撰述方式,基本风格虽然统一,但也颇嫌呆板,特别是各章均在概要陈述之后,便用较大的篇幅接二连三地罗列前人的言论或行事,这就不免给人以一种拼凑、杂纂的印象。①

---

① 参见裴传永:《唐代官箴名著〈臣轨〉研究》,《理论学刊》2012 年第 2 期。

"珠英学士"是一个因编撰类书聚集起来的文士团体，因大型类书《三教珠英》的修撰而得名，是所谓"广集文儒"[①]，其成员皆为工诗能文之士。预修书者四十七人，可考姓名者有李峤、阎朝隐、徐彦伯、薛曜、员半千、魏知古、于季子、王无竞、沈佺期、王适、徐坚、尹元凯、张说、马吉甫、元希声、李处正（"正"一说"直"）、乔备、刘知几、房元阳、宋之问、崔湜、韦元旦、杨齐悊、富嘉谟、吴少微、符凤、乔知之、乔侃、刘允济、李适、张易之、胡皓、崔融、李崇嗣、武三思等35人[②]。《三教珠英》以张昌宗领衔修撰，但此人仅"粗能属文"，实难胜任，所谓"监修""总领"云云，只是挂名而已。实际上是由时为宰相且有"文章宿老"之称的李峤"总领其事"，率诸学士修成的。《三教珠英》的编撰始于圣历元年（698），历时四年至大足元年（701）完成。全书有一千三百卷之巨，主要是在北齐时所修《修文殿御览》和修于贞观年间的《文思博要》两部大型类书的基础上"以笔以削"，增加佛、道二教而成。

在这个文士群体中，李峤（645—714）、崔融（653—706）学识广博，与杜审言、苏味道同为"文章四友"。李峤与乡人苏味道"俱与文辞知名"，又被时人称为"苏李"（《旧唐书·苏味道传》），"朝廷每有大手笔，皆特令峤为之"（《册府元龟》卷551）。所谓"朝廷大手笔"，是指朝廷的重要文诰，诸如"文册大号令"，以及表疏碑铭等类，皆由李峤为之，其文宗地位不言而喻。《大唐新语·文章》谓："李峤少负才华，

---

① （唐）崔湜：《故吏部侍郎元公碑》，（清）董诰：《全唐文》卷280，上海古籍出版社1990年版，第2册，第1255页。

② 参见聂永华：《"珠英学士"诗歌活动考论》，《郑州大学学报》（哲学社会科学版）2004年第3期。

代传儒学"①,《新唐书》本传说其"十五通《五经》,……二十擢进士第……峤富才思,有所属缀,人多传讽。武后时,汜水获瑞石,峤为御史,上《皇符》一篇,为世讥薄。"②这说明李峤确实是一代文儒,其文思敏锐,多有为人传讽之作。当然,此人的品行和文风亦多有诟病处。在朝期间,他除了秉笔朝诰等,为朝臣的代拟之作亦有相当数量。作为宫廷文人,他与崔融的诗文作品总体上偏于"典丽",但亦有平实之作。

其代拟的颂圣典丽之作,如《为何舍人贺御书杂文表》:

> 臣彦先等言:臣于梁王三思处,见御书杂文尺牍,凡九十卷。跪发珍藏,肃承瑶检,天文景铄,璧合而珠连;圣理云回,鸾惊而凤集。究黄轩鸟迹之巧,殚紫府结空之势。偃波垂露,会宝意而咸新;半魄全曦,象天形而得妙。固已奇踪绝俗,美态入神,掩八体而擅规模,冠千龄而垂楷法。重以语成四教,文总六诗,声咀徵而含宫,旨惩违而劝德。用之于国,敦风俗而厚人伦;行之於家,忌雍和而崇孝敬。惟彼良翰,特蒙殊奖,铭厚渥而欢悚,竭深诚而奉戴。是用编之玉轴,勒以银绳,尽罄梁珠,特装瑇瑁之匣;总收陶璧,用饰琉璃之笥。雕镂十品,缇巾万袭,芸香却蠹,芝体为封。珍宝之精,下烛西昆之岫;文章之气,上缠东壁之象:实可谓天下之妙迹,域中之奇观者焉。臣等幸遇休明,叨近簪笏,骇瞩非常之瑞,欣逢不世之宝,足蹈手舞,徒怀钻仰之心;夕死朝闻,岂识名言之地? 无任抃跃欢欣之至,谨奉表陈贺

---

① (唐)刘肃撰,许德楠,李鼎霞点校:《大唐新语》卷8,中华书局1984年版,第126页。
② (宋)欧阳修:《新唐书》卷123,上海古籍出版社,上海书店《二十五史》(第6册),1986年版,第451页。

以闻。①

作为文辞高手，李峤对骈文的体式运用非常自如。此作及类似之作，文辞雅丽，迎合上意，无疑也深得同僚朝士的称许和赞赏。

崔融亦"为文华婉，当时未有辈者，朝廷大笔多手敕委之。"（《新唐书·崔融传》）其《为百官贺千叶瑞莲表》写道：

> 臣某等文武官若干人言：伏奉恩旨，垂示臣等千叶瑞莲。观其绿裹红葩，细茎素蕚，露摇珠点，霞拆金须。百星交映，羽盖张而一色；万目齐明，车轮合而千状。谓翔鸾之欲舞，若群鹔之并飞。峰形耸而半天，石势蹲而临海。冲气积其下，惠风流其上，服之可以登仙，采之可以驻寿。虽复释梵天王之国，千影离娄；善住天子之池，双辉烁烂：校之今日，未可同年。臣等谨按《华严经》云："莲花世界是卢舍郍佛成道之国，一莲花有百亿国。"《无量清净经》云："无量清净佛七宝池中生莲花上。"夫莲花者，出尘离染，清净无瑕，有以见如来之心，有以察如来之法：道之行也，曾不徒然？伏惟天册金轮圣神皇帝现此妙身，当兹巨瑞，符契冥合，影响不差。有百亿国，无量清净者，天意若曰：护苏蚁结，默嘬蜂飞，闻鼓鞞而革面，望旌旗而悬首，指挥而边境获安，高枕而中国无事。风行电扫，纳嚾类于百亿之区；雾廓尘销，反游魂于清净之域；深仁所及，不亦宏哉！臣等滥奉朝恩，亲披瑞牒，非常之觊，旷古未闻，殊特之珍，历代一见，手舞足蹈，倍百常情。无任庆跃之至，谨诣朝堂奉表陈贺以闻。②

---

① （唐）李峤：《为何舍人贺御书杂文表》，（清）董诰：《全唐文》卷243，上海古籍出版社1990年版，第2册，第1086页。

② （清）董诰：《全唐文》卷218，上海古籍出版社1990年版，第2册，第974页。

其"为文华婉",于此可见一斑。

同为表文,在涉及朝廷政事的处理方面,李峤和崔融的文笔却能一改颂美表文的典丽之风,而出之平实的文笔。试看李峤的《请令御史检校户口表》:

> 臣闻黎庶之数,户口之众,而条贯不失,按此可知者,在于各有管统,明其簿籍而已。今天下之人,流散非一,或违背军镇,或因缘逐粮苟免岁时,偷避徭役。此等浮衣寓食,积岁淹年,王役不供,簿籍不挂,或出入关防,或往来山泽。非直课调虚蠲,阙于恒赋,亦自诱动愚俗,堪为祸患,不可不深虑也。或逃亡之户,或有简察,即转入他境,还行自容。所司虽具条科,颁其法禁,而相看为例,莫适遵承,纵欲纠设其愆违,加之刑罚,则百州千郡,庸可尽科? 前既依违,后仍积习,简获者无赏,停止者获原,浮逃不悛,亦由于此,今纵更搜简,而委之州县,则还袭旧踪,卒于无益。①

表文围绕天下人户管理的问题,开门见山地指出,历代成功的经验就在于"条贯不失",即"各有管统,明其簿籍"。接着,直指当前流弊之所在,并进行列举性分析,认为要解决这一问题,不可委之州县,进而点明需"令御史检校户口"这一旨归。全文简明扼要,朴实无华,行文上皆散句单行。

崔融的《请停读时令表》《断屠议》等文,亦属此类。

就其诗歌而言,李峤的主要贡献,在于以"百咏"组诗的形式,为

---

① (清)董诰:《全唐文》卷246,第1098—1099页。

当时举子及其后学提供了诗歌创作技巧等方面的范式和准的，对诗歌普及起到了积极促进的作用。① 他利用编撰《三教珠英》等大型类书时所掌握的知识，将有关物象的常见典故，结合声律、对偶、写景等综合性要素组织成诗，以便人们学习模仿。如咏《日》诗：

> 日出扶桑路，遥升若木枝。
>
> 云间五色满，霞际九光披。
>
> 东陆苍龙驾，南郊赤羽驰。
>
> 倾心比葵藿，朝夕奉光曦。②

　　首联以两则熟典开头。"扶桑"，典出《淮南子》"日出于旸谷""登于扶桑"③；"若木"，是神话中的树名。典出《山海经·大荒北经》："大荒之中，有衡石山、九阴山、泂野之山，上有赤树，青叶，赤华，名曰若木。"郭璞注："生昆仑西附西极，其华光赤下照地。"④《楚辞·离骚》："折若木以拂日兮，聊逍遥以相羊。"⑤以"若木枝"对"扶桑路"，概言"日"出、遥升之所。领联和颈联展开描写"日"之景象，对仗工稳。尾联以葵藿倾心向日，有一份光发一份热的赤诚，表达忠诚进取的愿望和愿为天子所知的心情。从声律上看，此诗已然是"仄起首句入韵"的五律格式了。

　　再看其咏《月》诗：

---

① 参见葛晓音师：《创作范式的提倡和初盛唐诗的普及——从〈李峤百咏谈起〉》，《文学遗产》1995 年第 6 期。

② （清）彭定求等编：《全唐诗》卷 59，中华书局 1960 年版，第 3 册，第 700 页。

③ （汉）刘安：《淮南鸿烈解》卷 3，四部丛刊景钞北宋本。

④ （晋）郭璞：《山海经传·海内经》第 18《大荒北经》，四部丛刊景明成化本。

⑤ （汉）王逸：《楚辞章句》卷 1《离骚经》，四部丛刊景明翻宋本。

　　　　桂满三五夕，荚开二八时。

　　　　清辉飞鹊鉴，流影入蛾眉（一作"新影学蛾眉"）。

　　　　皎洁临疏牖，玲珑鉴薄帷。

　　　　愿陪北堂宴，长赋西园诗。（一作"愿言从爱客，清夜幸同嬉。"）①

　　诗题为"月"而诗中却不见"月"字，而又处处显示"月"。首联即以喻指的方式示"月"。传说中吴刚月中植桂花，因此"月"亦称"桂魄"。荚，是古代传说中的一种瑞草，又称"历荚"。传说唐尧时，阶下生了一株草，每月一日开始长出一片荚来，到月半共长了十五荚。以后每日落去一荚，月大则荚都落尽，月小则留一荚，焦而不落。荚，因此又成为月历的象征，喻指月圆月缺周而复始。俗话说"十五的月亮十六圆"，诗中便以"三五"和"二八"来代指农历十五和十六的圆月。颔联和颈联展开月光形影之描写，充满了神密的动感。"鹊鉴"，喻指满月。"蛾眉"，喻指弯月。颔联句是说满月的清辉飘洒人间，弯月的流影匝地徘徊。颈联是说明亮而洁白的月亮冉冉临空，似乎就在窗前；明澈澄净的月光透过窗格洒进室内，映照在薄薄的纱帐上。月光皎洁临窗匝地映帘的美妙景致，如梦似幻，如在眼前。尾联出自曹植《公宴诗》："公子敬爱客，终宴不知疲。清夜游西园，飞盖想追随。明月澄清影，列宿正参差。"意为：愿陪好友们在清辉普照的月夜饮酒赋诗。全诗写月状貌，随物赋形，婉曲生动，所用词汇皆成为写月的典范。因此，张说在《五君咏五首·李赵公峤》组诗中称颂道："李公实神敏，才华乃天授。……故事遵台阁，新诗冠宇宙。"②高度肯定了

---

① （清）彭定求等编：《全唐诗》卷59，中华书局1960年版，第3册，第700页。

② （唐）张说著，熊飞校注：《张说集校注》（第2册），中华书局2013年版，第503页。

李峤新诗的示范意义。

如果说李峤的"百咏"是探究对偶声律之风的产物，那么崔融的《唐朝新定诗体》（或作《唐朝新定诗格》）①，则是一部代表官方写定的专门的诗歌创作指导书。此书同样侧重于诗歌的声律规则、体式规范和炼字修辞等方面。据日本僧人遍照金刚（774—835，俗姓佐伯，名空海）《文镜秘府论》所引《唐朝新定诗格》，其内容计有"十体""九对""文病""调声"诸节，除"调声"直承沈约之说以外，其余均唐人议论，与稍前元兢所著的《诗髓脑》颇为接近。所谓《唐朝新定诗格》，或相对于齐、梁时代而言。其中，提出的十种新定诗体是：形似体，质气体，情理体，直置体，雕藻体，映带体，飞动体，婉转体，清切体，菁华体。提出的九种属对是：字对，字侧对，声对，切对，切侧对，双声对，双声侧对，叠韵对，叠韵侧对。其所论七种"文病"，除"不调病"讨论声律外，其余六种如相类病、丛木病、形迹病、翻语病、相滥病、涉俗病，均重在字义。

除了理论指导外，崔融还编选了当时诗歌创作的范本——《珠英学士集》。这本选集虽然所收的作者范围有限，但其诗歌的题材却很广泛，有应制、送别、行旅、酬答、边塞、咏史、咏物、咏怀、乐府等等，内容亦丰富多采，很多作品抒情浓郁，别具审美价值，因此成为后来有特色的唐诗选本的基本取向。有学者认为，《珠英集》直接影响了《搜玉集》《国秀集》等重要的唐人选唐诗选本，从称谓、体例以及题材、体

---

① 按：此书已佚。唯《日本国见在书目》"小学家"类录有"《唐朝新定诗格》一卷"，不题撰者。《文镜秘府论》东卷《二十九种对》提及"崔氏《唐朝新定诗格》"，又地卷《十体》引作"崔氏《新定诗体》"，可知《诗格》《诗体》即为一书。市河宽斋《半江暇笔》云："我大同中，释空海游学于唐，获崔融《新唐诗格》等书而归，后著作《文镜秘府论》六卷。"可知《文镜秘府论》所引"崔氏"出自崔融《唐朝新定诗格》。

裁等方面,都看得出其影响和继承的痕迹。①

由上可见,李峤和崔融在律诗的定型和普及方面,与沈佺期和宋之问等诸学士一道,都作出了很大的贡献。

"珠英学士"中的富嘉谟(？—706)和吴少微(663—750),则以"富吴体"(又称"吴富体")散文著名于时。《旧唐书·文苑传》载:"先是文士撰碑颂皆以徐庾为宗,气调渐劣。嘉谟与少微属词,皆以经典为本,时人钦慕之,文体一变,称为富吴体。嘉谟作双龙泉颂、千蠋谷颂,少微撰崇福寺钟铭,词最高雅,作者推重。……嘉谟与少微在晋阳魏郡,谷倚为太原主簿,皆以文词著名,时人谓之'北京三杰'。"②《新唐书·文艺传》载:"天下文章尚徐庾,浮俚不竞,独嘉谟、少微本经术,雅厚雄迈,人争慕之,号吴富体。"③新旧唐书的载录稍有差异,"旧书"说"富吴体"是碑颂文中出现的新体式,它一改"气调渐劣"的徐庾时文,转"以经典为本",且词调高雅,其代表作有富嘉谟的《双龙泉颂》《千蠋谷颂》和吴少微的《崇福寺钟铭》。而"新书"则云"吴富体"文章,不同于"浮俚不竞"的徐庾时文,其特征是"本经术,雅厚雄迈",体式范围广及各类文章。从中可见,富嘉谟和吴少微的文学观念是一致的,俩人都崇尚儒家经典,看重文章的载道和教化功能,力图改变轻薄为文的时风,并以创作实践,标示出"雅厚雄迈"的格调和文风。可惜《全唐文》中,仅存富嘉谟的《丽色赋》《为建安王贺赦表》《为并州长史张仁亶谢赐长男官表》《贺幸长安起居表》等四篇,

① 参见龚祖培:《崔融对唐诗的三大影响》,《长沙理工大学学报》(社会科学版)2010 年第 1 期。

② (五代)刘昫:《旧唐书》卷 190《文苑传》(中),上海古籍出版社,上海书店《二十五史》(第 5 册),1986 年版,第 603 页。

③ (宋)欧阳修:《新唐书》卷 202《文艺传》(中),上海古籍出版社,上海书店《二十五史》(第 5 册),1986 年版,第 614 页。

传中言及的《双龙泉颂》和《千蠋谷颂》已佚；吴少微的《唐北京崇福寺铜钟铭并序》等六篇，见存《全唐文》。另外，《唐代墓志汇编》中保存了一篇吴、富二人合撰的《有唐朝散大夫守汝州长史上柱国安平县男赠卫尉少卿崔公墓志》：

伊博陵崔公讳暟，岁十有八，以门胄齿太学。明年，精《春秋左氏传》登科，冠曰慈明，首拜雍州参军事，次左骁卫兵曹，次蒲州司法。中书令李敬玄、侍中郝处俊，国之崇也。时元良监守，朝于李而暮于郝，以率更职典刑礼，咨公为丞，俾辑宫事。沛王府功曹曎，公之仲昆；京兆杜续，公之姊婿，以主客郎中终，而兄亦早殁。公奉嫂及姊，尽禄无匮。其后相次沦亡，公家贫，庀丧莫给，乃鬻僮马以葬。群甥呱呱，开口待哺，公之数子，咸孺稚焉，彼餐而厌，以糊予子。时咸通岁，关辅大饥，闺门不粒，几乎毕毙。朝廷嘉之，迁尚书库部员外郎，时年卅八。帝有恤人之命，特除公为寿安令。日给都苑，大走关递，邮轺无留，赋讼咸理，使黎教不辱，故人颂石而德之。有后宰杜玄演及继演者，皆嫉我惠能，戕我图篆，举邑号护，诃怒骤挞而不能禁焉。会江介郡县，吏多贪戾，潭州司马乐孝初、永州司马夏侯彪之，暴猾之魁，黩贿无纪，宪讯累发，皆不敢劾。公以刚直受命，南轺按罪，亲数二墨于朝，咸伏其咎，奸禄者因惮公严正故直，徙为醴泉令。而县之义仓，旧多积谷，朝贵与州吏协谋僦饩，以倾我教廪。公正言于朝，多所讦忤，遂左为钱唐令。故老怀爱而愤冤，号诉而守阙者千有余人。期而得直，复为旧党所构，卒以是免。闭门十年，寝食蓬藋，终不自列，久乃事白，授相州内黄令，迁洛州陆浑令。南山有银冶之利，而监鼓者不率，公董之，复为矿氏所罔，免归。人吏奔诉，而又获理焉。登除渑池令，迁润州司马，加朝散大夫、汝州长史。范阳卢弘悌，雅旷之守也，既旧既僚，政爱惟允。及卢公云亡，公哭之恸，因有归欤之志。无何，张昌期乃莅此州，公喟然叹曰："吾老矣，安能折腰于此竖子？"遂抗疏而归，恶权凶也。皇圣中兴，旧德咸秩，以安平之三百户爵公为开国男焉。初，公皇考洛县府君俨在蜀之岁，公年始登十，而黄门郎齐璿长已倍之，与公同受《春秋》三传于成都讲肆。公日诵数千言，有疑问异旨不能断者，公辄为之辩精。齐氏之子未尝不北面焉。由是博考五经，纂乃祖德，则我烈曾凉州刺史大将军诜、烈祖银青光禄大夫弘峻之世业也。累学重光，于赫万祚。公尤好老氏《道德》《金刚》《般若》，尝诫子监察御史浑、陆浑主簿沔曰："吾之《诗》《书》《礼》《易》，皆吾先人于吴郡陆德明、鲁国孔颖达重申讨核，以传与吾，吾亦以授汝。汝能勤而行之，则不坠先训矣。"因修家记，著《六官适时论》。神龙元年，公七十有四，秋七月季旬有八日，终于东都履道里之私第。公病之（以下转刻于志盖阴面——笔者注）革也，命二子曰："吾所著书，未及缮削，可成吾志。"伯殒季血，敢守遗简。乃于缄笥中奉春之遗令曰："吾家尚素薄，身殁之后，敛以时服。吾死在今岁，不能先言，汝知之。"公博施周睦，仁被众艰，是以有文昌之拜；大惠不泯，是以有宜阳之歌；守正不回，是以有三涂之归，海浙之远。昔十岁执先夫人之丧，十五执先府君之丧，礼童子不杖，而公柴病，孝也。尝与博士李玄植善，植无所居，公亦窭陋，分宅与之，义也；性命之分，人莫之测，而公先之知，命也。铭曰：

古先圣宗，莫大乎炎农；今日世禄，莫盛乎禁族。中有齐子，受邑命氏，裔德明明，夏里长岑，瑗实洪懿之英英，以暨乎安平。北山莽苍兮封累累，蒿棘榛榛兮狐兔悲。城阙倾合兮洛逶迤，金歌剑盖兮相追随,嗟嗟大夫兮独不偶,已焉已焉终何为?[①]

作为由二人合作撰成的碑颂文,此前并不多见。这说明吴、富二人关系确实密切,它也是近年来人们研究"富吴体"多所解读和分析的第一手资料。首先,从开篇行文上,它就有别于当时碑颂文往往先追述墓主祖先几代的模式,而是着重介绍墓主本人的学、仕行状和家、国人际境况,藉以展现其清贫自守的生平和刚直严正的品格。其次,行文的笔法上已摆脱了骈四骊六的拘束,基本以散句为主,并时引墓主人的生前口语入志,使人物形象跃然纸上。这正是作者本于秦汉散文叙事写人风格的生动体现。即便是志尾的铭文也别具特色,作者以四言、五言、骚体杂糅句式,对墓主人深情颂扬,并表达了深切的缅怀,迥异于当时多以四言铭颂的写法。因此,岑仲勉先生从唐代古文发展的宏观角度,分析评价富吴二人文章道:"今读其文,诚继陈拾遗而起之一派,韩、柳不得专美于后也。"[②]将"富吴体"散文视为唐代古文发展过程中的重要一环,可谓确论。

"珠英学士"中的刘知几(661—721)是著名史学家,曾被中唐古文家梁肃誉为"儒为天下表"[③],也有学者称其是中唐古文运动的先驱。刘知几的文学观,主要表现为崇真尚质,厌恶虚饰。他抨击追求对偶、拘忌声病的骈文,标举《五经》《三史》为作文标准,反对"虚设""浮华"

[①] 按:此墓志 1929 年出土于河南省洛阳市张羊村北瓦店西北,北京图书馆藏有拓本,岑仲勉《金石论丛》五《续金石证史》(上海古籍出版社 1981 年版)较早收录此文。周绍良主编《唐代墓志汇编》(上海古籍出版社 1992 年版)大历 062 号收录的,是崔佑甫于大历十三年(778)四月八日迁窆其祖时转录旧志并附记之文。

[②] 岑仲勉:《续贞石证史·明嗣子之义因录富吴体》,收入其《金石论丛》五《续金石证史》,上海古籍出版社 1981 年版。

[③] (唐)梁肃:《给事中刘公墓志铭》,(清)董诰:《全唐文》卷 520,上海古籍出版社 1990 年版,第 3 册,第 2342 页。

"无裨劝奖,有长奸诈"的世俗文字,要求文章内容真实,形式质朴,切合世用,"足以惩恶劝善,观风察俗"(《史通·载文》)。① 刘知几的文学观,既与唐初史家们的观点一脉相承,同时又有其特殊的针对性。刘知几生于唐高宗龙朔元年,对龙朔以后的文场风气,他亲身经历过。杨炯曾对当时的文风有过描述:"龙朔初载,文场变体,争构纤微,竞为雕刻。糅之金玉龙凤,乱之朱紫青黄,影带以徇其功,假对以称其美。骨气都尽,刚健不闻。"②由此可见,先前太宗朝君臣倡导的雅正之风,至此似乎又被新一轮的淫靡文风压倒了。至于"龙朔变体",究竟是指"上官体",还是以许敬宗等为代表的"颂体诗",或是上述两体兼而有之,学界一直存有争议。就"龙朔"年号而言,只有短短的三年时间(661—663),不足以形成一种文学新体。因此,有学者认为所谓"龙朔变体"只是一个象征性的标志,它可以表达为一种具有时代性的诗风流变。而这一流变的时段,主要是唐高宗在位时期,即永徽元年(650)至弘道元年(683)。③ 如前所述,这一时期的社会文化氛围,已由重儒雅转化为重文采。而这一变化,又与"废王立武"事件等引发的政治格局的剧烈变动,以及由此带来的用人导向和武氏集团的政治需求密切相关。龙朔元年高宗政归武后时,许敬宗(592—672)、李义府(614—666)等靠着阿附武后、构陷贞观旧臣起家的一批微族文士,成为朝廷重臣和文坛盟主。他们虽擅文辞,但多薄德行,普遍表现出阿谀奉承、献媚邀宠、以求高位的人格特征。一时上行下效,"皆舍德行而趋文艺"(《资治通鉴》卷第202"上元元年(674),刘晓'上书论选'语")。他

---

① 参见李少雍:《刘知几与古文运动》,《文学评论》1990 年第 1 期。
② (唐)杨炯:《王勃集序》,(清)董诰:《全唐文》卷 191,上海古籍出版社 1990 年版,第 1 册,第 851 页。
③ 参见聂永华:《初唐宫廷诗风流变考论》,中国社会科学出版社 2002 年版,第 119—120 页。

们鄙弃"言志明道"的文学观,视"雅正"为"重浊",视"笃实"为"鄙直",有意识地对贞观诗风进行"变体"①。或以"绮错婉媚"为本,或以"攀龙附凤"为荣。确实是"骨气都尽,刚健不闻"。而生性耿直的刘知几,虽为"珠英学士"中的一员,却与富嘉谟(?—706)和吴少微一样,都不认同这一时风,并努力摆脱其牢笼而新辟其径。在史笔上,他与"同作(按:指修唐史及则天实录等)诸士,及监修贵臣,每与其凿枘相违,龃龉难入。"(《史通·自序》)甚至"耻以文士得名"(同上)。

从人们常引的一段文字中,我们可窥其文风一斑:

> 夫观乎人文,以化成天下;观乎国风,以察兴亡。是知文之为用,远矣大矣。若乃宣、僖善政,其美载于周诗;怀、襄不道,其恶存乎楚赋。读者不以吉甫、奚斯为谄,屈平、宋玉为谤者,何也?盖不虚美,不隐恶故也。是则文之将史,其流一焉,固可以方驾南、董,俱称良直者矣。爰洎中叶,文体大变,树理者多以诡妄为本,饰辞者务以淫丽为宗。譬以女工之有绮縠,音乐之有郑、卫。盖语曰:不作无益害有益。至如史氏所书,固当以正为主。是以虞帝思理,夏后失御,《尚书》载其元首、禽荒之歌;郑庄至孝,晋献不明,《春秋》录其大隧、狐裘之什。其理谠而切,其文简而要,足以惩恶劝善,观风察俗者矣。②

刘知几是明确反对骈体文的史家,反对"依仿旧辞",主张使用"当世口语",向往一种"文而不丽,质而非野"的史笔和文风。但要做到思想主张和文史实践的完全统一,又并非易事。《史通》成于景龙

---

① 参见杜晓勤:《论龙朔初载的诗风新变》,《文学遗产》1994年第5期。
② (唐)刘知几撰,(清)浦起龙通释:《史通》"载文第十六",上海古籍出版社2015年版,第114页。

四年(710)仲春,距离"龙朔初载"已有近半个世纪,但其字里行间,依然还有骈文整饬之风的影响存在。由此可见,一个身处时风中心浸染的作者,要想躬行其道、创新文体,还有待于团结更多的志同道合者,共同进行探索和实践。

　　修文馆学士始置于唐高祖武德初年,当时,学士无定员。其职责主要是典校理,司撰著,兼训生徒等。至唐中宗景龙年间(707—710),上官婉儿首发倡议,"劝帝侈大书馆,增学士员,引大臣名儒充选"①。据载:"唐中宗景龙二年,置修文馆学士。大学士四人,象四时;学士八人,象八节;直学士十二人,象十二月。游宴悉预,最为亲近也。"②实际前后充任修文馆学士者凡 29 人。③ 李峤、宗楚客、赵彦昭、韦嗣立为大学士,李适、刘宪、崔湜、郑愔、卢藏用、李乂、岑羲、刘子玄为学士,薛稷、马怀素、宋之问、武平一、杜审言、沈佺期、阎朝隐、徐坚、韦元旦、褚无量、徐彦伯、刘允济、崔日用、苏颋、韦凑、李迥秀、张说为直学士。④ 这 29 人中,有多人曾是"珠英学士"的成员,如李峤、崔湜、李适、宋之问、沈佺期、韦元旦、刘允济。另有几位则跨越武周、中宗直至开元初期,如号称"燕许大手笔"的苏颋和张说,成为开元初期的文坛领袖。张说在《唐昭容上官氏文集序》中说:"自则天久视之后,中宗景龙之际,十数年间,六合清谧,内峻图书之府,外辟修文之馆。搜英列俊,野无遗才。右职以精学为先,大臣以无文为耻。

① (宋)欧阳修:《新唐书》卷 76《上官昭容传》,上海古籍出版社,上海书店《二十五史》(第 6 册),1986 年版,第 349 页。
② (宋)朱胜非:《绀珠集》卷 7 引唐修文馆学士武平一所纂《景龙文馆记》,清文渊阁四库全书本。
③ (宋)王应麟:《玉海》卷 57《艺文》引唐修文馆学士武平一所纂《景龙文馆记》,清文渊阁四库全书本。
④ 参见王殊宁:《唐景龙年间修文馆学士考略》,《社会科学论坛》2006 年第 7 期。

每游宫观,行幸河山,白云起而帝歌,翠华飞而臣赋。雅颂之盛,与三代同风。"①有学者考定,从景龙二年(708)四月增置修文馆学士起,到景龙四年(710)六月唐中宗被鸩杀止,短短两年余,以他为中心的大型文学活动近六十场。② 这种频度密集的宫廷文学活动,客观上促进了文人之间的相互交流和词场竞技。在较为宽松的创作环境中,诗歌体式得以进一步完善,最终完成了格律诗的定型。在题材和内容方面,也有所拓展和充实。创作风格趋向轻松活泼、灵动多变,审美趣味上则表现为崇尚阔大壮丽、以气势为美。这些都对即将到来的"盛唐之音"产生了直接的推动与影响。

从引领一时风尚的角度来看,修文馆学士的代表人物主要是李峤、杜审言、沈佺期、宋之问。李峤"前与王勃、杨盈川接,中与崔融、苏味道齐名,晚诸人没,而为文章宿老,一时学者取法焉。"(《新唐书·李峤传》)作为"文章四友"之一的杜审言,是初唐后期的一位重要诗人。他在近体诗形式的发展、定型及其内容的拓展与表达等方面,都取得了突出成就。同仁武平一称赞他"誉郁中朝,文高前列。"(《唐诗纪事》卷 6 载武平一表)陈子昂也说:"杜司户炳灵翰林,研几府策,有重名于天下,而独秀于朝端。"(《送吉州杜审言司户序》,《陈子昂集》卷 7)其孙杜甫称"诗是吾家事""吾祖诗冠古",亦非虚誉。杜审言名列修文馆直学士仅仅几个月时间,③如葛晓音师所说,杜审言、沈佺期、宋之问这三位水平较高的诗人,他们的主要成就,实际上并不是在宫廷中取得的。④ 他们都曾经历过大起大落的人生旅程,都曾

---

① （清）董诰:《全唐文》卷 225,上海古籍出版社 1990 年版,第 2 册,第 1004 页。
② 胡旭、胡倩:《唐景龙修文馆学士及文学活动考论》,《文史哲》2017 年第 6 期。
③ 据陈冠明《杜审言年谱》:"景龙二年(708)戊申,六十四岁。在国子监主薄任。五月,加修文馆直学士。秋,卒,诏赠著作郎。"《杜甫研究学刊》2001 年第 3 期。
④ 葛晓音:《论宫廷文人在初唐诗歌艺术发展中的作用》,《辽宁大学学报》1990 年第 4 期。

由宫廷宠幸而远流蛮荒。宋之问在《祭杜学士审言文》中说:"君之栖
遑,自昔迷方,逢时泰兮欲达,闻数奇兮自伤。属文母之丕运,应才子
之明扬,援沦秀于兰畹,侍仙游于柏梁。命以著作,拜之为郎,始翔鸳
于清列,旋御魅于炎荒。遗旅雁兮超彭蠡,作编人兮居越裳,殊许靖
之新适,忆虞翻之旧乡。惟皇龙兴,再施法度,拂洗溟渤,骞翔雨露。
通籍于八舍禁门,摇笔于万年芳树,仰赤墀兮非远,谓白首兮方
遇。"①游宦、流贬和侍奉宫廷相交织的人生经历,极大地丰富了其创
作题材,开拓了其创作视野。这就使其能在"四杰"的基础上,对近体
诗的抒情内质作进一步地充实,对诗歌的美学格调作进一步地提升。
如其边塞诗,或描绘波澜壮观的战斗场景,或反映唐军将士驰骋疆
场、杀敌报国的豪情壮志,直开盛唐高适、岑参边塞诗慷慨激昂、雄壮
奇丽诗风之先河;其山水诗,既有对祖国奇山秀水的热情讴歌与赞
美,又有着对诗歌表现艺术的诸多发展,其雄奇、警拔、俏丽之诗风,
对盛唐李白、杜甫山水诗派有着重要而深远的影响;②其宫廷诗从一
味颂圣转向了欣赏山水、领略佳候,显示出开阔与浑融之美。有学者
对杜审言在五律和五排声律定型方面所取得的成就,曾作过深入地探
究。经梳理统计发现,杜审言所作五律和五排的合律度高达 94%③,
其对粘对规则的运用已很娴熟。由此可见,杜审言在五言律诗的建设
上起了重要的开创作用,是促进五言律诗形成很有影响的人物。

　　学界对沈佺期、宋之问的文学成就及其在文学史上的地位,已多
所论述。如果从宫廷文人和文儒之士的身份来看,沈、宋参加了文人

---

① (唐)沈佺期、宋之问撰,陶敏、易淑琼校注:《沈佺期宋之问集校注》(下册),中华书局
2001 年版,第 740 页。
② 参见汤军:《论杜审言对唐诗发展的艺术贡献》,《前沿》2010 年第 24 期。
③ 韩成武、陈菁怡:《杜审言与五律、五排声律的定型——兼述初唐五律、五排声律的定型
过程》,《深圳大学学报》(人文社会科学版)2003 年第 1 期。

的诸多集会，相互交流，大量创作，接受点评，使诗歌的形式、技巧等
得到了很大的发展与提高。就宫廷创作而言，因其特定语境和题材
的框定，原本很难有真性情的表达和艺术方面的突破，但沈、宋二人
不仅使律诗"回忌声病，约句准篇"（《新唐书·宋之问传》），而且能通
过炼字炼句来提高对仗的概括力和句意的容量，在诗歌的谋篇布局、
意象选择等方面颇具巧思，在创意造境方面亦多有开拓。① 如其不少
应制诗，五、七言律并用，句意、句法多有新创，意境视野亦较阔大。
"碧水澄潭映远空，紫云香驾御微风。汉家城阙疑天上，秦地山川似
镜中。"（沈佺期《兴庆池侍宴应制》）"川长看鸟灭，谷转听猿稀。天磴
扶阶迥，云泉透户飞。闲花开石竹，幽叶吐蔷薇。"（沈佺期《仙萼池亭
侍宴应制》）"云间树色千花满，竹里泉声百道飞。"（沈佺期《奉和春初
幸太平公主南庄应制》）"宿雨霁氛埃，流云度城阙。河堤柳新翠，苑
树花先发。洛阳花柳此时浓，山水楼台映几重。……山壁崭岩断复
连，清流澄澈俯伊川。雁塔遥遥绿波上，星龛奕奕翠微边。层峦旧长
千寻木，远壑初飞百丈泉。"（宋之问《龙门应制》）"芳树摇春晚，晴云
绕座飞。"（宋之问《奉和梁王宴龙泓应教得微字》）"北阙彤云掩曙霞，
东风吹雪舞仙家。琼章定少千人和，银树长芳六出花。"（宋之问《奉
和春日玩雪应制》）"岩边树色含风冷，石上泉声带雨秋。"（宋之问《三
阳宫侍宴应制得幽字》）沈、宋二人在宫中节庆和年俗活动的描写上，
亦有独到的眼光和手笔。如宋之问的"今年春色早，应为剪刀催"
（《奉和立春日侍宴内出剪彩花应制》），形容宫中剪彩花巧夺天工，构
思十分新巧，后来被贺知章进一步翻为"不知细叶谁裁出，二月春风
似剪刀"，竟成千古名句。沈佺期的《守岁应制》写道："殿上灯人争烈

---

① 参见葛晓音：《论宫廷文人在初唐诗歌艺术发展中的作用》，《辽宁大学学报》1990 年第
　4 期。

火,宫中侲子乱驱妖。"毫无顾忌地展陈宫中的年俗活动,这些都应与当时相对宽松自由的歌咏和注重艺术表现的风气有关。

初唐时期,就文儒个体而言,则以王勃等为代表。

王勃(649—676)是初唐时期将儒学和文学在为文创作中进行融会贯通的代表文人。他在《上明员外启》中叙述自家身世时说:"祖德家声,代有纵横之目。及金陵东覆,玉马西奔,髦头杰起,文儒继出。"①其祖父王通是隋末大儒,叔祖王绩是风格独异的隐逸诗人。世业不坠的文儒传统,使其自幼"蒙父兄训导之恩"②,"九岁读颜氏《汉书》,撰《指瑕》十卷;十岁包综六经,成乎期月。"③继而"藉朋友琢磨之义,好学近乎智,力行近乎仁。"④"所注《周易》穷乎晋卦;又注《黄帝八十一难》,幸就其功;撰《合论》十篇,见行于代。君平生属文,岁时不倦。"⑤虽然英年早逝,却留下了才华横溢的诗文。

王勃的文学观念,深受其家族文化传统和祖父王通的影响,并接受了《文心雕龙》中"原道""征圣""宗经"等理论认识。他在《上吏部裴侍郎启》中说:"夫文章之道,自古称难。圣人以开物成务,君子以立言见志。遗雅背训,孟子不为;劝百讽一,扬雄所耻。苟非可以甄明大义,矫正末流,俗化资以兴衰,国家由其轻重,古人未尝留心也。自微言既绝,斯文不振。屈宋导浇源于前,枚马张淫风于后。谈人主者,以宫室苑囿为雄;叙名流者,以沈酗骄奢为达。故魏文用之而中国衰,宋武贵之而江东乱。虽沈、谢争骛,适足兆齐梁之危;徐、庾并

---

① (唐)王勃:《上明员外启》,(清)董诰:《全唐文》卷180,上海古籍出版社1990年版,第1册,第807页。

② (唐)王勃:《上吏部裴侍郎启》,(清)董诰:《全唐文》卷180,第806页。

③ (唐)杨炯:《王勃集序》,(清)董诰:《全唐文》卷191,第851页。

④ (唐)王勃:《上吏部裴侍郎启》,(清)董诰:《全唐文》卷180,第806页。

⑤ (唐)杨炯:《王勃集序》,(清)董诰:《全唐文》卷191,第851页。

驰,不能止周陈之祸。"①明显呈现出重"儒"轻"文"的复古特征和儒家的文学政教意识,与此前王通、李谔、魏征、姚思廉等人所论一脉相承。但在诗文创作实践中,他又时时背离了其理论主张。他一方面指斥"竞一韵之奇,争一字之巧"的齐梁之风;另一方面,自身又创作了大量讲求声韵对偶和隶事用典的四六骈文。当时文坛盛行以上官仪为代表的浮靡诗风,"争构纤微,竞为雕刻","骨气都尽,刚健不闻",王勃对此深为不满。作为"志远而心曲,才高而位下"的在野文儒,他要"思革其弊,用光志业"。(杨炯《王勃集序》)其反拨的方式就是以"宏博"革除"绮碎",形成一种"壮而不虚,刚而能润,雕而不碎,按而弥坚"的文章风格。更为重要的,是其作品中体现出的"幽忧孤愤之性"和"耿介不平之气"②。以王勃为代表的"初唐四杰",他们对后世的影响主要体现在以下两个方面:一是体现于文学观念的总体认识上。他们将孔子礼乐文化与屈宋的辞赋创作看做中国文学史上具有转折意义的关键点,进而排斥楚骚之哀怨,而把"大雅"视为"正声",并与"颂美"紧密相连,这种认识深刻影响了盛唐时代的文人;二是体现于作品中的功业热情和不平之气。"初唐四杰"的诗文创作都贯注了自己才不得展、沉沦下僚、际遇艰难的忧郁不平之感,以及坚守文人以道自任、不同流俗的高洁气节和崇高理想。他们为时代所激发的追求功业的热情和幻想以及不甘心憔悴于圣明之代的不平之气,直接开启了盛唐诗歌的基本主题,对唐诗的发展有着深远的影响。③

---

① (唐)王勃:《上吏部裴侍郎启》,(清)董诰:《全唐文》卷180,第806页。

② (唐)王勃:《夏日诸公见寻访诗序》,(清)董诰:《全唐文》卷181,第812页。

③ 参见葛晓音:《初唐四杰与齐梁文风》,《求索》1990年第3期;李伟:《王勃文学思想中的"文儒"特征》,《武汉科技大学学报(社会科学版)》2008年第3期。

第三章

盛唐文儒与文风

从政治文化的角度看,文学与儒学在盛唐达到了最佳的结合状态,从而形成了士大夫政治演生史上最具特色的"文儒"集团。盛唐"文儒"是既具有儒家的礼乐政治理想,又具有参与社会政治活动能力和经历的一批文人。他们对文风的影响,表现在创作内容上,既能贴近社会政治生活,又有自己的性情操守;表现在创作风格上,既有自家的独特面目,又具有相当的影响力。

第一节 以"二张"为代表的盛唐"文儒"与文学的"盛唐气象"

所谓"二张",是指著名文人张说和张九龄二人。张说(667—730),字道济,又字说之,范阳方城人,其"家世尚儒"[①],"少长儒门,垦凿坟史"[②],从小就接受了浓厚的儒学教育。武后天授元年(690),年

[①] (唐)张说:《唐赠丹州刺史先府君碑》(铭并序),(唐)张说著,熊飞校注:《张说集校注》(第3册),中华书局2013年版,第975页。

[②] (唐)张说:《让右丞相表》,第4册,第1487页。

仅 24 岁的张说，因殿试对策第一①，授太子校书，从此登上仕途，历仕武后、中宗、睿宗、玄宗四朝，曾三登左右丞相，三作中书令。《旧唐书》本传又载其"掌文学之任凡三十年。"考其实际，张说真正成为文坛领袖，并成为"扭转初盛唐之交学术风气的关键人物"②，主要是在玄宗朝。武后久视元年（700），张说参与修撰《三教珠英》，成为"珠英学士"中的一员；景龙三年（709），兼修文馆学士。至玄宗朝，他先后借助丽正书院和集贤殿书院的平台，提携和积聚了众多文儒之士，大兴礼乐，佐佑王化，成为"当朝师表，一代词宗"③。

　　玄宗在东宫时，张说就在其身边力倡"崇太学，简明师，重道尊儒，以养天下之士。……博采文士，旌求硕学……引进文儒"④。受张说等文儒之士的影响，玄宗开始意识到崇儒重学的必要性。开元五年（717），朝廷在东都乾元殿前设修书院整理典籍。开元六年（718），乾元修书院改名丽正修书院。名儒褚无量、马怀素、元行冲先后总其事，然皆未竟其业，或卒或衰。开元十年（722），张说还京任丽正殿修书使，经修《六典》。开元十一年（723），朝廷于京师大明宫光顺门外置丽正书院。开元十二年（724），又于东都明福门外别置院，亦以丽正书院为号。⑤ 开元十三年（725），诏改丽正书院为集贤书院，取集贤纳士以济当世之意，命中书令张说总任其事。并在体制上明确，院内

①　参见（唐）刘肃：《大唐新语》卷 8"聪敏"，中华书局 1984 年版，第 127 页。
②　葛晓音：《盛唐"文儒"的形成和复古思潮的滥觞》，收入葛晓音：《唐诗流变论要》论文集，商务印书馆 2017 年版，第 267 页。
③　（唐）玄宗：《命张说兼中书令制》，《全唐文》卷 22，上海古籍出版社 1990 年版，第 1 册，第 108 页。
④　（唐）张说：《（上东宫）劝学启并答令》，（唐）张说著，熊飞校注：《张说集校注》（第 3 册），中华书局 2013 年版，第 1307 页。
⑤　参见（唐）韦述：《集贤记注》，（宋）孙逢吉：《职官分纪》卷 15 征引，清文渊阁四库全书本；《新唐书》卷 47《百官志》。

五品以上为学士，六品以下为直学士。此前，丽正书院主要是修书之所。此后，集贤书院则将修图书、集贤士、讲学论道、资政垂询等融为一体，成为帝王的智囊机构，这与张说身体力行"重道尊儒"密切相关。当初，玄宗欲授任其为集贤院"大学士"，他推辞道："学士本无大，称中宗崇宠大臣，乃有之，臣不敢以为称。固辞，乃免。后宴集贤院，故事官重者先饮。说曰：'吾闻儒以道相高，不以官阀为先。'"[①]由此可见其放低身架、"延礼文儒"的真诚。更值得注意的是，这种强调以"道义"相高而不以官阶为序的文儒风范，对盛唐文士高谈王霸、粪土王侯、以道义相期、以天下为己任的士人心态的形成，具有重要的示范和导向意义。当中书舍人陆坚对朝廷厚待学士的做法提出反对时，张说当即批驳道："古帝王功成则有奢满之失，或兴池观，或尚声色，今陛下崇儒向道，躬自讲论，详延豪俊，则丽正乃天子礼乐之司，所费细而所益者大，陆生之言盖未达邪。帝知，遂薄坚。"[①]亦可见其坚持与担当的精神。

与此同时，张说还着力营造与大兴礼乐政治相适应的以文举人的风气。此前，以姚崇与宋璟为代表的"吏能派"当政时，选人用人主要看重人的行政实际能力。这一方面是为了适应开元之初拨乱反正的需要；另一方面，也与姚、宋二人的"文人观"和"文学观"相关。姚、宋二人均目睹过自武氏以来许多士子夤缘入宦之丑态，二人对士人之诌媚奉迎尤为深恶痛绝。其心目中的文人应有骨梗之气，"文学"亦当有"雅正"之风，有益于实用。在姚、宋看来，龙朔以来的宫廷文学，渺关风雅，无助于王道仁政建设；而以文学进身的士人，其政治能力与政治品格也受到了极大的怀疑。[②]因此，姚、宋执政时期，进士人

---

① （宋）欧阳修：《新唐书》卷 125《张说传》，上海古籍出版社，上海书店《二十五史》（第 6 册），1986 年版，第 456 页。

② 参见刘顺：《唐前期的文儒与吏能之争》，《安徽史学》2009 年第 5 期。

数锐减①。这一情形,在张说于开元九年再次为相后得到了改变。以张说和张九龄为代表的"文儒派"选人用人,更强调文学才能与行政能力的两长,特别鄙视胥吏出身的人。这一导向虽然带有理想化的色彩,甚至也有一些偏颇,但由于躬逢太平盛世,出于粉饰文治的需要,二张以文举人的主张一时得以施行。

"开元十年,兵部尚书张说为丽正殿修书使,奏请知章及秘书员外监徐坚、监察御史赵冬曦皆入书院,同撰六典及文纂等。"(《旧唐书·贺知章传》)

"中书令张说专集贤院事,引述为直学士,迁起居舍人。说重词学之士,述与张九龄、许景先、袁晖、赵冬曦、孙逖、王翰常游其门。赵冬曦兄冬日、弟和璧、居贞、安贞、颐贞等六人,述弟迪、逌、逈、迓、巡亦六人,并词学登科。说曰:'赵、韦昆季,今之杞梓也。'"(《旧唐书·韦述传》)

"徐安贞……尤善五言诗,尝应制举,一岁三擢甲科……开元中,为中书舍人、集贤院学士。"(《旧唐书·徐安贞传》)其后掌知制诰,尤负盛名。

开元中,以能文敢谏见称于世的吕向,曾撰颂并书《唐述圣颂》,当初"曾以《美人赋》谏,几死。张说为请,即拜补阙,赐银章朱绂,不可谓不遇也。"②不久,吕向又入集贤院为直学士,系十八学士之一。

裴漼,"敏学聪亮,雅词微婉"③,"开元五年,迁吏部侍郎,典选数年,多所持拔。再转黄门侍郎,代韦抗为御史大夫。漼早与张说特相友善,时说在相位,数称荐之。漼又善于敷奏,上亦嘉重焉。由是擢

---

① 参见杜晓勤:《初盛唐文学的文化阐释》,东方出版社 1997 年版,第 286 页。
② (明)郭宗昌:《金石史》卷下,清知不足斋丛书本。
③ (唐)苏颋:《授裴漼兵部侍郎制》,(清)董诰等编:《全唐文》卷 251,上海古籍出版社 1990 年版,第 2 册,第 1119 页。

拜吏部尚书,寻转太子宾客。"(《旧唐书·裴漼传》)开元十二年,裴漼进呈《请封东岳表》,是张说倡导礼乐政治的积极响应者。

房琯,"少好学,风仪沉整,以门荫补弘文生。"(《旧唐书·房琯传》)早年亦投张说门下,是张说赏识的文儒之士。其《上张燕公书》云:"窃惟当今主英臣诚,海平天清,干相国者,更言朝廷之遗阙,黔黎之艰阻,妄矣! ……倘见露之时,为左右所器,亦愿起自燕国门下,令众人别意瞻瞩也。……倘左右垂无穷之惠,降不测之礼,赐数字之答,加一介之使,则相国保下士之誉,小人获见知之荣,光照微躯,价传多士。辄饰琐貌,以俟轩车。"①开元十二年,房琯"撰《封禅书》一篇及笺启以献。中书令张说奇其才,奏授秘书省校书郎,调补同州冯翊尉。"(《旧唐书·房琯传》)后为玄宗、肃宗两朝宰相,与诗人孟浩然、王维、储光羲、李颀、綦毋潜、高适、陶翰、贾至等相友善,与杜甫为"布衣"之交,房琯的仕途升沉对杜甫产生了重要影响。

徐浩,早年即以文辞出众,被张说誉为"后进之英"。《旧唐书》本传云:初"少举明经,工草隶,以文学为张说所器重,调授鲁山主簿。说荐为丽正殿校理,三迁右拾遗,仍为校理。……以文雅称。"②《徐浩神道碑》云:"年十五究经术,首科升第,始擢汝州鲁山主簿,(阙三字)卑时论称之。无何诏徵,俾(阙二字)贤院大学士燕国公说,文之沧溟,间代宗师,尝览公应制《喜雨赋》及《五色鸽赋》兼和制等诗,曰:'后进之英,今知所在。'赏叹不足,(阙一字)为上闻,……进太子校书、集贤殿待诏,……"③徐浩历仕玄宗、肃宗、代宗、德宗四朝,"肃宗

---

① (清)董诰等编:《全唐文》卷332,上海古籍出版社1990年版,第2册,第1489页。
② (五代)刘昫:《旧唐书》卷137,上海古籍出版社,上海书店《二十五史》(第5册),1986年版,第454页。
③ (唐)张式:《东海徐公神道碑铭》,(清)董诰:《全唐文》卷445,上海古籍出版社1990年版,第2册,第2011—2012页。

即位，召拜中书舍人，时天下事殷，诏令多出于浩。浩属词赡给，又工楷隶，肃宗悦其能，加兼尚书左丞。玄宗传位诰册，皆浩为之，参两宫文翰，宠遇罕与为比。”（《旧唐书》本传）史臣评论说：“文学之士，代不乏才。永泰、贞元之间，如徐浩、赵涓诸公，可谓一时之秀也。”[①]《张九龄神道碑》亦由徐浩所撰。

此外，赵彦昭、陈寡尤、王丘、齐澣、康子元、敬会真、常敬忠、王翰等文士，亦为张说所延引和赏识。王维在其《上张令公》一诗中，曾颂美张说“致君光帝典，荐士满公车”。张说当政其间，进士科年均取士达35人，远超姚、宋时期的22人。后来这些文士又荐引了一大批文士，如张九龄之于王维、孟浩然、万齐融、裴迪，贺知章之于李白，孙逖之于萧颖士、李华等，从而直接推动了盛唐文坛繁盛局面的形成。[②] 张九龄曾在《张公墓志铭并序》中说：“及夫先圣微旨，稽古未传，缺文必补，坠礼咸郢，与经籍为笙篁，于朝廷为粉泽，……始公之从事，实以懿文，而风雅陵夷，已数百年矣。时多吏议，摈落文人，庸引雕虫，沮我胜气。丘明有耻，子云不为，乃未知宗匠所作，王霸尽在。及公大用，激昂后来，天将以公为木铎矣。”[③]高度评价了张说对盛世礼乐文明建设的贡献及其着意提高文儒地位的历史功绩。

最能体现张说以文用人政治眼光，并对开元文坛影响最大的，莫过于他对张九龄的赏识和提携。张说与张九龄结识很早，长安三年(703)张说因魏元忠事被贬岭南，途经韶州时，九龄即得以文章面呈，张说览其文而厚遇之，并与通谱系，九龄对其执族长辈礼。是时张说

---

① （五代）刘昫：《旧唐书》卷137，上海古籍出版社，上海书店《二十五史》（第5册），1986年版，第455页。

② 参见林大志：《论“燕许”对后进文士的荐引之功》，《漳州师范学院学报》（哲学社会科学版）2008年第4期。

③ （唐）张九龄：《故开府仪同三司行尚书左丞相燕国公赠太师张公墓志铭并序》，（唐）张九龄撰，熊飞校注：《张九龄集校注》（下册），中华书局2008年版，第951页。

三十七岁,张九龄二十六岁。① 其后,张说对张九龄始终格外器重,誉为后来词人之首。在其延引的文人中,两人交往历时最久,关系也最为紧密。以至于张九龄的仕途、命运亦多随张说而沉浮。开元九年底,张说再次入朝为相,执掌文衡,二张的交往自此更加密切。张说既对九龄"待以族子",且"颇以文章见许"②,九龄亦常以晚生后辈的身份造访其门。两人相交集的文学活动,大都是在开元十年到十五年间朝会应制、巡游奉和的场合,而这也正是张说以文坛盟主的身份引领群彦、开文事之盛的时期。九龄以极高的政治热情,支持和参与了张说所倡导的北祠后土、东封岱岳、春祀南郊,以及制礼修典等各项礼乐文明盛事。开元十年闰五月,张说赴朔方巡边,玄宗作诗以壮行色,时任中书舍人内供奉的张九龄与朝臣源乾曜、张嘉贞、宋璟、许景先、袁晖、贺知章、韩休、王翰、崔日用、崔泰之、苏晋、卢从愿、徐知仁、崔禹锡、王光庭、席豫、徐坚、胡皓、王丘等二十人一道,同作有奉和圣制送兵部尚书张说赴朔方巡边诗。这是开元年间在朝文人的一次大聚会,其中,许景先、袁晖、贺知章、王翰、卢从愿、席豫、徐坚、胡皓、王丘和张九龄等,皆是张说为代表的"文儒"集团中的人物。开元十一年(723)春正月,九龄随玄宗自洛阳北巡潞州、并州,祠后土、登太行,与张说、苏颋、苗晋卿、张嘉贞等群臣均有奉和言志诗。至并州,玄宗作《过晋阳宫》诗,九龄与张说、苏颋等均有奉和幸晋阳宫诗。二月,随驾自太原南还晋州途中,出汾州崔鼠谷,张说献诗,玄宗和答。九龄与随行群臣苏颋、王丘、袁晖、崔翘、王光庭、席豫、梁升卿、赵冬曦、徐安贞等皆有应制诗。三月,随驾自河东归秦,途经蒲州,张说与九龄等有奉和圣制早度蒲津关诗。十一月玄宗亲享圜丘,中书

---

① 详见拙著:《张九龄年谱》,中国社会科学出版社 2005 年版,第 29 页。
② (唐)张九龄:《答严给事书》,(唐)张九龄撰,熊飞校注:《张九龄集校注》(下册),中华书局 2008 年版,第 860 页。

令张说为礼仪使,卫尉少卿韦绦为副,说建议请以高祖配祭,始罢三祖同配之礼。翌年(724)二月,九龄有南郊礼毕酺宴应制诗。随后,玄宗又赐宰相群臣宴于乐游园并赋诗,九龄与张说、宋璟、赵冬曦、崔沔、崔尚、胡皓、王翰等与宴并有和诗。十一月,扈驾幸东都,沿途与张说等先后有应制经华山诗,奉和圣制渡潼关口号,奉和圣制过王濬墓应制,奉和圣制经河上公庙,奉和圣制途次陕州作等诗。开元十三年(725)春二月,玄宗在洛水之滨设宴饯送寇泚等十一位刺史,并作十韵诗赐之。张说、九龄等奉命侍宴,有应制诗。四月初,张说赴集贤殿上任,玄宗赐宴赋诗,苏颋、张说、徐坚等均有和作,九龄为之序。九月十三日潞州献瑞应图,玄宗命唤取蕃邸旧僚,问其实事,然后修图,九龄为此撰《圣应图赞并序》,张说亦有《皇帝在潞州祥瑞颂十九首》。十月十三日,玄宗东封泰山行次成皋太宗破窦建德处,感而赋诗,张说、九龄等随侍者有和作。十一月甲午,登封毕,玄宗自泰山归经孔子宅,丙申,致祭、赋诗,张说、九龄等有和作。开元十四年(726)冬,赵颐贞赴安西都护任,张说、九龄等同为之赋诗壮行。虽然在开元十五年(727)九龄受张说被劾事件所牵而外放,但其后的被诏回朝,继掌文衡,仍系张说生前的力荐影响。开元十八年(730)十二月,一代文宗张说卒。开元十九年(731),九龄自桂州刺史兼岭南道按察使任诏还守秘书少监兼集贤院学士副知院事,是年夏抵京后,敬撰《祭张燕公文》曰:"……人亡令则,国失良相。学堕司南,文殒宗匠。"深情彰表了张说一代文宗的地位和影响,寄托了绵绵哀思。①

　　张九龄是继张说之后的文坛宗伯,玄宗称其"朝廷词伯,故以属卿"(《全唐文》卷36《赐张九龄勅》),同僚徐浩言其"学究经术,文高宗匠。再掌司言,爰立作相"。(《全唐文》卷440《唐尚书右丞相中书令

---

① 详见拙著:《张九龄研究》,中华书局2007年版,第48—106页。

张公神道碑》)九龄虽生于岭南,但其仕宦传家的门第和斯文南渐的背景,使他能与许多中原学子一样,幼即向学,七岁能文,十三岁时,其文才就得到了著名文儒王方庆的赞赏,称其"必能致远"(《旧唐书·张九龄传》)。后来他以"乡贡"的身份,进士及第。其间,颇受沈佺期、李峤、赵彦昭、马怀素等人赏识,与同辈文儒赵冬曦、苏诜、席预、韩朝宗、蔡孚、韦抗、裴耀卿、裴光庭、许景先、宋鼎、梁升卿、严挺之、袁仁敬、陆景献、王履震、萧诚、崔颂等互有诗文交谊。自开元十九年执秉文衡,以及此后的数年间,九龄凭借其宰辅的地位和影响,继续弘扬崇文尚儒的用人方略,谏相李林甫、张守珪、牛仙客,贬斥胸无文墨的户部侍郎萧炅,力主朝臣必须具备较高的文化水准,起用严挺之(严武之父)为尚书左丞、知吏部选,孙逖知贡举,对晚生后辈王维、孟浩然、綦毋潜、卢象、包融、韦陟、李泌、皇甫冉、周子谅、钱起、王昌龄等,多有提携。① 并在科举选人制度上作出了重大调整,将考功郎掌贡举改为礼部职掌、侍郎专知,大大提高了知贡举人的地位和身份。如严挺之是"二张"颇为赏识和器重的文儒人物,他在开元十四、十五、十六连续三年知贡举期间,曾选拔了严迪、储光羲、崔国辅、綦毋潜、王昌龄、常建等一大批著名诗人,从而促成了开元年间诗人登第的第一个高峰。开元二十二年、二十三年孙逖知贡举期间,出现了开元间诗人和文人登第的第二个高峰。天宝年间的著名文人如颜真卿、贾至、萧颖士、李华等均于这两年中进士。二十二年王昌龄应博学宏词科登第,二十三年崔国辅牧宰科登第,二十四年颜真卿又中拔翠科。如葛晓音先生所言,在这个高峰中得第的文人,大都带有张说、张九龄所代表的"文儒"特征。九龄的这种重文取向和全力维系的文人政治的格局,继续激发着中下层文人,希以文章见用,甚至以

---

① 详见拙著:《张九龄研究》,中华书局 2007 年版,第 48—106 页。

"二张"为楷范,希望出将入相,辅佐王化,实现"致君尧舜上"的政治理想。如丁凤在开元二十一年赴京试进士时,孟浩然有诗送云:"君负王佐才,惜无金张援。……故人今在位,岐路莫迟回。"(《送丁大凤进士赴举呈张九龄》)开元二十二年,李白至襄州充满自信地作书投谒刺史韩朝宗,极力推崇其"笔参造化,学究天人"的文衡儒风,说自己亦具"日试万言,倚马可待"之文才,希予提携扬名。开元二十三年,时任右拾遗的王维向九龄献诗:"宁栖野树林,宁饮涧水流;不用食梁肉,崎岖见王侯。鄙哉匹夫节,布褐将白头! 侧闻大君子,安问党与雠;所不卖公器,动为苍生谋。贱子跪自陈:可为帐下不? 感激有公议,曲私非所求!"代表了一批文学才士对文宗大君子张九龄的景仰之情,并希望投到九龄帐下。① 如论者所云:"开元中前期文人政治格局的初步形成也是盛唐诗人产生远大政治抱负的一个重要契机"②。

以文举人的风气,促进了开元文学的繁荣。杜佑《通典·选举》三记道:"开元以后,四海晏清,士无贤不肖,耻不以文章达。"权德舆《唐故尚书工部员外郎赠礼部尚书王公神道碑铭并序》云:"夫自开元、天宝间,万户砥平,仕进者以文讲业,无他蹊隧。"③正是这样的文化导向和社会风气,使天下士子靡然以文华相尚,形成了一个庞大的文士阶层。以文人身份入仕的朝官居于高位后,在他身边往往形成一个文士圈子,他们由于共同的爱好,日常生活也带有文人特殊的色彩,常在一起品评人物,而他们的评价往往影响着当时人的审美标准和文学创作风气。如,张说亲自题王湾诗"海日生残夜,江春入旧年"于政事堂,每示能文,令为楷式,提倡一种气象宏大、意境深远的气

① 参见拙著:《张九龄研究》,中华书局2007年版,第141—142页。
② 杜晓勤:《初盛唐诗歌的文化阐释》,东方出版社1997年版,第305—306页。
③ (唐)权德舆:《权载之文集》卷17"碑铭",《四部丛刊》影清嘉庆本。

魄。张说还曾对李峤、崔融、薛稷、宋之问、富嘉谟、阎朝隐、韩休、许景先、张九龄、王翰等多位作家的创作进行过评点。他认为："李峤，崔融，薛稷，宋之问，皆如良金美玉，无施不可。富嘉谟之文，如孤峰绝岸，壁立万仞，丛云郁兴，震雷俱发，诚可畏乎！若施于廊庙，则为骇矣。阎朝隐之文，则如丽色靓妆，衣之绮绣，燕歌赵舞，观者忘忧。然类之风雅，则为俳矣。……韩休之文，有如太羹玄酒，虽雅有典则，而薄于滋味。许景先之文，有如丰肌腻体，虽华可爱，而乏风骨。张九龄之文，有如轻缣素练，虽济时适用，而窘于边幅。王翰之文，有如琼杯玉，虽灿然可珍，而多有玷缺。若能箴其所阙，济其所长，亦一时之秀也。"①从中体现了论者文采与时用两全其美的审美观。文学才能与政治地位在开元间的影响是相互的，文士以文学被用，身居高位后又以他们的力行和倡导在文学批评、文学创作和文化事业各方面促进了开元间文学的繁荣。② 后人常用"盛唐气象"一词来概括盛唐诗歌中蓬勃的气象，林庚先生认为："这蓬勃不只由于它发展的盛况，更重要的乃是一种蓬勃的思想感情所形成的时代性格"，"是盛唐时代精神风貌的反映。"③

《职官分纪·十八学士》云："张说前后三入相，三十余年掌文学之任，为儒臣宗。上尝为文，引于禁中令说视草。说亦善用己长，引文儒侍从之臣以左右王化。天子始以经术之道，开集贤院殿，置十八学士以修太宗之政。当时绍文之士，始尚古风，上之好文，自说始也。"④张说认为："学士者，怀先王之道，为缙绅轨仪，蕴扬班之词彩，

---

① (唐)刘肃著，许德楠、李鼎霞点校：《大唐新语》卷8，中华书局1984年版，第131页。
② 参见蒋咏宁：《论张说延纳后进与唐开元间的以文举人》，《四川师范大学学报》（社会科学版）1996年第4期。
③ 林庚：《唐诗综纶·盛唐气象》，商务印书馆2011年版，第28页。
④ (宋)孙逢吉：《职官分纪》卷15，清文渊阁四库全书本。

兼游夏之文学。"①与大兴礼乐政治的主张相适应,张说的文学观具体表现为:崇典则,讲实用,重文采,尚气势,重风骨,讲滋味②。就其文章而言,张说的文风是"唐文三变"中的重要一变。中唐人梁肃在《补阙李君前集序》中说:"唐有天下几二百载,而文章三变。初则广汉陈子昂以风雅革浮侈;次则燕国张公说以宏茂广波澜;天宝已还,则李员外、萧功曹、贾常侍、独孤常州比肩而出,故其道益炽。"③《新唐书·文艺传》评述道:"唐有天下三百年,文章无虑三变。高祖、太宗,大难始夷,沿江左余风,绦句绘章,揣合低卬。故王、杨为之伯。玄宗好经术,群臣稍厌雕瑑,索理致,崇雅黜浮,气益雄浑,则燕、许擅其宗。是时,唐兴已百年,诸儒争自名家。大历、贞元间,美才辈出,擩哜道真,涵泳圣涯,于是韩愈倡之,柳宗元、李翱、皇甫湜等和之,排逐百家,法度森严,抵轹晋、魏,上轧汉、周,唐之文完然为一王法,此其极也。"④

唐玄宗在《禁策判不切事宜诏》中提出:"我国家敦古质,断浮艳,礼乐诗书,是宏文德;绮罗珠翠,深革弊风。必使情见于词,不用言浮于行。比来选人试判,举人对策,剖析案牍,敷陈奏议,多不切事宜。广张华饰,何大雅之不足,而小能之时衒。自今已后,不得更然。"⑤在此背景下,作为文坛宗主张说的文章创作,势必带有自觉的示范意识。从其基本内容而言,自然以"润色王言""润色鸿业"为主,其赋、颂、赞、表、启、序、记、文、书、简、碑、箴、铭等多种文体,皆驾驭自如。在文风上,能"以宏茂广波澜",具体表现为学究天人、视野宏阔,尚古

---

① (唐)刘肃著,许德楠、李鼎霞点校:《大唐新语》卷11,中华书局1984年版,第165页。
② 参见彭菊华:《张说在唐代文学史上的地位》,《中国文学研究》1988年第2期。
③ (清)董诰等编:《全唐文》卷518,上海古籍出版社1990年版,第3册,第2329页。
④ (宋)欧阳修:《新唐书》卷201《文艺上》,上海古籍出版社,上海书店《二十五史》(第6册),1986年版,第611页。
⑤ (唐)李隆基:《禁策判不切事宜诏》,(清)董诰等编:《全唐文》卷27,上海古籍出版社1990年版,第1册,第132页。

谂今，格调雄浑，既放得开，又收得拢，能以其"大手笔"的气势彰显盛世气象，并将礼乐兴国的理念贯注到文章创作中。兹以若干文例举证：

唐承古制，官吏们可以定期"休浣"。君臣王公，喜到温泉别墅欢聚，形骸放浪之际，难免忘礼失态。为此，大倡礼乐的张说特作《温泉箴》曰：

> 东山少连曰：元冥氏之子曰壬夫，妻祝融氏之女曰丁芉，俱学水仙，是谓温泉之神焉。帝命之救万灵，荡滞结，腑葬达，肤腠泄，下人多赖之，上帝是崇。忏飞廉氏之佚女，嫉之，常欲大恩其功。故入温泉，必齐肃洗心，戒以防患，恕以利物，含生之疾，我愿除祓；二神嘉之，吹汤激邪，珠连沤累，滴泪扬华，此其效也。若入温泉，僻心秽行，恶言淫形，居食失节，动出躁轻，二神丑之，不匡人命，飞廉佚女，以裾毙人，是生痤芒风疡眩蛊之病。夫有意之医，照合神理；无恒之医，身为欲使，莫之益，伤之者至矣。是以君子慎其微也。

作者以其广博的学识，对沐浴温泉之本义一一道来，劝勉沐浴者力诫"僻心秽行，恶言淫形"，并以"君子慎其微也"作结。文笔上由骈趋散，开启了清拔宏丽的新风。

张说"尤长于碑文、墓志，当代无能及者。"[①]其"为文属思精壮，……世所不逮。"[②]他现存的250多篇文章作品中，"碑志类"的71

---

① （五代）刘昫：《旧唐书》卷97《张说传》，上海古籍出版社、上海书店《二十五史》（第5册），1986年版，第368页。

② （宋）欧阳修、宋祁：《新唐书》卷125《张说传》，上海古籍出版社、上海书店《二十五史》（第6册），1986年版，第456页。

篇,占其文章总量近三分之一。清人蔡世远曾以张说的《宋公遗爱碑颂》为例,评曰:"昌黎公未出以前,推燕公为巨手。未能去排偶之习,然典重矜贵,有两汉之风味,而无六朝之绮靡,擅名一代,不虚也。经生家学作古文,多虚率寒俭,尤当学此一种。"[①]此文如下:

> 维唐御天下九十有八载,苍生赍乎海隅,玄泽漫乎荒外,天子念穷乡之僻陋,徼道之修阻,吏或不率不驯,人或不康不若,乃命旧相广平公宋璟,镇兹裔壤,式是南州,笃五管之政教,总三军之旗鼓。幅员万里,驯致九译,诏书下日,靡然顺风,喝由臻斯?威名之先路也。而公曩时执白简,登琐闼,推诚謇谔,不私形骸,忤英主之龙鳞,蹈奸臣之虎尾。挫二张之锐,则声恒环域;折三思之角,则气盖风云。由是极有四星,维帝之辅;地有五岳,维天之柱。其入宰也,君之股肱;其出守也,人之父母。至于此邦之长人也,饮食有节,衣服有常,清心而庶务简,正色而群下一。瑟兮僴兮,赫兮咺兮,固以不怒而威,不言而信,虽有文身凿齿,被发儋耳,衣草面木,巢山馆水,种落异俗而化齐,言语不通而心喻矣。其率人板筑,教人陶瓦,室皆涂墍。昼游则华风可观,家撤茅茨;夜坐则灾火不发,栋宇之利也自今始。祖国之舶车,海琛云萃,物无二价,路有遗金。殊裔婿易其迴途,远人咸内我边郡,交易之坦也有如此。故能言之士,举为美谈。盖微子去殷,以后王者;襄公伐楚,将得诸侯。尚书,东汉之雅望;黄门,北齐之令德。宋氏世名,公其济美,《诗》所谓"无念尔祖,聿修厥德",广平有焉。
>
> 若夫往者屈也,来者伸也,往来相召,而哀乐继之。鸿飞遵诸,于汝信处;龙章衮衣,以我公归。郁陶乎人思,嗟叹之不足,

---

① (清)蔡世远:《古文雅正》卷7,《文渊阁四库全书》本。

广府司马谭环、番禺耆老某乙等,相与刻石,传徽斯文。予《春秋》之徒也,岂将苟其辞哉! 雅敬宋公王臣之重,次嘉谭子赞德之义,遥感耆旧去思之勤。越裳变风,知周公之才之美;吉甫作颂,见申伯于藩于宣:观政将来,恶可废也? 颂曰:

降王宰兮远国灵,歌北户兮舞南溟。酌七德兮考六经,政画一兮言不再,草木育兮鱼鳖宁。变蓬屋兮改篱墙,鱼鳞瓦兮鸟翼堂,洞日华兮皎夜光,火莫炀兮风莫飔,事有近兮惠无疆。昆仑宝兮西海财,几万里兮岁一来,舟如鸟兮货为台,市无欺兮路无盗,旅忘家兮扃夜开。越井冈兮石门道,金鼓愁兮旌旆好。来何暮兮去何早,爆牛牲兮菌难卜,神降福兮公寿考。①

此文作于开元五年②,作者时任岳州刺史。张说与宋璟本是相知相识的同僚,二人曾于长安二年(702)在朝同为凤阁舍人。当时,武后男宠张易之、张昌宗兄弟二人擅权,欲构陷御史大夫魏元忠,称其谋反,并要张说亲证其事。宋璟告诫道:"名义至重,不可陷正人以求苟免。缘此受谪,芬香多矣。若不测者,吾且叩阁救,将与子偕死。"③张说感其言而据实廷对,使魏元忠得以免死。张、宋二人虽因宦海风波先后各贬一方,但张说对宋璟忠于国事的精神和仗义直言、刚正不阿的品行,始终感受深切。因此,在接到广府司马谭环和番禺耆老某乙等欲为宋璟树碑立颂的请托后,张说一方面"雅敬宋公王臣之重",同时也激起了自己曾为史官(《春秋》之徒)所素有的不苟其辞

---

① (唐)张说:《广州都督岭南按察五府经略使宋公遗爱碑颂》,(唐)张说著,熊飞校注:《张说集校注》(第2册),中华书局2013年版,第639—641页。
② 参见同上书,第642页。
③ (宋)欧阳修:《新唐书》卷124《宋璟传》,上海古籍出版社,上海书店《二十五史》(第6册),1986年版,第453页。

的意识。文章开篇即从宋璟受命写起。时值开元三年(715),岭南还是穷乡僻陋之地,吏民开化程度不高。为此,朝廷让曾为宰相的宋璟赴命都督南州,上下自然多有期许。作者写道:"诏书下日,靡然顺风。"这是因为宋公早有威名,在朝时即能"推诚謇谔,不私形骸",敢触龙鳞,敢捋虎尾。史载:"璟后迁左台御史中丞,会飞书告张昌宗引相工观吉凶者,璟请穷治,后曰:'易之等已自言于朕。'璟曰:'谋反无容以首原,请下吏明国法。易之等贵宠,臣言之且有祸,然激于义,虽死不悔。'后不怿,姚璹遽传诏令出,璟曰:'今亲奉德音,不烦宰相擅宣王命。'后意解,许收易之等就狱。俄诏原之,敕二张诣璟谢,璟不见,曰:'公事公言之,若私见,法无私也。'顾左右叹曰:'吾悔不先碎竖子首而令乱国经。'尝宴朝堂,二张列卿三品,璟阶六品,居下坐。易之谄事璟,虚位揖曰:'公第一人,何下坐?'璟曰:'才劣品卑,卿谓第一何邪?'是时朝廷以易之等内宠,不名其官,呼易之'五郎',昌宗'六郎'。郑善果谓璟曰:'公奈何谓五郎为卿?'璟曰:'以官正当为卿。君非其家奴,何郎之云?'会有丧,告满入朝,公卿以次谒,通礼意。易之等后至,促步前,璟举笏却揖唯唯。故积怨,常欲中伤,后知之,得免。然以数忤旨,诏按狱扬州,璟奏:'按州县,才监察御史职耳。'又诏按幽州都督屈突仲翔,辞曰:'御史中丞非大事不出使。仲翔罪止赃,今使臣往,此必有危臣者。'既而诏副李峤使陇、蜀,璟复言:'陇右无变,臣以中丞副李峤,非朝廷故事。'终辞。易之初冀璟出则劾奏诛之,计不行,乃伺璟家婚礼,将遣客刺杀之。有告璟者,璟乘库车舍他所,刺不得发。俄二张死,乃免。……神龙初,为吏部侍郎。中宗嘉其直,令兼谏议大夫、内供奉,仗下与言得失。迁黄门侍郎。武三思怙恣宠,数有请于璟。璟厉答曰:'今复子明辟,王宜以侯就第,安得尚干朝政,独不见产、禄事乎?'后韦月将告三思乱宫掖,三思讽有司论大逆不道,帝诏殊死,璟请付狱按罪,帝怒,岸巾出侧门,谓璟曰：'朕谓已诛矣，尚何请？'璟曰：'人言后私三思，陛下不问即斩之，臣恐有窃议者，请按而后刑。'帝愈怒。璟曰：'请先诛臣，不然，终不奉诏。'帝乃流月将岭南。会还京师，诏璟权检校并州长史，未行，又检校贝州刺史。时河北水，岁大饥，三思使敛封租，璟拒不与，故为所挤。历杭、相二州，政清毅，吏下无敢犯者。……睿宗立，以吏部尚书、同中书门下三品。……太平公主不利东宫，尝驻辇光范门，伺执政以讽。璟曰：'太子有大功，宗朝社稷主也，安得异议？'乃与姚崇白奏出公主诸王于外，帝不能用。贬楚州刺史，历充冀魏三州、河北按察使，进幽州都督，以国子祭酒留守东都，迁雍州长史。"①面对帝王的祖护和张易之、张昌宗、武三思以及太平公主等权贵的骄纵，忠于职守的宋璟没有丝毫的忍让和屈服，其直道而行的勇气确实一时无二。由此可知，作者对宋璟声望的描写和形容，完全恰如其分，没有虚夸溢美之词，既充分体现了撰颂者不苟其辞的实录精神，字里行间又充溢着勃发的盛世之气。转入宋公蹈履新职的业绩介绍时，作者插入了"其入宰也，君之股肱；其出守也，人之父母"的议论句，用以承上启下，且自然流露了对碑主的赞颂之情。何以见之？作者从宋公到任后的生活细节和公务作风写起，融赞语于叙事之中。这位岭南人的父母官，"饮食有节，衣服有常，清心而庶务简，正色而群下一。"真如《诗经·淇奥》所赞之君子："瑟兮僩兮，赫兮咺兮"——神态庄重胸怀广，地位显赫很威严。宋公本来就是一位以身作则，"不怒而威，不言而信"的好官员。在短短的两年间，宋公致力于开化民智，移风易俗，"率人板筑，教人陶瓦"，"物无二价，路有遗金"，其治绩，凡"能言之士，举为美谈"。接着，又以一系列历史人物的典故喻比宋公之美政与令名，并简述此文撰述之缘由。篇末的颂辞中，对宋公再次发出了

---

① （宋）欧阳修：《新唐书》卷124《宋璟传》。

"来何暮兮去何早"的由衷赞叹！全文仅 800 余字，确乎"有两汉之风味，而无六朝之绮靡"，亦较好地体现了"国家敦古质""尚古风"，以礼乐诗书来宏扬文德，深革绮罗珠翠之弊风的导向。如陈子展先生所评，张说的文章能把握当时的社会意识。①

再以其《唐西台舍人赠泗州刺史徐府君碑》为例，略作解析。

　　叙曰：经天地，揭日月，文之义也；掌邦籍，出王命，位之崇也。本乎言行，君子之枢机；成乎易简，贤人之德业，则徐公其人也。昔公奋明哲之姿，当高宗之盛，天保大定，俊乂用彰，而光耀天台，云飞纶阁。文敏以畅机务，稽古以析嫌疑，礼乐政刑，择三代之令典；典谟训诂，有唐虞之遗风。较然于庶绩者，可得而闻也。其嘉猷谠言，沃心造膝，滋液内润，精微外密，混成于元象者，不可得而闻也。

　　公讳齐聃，字将道，姓徐氏，东海郯人也。远祖偃王，基仁义于上代；严考孝德，济宏美于近世。公始以宏文生通五经大义，发迹曹王府参军。（以）右千牛兵曹、潞王府学、崇文馆学士，兼侍皇太子讲，又芳林门修书。于时中朝硕老，下国英隽，皆忘年请交，不远来谒。望其路者，若晨风之赴北林；得其门者，如众山之仰东岱。公不乐趋竞，雅尚退谧，深以椒房之家，声名太甚，求为外职，出宰桃林。未下车，敕改沛王掾，终岁，选拟司绩员外司议郎，并不就。乞补云阳令，到官累日，诏除司城员外，乃选西台舍人。其为政也，如始云尔。初，公幼而殊异，八岁工文。太宗闻其聪明，召试词赋，锡以佩刀金鞘，称曰神童。及中年，高宗乃

①　陈子展：《张说一千二百年忌》，《陈子展文存》上编"论文与随笔"（复旦中文先哲丛书），上海古籍出版社 2018 年版，第 8 页。

（嘉其）道优，悉命皇子受业。讦谟帝采，许以国钧，故公备更潞、沛、豫诸王侍读。上之在周邸也，公嗜来诲诗焉。夫然集虎观之书，承龙楼之问。二宗之代，矫首辞林；四王之门，从容经席。非有海山之艺，温良之德，仪形以孚，柔嘉维则，其孰能发挥圣智，启迪天人者乎！咸亨元年，出为蕲州司马。二年，坐事徙于钦州。夫君子大守道而小守位，污隆随时，屈伸以义，亡令尹而不愠，失司寇而遂行。蕙兰败，不为不芳；日月蚀，不为不明。姑务忠信，何陋蛮越？优游钦江，岁馀而没，春秋四十有三。惜乎不登宰衡，以平天下，天天是瘵，命也欤？既而庆隆嗣子，返公孙之枢；德施后王，拜先师之爵。上元三年某月，归葬于少陵原。中兴神龙元年，赠泗州刺史，褒贤追远，念道尊师，圣人之礼也。

议者以公考果州府君高学才华，香名省闼，武帝贤妃，姊也；大帝婕妤，妹也。公既高步掖垣，子又践修旧职，同生标藻于鸾殿，重世含章于凤池。自班姬父兄，文雄汉室；左思女弟，词蔚晋宫；悠哉二族，徐氏三矣。才难，不其然乎！凡是好文之君，赏音之士，公之逝也，岂不慨然，阅青简而存凌云之气，操朱弦而想流水之属哉！厥子曰坚，景龙中加金章紫绶，行礼部侍郎。得以命卿之禄，奉蠲洁之祀。无念烈考，树之家风，迺刊石立颂，将以识往行，撼无穷。使本支百世，不忘先人，不陨其名也。其词曰：

王言惟令，中禁是司。帝嘉文父，曰汝宜之。终温且惠，习礼明诗。长裾传道，大笔修辞。鸿业润色，元黪缉熙，昊天大庚，君子明夷。苍梧启手，涅而不缁；中兴受命，逝者无追。灵符泗水，崇赠先师。仿像精魄，丕承圣期。教近子贵，荣跻父慈。学嗣三叶，才俱一时。春秋孝享，霜露深思。后之视昔，斯文在兹。①

---

① （唐）张说著，熊飞校注：《张说集校注》（第2册），中华书局2013年版，第898—900页。

　　这是张说为其同僚好友徐坚之父徐齐聃所撰的碑文。全文以叙开篇，首先以高屋建瓴的议论，将墓主的生前荣职和道德文章，彰显于世。唐龙朔二年(662)至咸亨元年(670)，曾改中书舍人为西台舍人，墓主正是在西台舍人任上，因上疏极谏，得罪武后，而被流放岭南，卒于贬所的。因此，作者称赞墓主无愧于"西台舍人"这一清要文职："经天地，揭日月，文之义也；掌邦籍，出王命，位之崇也。本乎言行，君子之枢机；成乎易简，贤人之德业，则徐公其人也。"进而简述了徐公为人所知和人所未知的过人才华，一开篇就使墓主的总体形象得以确立。接下来，转入墓主生平、行状的介绍，作者仍力避平平铺叙的路径，而是以夹叙夹议的方式，着重围绕墓主一生"习礼明诗""长裾传道"的人格主线展开，以其聪明早惠、矫首辞林、从容经席的事例，予以点画，藉以突出墓主平生"不乐趋竞，雅尚退谦"的性格特点。在叙及墓主"坐事徙于钦州"的人生坎坷时，作者由衷地发出了"夫君子大守道而小守位""姑务忠信""屈伸以义"的赞叹和"惜乎不登宰衡，以平天下"的心底之鸣。再以"议者"的视角，述及徐氏姻联皇室的显贵和"学嗣三叶，才俱一时"的难得。如此谋篇布局和述论开篇、夹叙夹议、情蕴于言的行文方式，是张说所撰碑文的一大特色，虽然语句上还未能去排偶之习，但已突破了此前碑文开篇多以陈述墓主名讳、家世和行状而平铺直叙的套路，体现了一代文宗"属思精壮"，勇于推陈出新、以雄才驾驭文章的大视野和大格局。从中国古代散文发展的历史进程来看，张说是由王、杨变到韩、柳的一个过渡时期的代表人物。[1]

---

[1]　陈子展：《张说一千二百年忌》，《陈子展文存》上编"论文与随笔"(复旦中文先哲丛书)，上海古籍出版社 2018 年版，第 9 页。

　　张说论诗,同样主张质文并重,鼓励多样化的内容和风格。在创作上,他赞赏"奇情新拔""天然壮丽"(张说《洛州张司马序》)的风格和"属词丰美,得中和之气"(《旧唐书·许景先传》引张说语)的旨趣。他一生历经四朝,社会阅历极为丰富,既有出将入相、"四掌纶诰"的非凡经历,又有"一心好直,三黜其宜"①的贬谪生涯体验。反映到其诗歌创作中,既有宫廷应制、宴饮酬唱、巡边守塞、谪宦生活、山水行旅、咏史感怀等多方面的题材,又有因时因情而变的多样化的表现风格。但在诗坛产生重要影响的,还是其诗歌中体现出的一代士人积极进取的精神风貌和弘阔高朗的审美境界。② 其《巡边在河北作》诗云:"去年六月西河西,今年六月北河北。沙场碛路何为尔,重气轻生知许国。人生在世能几时,壮年征战发如丝。会待安边报明主,作颂封山也未迟。"③张说曾镇戍幽、并二州,轻生许国的使命感和靖边安邦的昂扬意气,使其边塞之作"骨脉坚凝,气体雄厚。"④上承汉魏风骨,下开盛唐新声。如高适《塞下曲》:"万里不惜死,一朝得成功",王维《送赵都督赴代州得青字》:"忘身辞凤阙,报国取龙城",岑参《送李副使赴碛西官军》:"功名只向马上取,真是英雄一丈夫"等诗,其精神气韵与张说所作显然前后相继,一以贯之。另如"去年六月西河西,今年六月北河北"这样融入北朝民歌质朴遗韵的句式,也为杜甫等盛唐诗人所承用与发扬。⑤ 时有同僚赞曰:"多才兼将相,必勇独横行。经纬称人杰,文章作代英。"(张嘉贞《奉和圣制送张说巡边》)确乎其评。

---

① (唐)张说:《让兵部尚书平章事表》,(唐)张说著,熊飞校注:《张说集校注》(第4册),中华书局2013年版,第1479页。
② 参见周睿:《张说研究》,四川大学2007年博士学位论文,第141页。
③ (唐)张说著,熊飞校注:《张说集校注》(第2册),中华书局2013年版,第380页。
④ (清)李因培选评,凌应曾注:《唐诗观澜集》,清乾隆24年刊本。
⑤ 参见周睿:《杜甫对张说诗之承袭初探》,《杜甫研究学刊》2007年第1期。

　　张说在凭吊曹魏邺都遗址时曾有诗云："君不见魏武草创争天禄,群雄睚眦相驰逐。昼携壮士破坚阵,夜接词人赋华屋。都邑缭绕西山阳,桑榆漫漫漳河曲。城郭为墟人代改,但见西园明月在。邺旁高家多贵臣,蛾眉曼睩共灰尘。试上铜台歌舞处,惟有秋风愁杀人。"(《邺都引》)①诗人以古风句式开篇,大笔描述了金戈铁马、华章绝世的魏武帝曹操的神采和风云之气。"昼携""夜接"两句,既是写曹的传世名句,亦可视为诗人的企慕和自况。随后,作者通过盛衰兴亡的描写,抒发了深沉的历史感慨。全诗纵览古今,气韵沉雄,激荡着诗人欲乘时建功立业,恐盛年难再的积极进取精神,与其诸多边地之作所表达的内心情感一脉相通,情调慷慨雄壮,语言简劲,大气凝重,已启盛唐之风。

　　张九龄(678—740),字子寿,一名博物,号曲江,韶州曲江人。自幼家教严正,受其诗礼传家儒风的熏陶,九龄"七岁能文"②"弱岁读群史,抗迹追古人"(《叙怀二首》),因少年上书、文章见示和弱岁乡试,曾深受著名文儒广州都督王方庆、燕公张说和考功郎沈佺期的赏识。中宗神龙二年(706),进士及第。翌年,中材堪经邦科,授秘书省校书郎③,从此登上仕途,历仕中宗、睿宗、玄宗三朝,官至中书令、集贤院学士知院事。在初以文学见用时,玄宗即亲见九龄才思过人,曾赞叹道:"比以卿为儒学之士,不知有王佐之才。今日得卿,当以经术济朕。"④"后宰执每荐引公卿,上必问:'风度得如九龄否?'"(《旧唐书·

----

① (唐)张说著,熊飞校注:《张说集校注》(第2册),中华书局2013年版,第497页。
② (唐)徐浩:《唐尚书右丞相中书令张公神道碑》,(清)董诰等编:《全唐文》卷440,上海古籍出版社1990年版,第1册,第1988页。
③ 拙著:《张九龄年谱》,中国社会科学出版社2005年版,第37—39页。
④ (唐)徐浩:《唐尚书右丞相中书令张公神道碑》,《全唐文》卷440,(清)董诰等编:《全唐文》卷440,上海古籍出版社1990年版,第1册,第1988页。

张九龄传》)由此可见九龄的文儒才干和风范。

作为张说之后的诗坛宗主、"文场元帅"(唐玄宗语)①和盛唐"文儒"的领袖人物,张九龄的文学创作、人生思考、处世原则,乃至人格秉性等,都曾对盛唐文人发生过直接的影响。他既是开元时期的最后一位贤相,也为盛唐诸子所景仰的文宗与时哲,"九龄风度"成为令人企慕的为人与为文的标的。在盛唐前期的诗坛上,张九龄自觉地传承与弘扬了以复古为革新的文学思想,并以广泛的文学交游、自成一格的创作实绩和执秉文衡的特殊地位,开启了盛唐一代醇正诗风,为陈子昂到李、杜之间诗文的继承、革新与发展,开拓了道路,准备了队伍,架起了桥梁,也由此确立了他在唐代文学发展史上的地位与影响。在五言古诗的发展过程中,张九龄"首创清澹之派",并以其清醇典雅、古朴沉郁的风格,独树一帜。在应制酬赠、山水行旅、咏怀感遇、哀挽题唱等各类题材的创作中,他皆能以继承创新的精神,努力地拓展诗歌抒情写意的功能。或雅正俊爽、昭切畅达;或率真坦诚、性情毕现。在诗歌的表现方法上,工于比兴,妙于寄托。情韵深婉,语言省净。其创作为文质兼胜、情景交融的盛唐诗歌艺术风貌的形成,作出了应有的贡献。张九龄的文章具有鲜明的时代气息和政治色彩。无论是他所撰写的大量敕书以及状表、颂赞等,还是自我娱兴、自我排遣的其他散文,大都带有其矜持高雅的文人气质和运思细密的明晰风格。在各类文章的体式上,或骈或散,或骈散兼具,他皆能以有利于内容的充分表达为旨归,不拘于一端,更不以文害意,从而推动了唐代文章的健康发展。②

张九龄与张说的文学观基本一致,都尚古雅、重实用,以复古为

---

① (五代)王仁裕:《开元天宝遗事·文帅》,收入丁如明辑校:《开元天宝遗事十种》,上海古籍出版社 1985 年版,第 98 页。
② 拙著:《张九龄研究·绪论》,中华书局 2007 年版,第 16—17 页。

革新。这种文学观是顺应了当时的主流思潮的。如前所述,唐初的政治家和史学家们,常抱以史为鉴之心,他们对文学问题的看法,始终是与国家的兴亡治乱相关联的。如唐太宗就常将前朝的绮艳文风与帝王的纵欲相联系。因此,他们非常注重诗歌的政治教化作用,倡导务实尚用的文学观,主张质文统一,和而能壮,丽而能典的文学来为政治服务。只是他们未能很好地将这种主张付诸实践,以至诗坛上长期流行的仍是绮丽之风。陈子昂大声疾呼要恢复汉魏风骨和风雅兴寄的传统以革弊纠偏,便是在这种背景下出现的。直到开元初年,玄宗君臣也还在为正文坛之风而努力,如张九龄所说:"吾君……抑华而务实。"(《景龙观山亭集送密县高赞府序》)因此,在诗歌风格上,张九龄与各位前贤一样,都反对华伪雕饰,而崇尚淳朴幽素。他在《答陈拾遗赠竹簪》一诗中就表明:"幽素宜相重,雕华岂所任"。联系九龄的诗歌创作,我的理解,"幽",即清幽、幽远,指诗歌应富有意蕴。"素",即素朴、本色,指诗歌的语言应是心声的自然流露。所以他主张"士修素行""立名节"(《上封事书》),要"以大道为原,以至仁为根"(《龙池圣德颂》),这样,才可达到"返华伪于朴,还浇漓于淳"(同上)的理想境界。在对诗歌功能及其艺术表现等认识方面,张九龄则又比陈子昂等前贤显得更为通达。他认为诗歌的功能应是:扬江山风物之美,通骚怨愁思之情。既然"诗有怨刺之作,骚有愁思之文"(《陪王司马宴王少府东阁序》),自古以来诗歌就是有感而作的。那么,当诗人"风月在怀,江山为事"之际,谁能无动于衷呢?只要能做到"好乐而无荒"(同上),就不应辜负形胜,就可以缘情赋诗,"以扬其美"(同上)。这便是他感物起兴、借景抒情的思想指导。一方面他要充分地领略和表现山水风物之美,即所谓"舒啸佳辰"(《岁除陪王司马登薛公逍遥台序》)俯仰风流;另一方面他又指出,人当登临视远之际,"必有以清涤孤愤,感羊祜以兴言,怀屈原而可作"(同上),这是对刘勰文学观的继承和发展。《文心雕龙·诠赋》:"原夫登高之旨,盖睹物兴情。情以物兴,故义必明雅;物以情观,故词必巧丽。"①所以,他的登临之作或思接千载,引发种种怀古伤今之幽情;或忘身于自然,陶醉于良辰,荡涤尽胸中之哀怨愁思。在诗歌创作的审美效果上,他提出"彼美要殊观"(《晚霁登王六东阁》),要求诗人必须具有善于发现美的独特的眼光。同时,还要具有善于表现美的能力,要能够"清言移景"(《韦司马别业集序》),在"笔精形似"(《宋使君写真图赞并序》)的基础上,达到"意得神传"(同上)和"见其风骨"(《鹰鹘图赞序》)的美学效果。这是他对六朝诗歌"极貌写物""笔精形似"创作倾向的积极扬弃。因此,他的诗歌既有古朴的风貌,又带有清新明晰的时代特征。九龄认为,文人士子的"谪居之心"和"穷愁"之情,乃至"风月在怀,江山为事"等,都可以"赋诗以扬其美"②。这不仅是对此前王勃、杨炯等人所持"风雅"观念的纠偏,也大大拓展了陈子昂所标举的风雅兴寄和汉魏气骨的内涵。③

与张说相比,张九龄没有军旅生活的体验,但他对宦海风波的感受与对人生底蕴的体悟和认识,不仅深刻独到,而且带有鲜明的时代特征。他所确立的乘时而起、功成身退,在穷达出处中保持高洁的人生理想,代表了盛唐一代文儒对时代与人生问题的典型思考。从青年时代起,张九龄就坚信:"被褐有怀玉,佩印从负薪"(《叙怀二首》),并明确表示自己的最高理想就是"自家来佐国""生才作霖雨"(《和裴侍中承恩拜扫旋归途中有怀寄州县官僚乡国亲故》),要做一名"朝端挹至公"的贤相。他曾将玄宗对他的知遇之恩,看作是"千载一遭遇,

---

① (南朝)刘勰著,周振甫注:《文心雕龙注释》,人民文学出版社 1981 年版,第 81 页。
② (唐)张九龄:《陪王司马宴王少府东阁序》,(唐)张九龄撰,熊飞校注:《张九龄集校注》(下册),中华书局 2008 年版,第 875 页。
③ 参见葛晓音:《论初、盛唐诗歌革新的基本特征》,《中国社会科学》1985 年第 2 期。

往贤所至难。"(《荆州作二首》)因此,"盛明期有报"(《奉使自蓝田玉山行》)、"逢时解薜萝"(《商洛山行怀古》)这一趁时建功立业、报恩明主的思想,便转化成为他在政治昌明的环境中所奉行的积极用世的人生实践。像屈原、陶渊明、左思等古代贤哲一样,以张九龄为前驱的盛唐文人,他们既希望趁时而起,为国家作一番事业,同时又力求在仕途上仍坚守不屈己、不阿私的节操,保持着相对独立的人格。张九龄认为:"报恩非徇禄。"(《江上使风呈裴宣州耀卿》)他始终将勤劳国事与自己远大的政治理想的实现紧密地联系在一起,一生清廉,志在齐家报国。他在《将发还乡示诸弟》一诗中,曾披露自己的心迹云:"至爱熟能舍,名义来相迫。负德良不赏,输诚靡所惜。一木逢厦构,纤尘愿山益。"其拳拳报国之心,溢于言表。也正因为如此,他才时时萌生出一种"壮图空不息,常恐发如丝"(《初发道中寄远》)的人生紧迫感。在宦海风波与人生旅途上,坚守不屈己、不阿私的节操,这是张九龄人生理想图式的一个重要特征。他的咏物、咏怀诗多以兰、桂、桔、竹为喻,其秉性高洁,根节孤直,与不惧岁寒的特点,可视为诗人高尚品格的象征。在《和黄门卢侍御咏竹》一诗中,他就曾借对竹的赞美,表明了自己要立的品格是:"高节人相重,虚心世所知"。他认为,只要政治清明,士子就可以凭着自己的才干和正直的人品,去赢得明君与贤臣的赏识,从而一展宏图。而在遭遇人生坎坷时,他亦能清醒地认识到:"轻既长沙傅,重亦边郡徙"(《咏史》),谁都超越不了皇权的制约。历史上,屈原、贾谊、司马迁等正直敢言之士无不遭此厄运,便是明证。既然"忠信获戾",道不能行,那么,"微生尚何有?远迹固其宜"(《南还以诗代书赠京师旧僚》),及时抽身引退,便是最宜于守正全节的出路了。他在《南还湘水言怀》一诗中曾写道:"拙宦今何有?劳歌念不成。十年乖凤志,一别悔前行。归去田园老,倘来轩冕轻。……时哉苟不达,取乐遂吾情。"但开元时期毕竟是盛世,他在过了一段"邀欢逐芳草,结兴选华池"的赋闲生活后,又念念不忘自己曾"中览霸王说,上微明主恩"(《酬王履震园林见诒》),并流露出了"逶迤恋轩陛"的矛盾心情,希望"圣上"能明辨是非,重新启用他。这种一时退避,旋即渴求进用的心态,也是为盛唐一代士子所共有的。

随着时境的变迁与社会阅历的丰厚,张九龄对人生之旅的思考也愈趋深沉。趁运而起,报恩明主,固然是他始终追求的理想。然而,"终日如临深"(《在郡秋怀二首》)、"伤鸟畏虚弹"(《荆州作二首》)的仕宦生活,又迫使他寻求一个理想的人生归宿。几经波折的仕宦生涯,以及对人生之旅风风雨雨的感悟和体验,张九龄最终形成了他的盛世人生观,这就是:"当须报恩已,终尔谢尘缁。"(《使还都湘东作》)即:逢时报恩,功成身退。他的所思所想及其人生轨迹,犹如一面镜子和座标,给了盛唐文人以十分贴近的参照和影响。像王维、孟浩然、李白、杜甫等人,都曾将张九龄确立的乘时而起、功成身退的处世哲学奉为圭臬。曾先后追随过张九龄,并亲受其提携的王维和孟浩然,在诗中就曾不止一次地表明自己的人生理想是:"济人然后拂衣去"(王维《不遇咏》)、"鲁连功未报,且莫蹈沧州"(王维《送崔三往密州觐集》)、"余亦赴京国,何当献凯还"(孟浩然《送陈七赴西军》),并常常萌生出一种时不我待的人生焦虑:"常恐填沟壑,无由振羽仪。"(孟浩然《晚春卧病寄张八》)大声疾呼过"大道如青天,我独不得出"的李白,对张九龄等前贤的人生出处观同样一脉相承,并说得更明白:"苟无济代心,独善亦何益。终于安社稷,功成去五湖。"(《赠韦秘书子春三首》)直到天宝时期,盛唐的最后一位大诗人杜甫仍在承续着张九龄的"一木逢厦构,纤尘愿山益"的执着的情态:"生逢尧舜君,不忍便永诀。当今廊庙具,构厦岂云缺?葵藿倾太阳,物性固莫夺。"(《自京赴奉先县咏怀五百字》)当其亲历了"安史之乱"后,杜甫一方面在其《八哀诗》中,借张九龄的未竟事业来比照自己的许国无成;另一方面,他对张九龄退守荆州后的人生反思,也表示了深深的理解,发出了"儒冠多误身"的悲愤呼声。

张九龄诗歌创作的总体特征,是继承了诗骚和汉魏古诗风雅兴寄的传统,但同时他又广泛学习借鉴了阮籍的渊放、左思的风力、陶渊明的清淡、谢灵运的凝重、鲍照的孤峻、近体诗的声律技巧和陈子昂的感遇诗形式等,从而形成了自己清醇典雅、古朴沉郁的艺术风格。如其《感遇十二首》和《杂诗五首》等就堪称代表。在这类诗歌的创作中,九龄比较多地借鉴和运用了《诗》《骚》等古典诗歌中的比兴寄托的方法,来抒发他对朝廷现实的愤懑。

> 江南有丹橘,经冬犹绿林。岂伊地气暖,自有岁寒心。可以荐嘉客,奈何阻重深。运命唯所遇,循环不可寻。徒言树桃李,此木岂无阴?

> ——《感遇》其七

诗取屈原《橘颂》之意和比兴的手法,表面上是写丹橘,从其红实绿叶的外表,写到其岁寒不凋、甘美可荐嘉宾的本质。但当我们联想到诗人早年的仕途蹭蹬,以至忤相告归,特别是晚年受谗于李林甫,进而见疏被放的经历时,就不难读懂其比兴的内涵:此乃以丹橘的形象和秉性来喻指自己的高尚品格。"可以荐嘉客,奈何阻重深"一句,亦可视为诗人受阻于权贵、受谗于奸佞小人的坎坷经历的写照。九龄在诗赋创作中,是有意识地运用比兴寄托的方式来抒发心中的块垒的。全诗以比兴开篇,亦以比兴结尾:"徒言树桃李,此木岂无阴?"这里的"树桃李",是喻指栽培人才。"此木",即"丹橘",是诗人所仰慕的理想人格的象征。两句寄寓了贤者不遇的慨叹，这也是《感遇十二首》的主调。如《感遇》其十："汉上有游女，求思安可得。袖中一札书，欲寄双飞翼。冥冥愁不见，耿耿徒缄忆。紫兰秀空溪，皓露夺幽色。馨香岁欲晚，感叹情何极。白云在南山，日暮长太息。"此诗在表现方法上，与前所举的"江南有丹橘"一诗稍异。全诗连用数喻，倾诉了美政难求和命运多蹇的复杂心曲。"汉水求女"之喻，本出自《诗经·周南·汉广》，原诗写的是一位青年男子对少女的倾慕和追求之情。而诗人借此，所喻指的显然是自己那种念主犹马、被逐难归的愁思。"兰花将谢"之喻，则写尽了君子见斥于小人以至横遭蒙尘落难的境遇。"日暮南山"之喻，最终点明了奸人蔽君王，令己徒忧伤的题旨。对此，明人唐汝询有评云："曲江可谓忠矣，三黜而惓惓焉，其风雅之遗韵邪。"①

　　九龄的《感遇》和《杂诗》等，在比兴手法的运用上，既能秉承《风》《骚》之旨，又能形成一己的特色。诗人或以美人、游女、飞龙喻贤君，或以孤鸿、兰桂、丹橘喻自己，借颂扬芳草嘉木的行芳志洁，来倾吐其君子固穷之志；或以蜉蝣、双翠鸟、燕雀、萝茑喻小人和庸才，无情地揭露权奸的丑恶嘴脸，借以抒发他对群小得志的愤懑。其比兴形象的选择十分妥贴，而且善于配置对比，达到了物副其类，人以像分的绝妙效果，给读者留下深刻而鲜明的印象。如，《杂诗》其二："萝茑必有托，风霜不能落。酷在兰将蕙，甘从葵与藿。运命虽为宰，寒暑自迴薄。悠悠天地间，委顺无不乐。"以萝茑这种藤蔓植物攀附于大树，可以无忧无虑地躲避一切风霜雨雪，比喻那些奸邪小人善于阿附权贵、恃仗朝廷而飞黄腾达，既形象又贴切；以兰蕙比喻洁身自好的君子，说他们心甘情愿地与葵藿为伍，仰望着光明，却终遭严酷风霜的

---

① （明）唐汝询撰，王振汉校点：《唐诗解》卷1，河北大学出版社2001年版，第21页。

凌迫而萎谢，来讥刺和抨击昏暗的现实。"萝茑"和"大树"与"兰蕙"和"葵藿"，一反一正，相映成趣。同样，"池潢不敢顾"的"孤鸿"（诗人的自我形象）与"巢在三珠树"的"双翠鸟"（喻指李林甫、牛仙客等得势一时的小人）（《感遇》其四），"凤凰"与"凡鸟"（《杂诗》其一）等，也都一一对应地构成了比照的形象，使人即目会意，了然于心。因此，清人方东树认为，九龄对比兴手法的运用能做到"变通所适，用各有当。"（《昭昧詹言》卷一）厉志也云："初唐五古，始张曲江、陈伯玉二家。伯玉诗大半局于摹拟，自己真气仅得二、三分，至若修饰字句，固自清深。曲江诗包孕深厚，发舒神变，学古而古为我用，毫不为古所拘。"（《白华山人诗说》卷一）说明张九龄的《感遇》诸作，深得汉魏古诗之神髓，它既扬弃了阮籍《咏怀》诗的隐晦幽深，又克服了陈子昂《感遇》诗的"拙率多病"，形象鲜明，言近旨远。如明人高棅所云："张曲江公《感遇》等作，雅正冲澹，体合《风》《骚》，骎骎乎盛唐矣"。[1]清人李慈铭亦云"唐音由此而振"[2]。

张九龄《感遇》诗的主要特点是工于比兴，而其咏怀诗则妙于寄托。咏怀诸作在艺术上的表现形态主要有三类：

一类是运用写实与议论相结合的方法，从流年易逝的切身感触中，直接倾吐出对现实的忧虑和愤慨，净洗浮华，风骨峥嵘。如，中年外放洪州时，九龄对当时的生活和精神状态叙写道："一作江南守，江林三四春。相鸣不及鸟，相乐喜关人。日守朱丝直，年催华发新。淮阳只有卧，持此度芳辰。"（《戏题春意》）他想"高卧"，但又难以遂愿。于是，缘自内心的一种焦灼感便时时袭来："宦成名不立，志存岁已驰。五十而无闻，古人深所疵。……未得操割效，忽复寒暑移。"（《在

---

① （明）高棅：《唐诗品汇·五言古诗叙目》第二卷"正始"下，上海古籍出版社1982年版，第46页。
② （清）李慈铭著，由云龙辑：《越缦堂读书记》，上海书店出版社2000年版，第891页。

郡秋怀二首》其一)晚年被贬荆州后，他更痛感"时来忽易失"(《荆州作二首》)，在《荆州作二首》等诗歌中，作者夹叙夹议，一方面叙及身居相位时，自己的竭诚理政已达"知穷力已殚"的程度，然而，由于没有投机小人那种"挟术钻"的本领，结果还是陷入了"众口金可铄""积毁今摧残"的地步，重蹈了被贬外放、"浩荡出江湖"的覆辙；在倾诉的同时，作者又发出了愤愤不平的诘问："进士苟非党，免相安得群？"申述自己被罢相贬黜，竟缘于所谓结党和举士不当之罪名，这完全是冤枉的。面对这种"伤鸟畏虚弹"的现实，作者不禁感慨万端："古剑徒有气，幽兰只自薰。高秩向所忝，于义如浮云。"(同上)在《叙怀二首》中，他又从自己"弱岁"时的"抗迹追古人"，写到了"晚节"因"直躬"而致"平生壮图失"，叙议的时空跨越了一生，言简意赅地展示了节义君子的峥峥风骨和不幸的遭际。

　　第二类是借咏物或咏史的方式，托物寄意，借古喻今。其咏物名篇如《庭梅咏》："芳意何能早，孤荣亦自危。更怜花蒂弱，不受岁寒移。朝雪哪相妒，阴风已屡吹。馨香虽尚尔，飘荡复谁知。"清人贺裳评点此诗云："余观此诗，字字危傈，起结皆自占地步，正是寄托之词，亦犹《咏燕》，特稍深耳。若只作梅花诗看，更谓梅花诗必当如此作，岂惟作者之意河汉，诗道亦隔万重"。[①] 说此诗是一篇"字字危傈"的"寄托之词"，确为的论。这株"不受岁寒移"的"庭梅"，与"自有岁寒心"的"丹橘"(《感遇》其七)，与"百尺傍无枝"的"孤桐"(《杂诗》其一)和"高节人相重"的翠竹(《和黄门卢侍郎咏竹》)，正是诗人人格形象的象征与写照。像这样的诗作，我们才可说，诗中句句写景写物，又句句有所喻指。如，诗人曾"以文学见用"的芳荣，"岭海孤贱"的身世

---

① (清)贺裳：《载酒园诗话》卷1，《清诗话续编》第1册，上海古籍出版社1983年版，第274页。

阴影，见义不回的尚直秉性，受诏于李林甫等奸人的孤危处境等，皆可从诗中找到一一对应的意象。由此，我们不能不佩服诗人这种妙于寄托的本领。全诗借助于庭梅这一形象，实际上给人们展示出了一幅生动的"君子孤危图"。张九龄的咏史及怀古诗，从构思立意上来看，亦如西晋著名诗人左思的《咏史》一样，大都是通过对古人古事的歌咏，来抒写自己的怀抱，借古喻今，对奸人当道的时局政治进行讽喻。如，《咏史》有云："大德始无颇，中智是所是。居然已不一，况乃务相诡？小道致泥难，巧言因萋毁。"讽刺口蜜腹剑的李林甫本无高尚的德才，但就是这么一个中等才智的小人，却善于变乱黑白，以似是而非的巧言来迷惑皇上，嫉贤害能，只手遮天。《登古阳云台》等贬荆州后写下的怀古诗，则以战国时楚襄王追求声色之娱，不再接近贤臣的故事，来讽喻唐玄宗宠幸武惠妃、欲立寿王瑁而赐死太子瑛等令人心寒的朝廷现实。

　　第三类是营造特定的情境，披露心曲。如脍炙人口的五律名篇《望月怀远》和《秋夕望月》，成功地营造了朗月高悬、情人凝望的这一特定的情景和画面，抒发了诗人客寓他方的念远思亲之情。

> 海上生明月，天涯共此时。情人怨遥夜，竟夕起相思。
> 灭烛怜光满，披衣觉露滋。不堪盈手赠，还寝梦佳期。
>
> ——《望月怀远》
>
> 清迥江城月，流光万里同。所思如梦里，相望在庭中。
> 皎洁青苔露，萧条黄叶风。含情不得语，频使桂华空。
>
> ——《秋夕望月》

　　由于这一情境极具典型性，所以它所包容的意蕴就显得非常深广。比如，有的说诗中还寄托了思君恋阙之诚，还有的认为此诗表达

了诗人对美好的政治理想的追求。清人姚鼐就曾誉称《望月怀远》
"是五律中《离骚》"(《今体诗钞》"五言卷一")等等。又如《听筝》:"端
居正无绪,那复发秦筝。纤指传新意,繁弦起怨情。悠扬思欲绝,掩
抑态还生。岂是声能感,人心自不平。"写诗人于孤寂落寞之际,突然
被一阵秦筝的弹奏声所吸引,进而激起了内心强烈共鸣的种种情态。
此时此刻,诗人的神情是多么地专注。原来,他从传入的一串串悠扬
掩抑的音符中,读懂了弹奏者被抛掷、遭冷落的满腔幽怨。而这又何
尝不是诗人自己政治处境的写照?"不平则鸣"的心态寄寓在如此妙
合的情境中,实开后来白居易《琵琶行》创作的先河。

宋人计有功《唐诗纪事》卷十五"张九龄"条目云:"公以风雅之
道,兴寄为主,一句一咏,莫非兴寄,时皆讽诵焉。"①将九龄诗歌"风雅
兴寄"的特点说得很明确。清人陈沆《诗比兴笺》卷三"张九龄诗笺"
云:"史迁有言,《诗》三百篇,大抵仁人圣贤发愤之所为作也。至唐曲
江以姚、宋相业,兼燕、许之文章,诗人遭遇,于斯为盛。所谓不平之
鸣,有托之作,宜若无有焉。此《杂诗》《感遇》诸篇,所以椟重千秋,珠
还合浦也。今观集中自应制、酬酢诸什外,类皆去国以后,泽畔之行
吟,湘累之忠爱,特以象超声色之表,神出古异之馀,有德之言,知味
者稀焉。故知金鉴之录,早赓明良;羽扇之赋,晚托骚怨;螗蚏十里之
声,鸥鹢三年之诉,诗三百篇,洵仁圣贤人发愤之所为作矣。"又云:
"前(感遇)十二章爱君恋国之思,此五章(《杂诗五首》)守正疾邪之
志。""知作者可读《感遇》诸诗。"②作者创作此类诗歌的心态是"导扬
讽谕"和"志思蓄愤",是对"风雅兴寄"这一传统和主张的自觉追求,
亦是作者以复古为革新的指导思想在相关作品中的具体体现。

---

① (宋)计有功:《唐诗纪事》卷15,上海古籍出版社1987年版,第322页。
② (清)陈沆:《诗比兴笺》卷3,上海古籍出版社1981年版,第117—122页。

　　还有的论者指出,九龄古朴诗风的形成与其古雅的人格息息相关。① 这是符合实际的。张九龄本是一位"抗迹追古人"的君子儒,他不仅具有管乐之志、王佐之才,更讲究忠孝节义、君子之德。反映在具体的创作中,他便常常用古人格写自家诗。诸如:"士伸在知己,况已仕于君"(《荆州作二首》),"贤哉有小白,仇中有管氏。若人不世生,悠悠多如彼"(《咏史》),"君子体清尚,归处有兼资"(《骊山下逍遥公旧居游集》),"志合岂兄弟,道行无贱贫"(《叙怀二首》),"五十而无闻,古人深所疵。平生去外饰,直道如不羁"(《在郡秋怀二首》)等等,这便是其诗歌中不时显现出的一位内外兼修的醇儒主人公的形象。清人贺贻孙在评论九龄的《感遇》诗时曾感慨云:"盖诗品也,而人品系之"②。又云:"看盛唐诗,当从其气格浑老处赏之","若张曲江《感遇》,则语语本色,绝无门面矣,而一种孤劲秀澹之致,对之令人意消……'草木有本心,何求美人折',三复此语,为之浮白"(同上)。清人刘熙载云:"曲江之《感遇》出于骚,射洪之《感遇》出于庄,缠绵超旷,各有独至。"(《艺概》卷二)就其躬行直道的人格和人品而言,九龄确实深受屈原的影响。如前所引,他自己就曾云:"怀屈原而可作"。从人生经历来看,屈原与九龄都是以文才而见用的政治家,两人都曾是最高统治层中的一员,都始终怀有忠君恋阙、奉公佐国的一腔热忱,又都是缘于躬行直道而遭谗被贬、倍受打击的。所以,九龄对屈原首先是人格上的理解和认同,进而自觉地承传了"香草美人""比兴寄托"这一古老表现手法的传统,诗中每每以美人、飞尤、游女喻君,以蜉蝣子、双翠鸟、燕雀喻群小,以孤鸿、兰桂、丹橘、凤凰喻贤者,以

① 马茂军:《古雅:张九龄的人格与诗格》,《唐代文学研究》第9辑,广西师范大学出版社2002年版,第163页。

② (清)贺贻孙:《诗筏》,郭绍虞编选,富寿荪校点:《清诗话续编》第1册,上海古籍出版社1983年版,第170页。

高鸟、青鸟、双飞鸟喻使者等等,抒发其清高的节操和对朝政现实的愤懑。

张九龄诗风对后世的影响,主要表现在以下两个方面:

一是在初盛唐之际的诗歌革新中,继陈子昂和张说之后,他能以诗坛宗主的身份和地位,继续倡导并弘扬汉魏风骨,力排齐梁颓风,恢复了"言志""缘情"和"比兴寄托"的优良传统,并以五古体式和《感遇》《杂诗》等形式,昭示了"复古"的实绩,打开了盛唐局面,为李、杜开先。这是历代诗人和评论家比较一致的看法。中唐诗僧皎然云:"相公乃天盖(一作启),人文佐生成。立程正颓靡,绎思何纵横。春杼弄细绮,阳林敷玉英。飘然飞动姿,邈矣高简情。后辈惊失步,前修敢争衡。始欣耳目远,再使机虑清。体正力已全,理精识何妙。昔年歌阳春,徒推郢中调。今朝听鸾凤,岂独羡(一作苏)门啸。帝命镇雄州,待济寄上流。才兼荆衡秀,气助潇湘秋。逸荡子山匹,经奇文畅俦。沈吟未终卷,变态纷难数。曜耳代明珰,袭衣同芳杜。愔愔闻玉磬,寤寐在灵府。"(《读张曲江集》,《全唐诗》卷820)认为张九龄能以人文宰辅之地位,荡涤诗坛的颓靡之风,并能以"体正力全""理精识妙"的诗歌创作,启迪时人,影响后辈。清人刘熙载云:"唐初四子沿陈、隋之旧,故虽才力迥绝,不免致人异议。陈射洪、张曲江独能超出一格,为李、杜开先。"[①]

清人朱庭珍云:"两汉厚重古淡之风,至建安而渐漓,至晋氏潘、陆辈而古气尽矣,故陶、谢诸公出而一变。渊明以古淡自然为宗,康乐以厚重独造制胜,明远以俊逸生动求新,而诗复盛。宋、齐以后,绮丽则无风骨,雕刻则乏气韵,工选句而不解谋篇,浅薄极矣。沿至唐

---

① (清)刘熙载:《艺概》卷2,上海古籍出版社1978年版,第57页。

初,积习未革。至盛唐,而射洪、曲江力起其衰,复归于古"。① 朱氏此论,简洁明晰的勾勒出了汉唐诗歌嬗变的轨迹,指出了九龄以复古为革新、进而影响盛唐的历史地位。清人王士禛等又从唐代五言古诗体式发展流变的角度揭示出:"唐五言古诗凡数变,约而举之:夺魏晋之风骨,变梁陈之俳优,陈伯玉之力最大,曲江公继之,太白又继之"。② 沈德潜亦评云:"唐初五言古渐趋于律,风格未遒,陈正字起而诗品始正,张曲江继续而诗品乃醇。"③"醇"即醇厚。又云:"正字古奥,曲江蕴藉"③。纪昀认为九龄的《感遇》诸作,神味超轶,……具大雅之遗。"(《钦定四库全书总目》卷149)正因九龄的五言古诗深得汉魏古诗缘情生发、"意悲而远"(钟嵘《诗品·上品·古诗》)的神髓,所以清人施补华《岘佣说诗》云:"唐初五古,犹沿六朝绮靡之习,唯陈子昂、张九龄直接汉、魏,骨峻神竦,思深力遒,复古之功大矣"。乔亿亦谓:"唐诗固称极盛,而五言正脉,亦无多传,陈拾遗、张曲江、李、杜、韦、柳而外,惟储、孟、二王(维、昌龄)、李颀、常建、刘眘虚、沈千运、孟云卿、元结、孟郊,尚不替前人轨则"。④ 可见,九龄在初盛唐诗歌革新中是处于上承子昂,下启李、杜的重要地位。

二是首创了盛唐清澹诗派。对张九龄的清澹诗风,唐人已有认识。如大诗人杜甫就曾对九龄的诗歌评价云:"诗罢地有余,篇终语清省。……自我一家则,未阙只字警。"(《八哀诗·故右仆射相国张九龄》)认为九龄的诗歌蕴藉隽永,语言清丽省净,每多妙言警句,自

---

① (清)朱庭珍:《筱园诗话》卷1,《清诗话续编》第4册,上海古籍出版社1983年版,第2329页。

② (清)王士禛撰,张宗柟纂集,戴鸿森校点:《带经堂诗话》卷4,人民文学出版社1982年版,第93页。

③ (清)沈德潜:《唐诗别裁集》卷1,上海古籍出版社2013年版,第8页。

④ (清)乔亿:《剑谿说诗又编》,《清诗话续编》第2册,上海古籍出版社1983年版,第1116页。

成一格。清人乔亿云:"曲江公诗雅正冲澹,可想见其风度。'诗罢地有余,篇终语清省。'观曲江公集,益叹老杜评泊之妙"①。中唐诗僧皎然对九龄的诗风亦有与杜甫相近的感受:"飘然飞动姿,邈矣高简情。……始欣耳目远,再使机虑清。"(《读张曲江集》)在前人认识的基础上,明人胡应麟首先提出了九龄创派之说:"唐初承袭梁、陈,陈子昂独开古雅之源,张子寿首创清澹之派。盛唐继起,孟浩然、王维、储光羲、常建、韦应物,本曲江之清澹,而益以风神也。高适、岑参、王昌龄、李颀、孟云卿,本子昂之古雅,而加以气骨者也"②。此说主要还是从五言古诗这一体式和风格的传承与创变的角度提出的。今人陶文鹏认为,"清澹"是张九龄诗的主要风格,它不仅指所写的山水景物形象新鲜脱俗,色彩素淡而有神韵,而且更指诗中有深远的情思、意蕴悠长的韵味,人们从中已听到了不同凡响的盛唐之音。③

唐人柳宗元曾对"二张"诗文创作的特点作过比较,"燕文贞以著述之馀,攻比兴而莫能极;张曲江以比兴之隙,穷著述而不克备。"④认为张说文胜于诗,张九龄则诗胜于文。但从初盛唐之际文儒诗文创作的总体情况来看,"王、杨、卢、骆、李百药、虞世南、陈子昂、宋之问、苏颋、李峤、二张(张说、张九龄——笔者注)辈,俱诗文并鸣,不以一长见也。"⑤他们既能诗亦能文。清人纪昀谓:"九龄守正嫉邪,以道匡弼,称开元贤相。而文章高雅,亦不在燕、许诸人下。"又称九龄"文笔

---

① (清)乔亿:《剑谿说诗》卷上,《清诗话续编》第2册,上海古籍出版社1983年版,第1080页。

② (明)胡应麟:《诗薮·内编》卷2"古体中·五言",上海古籍出版社1979年版,第35页。

③ 陶文鹏:《清思健笔　妙画活水——读张九龄山水诗札记》,《光明日报》1987年3月24日。

④ (唐)柳宗元:《杨评事文集后序》,《柳河东集》卷21"题序",上海古籍出版社2008年版,第372页。

⑤ (明)胡应麟:《诗薮·外编》卷4,上海古籍出版社1979年版,第197页。

宏博典实,有垂绅正笏气象,亦具见大雅之遗。……至所撰制草,明白切当,多得王言之体。"(《钦定四库全书总目》卷149)今人陈建森认为,张九龄"轻缣素练,实济时用"的行文风格,直接影响着盛唐开元中后期朝廷下行公文的文风。①

张九龄在朝为官三十余年,先后担任中书舍人、工部侍郎知制诰这一专门负责起草诏令并参与朝廷机要的皇帝身边的高级秘书就长达五年。此后,他又担任了中书侍郎、同中书门下平章事兼修国史和中书令五年多。敕书是九龄文章中数量最多,涉及的内容最广,在当时发挥的作用最大的一类公文。所谓"敕书",就是皇帝用以谕告慰勉公卿、警戒约束众臣的诏书(《唐六典》卷九)。对于实际撰制者来说,便是代拟王言。刘勰曾用"敕者,正也"(《文心雕龙·诏策》)来概括其特点。又举例说:"戒敕为文,实诏之切者,周穆王命郊父受敕宪,此其事也。魏武称作敕戒,当指事而语,勿得依违,晓治要也。"(同上)可知敕文的撰制,要指事切理,不得依违两可。这就要求敕文的代拟者,除应具备较高的知识素养和倚马立就的文才外,还要有充分领会旨意、熟悉治国理政方略的本领。

试以文案为例:

> "敕朝集使等:朕恭已承天,守文继位;布一心于兆庶,明四目于万方。恒恐道或未周,物不遂性;旁求俊义,共理黎元。于兹群辟,宁不我副! 凡今政要,略有四端:衣食本于农桑,礼仪兴于学校,流亡出于不足,争讼由于无耻。故先王务其三时,将以厚生也;修其五教,将以淳俗也。有国有家,同知此议,不患不知,患在不行尔。且长吏数改,政教屡移,在官当先,为国理人,

---

① 陈建森:《"九龄风度"与唐代文学的审美取向》,《文学评论》2017年第1期。

各惕其职。不当冒荣干进,苟利其身。浇俗不可不革,淳风不可不长。近令刺史在任,四考方迁,实欲始终其情,黜陟斯系。必若县得良宰,万户息肩;州有贤牧,千里解带。仁政不遐,行之则是;皆能厉节,朕复何忧?且如浮逃客户,所在安辑;征镇人家,每事忧恤。仓储唯实,赋役唯均,鳏寡抚存,盗贼禁止,邮驿无弊,奸讹不生。念兹八事,朕常属想;嗟尔庶尹,可不用心!卿等还州,递相劝勉,遵此王度,恤彼下人,敬顺天常,无违月令。夫星列躔次,土分区域,休咎之征,惟人所感。善必知主,恶亦有由。每至岁成,当加赏罚。宜知朕意,并即好去。"

——《敕处分十道朝集使》①

《曲江集》有《敕处分十道朝集使》文凡四篇,篇幅均四五百字。依集所排序,此为第一篇,作于开元十二年,九龄时任中书舍人。唐因汉制,每年底惯例,各道需遣使上计、朝集京师,谒见皇帝、宰相,称朝集使。本文旨在训示各道朝集使务须明了"四端",理好"八事",以收"厚生""淳俗"之效。文章开篇即陈君主励精图治的良苦用心,接着提出了为政之要和身体力行的重要性。然后切入训示的具体内容:当下官风存在的问题,朝廷所采取的对策和用意。告诫受训的官员们务必做好安辑逃亡客户等八件事情,还州后要牢记重托,心系百姓,谨顺天常。每至岁成,朝廷自会明加赏罚的。从敕书中所阐述的治国理念来看,自然还是重农固本、礼仪教化等传统的儒家思想,似乎没多少新东西。但就敕书中所及的官风不正及其整治问题而言,就有作者自己的深入思考了。早在开元三年,九龄就向玄宗密呈

---

① (唐)张九龄撰,熊飞校注:《张九龄集校注》(中册),中华书局 2008 年版,第 467—468 页。

了《上封事书》。书云："今六合之间，元元之众，莫不悬命于县令，宅生于刺史。陛下所与共理，此尤亲于人者也，……亲人之任，宜得其贤；用才之道，宜重其选。……盖甿庶所系，国家之本务；本务之职，反为好进者所轻；……今朝廷卿士，入而不出，于其私情，遂自得计。……人情进取，岂忘于私？但立法制之，不敢违耳！原其本意，固私是欲。今大利在于京职，而不在外郡。如此则智能之士，欲利之心，日夜营营，……故臣愚，以为欲理之本，莫若重刺史、县令，此官诚重，智能者可行。正宜悬以科条，定其资历。凡不历都督、刺史，有高第者，不得入为侍郎、列卿；不历县令，有善政者，亦不得入为台、郎、给、舍。即虽远处都督、刺史，至于县令，以久差降，以为出入，亦不得十年频在京职，又不得十年尽任外官。如此设科，以救其失，则内外通理，万姓获宁。"①可见，敕书中所谓"当先，为国理人，各惕其职，不当冒荣干进，苟利其身。浇俗不可不革，淳风不可不长。近令刺史在任，四考方迁，实欲始终其情"这些铮铮之言，原是九龄早就意识到的一个事关治国理政的大问题。

此敕从体式上看，尽管还未出骈文格局，文句也大都还是四六言，但已非专以用典隶事为能的骈四俪六了。特别是在思想内容的表达上，已基本摆脱了重复拖沓的骈文局限，确能做到指事切理，耳提面命。而且，不少语句因富于变化而显得颇为生动。如列举政要四端时便分别用了"本于""兴于""出于""由于"这四个动因词。有的则是一语中的，如"不患不知，患在不行尔"。还有的运用了排偶句以示强调。如"浇俗不可不革，淳风不可不长"，等等。

另外三篇《敕处分十道朝集使》文，撰于开元二十一年，九龄时任

①（唐）张九龄撰，熊飞校注：《张九龄集校注》（下册），中华书局 2008 年版，第 846—848 页。

工部侍郎、集贤院学士副知院事兼知制诰。其第二篇敕文,开头例先表明君主用贤治国理政之良苦用心,接着阐明一郡长官自律和表率的作用:"一郡之政,系一己之能,泉源既清,蓬麻自直。"勉励各州长官应为君分忧。指出江左、山南等地遭遇饥荒的原因是"好逐朝夕之利,而无水旱之储。"告诫当地长官应力矫其弊,要因地之宜,务以耕桑为本,清廉为政,在百姓安居乐业的基础上再施行教化,天下何愁不理。进而对那些未有实绩可言,而竟汲汲不安于理郡,只图侥幸升迁者提出警诫:千万不要自以为是,以为朝廷不知。最后表明朝廷用人的一贯方略:唯待贤能,各位应励精图治,只要确有声誉实绩,朝廷将不惜赏以官秩。全文同样显得非常平实、切要,鲜有虚浮之词。第三篇在开头时稍有不同,君主首先自我检讨受命子人以来朝政方面的或阙之处,表明自己应负的责任,再由此对各位朝集使提出警示:"朕之不德,在予之过有归。而卿等共理,患己之诚岂到?……好进之辈且不务于政成,欲达之心独未思于义取。"朝廷"何尝有公方清白者不升,理道循良者不用"之失?"若声绩未著,黎庶未康,牧守未朝而辄迁;参佐逾年而竞入,此独为人之资尔,岂是责成之意耶?"希望各位还州以后,"明谕朕意,知不以中外为隔,唯以亿兆为忧。"在做了这番铺垫后,再对当务之急予以阐明:要着力做好括户工作,对系囚的羁押不得过逾时日,以安农本。最后对各位的本职义务再加申明。因时在春耕之际,故特别嘱咐各位官员:"今农扈戒期,耕夫在野,事非急切,不得追呼。"九龄久历官场,对各色人等的为官动机和心理的把握是非常准确的,故能有的放矢,要言不烦。此篇行文,骈散兼具,口吻贴近所要申敕的对象。第四篇开宗明义:君主之权在于"信赏以功能,刑罚以惩恶。"考虑到近年来黎民百姓比遭水旱之灾,天下赋役不等,民生有虞,州县长吏责任重大,故特派各位使臣四方督查。须知:"善为政者,防于未然;均其有无者,省其徭役。"但现在有的州县官员却不尽然。如："亲识游客,凭恃威权;嘱托下僚,摇动狱讼;或差遣不当,致令损失;或处分有乖,便至烦扰。兼有不肃诸吏,唯只自谨一身;奸豪盗贼,无所畏惧。"此等官员完全是"虚荷荣宠,徒增禄秩。此而可容,孰为尸旷?"随后点明这就是当下委派各位分赴各道条察的原因。最后告诫各位赴使后,一方面要尽督察之职,同时,还要"劝率相助""倍须抚存"那些贫窭者,要清理冤狱,不得过限系囚。若发现"政举一州,惠施一县"之贤能,亦应及时状闻。清康熙皇帝对九龄的这几篇敕文非常欣赏,他称誉道:"张九龄开元三(当为"二")十一年《处分十道朝集使敕》,语劲而气弥舒,词腴而旨益切,可识九龄风度矣"。[①] 所评"语劲""气舒",旨意"益切",是符合实际的,只是"词腴"还并不明显。

与一般的纯文学作品不同,敕书所及的内容都是朝廷政事,一经发布就会影响到对内对外的方针大计。因此,在撰写时如何斟酌语气,掌握分寸,要求是非常严格的,并非一般握管挥毫者所可胜任。唐人徐浩在为九龄撰制碑文时特别提及了与此相关的一件事:"渤海王武艺,违我王命,思绝其词。中书奏章,不惬上意,命公改作,援笔立成,上甚嘉焉。即拜尚书工部侍郎兼知制诰。"(《徐碑》)检《曲江集》卷九有《敕渤海(郡)王大武艺书》凡四篇。其首篇云:

> 敕忽汗州刺史渤海郡王大武艺:卿于昆弟之间,自相忿阋,门艺穷而归我,安得不容?然处之西陲,为卿之故,亦云不失,颇谓得所。何则?卿地虽海曲,常习华风,至如兄友弟悌,岂待训习?骨肉情深,自所不忍;门艺纵有过恶,亦合容其改修,遂请取

① (清)陈鸿墀:《全唐文纪事》"圣主仁皇帝御制文三集·古文评论",中华书局 1959 年版,第 11 页。

东归，拟肆屠戮。朕教天下以孝友，岂复忍闻此事？诚惜卿名行，岂是保护逃亡？卿不知国恩，遂尔背德，卿所恃者远，非能有他。朕比年含容，优恤中土，所未命将，事亦有时。卿能悔过输诚，转祸为福，言则似顺，意尚执迷。请杀门艺，然后归国，是何言也？观卿表状，亦有忠诚；可熟思之，不容易尔。今使内使往，宣谕朕意，一一并口具述。使人李尽彦，朕亦亲有处分，皆所知之。秋冷，卿及衙官首领百姓平安好。并遣崔寻挹同往，（遣）书指不多及。[①]

参诸史籍，细绎文意，是知本篇即为"上甚嘉焉"之佳作。本文撰于开元二十年，九龄时任秘书少监兼集贤院学士副知院事，撰敕并非是其份内之事，但由于唐玄宗在处理事关唐与渤海靺鞨关系的"门艺来归"这一问题上，当时正处于遭遇对方指责的被动、尴尬的境地，用《资治通鉴》撰著者司马光的话来说，玄宗是"威不能服武艺，恩不能庇门艺。"（《资治通鉴》卷 213）那么，如何以敕书回击渤海靺鞨王武艺，就成为挽回大国君主颜面的一件大事。在中书省撰制的敕书未惬已意的情况下，玄宗想到了"文场元帅"张九龄。试看本篇结撰的高明之处：开篇仍例以大唐天子的训示口吻来回应武艺这位唐羁縻州的首领，使其务须明了自己的身份和地位。事实上，自开元十四年门艺来归之后，渤海靺鞨与唐朝的关系即已交恶。因渤海王武艺久想称霸东北，而当时近邻黑水靺鞨却与唐修好，并愿归顺。于是，武艺下令弟弟门艺率兵讨伐。门艺力谏不可，但武艺不从。最终迫使门艺间道奔唐。武艺知悉后，立即表请杀之。玄宗回复已将门艺流放岭南，而暗中却密遣门艺于安西加以保护。谁知消息走漏，武艺闻

---

① （唐）张九龄撰，熊飞校注：《张九龄集校注》（中册），中华书局 2008 年版，第 579 页。

之大怒,立即传书抗议:"大国当示人以信,岂得为此欺诳。"(《资治通鉴》卷213)随后,武艺派将领张文休由海路攻杀了唐登州刺史韦俊。面对武艺的挑战,玄宗竟又诏遣门艺往幽州征兵以讨之,更使"武艺怀怨不已,密遣使至东都,假刺客刺门艺于天津桥南门。门艺格之不死。"(《旧唐书》卷199《北狄传·渤海》)玄宗还"诏河南府捕获其贼,尽杀之。"(同上)在这一连串的事件中,到底谁是谁非呢? 九龄没有循着武艺责问的路子作答,而是直奔保护门艺乃情理中事这一鲜明的主题,从而巧妙地甩开了武艺抛过来的死结,以我为主地突出强调了"兄友弟悌"的华夏伦理原则和以"孝友"治天下的文明理念。明确告谕武艺:兄弟之间"骨肉情深",自当有所不忍。保护门艺,也是维护了你武艺的令名。这就在文章结撰的理路上,达到了理直气壮的效果。像这样"四两拨千斤"的接招和紧随其后的示之以利害的训诫,足以显示九龄撰敕的老道。敕文的最后,则是又打又拉,笼络其心,使泱泱大国之君的口吻与气度,溢于言表。确如清人温汝适所评:此敕"明畅得体,虽桀骜者闻之亦知朝廷有人"[1],又云:"公以轻缣素练之文,为走章驰檄之用,义正辞达,切中事情"[2]。玄宗也由此进一步识得九龄之过人才干,认为其"识茂而远",能"澄清万里,树声于万国"[3]。还值得注意的是,此敕在由骈趋散的程度上,又进了一大步,而且在遣词造句上还时有口语化的表现,这在此前的公文中是鲜见的。

　　九龄在敕文的撰制上,已形成了自己的风格,这就是语言的简练

---

① (清)温汝适:《曲江集考证》卷上,《丛书集成续编》本,上海书店出版社1994年版,第454页。

② 同上。

③ (唐)张九龄撰,(清)温汝适校:《唐丞相曲江张文献公集》(十二卷)附录诰命《转工部侍郎制》,《丛书集成续编》本,上海书店出版社1994年版,第252页。

劲健、雅俗共赏和生动多姿。以《敕突骑施毗伽可汗书》为例,本篇因申敕的内容较多而长达八百字,但由于作者运用了许多精当的语言词句,读后不仅没有冗长感,反而使人时时领略到一种理气充沛、义正辞严的冲击力:"天地有正位,鬼神有正主。敢此违犯,必有祸殃。不信朕言,但试看取。"以此开篇后,便历数毗伽可汗一叶障目、见利生心之过:"侵我西州,犯我四镇,连年累月,马死人亡"。须知:"约算已西诸国,未敌我一两大州。可汗亦应先知,何烦遂尔为恶?况安西北庭将士,皆是铁石为心。可汗具谙,不烦更道。"对毗伽可汗提出严正警告。最后表明:"我国守信如天,终不欺物。谓天无信,物自无知。"(《曲江集》卷十一)这一串串耀人眼目的词语,在其许多敕文中都有闪现。如:"善必知主,恶亦有由"(《敕处分十道朝集使》之一,《曲江集》卷七),"总戎朔陲,经略万里;赋车籍马,精卒锐兵"(《敕处分朔方将士》),"君子为邦,动必由礼"(《敕新罗王金兴光书》),"时不可失,兵贵从权"(《敕河西节度牛仙客书》),"古之善用兵者,不必在众。能制敌者,会在出奇。狂贼此来,真亦送死"(《敕安西节度王斛斯书》)等等。在众多的敕文中,九龄还能将例行的以示关怀的问候语写得多姿多彩,细腻入微。最为突出的就是他能随季节的变化,交替变换着嘘寒问暖的导引词。诸如:春初尚寒,春初余寒,春后渐热,春暮已暄,春晚极暄;夏初渐热,夏中甚热,夏末极热,夏晚毒热;秋初尚热,秋中渐凉,秋气渐冷,秋深极冷;冬初薄寒,冬中极寒,冬末甚寒……并平安好,遣书指不多及。

　　除了敕文外,张九龄的其他类散文(序文、书信、祭文、墓志、碑铭等)也备受关注。燕公张说在与徐坚论近世文章时曾云:"张九龄之文,有如轻缣素练,虽济时适用,而窘于边幅"[1]。意即九龄文章没有

---

[1]　(唐)刘肃撰,许德楠、李鼎霞点校:《大唐新语》卷8,中华书局1984年版,第130页。

富艳的藻饰,淡雅实用,但又显得有些拘谨,放不开。这一评价,与九龄散文的总体特征还是相符的。因张说的文章多是大开大阖,使气纵横的,其人亦如之,不拘小节,无畏众议。而九龄的为人处世,常持执着矜持的较真态度,反映在文章上,则多为"随事以序其实"[①],不尚虚饰,摒弃浮华。从气象格局上看,似稍逊风骚。但其内容的充实和文笔的高雅蕴藉,又使九龄的散文时时体现出一种谦谦君子的纯厚儒风。[②] 因此,有学者指出,当我们评价李华、萧颖士、柳冕、韩愈、柳宗元等反对骈体文,倡导古文,从文风、文体和文学语言三方面进行散文革新时,就不能不正视盛唐以张九龄为代表的散文的存在及其对唐代朝廷文风所产生的影响。[③]

综上所述,以张说、张九龄为代表的盛唐文儒,在大力弘扬礼乐兴国的理念,并确立以文用人导向的同时,还以其视野宏阔、文质并重、气格纯厚的诗文创作实践,为盛唐文学高潮的到来,开启了远大和醇正的风尚。

第二节 杜甫为代表的典型"文儒"与诗文创作的沉郁之风

唐代"文儒"阶层,由于时代风云和政治地位的不同,在重文佑儒或重经用吏等导向的驱使下,中下层士子还相应地表现出在"文"与"儒"之间的摆动,而真正能"文""儒"双兼的人物,杜甫是个典型。尚文和重儒在自认"诗是吾家事"、标榜"奉儒守官,未坠素业"的杜甫身上得到了集中的体现。其创作活动表现出作为文学之儒而非经学之

----

① (明)吴讷著,于北山校点:《文章辨体序说》,人民文学出版社 1962 年版,第 42 页。
② 详见拙著:《张九龄研究》,中华书局 2007 年版,第 220—230 页。
③ 陈建森:《"九龄风度"与唐代文学的审美取向》,《文学评论》2017 年第 1 期。

儒的精神气质。这一"文""儒"双兼的人格类型和博大深沉的创作取向,对后世文人及其创作活动产生了深远的影响。

杜甫(712—770),河南巩县生人,祖籍湖北襄阳,郡望京兆杜陵。杜甫在为其姑母撰立的《唐故万年县君京兆杜氏墓志》中,对杜氏家族的渊源及其家风曾有陈述:

> "吾祖也,我知之。远自周室,迄于圣代。传之以仁义礼智信,列之以公侯伯子男。……前朝咸以士林取贵,宰邑成名。考某(名审言——笔者注),修文馆学士尚书膳部员外郎,天下之人,谓之才子。兄升,国史有传,缙绅之士,诔为孝童(以其报父仇也。见祖母"卢氏志"中。——笔者注)……县君受中和之气,成肃雍之德,其来尚矣。……县君既早习于家风,以阴教为己任。执妇道而纯一,兴礼法而始终,可得闻也。……孝养哀颂,名流称仰。允所谓能循法度,则可以承先祖,供给祭祀矣。……周给不碍于亲疏,泛爱无择于良贱。……加以诗书润业,道诱为心,……内则致诸子于无过之地,外则使他人见贤而思齐。……"①

特别令杜甫终生难忘的,是姑母对其所施的大爱之举:

> "甫昔卧病于我姑(意公之母早亡,而育于姑也。——笔者注)姑之子又病,问女巫。巫曰:'处楹之东南隅者吉'。(此段尤

---

① (唐)杜甫撰,(清)杨伦笺注:《杜诗镜铨·读书堂杜工部文集注解卷之二》,上海古籍出版社1962年版,1980年第1次印刷,第1112—1114页。按:"兄升"应为"兄并",参见《大周故京兆男子杜并墓志铭并序》,周绍良主编:《唐代墓志汇编》,上海古籍出版社1992年版,第994—995页。

叙得明切入情——笔者注)姑遂易子之地以安我。我自用存而姑之子卒,后乃知之于走使。甫尝有说于人,客将出涕感者久之,相与定谥曰'义'。君子以为'鲁义姑'者,遇暴客于郊,抱其所携,弃其所抱,以割私爱,县君有焉。"①

从杜甫饱含深情所撰的此通碑文中可知,"仁义礼智信"的儒家信条,是杜氏家族代代传承的德行宗旨;而以文才成名取贵,则是杜氏家族引以为荣的门风;叔父"安亲扬名,奋不顾命"的刚烈孝义,姑母"周给不碍于亲疏,泛爱无择于良贱"的仁爱之心,又是杜甫做人做事最为贴近的一面镜子。出生于"奉儒守官"之家的杜甫,自幼即受到了良好的教育。他自言七岁就能吟诗作文;九岁即能书写大字,积作成囊;十四五岁便以文会友,出游于翰墨场,"读书破万卷,下笔如有神"。为此受到了文坛前辈崔尚、魏启心,以及著名文儒李邕和王翰等人赞赏,称誉其才华有如班固和扬雄。因此,他"自谓颇挺出,立登要路津"。② 可见开元时代的文儒场域,曾给青年杜甫带来多么难得的自信和荣耀。

杜甫对张说和张九龄所倡导的礼乐政治有着高度的认同和向往。天宝十载(751)正月,玄宗将举行祭祀太清宫、太庙和天地的三大盛典,杜甫认为这是"王者盛事",于是在天宝九载冬天就预献了《三大礼赋》。他在《进三大礼赋表》中云:"臣生长陛下淳朴之俗,行四十载矣。……窃慕尧翁击壤之讴,适遇国家郊庙之礼,不觉手足蹈舞,形于篇章。……谨稽首投延恩匦,献纳上表,进明主《朝献太清

① (唐)杜甫撰,(清)杨伦笺注:《杜诗镜铨・读书堂杜工部文集注解卷之二》,上海古籍出版社1962年版,1980年第1次印刷,第1116页。
② 参见(唐)杜甫撰,(清)杨伦笺注:《杜诗镜铨》卷1《奉赠韦左丞丈二十二韵》、卷14《壮游》等,上海古籍出版社1962年版,1980年第1次印刷,第24—25页,第696—697页。

宫《朝享太庙》《有事于南郊》等三赋以闻。"①为此他得到了玄宗的赏识，命其待制集贤院召试文章。尽管最终因主试者仍为李林甫而使其一无所得，但作为文儒的使命和机遇，杜甫还是尽其全力地去履行和争取了。天宝十三载（754），杜甫又在《进封西岳赋表》中云："臣本杜陵诸生，年过四十，经术浅陋。进无补于明时，退常困于衣食，盖长安一匹夫耳。顷岁国家有事于郊庙，幸得奏赋，待制于集贤。委学官试文章，再降恩泽。仍猥以臣名实相副，送隶有司参列选序。然臣之本分，甘弃置永休，望不及此。岂意头白之后，竟以短篇只字，遂曾闻彻宸极，一动人主。是臣无负于少小多病贫穷好学者已。在臣光荣，虽死万足，至于仕进，非敢望也。……今兹人安是已，今兹国富是已。况符瑞翕集，福应交至，何翠华之脉脉乎？维岳固陛下本命，以永嗣业；维岳授陛下元弼，克生司空。斯又不可以寝已。伏惟天子需然留意焉！春将披图视典，冬乃展采错事。日尚浩阔，人匪劳止，庶可试哉。"②为引起玄宗的关注，杜甫在此再次提及了三年前自己曾献三大礼赋以助国家礼乐盛事，并"曾闻彻宸极，一动人主"，得到了皇上恩泽的情形。杜甫将此引为自己一生中的荣耀，认为仅此一端也算是无负于少小而好学的杜氏家风了。当此人安国富之盛世，天子理应封岳祭祀，复兴礼乐。由此既可见杜甫接受开元文儒教育与熏陶之深，亦可见其对开元文儒政治遗产的自觉继承与弘扬。这从另一则事例中，也可得以复证。至德二载（757），唐肃宗因宰相房琯平叛兵败和客董庭兰等事，将其罢免贬官。时任左拾遗的杜甫见状，随即批逆鳞上疏直谏，认为"房琯以宰相子，少自树立，晚为醇儒，有大臣

---

① （唐）杜甫撰，（清）杨伦笺注：《杜诗镜铨·读书堂杜工部文集注解卷之一》，第1045—1046页。
② 同上书，第1065—1067页。

体。……琯之深念主忧，义形于色，况画一保泰，素所蓄积者已。……董庭兰今之琴工，游琯门下有日，贫病之老，依倚为非，琯之爱惜人情，一至于玷污。……其功名未垂，而志气挫衄"，因而"觊望陛下，弃细录大"①。如前所述，房琯曾是张说赏识的文儒之士，与杜甫本是布衣之交。杜甫谏罢房琯所举的理由便是，房琯虽为宰相之子，但早以文才自立，是重情重义、忠心耿耿的醇儒和大臣。质言之，精神气质上的息息相通，对文儒政治的坚持和期许，以及义不私爱的门风和秉性，是杜甫挺身而谏的主要动因。有评杜者认为，"救房琯是公生平一大节"②。经此一事，杜甫虽经韦陟、崔光远、颜真卿的按复回护和宰相张镐的力救而得释免，但"致君尧舜"的仕进通道实已无望。两年后，他即弃官西去，开始了漂泊西南的生活。

杜甫的文学观通达深透，他在"二张"等前贤主张质文并重，鼓励多样化的内容和风格的基础上，更进一步地提出了"别裁伪体亲风雅，转益多师是汝师"的时代命题。如何"亲风雅"？当然是要自觉地继承和发扬《诗经》所确立的反映现实、针贬时弊的传统，其具体的指向是"请为父老歌"（《羌村三首》之三）"一洗苍生忧"（《凤凰台》），要将目光放到黎民百姓的艰难困苦和所思所愁上，真正做到"穷年忧黎元，叹息肠内热"（《自京赴奉先县咏怀五百字》），而不仅仅是个人的沉浮进退和名利得失；如何"转益多师"？就是要"不薄今人爱古人"。③因自有唐以来，从四杰、陈子昂到张说、张九龄，以及李白等人，皆倡导以复古为革新，甚至认为"自从建安来，绮丽不足珍。"（李白《古风五十九首》）而杜甫却明确提出，既要"爱古人"，但也不应"薄

①　（唐）杜甫：《奉谢口敕放三司推问状》，（唐）杜甫撰，（清）杨伦笺注：《杜诗镜铨·读书堂杜工部文集注解卷之二》，第 1091 页—1092 页。
②　（清）杨伦笺注：《杜诗镜铨·读书堂杜工部文集注解卷之二》，第 1092 页。
③　（唐）杜甫撰，（清）杨伦笺注：《杜诗镜铨》卷 9《戏为六绝句》之五，第 398 页。

今人"。诸如"王杨卢骆"的诗文,虽然比不上"汉魏近风骚",但他们都有着超轶绝尘驾驭文辞的才气,因而其体调也是风行一时的。如果动辄用"轻薄为文"来否定他们,这显然是失之偏颇的。要认识到:"文章千古事,得失寸心知。作者皆殊列,名声岂浪垂。骚人嗟不见,汉道盛于斯。前辈飞腾入,馀波绮丽为。后贤兼旧制,历代各清规。"①每一个时代的文学体式,或每一位成名的作者,都有其独到的成就。不然,是不会轻易地树立起名声的。三百篇之后,骚体继起;屈、宋之后,苏武、李陵辈倡五古而道盛于斯;苏、李之后,建安、黄初诸公飞腾而入;至于六朝尚绮丽,亦其余波流韵,难以隔断。后来的贤士将古代的诗文体制兼容并包,独树一帜,这样便使得每一代都有各自的写作规范和特色。因此,当下的人们应虚心地向不同时代和不同风格的作者学习,并努力地将这些经验融汇成自己的东西加以运用,才能"窃攀屈宋宜方驾"②,才能集前贤之大成。由此可见,杜甫对文学的社会功能、文学传统和创作规律的认识与把握之深、之广、之全。

在创作实践中,杜甫既有其自负的一面:"赋料扬雄敌,诗看子建亲。李邕求识面,王翰愿卜邻。"(《奉赠韦左丞丈二十二韵》)但更多的是对古今作家的学习与仰慕:

> 沈范(沈约、范云)早知何水部(何逊),
> 曹刘(曹植、刘桢)不待薛郎中(薛据)。
> 独当省署开文苑,兼泛沧浪学钓翁。
> 李陵苏武是吾师,孟子(孟云卿)论文更不疑。

① (唐)杜甫撰,(清)杨伦笺注:《杜诗镜铨》卷15《偶题》,第713—714页。
② (唐)杜甫撰,(清)杨伦笺注:《杜诗镜铨》卷9《戏为六绝句》之五,第399页。

一饭未曾留俗客,数篇今见古人诗。

复忆襄阳孟浩然,清诗句句尽堪传。

即今耆旧无新语,漫钓槎头缩颈鳊。

陶冶性灵在底物,新诗改罢自长吟。

孰知二谢(谢灵运、谢朓)将能事,

颇学阴何(阴铿、何逊)苦用心。

不见高人王右丞(王维),蓝田丘壑漫寒藤。

最传秀句寰区满,未绝风流相国(王缙)能。(杨伦注:《金壶记》:"王维与弟缙,名冠一时,时议云'论诗则王维、崔颢,论笔则王缙、李邕。'")"

——《解闷十二首》①

他欣赏古今作家的多种风格和气质:

摇落深知宋玉悲,风流儒雅是吾师。

——《吹笛》

庾信文章老更成,凌云健笔意纵横。

——《戏为六绝句》之一

诗罢地有余,篇终语清省。

自我一家则,未阙只字警。

——《八哀诗·故右仆射相国张九龄》

白也诗无敌,飘然思不群。

清新庾开府,俊逸鲍参军。

——《春日忆李白》

---

① (唐)杜甫撰,(清)杨伦笺注:《杜诗镜铨》卷17,第816—818页。

郑李光时论,文章并我先。

阴何尚清省,沈宋欻联翩。

——《秋日夔府咏怀奉寄郑监李宾客一百韵》

思飘云物动,律中鬼神惊。

毫发无遗恨,波澜独老成。

君见途穷哭,宜忧阮步兵。

——《敬赠郑谏议十韵》

直词才不世,雄略动如神。

政简移风速,诗清立意新。

——《奉和严中丞西城晚眺十韵》

　　正因为他有着如此宽广的视野和胸襟,所以他才能在创作上取得集古今之大成的成就。中唐文学家元稹评价他说:"至于子美,盖所谓上薄风骚,下该沈宋,古傍苏李,气夺曹刘,掩颜谢之孤高,杂徐庾之流丽,尽得古今之体势,而兼人人之所独专矣。"①

　　杜甫先后经历了玄宗、肃宗、代宗三朝,身处大唐王朝由盛转衰的急剧动荡之际,困守长安十年,使其阅尽了世间的炎凉,亲见了上层统治权贵的奢华与腐败;"安史动乱"后,更饱尝了漂零贫窭之苦。作为一名下层文儒,他对社会弊端认识的深广程度,以及对民生疾苦的感同身受,不仅远远超过了"二张"等盛唐上层文儒,也大大超越了他的许多同时辈。他的文学观念及其创作实践,也随着时代风云的变化与个人命运的播迁,而不断地拓展与深化。十八世纪法国作家布封曾提出"风格即人"的著名观念,如从这一角度去审视杜甫的风

---

① (唐)元稹:《元氏长庆集》卷56《唐故工部员外郎杜君墓系铭并序》,《四部丛刊》景明嘉靖本。

格特点,可概言为:从清狂到老成,由遒丽转沉郁。

杜甫的青少年时代适处开元政治较为昌明的时期,经济繁荣和社会安定给人们带来的幸福和满足感,让其终身难忘。他在诗中写道:"忆昔开元全盛日,小邑犹藏万家室。稻米流脂粟米白,公私仓廪俱丰实。九州道路无豺虎,远行不劳吉日出。"(《忆昔二首》之二)在这大好时光下,生在官宦之家的杜甫,不惜"忤下考功第"而南北壮游,青年文人的狂放个性得以充分地释放和展现:"性豪业嗜酒,嫉恶怀刚肠。……饮酣视八极,俗物都茫茫。……气劘屈贾垒,目短曹刘墙。……放荡齐赵间,裘马颇清狂。"(《壮游》)什么世间万物、文豪才子,皆眇而视之。如杨伦所评:"公幼时便不可一世乃尔"[1]。与其"清狂"形象自我写照相呼应的早期诗作,最有代表性的便是《望岳》:

> 岱宗夫如何? 齐鲁青未了。
>
> 造化钟神秀,阴阳割昏晓。
>
> 荡胸生曾云,决眦入归鸟。
>
> 会当凌绝顶,一览众山小。

格调上的清新和自信,是这一时期杜诗的显著特征。诸如,"阴壑生虚籁,月林散清影。"(《游龙门奉先寺》)"浮云连海岱,平野入青徐。"(《登兖州城楼》)"秋水清无底,萧然净客心。"(《刘九法曹郑瑕邱石门宴集》)"风林纤月落,衣露净琴张。暗水流花径,春星带草堂。"(《夜宴左氏庄》)"春山无伴独相求,伐木丁丁山更幽。涧道馀寒历冰雪,石门斜日到林邱。"(《题张氏隐居二首》之一)

---

[1] (清)杨伦笺注:《杜诗镜铨》卷14,上海古籍出版社1962年版,1980年第1次印刷,第697页。

　　《今夕行》为杜甫在唐玄宗天宝五载(746年)自齐赵西归至长安时所作,描写其除夕博弈为欢的情形,表现了作者年轻时的豪放气概。

> 今夕何夕岁云徂,更长烛明不可孤。
> 咸阳客舍一事无,相与博塞为欢娱。
> 冯陵大叫呼五白,袒跣不肯成枭卢。
> 英雄有时亦如此,邂逅岂即非良图。
> 君莫笑,刘毅从来布衣愿,家无儋石输百万。①

　　诗人写道,除夕之夜,家家户户点亮了高大的蜡烛。我呆在咸阳客馆里无事可做,正好寻友博弈取乐。玩至兴起,我吊起嗓子大呼小叫:"五白""五白"!我露着胳膊光着脚使出了全身的劲头,可就是中不了胜采。恐怕英雄有时也是如此吧,偶然下笔大赌注怎能就说不是个好主意?请您别笑,当年的刘毅只想当个普通百姓,成为英雄之前家中穷得存不了两石米,却敢用百万铜钱下赌注。你看,这与李白的"会须一饮三百杯""千金散尽还复来"之豪气,几乎如同一人。轻狂豪气自然会裹挟着诗笔,化为"鸾耸凤腾"的形象和带有十足冲击力的雄壮遒丽的诗风。试看其《房兵曹胡马》一诗写道:

> 胡马大宛名,锋棱瘦骨成。
> 竹批双耳峻,风入四蹄轻。
> 所向无空阔,真堪托死生。

---

① (唐)杜甫撰,(清)杨伦笺注:《杜诗镜铨》卷1,第18—19页。

骁腾有如此，万里可横行。①

再看其笔下的雄鹰：

> 素练风霜起，苍鹰画作殊。
> 攫身思狡兔，侧目似愁胡。
> 绦镟光堪擿，轩楹势可呼。
> 何当击凡鸟，毛血洒平芜。
>
> ——《画鹰》②

放旷不羁的秉性和一往无前的豪气，又何尝不是诗人无忧年华的写照？

然而，随着岁月的迁移，特别是"朝扣富儿门，暮随肥马尘"的悲辛求仕生活的煎熬，沦落于社会底层的杜甫逐渐洞察到了他的政治理想与现实境况之间的巨大落差，由此促使他越来越深入地认识和思考社会与人生，以及文学传统的继承与实践等问题。其文学创作的风格，也逐渐趋向老成与沉郁。

天宝九载(750)，时年 39 岁的杜甫在《进雕赋表》中说：

> 臣之近代陵夷，公侯之贵磨灭，鼎铭之勋，不复照耀于明时。自先君恕、预以降，奉儒守官，未坠素业矣。亡祖故尚书膳部员外郎先臣审言，修文于中宗之朝，高视于藏书之府。故天下学士，到于今而师之。臣幸赖先臣绪业，自七岁所缀诗笔，向四十

---

① (唐)杜甫撰，(清)杨伦笺注：《杜诗镜铨》卷1，第5页。
② 同上书，第6页。

载矣,约千有馀篇。今贾马之徒,得排金门、上玉堂者甚众矣。惟臣衣不盖体,常寄食于人。奔走不暇,只恐转死沟壑,安敢望仕进乎? 伏惟天子哀怜之! 明主倘使执先祖之故事,拔泥涂之久辱,则臣之述作,虽不足以鼓吹《六经》,先鸣数子,至于沈郁顿挫,随时敏捷,而扬雄、枚皋之流,庶可跂及也。①

在此表文中,杜甫对自己的家世、家风,本人的才华和现实处境,以及当下的诉求等,作了十分恳切的陈述,文中交织着抑扬起伏的情感脉动。开篇先述家道中衰,却又点明了曾经的"公侯之贵"和"鼎铭之勋"。让人知晓,他的先祖和自己的身世是非同寻常的。接着便溯及了魏、晋之际的两位先祖——杜恕和杜预,这是很有深意的。杜甫应当知晓,此前被称为"燕许大手笔"的朝廷重臣苏颋,曾为叔父杜并撰有墓志铭。此铭载:"男子讳并,字惟兼,京兆杜陵人也。汉御史大夫周、晋当阳侯预之后,世世冠族,到于今而称之。"②这位"汉御史大夫周",便是载入《史记·酷吏列传》和《汉书》中的人物杜周。此人"起文墨小吏,致位三公,列于酷吏。"③司马迁说:"杜周从谀,以少言为重","以酷烈为声","其污者足以为戒"。④ 对于这样一位弄法酷吏的先祖,素以"奉儒"为家声的杜甫,在此当然是不愿提及的。

而杜恕(197—252)虽是杜周的后裔,但却是孝子文儒之后。其

---

① (唐)杜甫撰,(清)杨伦笺注:《杜诗镜铨·读书堂杜工部文集注解卷之一》,第1040—1041页。

② 参见《大周故京兆男子杜并墓志铭并序》,周绍良主编:《唐代墓志汇编》,上海古籍出版社1992年版,第994—995页,胡可先《杜甫叔父杜并墓志铭笺证》,《杜甫研究学刊》2001年第2期。

③ (汉)班固:《汉书》卷60《杜周传》"史赞",上海古籍出版社,上海书店《二十五史》(第1册),1986年版,第614页。

④ (汉)司马迁:《史记》卷122《酷吏列传》,中华书局点校本二十四史修订本《史记》(全10册,第10册)2013年版,第3801页。

父杜畿少有大志，因家道中衰，"少孤，继母苦之，以孝闻。"①建安中，荀彧推荐给曹操。曹操使其镇守河东，而河东治绩"常为天下最"。杜畿理政"崇宽惠，与民无为。……修戎讲武，又开学宫，亲自执经教授，郡中化之。"《魏略》曰："至今河东特多儒者，则畿之由矣。""魏国既建，以畿为尚书。"①在其父仁德孝行的熏陶下，杜恕的为人同样诚恳朴质，从不善于去表现自己，所以从小也没有什么名声。但步入仕途后，其秉公正直、奉儒守礼的处世声誉逐渐为人所知所重。魏明帝曹睿太和年间，他任散骑黄门侍郎。史载："及在朝，不结交援，专心向公。每政有得失，常引纲维以正言，于是侍中辛毗等器重之。"②他曾上疏曰："今之学者，师商、韩而上法术，竞以儒家为迂阔，不周世用，此最风俗之流弊，创业者之所致慎也。""恕在朝八年，其论议亢直，……出为弘农太守，(《魏略》曰：恕在弘农，宽和有惠爱。)……在章武，遂著《体论》八节。又著《兴性论》一篇。"②《隋书·经籍志》还载有其《笃论》四卷。可见，杜恕这位先祖确实是"奉儒守官"之典范。

　　杜恕之子杜预更是文武双全高名远播的人物。杜预（222—285），字元凯，"博学多通，明于兴废之道"③，曹魏时，"起家拜尚书郎，袭祖爵丰乐亭侯。"参与过灭蜀之战。西晋建立后，历任河南尹、安西军司、秦州刺史、度支尚书，以本官假节行平东将军，领征南军司，拜镇南大将军、都督荆州诸军事，成为晋灭吴之战的统帅之一，因功进爵当阳县侯，入为司隶校尉，加位特进。但杜预始终不以军功自诩，他曾累陈家世吏职，认为"武非其功"。如杜甫所言，是"未坠素业"，

①　（晋）陈寿：《三国志》卷16《杜畿传》，上海古籍出版社，上海书店《二十五史》（第2册），1986年版，第1125页。

②　同上书，第1126页。

③　（唐）房玄龄：《晋书》卷34《杜预传》，上海古籍出版社，上海书店《二十五史》（第2册），1986年版，第1362页。

力守文儒本色,"结交接物,恭而有礼,问无所隐,诲人不倦,敏于事而慎于言。既立功之后,从容无事,乃耽思经籍,为《春秋左氏经传集解》。又参考众家谱第,谓之《释例》。又作《盟会图》《春秋长历》,备成一家之学,比老乃成。又撰《女记赞》。"《晋书·杜预传》因其识见广博,时誉为"杜武库",自言"有《左传》癖"。唐初著名文儒大臣房玄龄在《晋书·杜预传》后评赞道:"杜预不有生知,用之则习,振长策而攻取,兼儒风而转战。孔门称四,则仰止其三;《春秋》有五,而独擅其一,不其优欤!""元凯文场,称为武库。"盛赞杜预在德行、语言、文学和经学等方面的成就。开元二十九年(741),而立之年的杜甫就曾为这位先祖做寒食之奠,他在《祭远祖当阳君文》中追思说:"初陶唐出自伊祁,圣人之後,世食旧德。降及武库,应乎虬精。恭闻渊深,罕得窥测,勇功是立,智名克彰。……《春秋》主解,膏隶躬亲。呜呼笔迹,流宕何人?"并恭表孝心道:"小子筑室,首阳之下,不敢忘本,不敢违仁。"①

综上所述,杜甫将"奉儒守官,未坠素业"的家族传统,上溯到杜恕和杜预这两位先祖,既是一种荣显而切实的陈述,也体现了他深思且缜密的文心。

在溯及远祖之后,杜甫侧重表述了对他影响最为深切的人——祖父杜审言。如前章所述,杜审言是唐中宗时修文馆学士的代表人物之一,他"少与李峤、崔融、苏味道为文章四友,世号'崔、李、苏、杜'"②,也是著名的诗人。所以,杜甫称之"天下学士,到于今而师之。"转而述及本人的学业成就与生存境况,以及渴求进用的心绪。

① (唐)杜甫撰,(清)杨伦笺注:《杜诗镜铨·读书堂杜工部文集注解卷之二》,上海古籍出版社1962年版,1980年第1次印刷,第1105—1106页。
② (宋)欧阳修:《新唐书》卷201《文艺传》,上海古籍出版社,上海书店《二十五史》(第6册),1986年版,第4738页。

他说自己自童年向学,从未懈怠,吟诗作文几十载,作品已千有余篇。而当下以此见用的文儒学士也比比皆是,唯独我还在饥寒交迫的屈辱中奔走不暇,老大无成。如蒙天子哀怜,让我得操先祖旧业,我之述作即便在注疏《六经》上超不过先贤们,但在吟诗作赋、操翰行文中,做到"沈郁顿挫,随时敏捷",还是能赶得上扬雄、枚皋之流的。所陈所述,既哀伤自怜,又不乏自信。

从杜甫陈述的语境中可知,这里的"沉郁顿挫",显然是一种愿景的表述,意指诗文的思深力沉和抑扬有致。早在杜甫之前,人们就已习用"沉郁"一词来形容诗文的酝酿构思及文心的缜密深细了。如,《刘歆与扬雄书》曰:"属闻子云独采集先代绝言异国语以为十五卷,其所鲜略多矣,而不知其目。非子云澹雅之才,沈郁之思,不能经年锐精以成此书,良为勤矣。(戴震案:任昉《王文宪集序》:"沈郁澹雅之思。"李善注云:"扬雄为《方言》,刘歆与雄书曰:'非子云澹雅之才,沈郁之志,不能成此书。'志乃思之讹。")①陆机《思归赋》曰:"伊我思之沈郁,怆感物而增深。"②梁简文帝《上菩提树颂啓并敕》:"学谢稽古,思非沈郁,不足以光扬盛德。"③王勃《九成宫东台山池赋并序》:"九成宫东台,地接闲旷,面山临水。尔其松峰桂壑,红泉碧磴。金石千声,云霞万色。侍郎张公,雅思沈郁。"④李峤《楚望赋》序曰:"登高能赋,谓感物造端者也。夫情以物感,而心由目畅,非历览无以寄杼轴之怀,非高远无以开沈郁之绪。是以骚人发兴於临水,柱史诠妙於登台,不其然欤? 盖人禀性情,是生哀乐,思必深而深必怨,望必远而

---

① (汉)扬雄撰,(清)戴震疏证:《方言疏证》卷13,清乾隆孔继涵刻微波榭丛书本.
② (唐)欧阳询撰,汪绍楹校:《艺文类聚》卷27,上海古籍出版社1982年版,第491页。
③ (唐)释道宣:《广弘明集》卷第15,四部丛刊景明本。
④ (唐)王勃:《王子安集》卷1,四部丛刊景明本。

远必伤。"①即便是朝廷公文的撰写,也有用"沉郁"来形容和表述的。如,苏颋《授李邕户部郎中制》:"朝散大夫守江州别驾李邕,探学精奥,为文沈郁。"②苏颋《授马怀素秘书监制》:"左散骑常侍常山县开国公,仍每日入内侍读马怀素,有舒向之风,擅东南之美,贯穿从学,博而多能,沈郁成章,丽而有则。"③

因此,有论者指出,杜甫将"沉郁"与"顿挫"两个语词连用,构成了一个全新的概念。虽然他不是将其用来指称自己此前的"述作"风格,但后人对其秦州诗、成都诗、夔州诗乃至湖湘诗,却均以"沉郁顿挫"来标举其风格。从接受史与演变史的角度讲,"沉郁顿挫"作为对杜诗风格的总体概括,乃是既确切而又恰如其份的。④

如前所述,思深力沉和抑扬有致,便是"沉郁顿挫"的主要特质,这也是杜诗的主要风格。仅就其"沉郁"之风而言,它又侧重体现在构思精深、声情悲壮和境界老成等方面。杜诗之所以思深力沉,是因为杜甫"原本忠孝,根柢经史,沉酣于百家六艺之书,究天地民物古今之变,历山川兵火治乱兴衰之迹;一官废黜,万里饥驱,平生感愤愁苦之况,一一托之歌诗,以涵泳其性情,发挥其才智。……公崛起盛唐,绍承家学,其诗发源于三百篇及楚骚、汉魏乐府,吸群书之芳润,撷百代之精英,抒写胸臆,镕铸伟辞,以鸿博绝丽之学,自成一家言;气格超绝处,全在寄托遥深,酝酿醇厚,其光油然以深,言在此而意在彼,欲令后之读者,深思而自得之。"⑤毕沅此序,可谓知人知诗之言。确

---

① (清)董诰等编:《全唐文》卷 242,上海古籍出版社 1990 年版,第 2 册,第 1079 页。
② (宋)李昉:《文苑英华》卷 389,明刻本。
③ 同上书,卷 399。
④ 参见王辉斌:《杜诗"沉郁顿挫"辨识》,《杜甫研究学刊》2009 年第 1 期。
⑤ (清)毕沅:《杜诗镜铨序》,(唐)杜甫撰,(清)杨伦笺注:《杜诗镜铨·序》,上海古籍出版社 1962 年版,1980 年第 1 次印刷,第 1—2 页。

实是时代和个人的修为遭遇等因素，最终促成了"沉郁"之风的形成。此前的唐代文儒，几乎也都具备"原本忠孝，根柢经史，沉酣于百家六艺之书"的这些基本的素养，但为何未能取得像杜甫这样高的成就呢？就是因为他们缺乏杜甫"究天地民物古今之变"的思考深度，更缺乏杜甫"历山川兵火治乱兴衰之迹"的煎熬与淬炼所形成的家国情怀。

杜甫所持有的"致君尧舜上，再使风俗淳"的政治期许，曾一再被论者们赞许为"远大抱负"云云。其实，这种期许也是唐代许多文儒们所共有的，谁都想乘时而起成为帝师式的人物，都希望国泰民安、时风淳朴归真。如张说就说："唐虽旧邦，其命维新"，他认为"三代之前，最上乘哉！"希望帝王都能"于舜为邻"（《唐陈州龙兴寺碑铭》）。当此"天下廉让之风未长，趋竞之俗未惩"之际，首要之事就是"崇简易之化"（《永昌元年对词标文苑科制策并问三道·第一道》）。在为玄宗太子侍读时，他即进言说："社稷定矣，固宁辑于人和；礼俗兴焉，在刊正于儒范。顺考古道，率由旧章。故周文王之为世子也，崇礼不倦。"（《上东宫请讲学启》）当朝后，主张"罢甲兵，垣疆场，厚忠信，亲蛮貊。臻夫无事，以继好息人者，国家之急务也。"（《和戎篇送桓侍郎序》）君臣百姓都能奉行"仁、义、礼、智、信"的价值观，做到"博施济众""出不失期""入不妨己"（《钱本草》）。被贬后仍心恋君王："发白思益壮，心玄用弥拙。……唯有报恩字，刻意长不灭。"（《岳州作二首》之二）张九龄同样如此。他自信"被褐有怀玉，佩印从负薪"（《叙怀二首》），并渴望成为"自家来佐国""朝端挹至公"的贤相，辅佐圣上"返华伪于朴，还浇漓于淳，以大道为原，以至仁为根。"（《龙池圣德颂》）归家和外放时，仍"逶迤恋轩陛"（《酬王履震园林见诒》）"恋主吾犹马"（《忝宫二十年尽在内职及为郡尝积恋因赋诗焉》）。与"二张"等前辈文儒的政治理想一脉相承，杜甫则希望能辅佐君王再兴"贞观之治"和"开元之治",他一再说:"煌煌太宗业,树立甚宏达"(《北征》),"本朝再树立,未及贞观时。"(《咏怀二首》之一)"历历开元事,分明在眼前"(《历历》),"安得更似开元中,道路即今多擁隔"(《光禄坂行》)。不过,他未能像"二张"那样荣登相位,政治抱负无以施展。但仕途的坎坷和时代的磨难,却使得杜甫对天下中兴理想的追求,比"二张"等文儒更加执着。他说:"杜陵有布衣,老大意转拙。许身一何愚,窃比稷与契。居然成濩落,白首甘契阔。盖棺事则已,此志常觊豁。"(《自京赴奉先县咏怀五百字》)为此,到了晚年他还叹息"勋业频看镜,行藏独倚楼。时危思报主,衰谢不能休。"(《江上》)临终前一年,自知无力奋斗了,还把实现这个理想的希望寄托在他的朋友身上:"附书与裴因示苏,此生已愧须人扶。致君尧舜付公等,早据要路思捐躯。"(《暮秋枉裴道州手札率尔遣兴寄递呈苏涣侍御》)

杜诗的"沉郁"之风,一是体现为情思深沉。这是因为杜甫拥有"上感九庙焚,下悯万民疮""穷年忧黎元,叹息肠内热"的忧国忧民的悲怆情怀和超越时人的忧患意识。

杜甫之前,身处高位的张九龄等文儒,虽然比较早地察觉到了安禄山的为非不端、李林甫的钻营谄佞,和玄宗听之任之所带来的时政危机,其先见之明亦多获史家和后人的赞誉,但其忧叹和思考,更多的还是局限在个人或士人阶层的进退得失等方面。诸如,"终日如临深"(《在郡秋怀二首》),"伤鸟畏虚弹"(《荆州作二首》)"道家贵至柔,儒生何固穷。始终行一意,无乃过愚公。"(《杂诗五首》之五)其最大的悲哀和失望,就是"已矣直躬者,平生壮图失"(《叙怀二首》),进而最终选择了"儒道互补"这一古代大多数文人所认可的处世模式。而杜甫的思深力沉处,就在于他能将国事、家事和民生联系在一起来思考,并能推己及人的将目光和情感更多地投注到下层民众那里,变"小我"为"大我"。举凡征夫戍卒、田妇野老、寡妻弱子、渔民樵夫,以及天下寒士的忧患命运等，无不牵动着诗人的心，进而使其忧其忧，苦其苦，歌其事，为之呼。

　　天宝十载冬(751)，年届不惑的杜甫，有感于玄宗穷兵黩武的政策给人民带来的深重苦难，写下了《兵车行》等诗作①，密切地关注着由盛转衰的社会现实，是其诗风趋向"沉郁"的标志之作。作者继承和弘扬了汉乐府民歌"缘事而发"的精神，并创造性地运用了汉乐府民歌的形式，即事名篇，自创新题以写时事，对此后新乐府诗歌的创作与兴起产生了深远的影响。诗作开篇即题地写道："车辚辚，马萧萧，行人弓箭各在腰。耶娘妻子走相送，尘埃不见咸阳桥。牵衣顿足拦道哭，哭声直上干云霄。"一片生离死别的惨景扑面而来，紧接着便是作者与役夫之间身临其境的问答，将造成这一惨象的原因大白于天下："道旁过者问行人，行人但云点行频。或从十五北防河，便至四十西营田。去时里正与裹头，归来头白还戍边。边庭流血成海水，武皇开边意未已。"官府无休止的征兵战伐，给人民造成了巨大的灾难："君不闻，汉家山东二百州，千村万落生荆杞。纵有健妇把锄犁，禾生陇亩无东西。况复秦兵耐苦战，被驱不异犬与鸡。长者虽有问，役夫敢申恨？且如今年冬，未休关西卒。县官急索租，租税从何出？信知生男恶，反是生女好。生女犹得嫁比邻，生男埋没随百草。君不见，青海头，古来白骨无人收。新鬼烦冤旧鬼哭，天阴雨湿声啾啾。"全诗以都城外酷烈的现实场景写照开篇，再以山东二百州荒凉凄惨的纵深画面和悲愤的诘问拓展，最后用古战场阴森恐怖的历史回望收束，将作者对人民的深切的同情，与对统治者穷征滥伐带来严重灾难的愤激之情，寓于沉重而逼真的叙事之中。有学者指出，《兵车行》等诗作的问世，标志着杜甫诗歌创作倾向的根本转变，即由此前具有浪漫

---

① 张忠纲：《新编杜甫年表》（一），《古籍研究》2007年卷下。

特征的诗风转向写实,诗人在创作过程中对社会现实、特别是社会底层人民生活状况的高度关注,这不仅是杜甫创作道路上的重要转折,也是唐诗发展过程中的里程碑。①

天宝十四载冬(755),经历了为求取功名而困守长安十年的杜甫,复往奉先省亲。他联系自己在长安和探家途中的所见所闻,写下了著名长诗《自京赴奉先县咏怀五百字》。全诗将家国之痛融于一心,愁肠郁结,忧思百端,诗人自述之坦诚,洞察之深刻,意境之深广,堪称是杜诗"沉郁顿错"诗风的典范之作,它也标志着杜诗最具代表性风格的形成。诗中以冷峻比照的笔触,深刻地反映了社会底层人们的苦难,鞭挞了上层统治集团的荒淫腐败,揭露了当时尖锐的社会矛盾。作者先写自己作为一名寒士客子中夜跋涉的艰难:"霜严衣带断,指直不得结。"而一墙之隔的骊山行宫里,却是热气升腾,君臣权贵们一边享受着温泉的沐浴和宴饮美食的伺奉,一边欣赏着轻歌曼舞的欢娱。诗人转而诘问,你们这些高高在上的权贵们是否知晓:"彤庭所分帛,本自寒女出。"是千千万万的穷苦百姓们在养活着你们。你们凶狠地鞭挞百姓,无止尽地聚敛财富,进贡表功,谋取高官厚禄。皇上厚赏你们,也是指望你们这些人能感恩图报,救国活民啊!作为臣子,如果你们连这个道理都不理会,那当今圣上岂不等于把财物白白全扔了吗?朝廷里挤满了"济济英才",稍有点仁爱之心的,难道不应该扪心自问、惶恐不安!接着,诗人又直指皇亲贵戚们豪奢腐朽的生活:"中堂舞神仙,烟雾散玉质。煖客貂鼠裘,悲管逐清瑟。劝客驼蹄羹,霜橙压香橘。"这种生活真是让老百姓们想都不敢想。写到此,诗人不禁将满腔的悲愤,浓缩为千古名句:"朱门酒肉臭,路有冻死骨。"直接将如此贫富悬殊的社会现实,推到人们的眼

---

① 莫砺锋、童强撰:《杜甫诗选》,商务印书馆 2018 年版,第 16 页—17 页。

前。而更令诗人没有料到的是:"入门闻号啕,幼子饥已卒。"这个冻饿而死的灾难,竟然降临到了自己幼子的头上。在此伤心欲绝、哀痛无比的时刻,诗人推己及人,更为深广地想到:作为一个"生常免租税"的官吏之家,尚且"抚迹犹酸辛",而千千万万黎民百姓之家的生活,则更不堪设想了。由此,他发出了"默思失业徒,因念远戍卒。忧端齐终南,鸿洞不可掇"的无限感慨。这种忧思由此伴随他终身,直到临终前,他仍在沉浸在"不眠忧战伐,无力正乾坤"的无尽的家国忧伤之中。这就远远超出了以往诗人嗟叹个人穷愁潦倒的悲鸣。其思之深,其忧之广,可谓一时无二。

杜甫怀有推己及人的仁爱之心,不仅体现在他深广的忧思中,更体现在他对贫苦民众和天下寒士力所能及的体谅和帮助上。他"药许邻人剾"(《正月三日归溪上有作,简院内诸公》),"枣熟从人打"(《秋野五首》之一),"拾穗许村童"(《暂往白帝复还东屯》),"减米散同舟,路难思共济。"(《解忧》)在《又呈吴郎》一诗中,他现身说法地劝导吴郎说,此前我住在这里是从不阻拦邻里这位孤苦伶仃的老妇人来堂前敲打几粒枣子聊以充饥的。你想想看,一个人如果不是穷得无以维生了,她怎么会做这样的事? 正因为她心存恐惧,我们反倒更应该亲近她,体谅她,何必较真互相提防呢? 她对我说过,官府的征租逼税已让不知多少人家一贫如洗了。一想到兵荒马乱的时局,能不让人哀怜满怀涕泪满巾吗? 诗人用自己的实际行动来启发对方,用切切实实的道理来点醒对方,最后还用发自内心的哀伤之泪来感染对方。清人卢德水说:"杜诗温柔敦厚,其慈祥恺悌之衷,往往溢于言表。如此章,极煦育邻妇,又出脱邻妇;欲开导吴郎,又回护吴郎。八句中,百种千层,莫非仁音,所谓仁义之人其音蔼如也"(《读杜私言》)。杜甫这种己饥己溺的仁者胸怀,在《茅屋为秋风所破歌》中同样得到了集中的体现。尽管自己居住的地方是"床头屋漏无干处,雨脚如麻未断绝","布衾多年冷似铁,娇儿恶卧踏里裂",但他想到的却是"安得广厦千万间,大庇天下寒士俱欢颜,风雨不动安如山。呜呼!何时眼前突兀见此屋,吾庐独破受冻死亦足。"这是其沉郁诗风具有敦厚意脉和人格力量之所在,也是杜甫被称为"诗圣"的原因之所在。

杜诗的"沉郁"之风,二是体现为意境深广。这是因为杜甫对时代风云的变幻,拥有异乎寻常的感受、观察和表达能力。

"安史之乱"是唐代由盛转衰的分水岭,也是历史上的重大事件。在这一事变发生之前,杜甫即以其敏锐的政治感受和社会观察,真切地反映了"山雨欲来风满楼"的时代气候。天宝十一载(752)秋,杜甫、高适、薛据、岑参、储光羲等五人曾一起登上长安慈恩寺塔。他们登高远望,感慨万千,先后同题赋诗。但相比之下,杜甫的视野和感受要比其他几位深广得多。素以"好奇"著称的岑参,首先关注的是"孤高耸天宫"的塔势和"磴道盘虚空"的攀登感。诗人用诸如"塔势如涌出……突兀压神州,峥嵘如鬼工。四角碍白日,七层摩苍穹"的奇思妙想,来描绘塔的"孤高",用"登临出世界"来形容其居高临下的感受。接下去就写他在四顾中所见的自然观感,为人们描绘了一幅雄深苍秀的关中秋色图。最后将个人的情感融入到了悟佛修行之中。高适和储光羲的诗作,也都用大半篇幅描绘寺塔浮图和眼前景色,最后的旨归大同小异。高适表示,如果输效无因,就去"游放";储光羲在"俯仰空宇宙"后,表示"庶随了意归",基本还是局限于佛寺场所的特定背景中。

而杜甫的《同诸公登慈恩寺塔》,却与众不同,全篇以"登兹翻百忧"为诗眼,诗人借登塔所见,用象征的手法,曲折地反映了他对国事的深沉忧虑。全诗以"烈风无时休"开篇,一开始就让人强烈地感受到自然和社会气候的巨大变化。为此,作者不禁心怀百忧。在他的眼中:"秦山忽破碎,泾渭不可求。俯视但一气,焉能辨皇州。"原本是青苍一片的终南诸山,现在放眼看去,仿佛已被切成了许多碎块,而泾渭分明的河水现也是清浊难辨了。再看神州皇城,更是朦胧一片,哪能辨出长安所在呢? 此情此景,怎能不令人担忧? 写到此,诗人不禁要"回首叫虞舜",多么希望虞舜那样的一代英主能再回来,但见其陵寝苍梧之地正生起一片愁云。这又何尝不是对贞观英主太宗皇帝的呼唤? 看看当下的天上人间吧,"惜哉瑶池饮,日晏昆仑丘。黄鹄去不息,哀鸣何所投。君看随阳雁,各有稻粱谋。"君臣权贵们无止无休地宴饮为乐,正人君子们就像受惊的黄鹄一样,一个个远走高飞,哀哀鸣叫不止,不知前去投向何方。而一帮群小们,又如追阳逐暖的群雁,各自有着谋取稻粱的术算。这一切怎能不令人痛惜忧愤! 如古往今来诸多评注者所云:"此诗义切天宝时事也。秦山忽破碎,喻人君失道也。泾渭不可求云云,言清浊不分,而天下无纲纪文章也。虞舜苍梧,思古之圣君而不可得也。瑶池日晏,言明皇方耽于淫乐而未已也。贤人君子多去朝廷。故以黄鹄哀鸣比之,小人贪禄恋位,故以阳雁稻粱刺之。高标烈风,登兹百忧,岌岌乎有漂摇崩析之恐。"①据《资治通鉴》天宝十一年载:"上晚年自恃承平,以为天下无复可忧,遂深居禁中,专以声色自娱,悉委政事于林甫。林甫媚事左右,迎会上意,以固其宠;杜绝言路,掩蔽聪明,以成其奸;妒贤嫉能,排抑胜已,以保其位;屡起大狱,诛逐贵臣,以张其势。……凡在相位十九年,养成天下之乱,而上不之寤也。"②两相对照,可谓诗与史合。这也是作者自天宝十载写下《兵车行》等篇以来,对国势走向持续关注与忧虑的必然心境。

　　另如,在《悲陈陶》这首诗中,杜甫将自己闻知官军遭遇重大挫败

①　(唐)杜甫著,(清)钱谦益笺注:《钱注杜诗》(上),上海古籍出版社1979年新1版,第18—19页。

②　(宋)司马光:《资治通鉴》卷216,上海古籍出版社1987年版,下册,第1472页。

后,涌上心头的千悲万恨的复杂情感,叙写得感天动地。一开篇呈现在人们眼前的,便是令人窒息的战场惨况:"孟冬十郡良家子,血作陈陶泽水中。野旷天清无战声,四万义军同日死。"他极为沉痛地指陈,在战场上为国家英勇作战浴血牺牲的,都是应征而来的良家子弟,他们奋命厮杀的血水染红了陈陶泽。整整四万义勇们同日战死,广袤的原野上再也听不到他们奋勇冲杀的呼喊声了。此时此刻,世界也仿佛变得异常的空旷寂寥。在这种天地同悲的氛围里,让人们知晓了唐王朝平叛过程中遭遇的重大挫折。全诗把对胡虏的仇恨,对官军的痛惜,对长安百姓的同情,和对国家命运的忧虑等种种感情,都凝聚在特定的场面中。全诗两句一转,沉郁曲折,悲壮凄恻。《哀江头》一诗,则以诗人身陷长安时的亲身感受为线索,通过一片萧条冷落景象和令人惶恐气氛的描述,将安史叛军洗劫的凶残,国破人亡的盛衰剧变,以及由此生发的深哀巨恸之情,盘曲诉出。全诗以"哀"笼罩全篇,首句"少陵野老吞声哭",一个"吞"字,就让人领会到诗人当时那种郁结难伸、痛不可言的深重压抑感。后面写春日潜行是哀,睹物伤怀还是哀。进而追忆贵妃生前游幸曲江的盛事,以昔日之乐反衬今日之哀;再转入叙述贵妃横死、玄宗逃蜀的凄惨之哀。最后,写自己在胡骑满城扬起的尘灰浊土中,已不能分清南北了,更是极度惶恐之哀。清人黄生评曰:"此诗半露半含,若悲若讯。天宝之乱,实杨氏为祸阶,杜公身事明皇,既不可直陈,又不敢曲讳,如此用笔,浅深极为合宜。善述事者,但举一事,而众端可以包括,使人自得之于言外。"①诗评者体会到此诗的盘曲用笔和善于述事,确是的言。至于将天宝之乱的祸端归为杨氏,则是片面的。实际上,这都是唐明皇贪恋享乐、荒于理政而一手酿成的。对此,诗人已在相关的诗作中,予以

---

① (唐)杜甫著,(清)仇兆鳌注:《杜诗详注》卷4《哀江头补注》,清文渊阁四库全书本。

批判和揭露了。这首诗就可视为一曲盛唐王朝的挽歌,它体现出了杜甫对"安史之乱"发生这段历史的深刻反思。

杜诗的"沉郁"之风,三是体现为心境之老成。这是因为杜甫具有自觉的"诗史"意识,他竭其心力地尽到了一个盛衰巨变时代的历史见证人与苦难写真者的责任。

"安史之乱"前后,杜甫写出了大量堪称"诗史"的不朽诗篇。如,《前出塞九首》《丽人行》《后出塞五首》《月夜》《悲陈陶》《悲青坂》《塞芦子》《哀王孙》《哀江头》《春望》《羌村三首》《北征》《新安吏》《石壕吏》《潼关吏》《新婚别》《垂老别》《无家别》《赠卫八处士》,等等。这些作品,真实地反映了当时的现实,渗透着诗人对国破家亡的无比悲痛,诗歌沉郁悲壮的情调也更为浓厚。"安史之乱"发生后,杜甫和人民一道过着颠沛流离的生活,共同经历了战乱的磨难和痛苦。在这一过程中,他以沉郁而朴实的诗笔,为人们留下了一幅幅历史的影像,其中最有代表性的便是"三吏""三别"。这六首组诗,是继《羌村》《北征》之后,杜甫在诗歌创作上所达到的又一高峰,也是最能表现其沉郁诗风的作品。面对官军征夫及其攻防平叛的现实,诗人的情感极为复杂。他一方面无情地揭露了残酷的不合理的兵役制度,反映出人民的痛苦和不幸;另一方面又极力鼓舞人民抗敌的热情,歌颂了人民忍受痛苦和牺牲,挺身赴国难的精神。在写作上,用笔深曲,变换不凡,以质朴的语言、沉痛的感情,叙述事件的全过程。如《石壕吏》写官吏夜晚捉人的情景,诗人以时间为顺序,由"暮"而"夜"而"天明",把"夜捉人"的整个过程都描述出来了。《垂老别》里描绘一个"子孙阵亡尽"的老人"投杖"从戎的悲惨画面。《新婚别》里刻画了结婚才一天的新婚夫妇,离别出征的辛酸场面等,也都是愁苦之言、哀怨之声。就是这些诗中有一些鼓舞和歌颂人民去战斗的诗句,也并不是慷慨激昂的言词。如诗人在《新安吏》诗末写道:"况乃王师顺,抚养甚分明。送行勿泣血,仆射如父兄。"《新婚别》里的新娘,在恋恋不舍地哭诉之后,又忍痛告慰新夫"勿为新婚念,努力事戎行",与其说是勉励,毋宁说是诀别,其沉郁之情仍流于笔端。对战争的矛盾态度,正反映出杜甫思想的深沉博大处。一方面,从国家命运着眼,确实需要这些无辜的百姓身赴国难,流血牺牲。而另一方面,他又站在仁爱的立场上,为这些无辜百姓的悲惨命运深深哀叹,痛斥战争的无情和残酷。两种心情纠结缠绕在一起,使得诗人无比痛苦,发而为诗,便自然有沉郁之慨、深沉之思,其沉郁的风格也表现得更为显著。

面对朝政的腐败和社会的沉沦,杜甫不仅仅表现为批判和揭露,他始终保持着文儒的本色,总是坦诚地陈述自己的政治观点,希望当政者和掌军人等,务必吸取历史的经验和教训,甚至挺身而出,为民请命。如在《潼关吏》中写道:"哀哉桃林(桃林塞,指河南灵宝县以西至潼关一带的地方)战,百万化为鱼。请嘱防关将,慎勿学哥舒!"他提醒驻守将领,务必记取三年前(756年,天宝十五年)潼关失守的教训,千万别重蹈哥舒翰仓促应战而导致全军溃败的覆辙。目睹和感受种种时弊,他希望统治者应效仿贤明的君王,节欲戒奢,轻徭薄赋,只有这样才能赢得人心的回归和国家的中兴。他列举道:"文王日俭德,俊乂始盈庭"(《奉酬薛十二丈判官见赠》),"君臣节俭足,朝野欢呼同。中兴似国初,继体如太宗。"(《往在》)为此,他大声疾呼:"愿闻哀痛诏,端拱问疮痍。"(《有感五首》之三)"谁能叩君门,下令减征赋。"(《宿花石戍》)"借问悬车守,何如俭德临。"(《提封》)有评杜者云:"公之谋国,堂堂正正,即孟子所以告齐、梁之君者,其自许稷、契,亦以此也。"[1]

杜甫的晚年,一直在"万方多难"的时代氛围中度过。其间,他虽

---

[1] (明)王嗣奭:《杜臆》卷八"提封",上海古籍出版社1983年版,第261页。

有过短暂的安定生活,也有过片刻的喜悦和消闲的心情,但更多的还是伤怀、悲悯、惋惜、浓烈而又沉重的情感。就如他在凭吊武侯祠时所感怀的那样:"出师未捷身先死,长使英雄泪满襟。"(《蜀相》)政治理想的无法实现,艰难苦恨的四方漂零,兵革未息的衰颓国势,这一切都使其诗思情感更加凝重深沉,也由此成就了"老杜"的形象和"老杜"的诗风。

杜甫及其诗风对后世的影响极其深远,仰杜学杜者千千万万。自天宝以后,至中晚唐,无论是元白、韩孟两大诗派,还是晚唐的"小李杜",以及一批反映社会现实的诗人,都深得杜诗"浑涵汪茫,千汇万状"之沾溉。其中,李商隐诗歌意脉之深厚、风格之沉郁,则深得杜诗神髓。特别是遭遇家国沦亡的危难之际,人们都会从杜诗中,汲取其爱国忧民的巨大精神力量。此时此际,杜诗的"沉郁"之风,自会引起人们的强烈共鸣与由衷地趋近或仿效。就像南宋末年爱国诗人汪元量所说:"少年读杜诗,颇嫌其枯槁。斯时熟读之,始知句句好。"①民族英雄文天祥在《集杜诗自序》中说:"余坐幽燕狱中无所为,诵杜诗,稍习诸所感兴,……凡吾意所欲言者,子美先为代言之。……但觉为吾诗,忘其为子美诗也。……昔人评杜诗为'诗史',盖其以咏歌之辞,寓记载之实,而抑扬褒贬之意,灿然于其中。虽谓之'史',可也。予所集杜诗,自余颠沛以来,概见于此矣。"②从内心深处,将杜甫引为情志如一的同调。今人莫砺锋认为,既集唐诗艺术之大成又启宋诗风气之开端的杜甫,成为后代诗人的不祧之祖。③

---

① (南宋)汪元量:《增订湖山类稿》卷3《草地寒甚毡帐中读杜诗》,中华书局1984年版,第86页。
② (南宋)文天祥:《文山先生全集》卷16《自序》,国学整理社1936年版,第397页。
③ 莫砺锋:《杜甫评传》,南京大学出版社2011年版,第406页。

第四章

中唐文儒与文风

中唐时期，是文儒文化与文风的一个重要转型期。针对国家礼崩乐坏、风衰俗怨和百废待兴的现实，在挽救危局的政治氛围下，以天宝至大历时期的萧颖士等为前导，以韩愈和柳宗元等为代表的文儒，秉持复古正德、"文以载道"的理念，努力地实现文与道的统一。在文风上，展现出了返本开新的重大变化。

第一节　天宝至大历时期文儒群体的质实之风

天宝至大历时期，亦即盛中唐之际，由开元学风培养或由开元文儒所拔取的萧颖士、李华、贾至、独孤及、李颀、张茂之、颜真卿、赵骅、柳芳、李嶷等天宝文儒群体①，以及年辈稍晚而与其声气相通的柳冕和梁肃，还有顾况等文儒个体，或因不偶时运而陷于苦闷和困顿之中，或因目睹时弊和民生的疾苦起而讽之。他们在思想和文学观念上力倡复古，在文风上倾于质实，对其后韩愈、柳宗元倡导的古文运

---

① 参见葛晓音：《盛唐"文儒"的形成和复古思潮的滥觞》，《文学遗产》1998 年第 6 期。

动,以及"元白"倡导的新乐府诗歌创作等,都产生了很大的影响。

萧颖士(717—760)①,字茂挺,生于颍川(今河南许昌),郡望南兰陵(今江苏常州)。"颖士四岁属文,十岁补太学生。观书一览即诵,通百家谱系、书籀学。开元二十三年,举进士,对策第一。"②他与李华等,同为孙逖所拔取,并为裴耀卿、贾曾、席豫、张垍(张说之子)、韦述等文儒名士所赏识。他在《赠韦司业书》中说:"仆有识以来,寡于嗜好,经术之外,略不婴心。幼年方小学时,受《论语》《尚书》,虽未能究解精微,而依说与今不异。由是心开意适,日诵千有馀言。"又说:"仆平生属文,格不近俗。凡所拟议,必希古人,魏晋以来,未尝留意。……仆从来宦情素自落薄,抚躬量力,栖心有限。假使因缘会遇,躬力康衢,正应陪侍从近臣之列,以箴规讽谲为事,进足以献替明君,退足以润色鸿业,决不能作擒奸摘伏,以吏能自达耳。"③可见,颖士早年的受业和政治期许,与前辈文儒是很接近的。他希望"进足以献替明君,退足以润色鸿业",而耻以"吏能自达",他也因此受到了李林甫的排斥。在文学观上,他主张宗经复古、服务政教:"窃闻诸《大易》之说曰:'观乎天文,以察时变。观乎人文,以化成天下。'夫察乎变者,立德以贞其象;成乎化者,立言以赞其功。故太极列三阶、五纬于上,圣人著《三坟》《五典》于下。至哉文乎! 天人合应,名数指归之大统也。今之言文字者,始于太昊;征训典者,本于唐尧。振颓纲者,孰若汉朝? 兴盛业者,莫如圣代。……睹三代之作,贻范垂训,体国

① 参见姜光斗:《李华、萧颖士生卒年新考》,《文学遗产》1990 年第 3 期。
② (宋)欧阳修:《新唐书》卷 202"文艺"(中),上海古籍出版社,上海书店《二十五史》(第 6 册),1986 年版,第 4742 页。
③ (唐)萧颖士著,黄大宏、张晓芝校笺:《萧颖士集校笺》(第 3 卷),中华书局 2017 年版,第 70—79 页。

绥人。虽载祀绵长，德泽深远，皆因循辙迹，故弗易其事。"①他反对"尚形似、牵比类，局夫俪偶，放于奇靡"的骈文，提倡恢复汉、魏之前的古文。萧颖士认为："六经之后，有屈原、宋玉，文甚雄壮，而不能经。厥后有贾谊，文词最正，近于理体。枚乘、司马相如，亦瑰丽才士，然而不近风雅。扬雄用意颇深，班彪识理，张衡宏旷，曹植丰赡，王粲超逸，嵇康标举，此外皆金相玉质，所尚或殊，不能备举。左思诗赋有《雅》《颂》遗风，干宝著论近王化根源，此后复绝无闻焉。近日陈拾遗子昂文体最正。"②

萧颖士鄙视那些"雅操大缺，内不能自强于己，外有以求誉于时"(《赠韦司业书》)的不修儒术的文人，指斥那些尸位素餐的权贵们只知"酒食之会，丝竹之娱，无间旬朔"(《庭莎赋》)、"荣利溢乎姻族，繁华恣其侈玩"(《登宜城故城赋》)，而一旦安史乱起，他们"或拘囚就戮，或胥附从乱；曾莫愧其愚懦，又奚闻于殉难？"一个个贪生怕死，误国误民。进而认为安史之乱因，亦与儒道沦丧相关："今执事者反诸，而儒书是戏，搜狩鲜备。忠勇黯郁，浇风横肆；荡然一变，而风雅殄瘁。故时平无直躬之吏，世难无死节之帅。"(《登宜城故城赋》)

为了宣传和实践自己的主张，萧颖士通过广泛的交游和授徒，团结了众多同道，先后受业于萧门的弟子有近三十人③，因有"萧夫子"之称。他向门生弟子灌输"宪章典法，膏腴德义""激扬雅训，彰宣事实"的为文之道，要求学生作文必须以德行为本，认真践行"先师孝悌

---

① (唐)萧颖士：《为陈正卿进续尚书表》，(唐)萧颖士著，黄大宏、张晓芝校笺：《萧颖士集校笺》(第2卷)，中华书局2017年版，第56—57页。

② (唐)李华：《扬州功曹萧颖士文集序》，(清)董诰等编《全唐文》卷315，上海古籍出版社1990年版，第2册，第1413—1414页。

③ 参见张卫宏：《萧颖士研究》上编第七章"交游考"，西北大学2007年博士学位论文。

谨信、泛爱亲仁,余力学文"的古训。① 这一"以文章制度为已任"的观念和做法,不仅"时人咸以此许之"②,对之后韩愈的力倡古文、敢为人师和好为人师,也产生了重要影响。

在创作和著述实践中,萧颖士曾说自己"经术之外,略不婴心","平生属文,格不近俗,凡所拟议,必希古人"。其门生刘太真称颖士"述作万卷,去其浮辞,存乎正言。昔左氏失于烦,谷梁失于短,公羊失于俗,而夫子为其折衷。"③其才学声望著于朝野,甚至海外学子也慕名来学。但萧颖士实际留存下来的作品却很有限。唐宋史志与书目著录《萧颖士文集》十卷、《梁萧史谱》二十卷、《游梁新集》三卷,至清代各藏书家则仅见其旧钞本一卷。经今人搜集整理,其诗歌也仅有 40 余首、文 30 篇④,其折衷于《春秋》三传之作已佚。仅从其现存的作品来看,仍不失劲直古朴之风。

朝得书为正不佳,又前意已决,难作移改,是以又不报。吾素志疏野,平时尚不求仕进,况今岂徼荣禄哉? 前赴牒追者,盖为三道重权,冀以畴昔厚眷,计议获申,惟荐群才,庶其裨益。今既一言不见预,一士荐不行,方复规求一中下郡佐,而利其禄秩,岂在意耶? 况马坠所伤,全未平复。方恐便废,自是弃人。十既

---

① 参见(唐)萧颖士:《江有归舟三章并序》,(唐)萧颖士著,黄大宏、张晓芝校笺:《萧颖士集校笺》(第 6 卷),中华书局 2017 年版,第 156—158 页。

② (唐)李华:《扬州功曹萧颖士文集序》,(清)董诰等编:《全唐文》卷 315,上海古籍出版社 1990 年版,第 2 册,第 1414 页。

③ (唐)刘太真:《送萧颖士赴东府诗序》,(清)董诰等编:《全唐文》卷 395,上海古籍出版社 1990 年版,第 2 册,第 1777—1778 页。《新唐书·萧颖士传》亦载:"尝谓:'仲尼作《春秋》,为百王不易法,而司马迁作本纪、书、表、世家、列传,叙事依违,失褒贬体,不足以训。'乃起汉元年讫隋义宁编年,依《春秋》义类为传百篇。"

④ 参见(唐)萧颖士著,黄大宏、张晓芝校笺:《萧颖士集校笺》(第 6 卷),中华书局 2017 年版;张卫宏:《萧颖士研究》引言,西北大学 2007 年博士学位论文。

不足采,而加此疾苦,更不复力强耳。韦二十五与弟昨言,中丞必须相然始下笔。才非乐生,不望拥篲,志力弊困,未堪诣府,日日如斯,与断莫定。来中丞便至责其违阙,乃罪不可料,何负使司,作此相陷? 古人有言:"冠一免,岂可复加于首?"吾计决矣,之死矢靡惧,弟无惑焉。再申意二十五官,无为咄咄见逼也,为胸中最伤心。力甚弱,书数行,便不能仰视。昔不因子致跌(阙)交游早识中丞。今海内未静之秋,加之患疾伤损,不蒙恩恤,过秋羁迫,亦知命矣! 吁何道哉?

——《与从弟评事书》①

据考,此文作于天宝十四载(755)夏秋或至德元载(755)秋冬之际②,年届不惑的颖士,在收到堂弟(萧直,在任大理寺评事)关心其仕进之事的书信后,正遇上自己愤郁难平的心境,一时不知如何回复此信。他说,自己向来不愿受拘于人,对荣禄之事也始终淡然处之。之前,我之所以致信朝官,盖因国体、人事、直言等三件要事,希望还能像先前那样听取我的意见和建议,及时举荐贤才以益于国家。现今既然不采信我的意见和建议,而欲指望我借此求一地方中下吏职,那真是太小看我了。况且,我最近因坠马受伤,全未平复,恐怕从此也就是个废弃之人了。言多不纳而加此疾苦,再不想勉强为之了。韦二十五与你昨天来信说,来中丞必须当面了解我后,方可举荐。我本无古人乐毅之才,不期望他拥篲迎客。即便来中丞以此怪罪,我也绝

---

① (唐)萧颖士著,黄大宏、张晓芝校笺:《萧颖士集校笺》(第6卷),中华书局2017年版,第100—101页。

② 参见(唐)萧颖士著,黄大宏、张晓芝校笺:《萧颖士集校笺》(第6卷),中华书局2017年版,第102—104页;张卫宏:《萧颖士研究》下编"文编年校注",西北大学2007年博士学位论文;

不前往。古人说："既然免冠了，岂可再将其戴在头上？"我意已定，死也不惧。兄弟你也不必为此困惑不解了。也请转告韦二十五这位官爷，不要再咄咄逼人了。现今遭逢天下动荡，加之伤病缠身，我也知晓自己的天命了！还说什么呢？

全文披言见性，有话直说，没有任何矫饰之辞和迂曲之语，行文上大都是单行散句，甚至带有口语化的色彩，道出了一位既不偶于时，亦不委蛇于时的愤郁抗直者的心声。同仁李华称其文章："后之为文者，皆以为法焉。"[1]

李华（715—774）[2]，字遐叔，赵郡赞皇（今河北赞皇县）人。"开元二十三年，进士擢第。天宝中，登朝为监察御史，累转侍御史，礼部、吏部二员外郎。华善属文，与兰陵萧颖士友善。"（《旧唐书·文苑下》）"华爱奖士类，名随以重，若独孤及、韩云卿、韩会、李纾、柳识、崔佑甫、皇甫冉、谢良弼、朱巨川，后至执政显官。"（《新唐书·文艺下》）在文学观上，李华与萧颖士相近，都主张宗经复古，文切实用、德为文本。但也有所偏执，只主张以六经为志。他说："文章本乎作者，而哀乐系乎时。本乎作者，六经之志也；系乎时者，乐文武而哀幽厉也。立身扬名，有国有家，化人成俗，安危存亡，于是乎观之。宣于志者曰言，饰而成之曰文。有德之文信，无德之文诈。皋陶之歌，史克之颂，信也；子朝之告，宰嚭之词，诈也；而士君子耻之，夫子之文章，偃、商传焉，偃、商殁而孔伋、孟轲作，盖六经之遗也。屈平、宋玉哀而伤，靡而不返，六经之道遁矣。论及后世，力足者不能知之，知之者力或不

① （唐）李华：《扬州功曹萧颖士文集序》，（清）董诰等编：《全唐文》卷315，上海古籍出版社1990年版，第2册，第1414页。
② 参见尹仲文：《李华卒年考辨》，《河北大学学报》1979年第2期；姜光斗：《李华卒年补正》，《文学遗产》1991年第1期。

足，则文义寝以微矣。文顾行，行顾文，此其与于古欤！"①在文学实践中，李华的文风以安史之乱为界，明显分为两个阶段。前期之作"文体温丽，少宏杰之气"②，如赋文《含元殿赋》《吊古战场文》等，皆洋洋洒洒，讲求对偶用典，辞藻华丽，骈文气息很浓。后期之作，则"质直而少文"，其文风渐趋"平易""朴实"③。其重要原因是，安史之乱改变了他的人生与文风。乱起时，李华为同母亲一起逃难，不幸为叛军俘获而被迫署伪职。乱平后，贬杭州司户参军。从此，李华"自伤践危乱，不能完节，又不能安亲，欲终养而母亡，遂屏居江南。"④对自己的行为痛切反省，对国家的危乱和为文之道深入反思。其性格也由之前的自信满满，逐渐变得低沉抑郁，其文风也随之改变。兹以其《卧疾舟中相里范二侍御先行赠别序》为例：

> 华与二贤早相得，偕修君子之儒，而独无成；偕励人臣之道，而独失节；偕遇文明之运，而独衰病。天宝中，奉诏廉军政，北至朔垂，驻车山阴，辱司徒公太尉公一盼之恩。先时为伊阙尉，忝相公尚书约子孙之契。不幸孤负所知，亏顿受污，流落江湖，于今六年。大明升于阳谷，幽蛰附于光辉，元恶扫除，太阶如砥。天下衣冠，谓华为相府故人，诏书屡下，促华赴职。稽首震惶，恨无毛羽。左司员外郎张公、侍御史相里公、殿中侍御史张公、监

---

① （唐）李华：《赠礼部尚书清河孝公崔沔集序》，（清）董诰等编：《全唐文》卷 315，上海古籍出版社 1990 年版，第 2 册，第 1413 页。

② （五代）刘昫：《旧唐书》卷 190《文苑下》，上海古籍出版社，上海书店《二十五史》（第 5 册），1986 年版，第 607 页。

③ 参见周玉华：《从温丽到平实：李华文风"安史之乱"前后之变》，《湖南科技学院学报》2011 年第 7 期。

④ 《新唐书》卷 203《文艺下》，上海古籍出版社，上海书店《二十五史》（第 6 册），1986 年版，第 617 页。

察御史范公、严公，望高职雄，持斧登车，江湖霜清，道路风起。华也潦倒龙钟，百疾丛体，衣无完帛，器无兼蔬，以妻子为童仆，以笠屦为车服，并毂无由，呻吟舟中。大别之阳，有焯龟之父、揲蓍之老，华请占命之厚薄，乃裹龟囊蓍而言曰："三灵人为宗，则人过于蓍龟也；耳目主于心，则心过于视听也。足下被儒者之服，读先圣之书，与身消息，足知性命，胡为而烦予？予之二物，不足占足下。"华病不能拜，拳拳扣颡，敬陈先生。况服勤西方之教，久齐生死之域。言其外者，则儒不成矣，与匹夫同；败名节矣，与墨剭同。既衰病矣，与废疾同，虽牵率危惙，匍匐颠沛，君父含宏，宰政不遗，适为朝廷之秽、相府之羞也，又安得恃为故人哉？其内者，则大师微旨，幸游其藩，甘露灌注于心源，宝月照明于眼界，无得之分，可与进矣？负薪之忧，忍不为言。江亭凭槛，平视汉皋，武昌柳暗，溢城花发。一荣一枯有欢有戚，离别之念，又焉得不悲乎？四言诗，《雅》之遗也，以贶雅士。盍以雅为赠乎？则知车马佩玉之多，反为末也。病夫李华序。

序文中，交织着作者的失足之恨和潦倒之情。落笔即以"三偕三失"之概况比照，与昔日僚友坦诉心迹。说当初我与你都曾努力修为君子之儒，而独我无成；与你都曾共同砥砺为臣之道，而独我失节；又曾与你同遇朝廷文明中兴，而独我衰病。其哀痛悔恨之情由此笼罩全篇。接着，便追述了天宝年间自己在朝效命，深受恩眷的往事，以及遭逢乱殃，受污流落，无颜再仕之情形。其中一个"占命"细节的叙述，更将作者痛切心底的自责之情披露无遗。占卜者言，像你这样一位"被儒者之服，读先圣之书"的人，对自己的所作所为，去向何方，难道还不清楚吗？你就不必烦扰我了，我这里的蓍龟二物，不足以为你占卜。这一当头棒喝，使其顿感形同匹夫、刑余、废疾之人，与开篇所言之"三失"正相呼应。行文至此,作者又退一步说道,即便如此,朝廷仍对我宽宏大量,没有抛弃,但我从内心感到愧疚无比,如启用我这样的人,无疑为朝廷添秽,让相府蒙羞,我还有何面目说自己曾是先前的朝臣呢?幸蒙大师接纳,得游宝地,满目景致,但生荣枯兴替之感,欢戚离别之念,吟为四言,不足为赠。全文句句发自肺腑,才情内敛,文字畅达,朴实无华。

在自责和悔恨的同时,李华也在开始反思安史之乱爆发的深层原因。他说:"开元、天宝之间,海内和平,君子得从容于学,以是词人材硕者众。"(《杨骑曹集序》)适逢"刑部侍郎乐安孙公逖,以文章之冠为考功员外郎,精试群材"时,他与杨齐物、张茂之、杜鸿渐、颜真卿、萧颖士、柳芳、赵骅、李琚、李崿、李欣、张阶、阎防、张南容、郗昂等,连年高第。然而,自文儒见贬后,"将相屡非其人,化流于苟进成俗,故体道者寡矣。夫子门人,德行、言语、政事、文学,四者无人兼之。"(同上)更为甚者,整个社会风气江河日下,"所见所闻,颓风败俗","世教沦替","何得不乱?"(《与外孙崔氏二孩书》)值此之际,"狂胡起逆,残虐天下"(《杨骑曹集序》),这便是各安其分的人伦之道和终始之理丧失的必然结果,礼乐衰则天下乱。因此,李华大声疾呼:"终始之理至矣!"(同上)那么,如何才能秉持这一"终始之理"呢?他在《质文论》中说道:"天地之道易简,易则易知,简则易从。先王质文相变,以济天下。易知易从,莫尚乎质。……愚以为将求至理,始于学习经史,左氏、国语、尔雅、荀孟等家,辅佐五经者也。……其余百家之说,谶纬之书,存而不用。"①他还告诫其外孙说:"汝等当学读《诗》《礼》《论语》《孝经》,此最为要也。"(《与外孙崔氏二孩书》)他发自内心地希望重树儒学权威,以重新整顿社会秩序,廓清文坛上的颓靡之风。李华

---

① (清)董诰等编:《全唐文》卷 317,上海古籍出版社 1990 年版,第 2 册,第 1420 页。

思考的深刻之处还在于,他并不一味地泥于古。他指出:"古人之说,岂或尽善?……其或曲书常言,无裨世教,不习可也。"(《质文论》)要重振世教,就须"考求简易,中于人心者以行之。"(同上)现今,必须"以简质,易烦文而便之",这样才真正"可以淳风俗"。(同上)

李华与萧颖士文名并重,时有"萧李"之称。独孤及《检校尚书吏部员外郎赵郡李公中集序》云:"天宝中,公与兰陵萧茂挺、长乐贾幼几勃焉复起,振中古之风,以宏文德,公之作本乎王道,大抵以五经为泉源,抒情性以托讽,然后有歌咏。美教化,献箴谏,然后有赋颂。悬权衡以辩天下公是非,然后有论议。至若记序、编录、铭鼎、刻石之作,必采其行事以正褒贬,非夫子之旨不书。故《风》《雅》之指归,刑政之本根,忠孝之大伦,皆见于词。于时文士驰骛,飙扇波委,二十年间,学者稍厌《折杨》《皇荂》,而窥《咸池》之音者什五六。识者谓之文章中兴,公实启之。"[1]认为李华对文章中兴有开启之功,其在文坛的地位和影响,由此可见一斑。

贾至(718—772),字幼几(一作幼邻),洛阳人,郡望长乐(今河北冀县),西汉长沙王太傅贾谊后裔[2],玄宗朝礼部侍郎贾曾之子。其父贾曾开元初拜中书舍人,与苏晋同掌制诰,皆以词学见知,时人称为"苏贾"。贾至于天宝元年(742)明经及第,累官起居舍人、知制诰。贾至从幸西川途中,玄宗传位肃宗册文,即由其撰制。是时,玄宗曰:"先天诰命,乃父所为,今兹大册,尔又为之。两朝盛典出卿家父子,可谓继美矣。"至德时,贾至与房琯、杜甫、严武等为友,由中书舍人出为汝州刺史,贬岳州司马,与旧交李白以诗什相慰藉。代宗宝应初,

---

① (清)董诰等编:《全唐文》卷 388,第 1413 页。

② 参见刘国宾:《贾曾谱系、生平及文章编年考辨》,《烟台大学学报》(哲社版)1993 年第 3 期。

诏复故官,迁尚书左丞。转礼部侍郎,待制集贤院。大历初,徙兵部。进京兆尹,以右散骑常侍卒。①

　　贾至与萧颖士、李华、独孤及等文儒同道,共同经历了开天盛世和安史之乱的社会巨变,面对动乱前后世道人心的浮杂,他们都追慕上古时风,希望能重振或复归儒家之道。反映在文学观上,则同样追求由文返质。他认为:"体元御极,莫先于教;教之大者,莫大于儒。"作为守成或中兴之君主,理应"守正崇儒,遵六经之谟训,用三代之文质。"(《旌儒庙碑》)而一段时期以来,"考文者以声病为是非,而惟择浮艳,岂能知移风易俗化天下之事乎? 是发上失其源,而下袭其流,乘流波荡,不知所止,先王之道,莫能行也。夫先王之道消,则小人之道长;小人之道长,则乱臣贼子由是生焉。臣杀其君,子杀其父,非一朝一夕之故,其所由来者渐矣。渐者何? 谓忠信之陵颓,耻尚之失所,末学之驰骋,儒道之不举,四者皆由取士之失也,夫一国之士,系一人之本,谓之风。赞扬其风,系卿大夫也,卿大夫何尝不出于士乎? 今取士试之小道,而不以远者大者,使干禄之徒,趋于末术,是诱道之差也。夫以蜗蚓之饵,杂乘沧海,而望吞舟之鱼至,不亦难乎? 所以垂乘饵者皆小鱼,就科目者皆小艺。四人之业,士最关于风化。近代趋仕,靡然同风,致使禄山一呼而四海震荡,思明再乱而十年不复。向使礼让之道宏,仁义之风著,则忠臣孝子,比屋可封,逆节不得而萌也,人心不得而摇也。"(《议杨绾条奏贡举疏》)贾至所议,与萧颖士、李华之声气完全相通,而且说得更加直白,更为透彻。

　　贾至所倡导的由文返质之风,在其躬身实践中,主要体现在朝廷公文的写作上。众所周知,六朝以降,四六骈文风行朝野,特别是朝

---

① 参见傅璇琮主编:《唐才子传校笺》第一册"贾至"条目,中华书局1987年版,第480—492页。

报公牒，沿用四六，已成式例。而恰恰就在这一领域，贾至的质朴文风备受同仁称赞。李舟在《独孤常州集序》中说："吾友兰陵萧茂挺，赵郡李遐叔，长乐贾幼几，洎所知河南独孤至之，皆宪章六艺，能探古人述作之旨。贾为元宗巡蜀分命之诏，历历如西汉时文。若使三贤继司王言，或载史笔，则典谟训诰誓命之书，可彷佛于将来矣。"①其敕文写道：

> 帝王受命，必膺图箓，上叶天道，下顺人心，不可以智求，不可以力取，是故我国家之有区夏也。……先帝以朕有戡难之功，命朕当主鬯之任，辞不获已，遂践皇极。……今宗社未安，国家多难，其（指元子李亨）英勇雄毅，总戎专征，代朕忧勤，斯为克荷。宜即皇帝位。……皇帝未至长安已来，其有与此便近；去皇帝路远，奏报难通之处，朕且以诰旨随事处置，仍令所司奏报皇帝。……②

此诏写于天宝十五载（756）八月③，是年七月，肃宗已于灵武即位，遥尊玄宗为"太上皇"，并改元至德。作为随侍的臣属，谁都知晓这是先斩后奏争夺皇位的政变。虽然对于逃蜀途中的玄宗而言，已是无可奈何，但面对平叛的大局，又必须顺应这一形势。因此，贾至在秉笔制诏时，先从皇统继承的天道人心写起，用"不可以智求，不可以力取"这样十分朴实的语言，同时又有带有训诫的口吻声气开篇，既维护了玄宗的体面，又为肃宗的即位铺平了法统之路。此文与44

---

① （清）董诰等编：《全唐文》卷443，上海古籍出版社1990年版，第2册，第2001页。

② （唐）贾至：《明皇令肃宗即位诏》，（宋）宋敏求：《唐大诏令集》卷30"皇太子"，民国适园丛书刊明钞本。

③ 沈文君：《贾至年谱》，《古籍研究》2008年卷下。

年前,其父贾曾为玄宗即位而写的《命皇太子即位制》相比,在行文上,已明显打破了四六骈文的格局。贾曾所撰的制文开篇如下:

> 朕闻宇宙者,至公之器,不获已而临之;帝王者,因时之运,非有待而居之:盖在于拯俗济人,功成名遂而已。朕以寡昧,虔奉鸿休,本殊王季之贤,早达延陵之节。昔在圣历,已让皇嗣之尊;爰洎神龙,终辞太弟之授;岂惟衣冠所睹,抑亦兆庶咸知。顷属国步未夷,时艰主幼,大业有缀旒之惧,宝位深坠地之忧。①

此制文在语言上,虽然也已趋向朴实,但总体上仍习用整饬的四六句式。而贾至所撰的此篇敕文,则多以散句为主,一些四言句也写得朴实平易,较少用典,既明白晓畅,同时又不失王言之体典雅雍容的气度。② 李舟云其"历历如西汉时文",独孤及云其:"复雕为朴""振三代风"③。

贾至所撰的表文,如《论王去荣打杀本部县令表》等,在形式上则完全采用散体,质朴平易,明白如话,说理也更加简洁透彻。④

独孤及(725—777),字至之,河南洛阳人,"自幼有成人之量,偏览五经,观其大义,不为章句学。为文以立宪诫世,褒贤遏恶为用,长

---

① (清)董诰等编:《全唐文》卷 277,上海古籍出版社 1990 年版,第 2 册,第 1242 页。
② 参见张超:《诏敕文体改良与中唐古文运动》,《山东师范大学学报》(人文社会科学版)2010 年第 3 期。
③ (唐)独孤及:《祭贾尚书文》,(清)董诰等编:《全唐文》卷 393,上海古籍出版社 1990 年版,第 2 册,第 1770 页。
④ 参见鞠岩:《贾至中书制诰与唐代古文运动》,《北京大学学报》(哲学社会科学版)2010 年第 3 期。

于论议。"①独孤及二十余岁时曾出游梁宋间，以文会友，为陈兼、贾至、高适等推崇。天宝十三载（754），应诏至京师，以洞晓元经，对策高第，拜华阴尉。此间，又曾应故相房琯之约面谈经史，房琯惊其博学多闻，誉为"非常之才"②。代宗即位后，独孤及历官左拾遗、太常博士、尚书礼部员外郎，外任濠州、舒州、常州刺史，在任重教化，移风俗，勤廉自守，视人如子。卒后，室无余财。及葬之日，士民为之送丧者数千人，其为官之清誉亦足称道。

　　独孤及早年曾师从萧颖士和李华诸文儒，宗经明道、追慕古风和由文返质，自然也成为其文学思想的主要观点。他认为："志非言不形，言非文不彰，是三者相为用，亦犹涉川者，假舟楫而后济。自典谟缺，雅颂寝，王道陵夷，文教下衰，故作者往往先文字，后比兴。其风流荡而不返，乃至有饰其词而遗其意者。则润色愈工，其实愈丧。及其大坏也，俪偶章句使枝对叶，比以八病四声为楛，拳拳守之如奉法令。闻皋陶史克之作，则呷然笑之。天下雷同，风驰云趋，文不足言，言不足志，亦犹木兰为舟，翠羽为楫，翫之于陆而无涉川之用。痛乎！流俗之惑人也旧矣。"③为文的目的是言志明道，而不是舍本逐末虚饰其词，更不应拘于俪偶章句和四声八病之类。因此，他对"天下雷同，风驰云趋"的骈四骊六之风深恶痛绝。其门生梁肃对此感触和认识最深，他说："唐兴，接前代浇漓之后，承文章颠坠之运，王风下扇，旧俗稍革。不及百年，文体反正。其后时浸和溢，而文亦随之。天宝中

---

① （宋）晁公武撰，孙猛校证：《郡斋读书志》卷第17，世纪出版集团，上海古籍出版社，1990年版，全二册（下），第859页。
② 参见（唐）梁肃：《朝散大夫使持节常州诸军事守常州刺史赐紫金鱼袋独孤公行状》，（清）董诰等编：《全唐文》卷522，上海古籍出版社1990年版，第3册，第2348—2349页。
③ （唐）独孤及：《检校尚书吏部员外郎赵郡李公中集序》，（清）董诰等编：《全唐文》卷388，上海古籍出版社1990年版，第2册，第1746页。

作者数人,颇节之以礼。洎公为之,于是操道德为根本,总礼乐为冠带。以《易》之精义,《诗》之雅兴,《春秋》之褒贬,属之于辞,故其文宽而简,直而婉,辩而不华,博厚而高明。论人无虚美,比事为实录。天下凛然,复睹两汉之遗风。"①独孤及教导梁肃立言处世,"必先道德(一作德礼)而后文学"①,为文应学两汉贾谊、司马迁和班固。

独孤及与其师萧颖士一样,都喜鉴拔后进,凡有才而业未就者,每每教诲提携,唯恐时日不足,因此被赞誉为有"仲尼诲人不倦之美"②。其门生弟子有盛名比肩于朝廷者,如,翰林学士、皇太子诸王侍读梁肃,中书舍人朱巨川,中书舍人高参,尚书左丞赵璟,职方员外郎知制诰崔元翰,礼部员外郎唐次,苏州刺史高阳,中书侍郎同中书门下平章事齐抗,等等。他们对师道与文风的继承和发扬,又直接影响了韩愈等人。贞元八年(792),陆贽主持科考,梁肃所推荐的欧阳詹、韩愈、李观、李绛、崔群、王涯、冯宿、庾承宣等八人,均登高第。且"皆天下选,时称'龙虎榜'"(《新唐书·欧阳詹传》)。韩愈亦常引以为荣,他在《与祠部陆员外书》中云:"往者陆相公贡士,考文章甚详,愈时亦幸在得中,而未知陆之得人也。其后一二年,所与及第者,皆赫然有声,原其所以,亦由梁补阙肃、王郎中础佐之。梁举八人,无有失者,……梁与王举人如此之当也,至今以为美谈。"③

独孤及著有《毗陵集》二十卷。李华、苏源明称其为"词宗"。梁肃谓其师"行在五常,志在六经……宪章典谟,为学者元龟"(《祭独孤常州文》),"茂学博文,不读非圣之书。非法之言,不出诸口。非设教

---

① (唐)梁肃:《常州刺史独孤及集后序》,(清)董诰等编:《全唐文》卷518,上海古籍出版社1990年版,第3册,第2329页。

② (唐)崔元翰:《与常州独孤使君书》,(清)董诰等编:《全唐文》卷523,上海古籍出版社1990年版,第3册,第2356页。

③ (唐)韩愈著,马其昶校注,马茂元整理:《韩昌黎文集校注》(上),上海古籍出版社2018年版,第235页。

垂训之事,不行于文字。而达言发辞,若山岳之峻极,江海之波澜,故天下谓之文伯。"[1]

独孤及为文,辩而不华,长于议论,"凡所谏诤,直而不讦,婉而不挠,……以立宪诫世,褒贤遏恶为用。"[2]试以其《直谏表》(节录)为例:

> 臣等言:伏见陛下屡发德音,招延献纳,使左右侍臣,得直言极谏。忠謇者无不听,狂讦者无不容。又辛丑诏书,诏裴冕、崔涣等十有三人并集贤殿待制,以备询事考言之问。此五帝之盛德也,而臣以目睹,生则幸矣!然顷者陛下虽容其直,而不用其言。进匦上封者,大抵皆事寝不报,书留不下,但有容谏之名,竟无听谏之实。遂使谏者稍稍自引,钳口就列,饱食偷安,相招为禄仕,此忠鲠之士所以窃叹,而臣亦耻之。……自师兴不息十年矣,万姓之生产空于杼轴。拥兵者第馆亘街陌,奴婢厌酒肉,而贫人羸饿就役,剥肤及髓。长安城中,白昼椎剽,京兆尹不敢诘。加以官乱职废,将惰卒暴,百揆隳刺,如纷麻沸粥。百姓不敢诉于有司,有司不敢闻于天听,士庶茹毒饮痛,穷而无告。今其心嚣嚣,独恃于麦,麦不登,则易子咬骨,可跂而待。眠于焚薪之上,岂危于此?陛下不以此时轸薄冰朽索之念,励精更始,思所以救之之术,忍令宗庙有累卵之危,万姓悼心而失图,臣实惧焉。[3]

———————

① (唐)韩愈著,马其昶校注,马茂元整理:《韩昌黎文集校注》(上),上海古籍出版社2018年版,第235页。

② (唐)崔祐甫:《故常州刺史独孤公神道碑铭》,(清)董诰等编:《全唐文》卷409,上海古籍出版社1990年版,第2册,第1857页。

③ (唐)独孤及:《直谏表》,(清)董诰等编:《全唐文》卷384,上海古籍出版社1990年版,第2册,第1730页。

　　此文为作者任左拾遗时,向唐代宗李豫所上的谏诤之辞。表文由代宗招延献纳一事引发,作者说,当初皇上此举令人感奋,一批才学之士应诏而来。但随即便引入了此文所要言及的要害问题,独孤及直言不讳地指出,原来皇上"虽容其直,而不用其言","但有容谏之名,竟无听谏之实。"以致使谏者一个个"钳口就列,饱食偷安"。对此,作者毫无遮掩地表明了自己深以为耻的态度,可见其刚肠疾恶之性情。接着,表文又直陈了当下令人触目惊心的社会现实,将卒横行为暴,百姓穷而无告,市中百业凋零,一旦岁麦不登,黎民易子咬骨之惨剧,则可跂而待。而这又绝非危言耸听,"辛丑岁大旱,三吴饥甚,人相食。明年大疫,死者十七八,城郭邑居,为之空虚,而存者无食,亡者无棺殡悲哀之送。大抵虽其父母妻子,亦啖其肉而弃其骸于田野,由是道路积骨,相支撑枕藉者,弥二千里。"①如此世情,皇上无异"眠于焚薪之上",如不思以救之,则万姓离心,国将不国了。全篇以单言散句行文,质实道白,深得太史公"不虚美,不隐恶"之神髓,确有"两汉之遗风"。

　　在诸多论议、行状、碑颂和书序文中,独孤及也都写得畅达朴实,充分体现了"宣中和平易之教,务振人毓德之体"的为文宗旨。如《送武康颜明府之鄂州序》:

　　　　多故以来,干禄者进必欲速,大抵悉弃夷道而趋捷径。颜子独曳儒服,非其知己之命不苟合,非稽古力所致不妄动。今其来斯也,不以贿,不以名,不以游眺,挟策读书,艺成而去,君子哉若人邪! 将以特舟片帆,沂洄于大江秋涛之中。涉彭蠡,历西塞,

---

① (唐)独孤及:《吊道殣文并序》,(清)董诰等编:《全唐文》卷393,上海古籍出版社1990年版,第2册,第1772页。

浮于潜,逾于沔。吾子安于忠信,亦当安于风波,况滔滔江汉、茫茫禹迹乎? 于此乘渚反顾,齐吴榜以击汰,其声可想。司马子长浮沅湘,窥九疑,亦此路也。足以览古乘兴,穷极视听,行将搜异不暇,惧于何有? 凡今赋诗,以抒居者之思,且以用勖吾子四方之志云尔。

对由"安史之乱"引发的一系列政治危机和社会危机,特别是文儒中人所见之世风日下、人心不古和道德沦丧的局面,谁都难以一一列举其事了。因此,在这一背景下送颜明府赴鄂州任,作者用"多故以来"开篇,既将其面对混浊之世不堪回首的心绪含寓于言,又藉此引发了对文儒好友苏世而独立的赞誉之情。概言过往:仕途上那些追求高官厚禄者,一个个都希望一步登天而四处投机钻营。而当今唯有颜子你独尊儒道,依循古风,不以贿迁,不求虚名,老老实实读书,兢兢业业求艺,艺成而去,顺其自然。何谓君子? 就如颜子斯人也! 行文至此,接下转入送别之语,作者以极为精当简约的短句,展述其旅状,给人以轻舟破浪勇向前之跃动感。面对即将泝洄的大江秋涛,他嘱咐挚友"安于忠信""安于风波",并将此旅与司马迁当年所游相关联,鼓励颜子变苦旅为"览古乘兴"之旅,以壮行色,其亲密关注之情溢于言表。

梁肃从有唐文风重大变迁的视角,将天宝以还,以李华、萧颖士、贾至和独孤及为代表的宗经明道、复古质实的文风,视为是继陈子昂、张说之后文章风格的第三次变化[1],确为的评。

---

[1] 参见(唐)梁肃:《补阙李君前集序》,(清)董诰等编:《全唐文》卷518,上海古籍出版社1990年版,第3册,第2329页。

　　梁肃(753—793),字敬之,一字宽中,祖籍安定(今甘肃泾川县),世居陆浑(今河南嵩县一带)。开元中,再迁新安函谷故关(今河南新安县),梁肃便出生于此。梁肃虽出身于仕宦之家,但幼即遭逢安史之乱,饱受漂流之苦。其自述云:"予幼而漂流,遂寓于江海之上,与凫雁为伍有年矣。或禄仕以代樵牧,其暇则以群籍自娱。"①"余行年十八岁,当上元辛丑(761),盗入洛阳。三河间大涂炭。因窜身东下,旅于吴越。转徙阨难之中者垂二十年。"②旅居江南时,梁肃曾以文投谒文坛前辈李华和独孤及,因受到他们的赞誉而彰名海内。独孤及刺常州后,梁肃即师事之,四年之中陪侍左右,亟受礼遇,并引至官府,辟为僚佐,举荐于朝廷。德宗建中元年(780),梁肃于长安应制举文辞清丽科,授东宫校书郎。翌年,萧复荐其材③,授右拾遗,修史,以母羸老不赴。后入淮南刺史杜亚幕掌书记。复召为监察御史,转右补阙、翰林学士、领东宫侍读,卒于任。梁肃居家以至孝闻,升朝以守正闻。从不故作高论以扬己,亦不阿世曲从、争逐务进,更不结党营私。④

　　梁肃的文学观,既深受独孤及等前辈文儒宗经、明道、致用的思想影响,又有自己的体悟和认识。一方面,他秉承独孤及的文学思想,将文章与道德教化紧密联系,推崇儒道,强调文章的教化功能。指出:"文之作,上之所以发扬道德,正性命之纪;次所以财成典礼,厚

---

① (唐)梁肃:《述初赋并序》,第 2325 页。

② (唐)梁肃:《过旧园赋并序》,第 2324 页。

③ 按:(唐)崔元翰:《右补阙翰林学士梁君墓志》载:"公建中初以文词清丽应制,授太子校书。请告还吴,相国兰陵萧公荐之,擢授右拾遗修史。以太夫人羸老,有沉痼之疾,辞不应召。"(《全唐文》卷 523)萧复,曾任常州刺史,时任兵部侍郎,建中末为户部尚书、统军长史,拜吏部尚书、平章事。(参见《旧唐书·萧复传》)有论者将"萧复荐其材",解读为萧颖士所荐,误。

④ 参见(唐)崔元翰:《右补阙翰林学士梁君墓志》,(清)董诰等编:《全唐文》卷 523,上海古籍出版社 1990 年版,第 3 册,第 2356—2357 页。胡大浚、张春雯:《梁肃年谱稿》(上、下),《甘肃社会科学》1996 年第 6 期,1997 年第 1 期。

人伦之义；又其次所以昭显义类，立天下之中。……故文本于道。"①"其所论载讽咏，法於《春秋》，协於《谟训》"②，并且推崇典重雅正的两汉文风，以师之箴言"华而不实，君子所丑"自警自励。另一方面，他又能辩证地看待文质关系。他说："炎汉制度，以霸王道杂之，故其文亦二。贾生、马迁、刘向、班固，其文博厚，出于王风者也；枚叔、相如、扬雄、张衡，其文雄富，出于霸塗者也。其后作者，理胜则文薄，文胜则理消；理消则言愈繁，繁则乱矣；文薄则意愈巧，巧则弱矣。"②因此，主张兼取"博厚"之文与"雄富"之文的优长，避免"理胜"或"文胜"的缺陷。其具体的途径是，做到"道气辞相兼"："气不足则饰之以辞，盖道能兼气，气能兼辞，辞不当则文斯败矣。"②进而创作出"博约而深厚，优游而广大"的文理兼胜之文。其文质观，显然有着承上启下的重要意义，对此后以韩愈、柳宗元等致力于博厚雄富、情兼雅怨的古文创作，产生了积极的影响。③李翱在《感知己赋并序》中说："是时，梁君之誉塞天下，属词求进之士，奉文章造梁君门下者，盖无虚日。"④《旧唐书·韩愈传》载："大历贞元之间，文字多尚古，学效杨雄、董仲舒之述作，而独孤及、梁肃最称渊奥，儒林推重，愈从其徒游，锐意钻仰，欲自振于一代。"⑤此外，孟郊、柳宗元、刘禹锡、吕温等，

① （唐）梁肃：《补阙李君前集序》，（清）董诰等编：《全唐文》卷 518，上海古籍出版社 1990 年版，第 3 册，第 2329 页。

② （唐）崔元翰：《右补阙翰林学士梁君墓志》，（清）董诰等编：《全唐文》卷 523，上海古籍出版社 1990 年版，第 3 册，第 2357 页。

③ 参见胡大浚：《梁肃的文学观》，《唐代文学研究》，广西师范大学出版社 2002 年版，第 434—442 页；陆双祖，马海音：《梁肃文学思想之文质观浅论》，《牡丹江大学学报》2018 年第 2 期。

④ （唐）李翱：《感知己赋并序》，（清）董诰等编：《全唐文》卷 634，上海古籍出版社 1990 年版，第 3 册，第 2833 页。

⑤ （五代）刘昫：《旧唐书》卷 160，上海古籍出版社、上海书店《二十五史》（第 5 册），1986 年版，第 506 页。

也都接受过梁肃的影响。程千帆先生认为:"梁肃之揄扬和推荐他们,也可能不仅为了他们是一群有才华的青年人,而且是在文学见解和创作实践方面都和自己比较接近的。"①

据其挚友崔元翰《右补阙翰林学士梁君墓志》载,梁肃"有文集三十卷,为学者之师式。"②《新唐书·艺文志》载,梁肃著有文集二十卷。《全唐文》存录六卷。从其现存的文章来看,如《西伯受命称王议》《补阙李君前集序》《陪独孤常州观讲论语序》《朝散大夫使持节常州诸军事守常州刺史赐紫金鱼袋独孤公行状》《常州刺史独孤及集后序》《祭独孤常州文》《为常州独孤使君祭李员外文》《秘书监包府君集序》《丞相邺侯李泌文集序》等,皆阐发弘扬了文儒的道德文章,实为"儒林之纲纪"③。其行文既具醇朴深厚之古风,又不乏优游灵动之文笔。如,《送谢舍人赴朝廷序》:

> 初公以文似相如,得盛名于天下。大历再居献纳,俄典书命,时人谓公视三事大夫犹寸步耳。尔来六七年,同登掖垣者,已迭操国柄,而公方自庐陵守入副九卿。器大举迟,不其然欤?前史称汉文帝对贾生语至夜半,且有不早见之叹。矧公才为国华,识与道并,当钦明文思之日,继宣室前席之事,必将敷陈至论,超履右职,使贤能者劝。彼棘寺竹刑,岂君子淹心之地乎?亦既撰吉,晋陵主人于夫子有中朝班列之旧,是日惜欢会不足,乃用簠豆宴酬,以将其厚意。意又不足,则陈诗赠之,属而和者

① 程千帆:《唐代进士行卷与文学》,上海古籍出版社 1980 年版,第 69 页。
② (唐)崔元翰:《右补阙翰林学士梁君墓志》,(清)董诰等编:《全唐文》卷 523,上海古籍出版社 1990 年版,第 3 册,第 2356—2357 页。
③ (唐)崔恭:《唐右补阙梁肃文集序》,(清)董诰等编:《全唐文》卷 480,上海古籍出版社 1990 年版,第 3 册,第 2173 页。

凡十有一人。小子适受东观之命，从公后尘，行有日矣。存乎辞者，祗以道诗人之意而已。至於瞻望不及之思，不敢自序云。[1]

　　据考，此文撰于大历十三年，作者应邀参加了常州刺史萧复送谢良弼赴任之宴。[2] 在此场合，为有身份的前辈赴任赠言，自应典雅有致。主张文质并重的作者，在区区 200 余字的短篇中，既汲取了骈文隶事用典，以增雅韵之长，其遣词造句又力避其排偶铺陈、繁复琐碎之弊。"三事大夫"："三事"，是先秦时期朝廷的重要职官。周初的"三事"，泛指管理职事之官、管理司法之官和治民之官，"三事大夫"是这些官员的总称。掌地方民事行政的为常伯，又称牧；掌官吏选任的为常任，又称任人；掌政务的为准人，又称准夫。在此是喻指像谢大人这样才干，受任朝廷重要职官乃是寸步之遥。"宣室前席"：典出《史记·屈原贾生列传》："后岁余，贾生征见。孝文帝方受釐，坐宣室。上因感鬼神事，而问鬼神之本。贾生因具道所以然之状。至夜半，文帝前席。既罢，曰：'吾久不见贾生，自以为过之，今不及也'。居顷之，拜贾生为梁怀王大傅。"后以此典比喻君王不重视人才；或用以抒发怀才不遇之情；也比喻受君王召见。如李白《放后遇恩不沾》："何时入宣室，更问洛阳才？"本文亦是引喻谢大人定会受到君王的召见而倍受器重之义。"棘寺竹刑"："棘寺"，是大理寺的别称。典出《北齐书·邢邵传》："美榭高墉严壮於外，槐宫棘寺显丽於中。"古代听讼于棘木之下，大理寺为掌刑狱的官署，故称；又泛指九卿官署。"竹刑"，法典名，春秋时期郑国大夫邓析编。典出《左传·定公九年》："郑驷歂杀邓析而用其竹刑"。邓析将子产所铸《刑书》自行修改

① （唐）梁肃：《送谢舍人赴朝廷序》，（清）董诰等编：《全唐文》卷 518，上海古籍出版社 1990 年版，第 3 册，第 2331 页。
② 胡大浚、张春雯：《梁肃年谱稿》（上），《甘肃社会科学》1996 年第 6 期。

刻于竹简,故称竹刑。作者以此典喻比,像听讼理案此类吏职,文儒如谢大人等是不屑留心于此的。"东观之命":东观,本是汉代宫廷中贮藏档案、典籍和从事校书、著述的处所。在此是说作者本人也已接到朝廷征召,不久将赴任校书郎之职。

从其文中所用典事可知,谢良弼本是文才出众之俊杰,然而却"器大举迟"。此番再赴朝任,作者诚愿其"超履右职,使贤能者劝"。文章开篇即用"文似相如"之喻,接着又以汉文帝听贾生语而有不早见之叹相期。以隶事用典、侧面烘托的文笔赞美其人,既显得蕴籍自然,又可见作者的汉风情结。

作为一个儒释兼修者,梁肃的文集中也有不少"叙释氏最为精博"的文章。如《止观统例议》(节选):

> 噫!《止观》其救世明道之书乎?非夫圣智超绝,卓尔独立,其孰能为乎?非夫聪明深达,得意忘象,其孰能知乎?今之人乃专用章句文字,从而释之,又何疏漏耶?
>
> 噫!去圣久远,贤人不出,庸昏之徒,含识而已。致使魔邪诡惑,诸党并炽,空有云云,为坑为阱。有胶于文句不敢动者,有流于漭浪不能住者,有太远而甘心不至者,有太近而我身即是者,有枯木而称定者,有窍号而称慧者,有奔走非道而言权者,有假于鬼而言通者,有放心而言广者,有罕言而为密者,有齿舌潜传为口诀者。凡此之类,自立为祖,继祖为家。反经非圣,昧者不觉。仲尼有言:"道之不明也,我知之矣,由物累也。"①

---

① (唐)梁肃:《止观统例议》,(清)董诰等编:《全唐文》卷517,上海古籍出版社1990年版,第3册,第2327—2328页。

其议论阐发之文,同样出以散笔,并以多重诘问句和排比句相贯连,显得思深情厚,义不可夺,文质并重,气势充沛。

身处乱世的梁肃,虽早结天台释氏之缘,但他只是想藉此明心见性,化解种种困厄,以寻求心灵世界与现实世界的平衡。实质上,他始终是重名实、嫉虚妄的文儒高士。如其《神仙传论》,就极具思辨水准:

> 彼仙人之徒,方窈窈然化金以为丹,炼气以存身,觊千百年居於六合之内,是类龟鹤大椿,愈长且久,不足尚也。噫! 后之人迷为所惑,不思老氏损之之义,颜子不远之复,乃驰其智用,以符篆药术为务,而妄于灵台之中,有所念虑。其末也,谓齿发不变,疾病不作,以之为功。而交战於夭寿之域,号为道流,不亦大哀乎! 按《神仙传》凡一百九十人,予所尚者,唯柱史、广成二人而已,馀皆生死之徒也。因而论之,以自警云。[①]

有学者认为,梁肃的此番见解是达到了所处时代的最高水平了。[②] 仅从以上所引的几篇文章来看,确实可见梁肃的学识渊奥。由此,我们也可进一步理解,他当时之所以深受"儒林推重",而且韩愈等后学"从其徒游"的原因了。

陈寅恪先生从唐代古文运动发生发展的线索考察说:"古文运动之初起,由于萧颖士李华独孤及之倡导与梁肃之发扬。此诸公者,皆身经天宝之离乱,而流寓于南土,其发思古之情,怀拨乱之旨,乃安史变叛刺激之反应也。唐代当时之人既视安史之变叛,为戎狄之乱华,

---

① （唐）梁肃:《神仙传论》,（清）董诰等编:《全唐文》卷519,第2337页。
② 郭预衡:《中国散文史》（中册）,上海古籍出版社1999年版,第148页。

不仅同于地方藩镇之抗拒中央政府,宜乎尊王必先攘夷之理论,成为古文运动之一要点矣。"①"发思古之情,怀拨乱之旨,乃安史变叛刺激之反应",这确实是萧颖士、李华、独孤及与梁肃等一批文儒的共同心态。但"尊王必先攘夷"这一理论和实践,却又因时因人而异了。如李华、梁肃、白居易等人,非但不排斥西来释氏理论,还参同兼修。真正高举"尊王攘夷"大旗的,还是首推韩愈。

第二节　韩愈和柳宗元的返本开新之变

以"韩柳"为代表的"古文运动",以元结、孟郊为代表的诗歌复古运动,与以"元白"为代表的新乐府运动,是中唐后期文坛最具代表性的文学现象。韩、孟、元、白等人在诗文领域中所掀起的这场复古革新运动,其深刻的现实原因,是"文儒"阶层希望趁着当时唐廷力图恢复统一的政治形势,借复兴儒学这一契机来重新找回他们在政治上曾经的辉煌。此时的文学成了儒学的外衣,明道的工具,由尚质复古进而求新求变,遂成其时的主流文风。

韩愈(768—824),字退之,河阳(今河南孟县)人,郡望昌黎,出生于仕宦之家,但"三岁而孤"(《祭郑夫人文》),受其兄韩会抚养。自言"生七岁而读书,十三而能文。"(《与凤翔邢尚书书》)兄亡后,随寡嫂颠沛流离,"就食江南,零丁孤苦。"(《祭十二郎文》)流寓江南时,韩愈投入了儒林名流梁肃门下问学。贞元八年(792),经由梁肃推荐,得中进士。他说:"幸生天下无事时,承先人之遗业,不识干戈耒耜、攻

---

① 陈寅恪:《元白诗笺证稿》,上海古籍出版社 1978 年版,第 145 页。

守耕获之勤;读书著文,自七岁至今,凡二十二年,其行己不敢有愧于道。"①又说:"性本好文学,因困厄悲愁无所告语,遂得究穷于经传史记百家之说,沉潜乎训义,反复乎句读,砻磨乎事业,而奋发乎文章。凡自唐虞已来,编简所存,大之为河海,高之为山岳,明之为日月,幽之为鬼神,纤之为珠玑华实,变之为雷霆风雨,奇辞奥旨,靡不通达。"②其一生经历代宗、德宗、顺宗、宪宗、穆宗五朝,历官国子监四门博士、监察御史、阳山令、江陵府法曹参军、国子博士、河南县令、史馆修撰、中书舍人、御史中丞、刑部侍郎、潮州刺史、袁州刺史、国子祭酒、兵部侍郎、吏部侍郎等。③ 有学者指出,韩愈的一生,既积极于求官,又努力于为文。即便官盛时,其书生意气亦未衰。④ 因此,"公不见信于人,私不见助于友。跋前踬后,动辄得咎。"(《进学解》)文场上,同样"不顾流俗,犯笑侮,收召后学,作《师说》,因抗颜而为师,……以是得狂名。"⑤

韩愈的文学观与其人生观密切相关,他自言,求官不仅是为衣食,也是为了行道;而为文也不是好古人之辞,而是为了明道。对于他这样一个"名不著于农工商贾"的文儒而言,其业就是读书著文,以求知于天下。"其所读皆圣人之书,杨墨释老之学,无所入于其心;其所著皆约六经之旨而成文,抑邪与正,辨时俗之所惑。居穷守约,亦

① (唐)韩愈:《感二鸟赋并序》,《韩昌黎文集》第1卷,(唐)韩愈著,马其昶校注,马茂元整理:《韩昌黎文集校注》(上),上海古籍出版社2018年版,第3页。
② (唐)韩愈:《上兵部李侍郎书》,同上书,第2卷,第168页。
③ 参见(唐)李翱:《故正议大夫行尚书吏部侍郎上柱国赐紫金鱼袋赠礼部尚书韩公行状》,(清)董诰等编:《全唐文》卷639,上海古籍出版社1990年版,第3册,第2861—2862页。
④ 参见郭预衡:《中国散文史》(中册),上海古籍出版社1999年版,第174—175页。
⑤ (唐)柳宗元:《答韦中立论师道书》,《柳河东集》(下册),上海古籍出版社2008年版,第541页。

时有感激怨怼奇怪之辞,以求知于天下,亦不悖于教化,妖淫谀佞诪张之说无所出于其中。"①然而,当此"遑遑乎四海无所归,恤恤乎饥不得食,寒不得衣"之时,自然对"九品之位"和"一亩之宫"可望可怀。本来,"上之设官制禄,必求其人而授之者,非苟慕其才而富贵其身也,盖将用其能理不能,用其明理不明者耳;下之修己立诚,必求其位而居之者,非苟没于利而荣于名也,盖将推己之所余以济其不足者耳。然则上之于求人,下之于求位,交相求而一其致焉耳。苟以是而为心,则上之道不必难其下,下之道不必难其上。可举而举焉,不必让其自举也;可进而进焉,不必廉于自进也。"②"今天下一君,四海一国,舍乎此则夷狄矣,去父母之邦矣,故士之行道者,不得于朝,则山林而已矣。山林者,士之所独善自养,而不忧天下者之所能安也。如有忧天下之心,则不能矣。故愈每自进而不知愧焉,书亟上,足数及门,而不知止焉。"③将自己的为文和求官之义说得极其明白。

在秉持前辈文儒宗经明道主张的基础上,韩愈的行道与明道的指向非常明确,并以"道统"自居。他说:

> 斯吾所谓道也,非向所谓老与佛之道也。尧以是传之舜,舜以是传之禹,禹以是传之汤,汤以是传之文武周公、文武周公传之孔子,孔子传之孟轲,轲之死,不得其传焉。④

> 夫杨墨行,正道废,且将数百年,以至于秦,卒灭先王之法,烧除其经,坑杀学士,天下遂大乱。及秦灭,汉兴且百年,尚未知

---

① (唐)韩愈:《上宰相书》,《韩昌黎文集》第3卷,(唐)韩愈著,马其昶校注,马茂元整理:《韩昌黎文集校注》(上),上海古籍出版社2018年版,第183页。

② 同上书,第183—185页。

③ (唐)韩愈:《后廿九日复上书》,同上书,第192页。

④ (唐)韩愈:《原道》,《韩昌黎文集》第1卷,同上书,第23页。

修明先王之道；其后始除挟书之律，稍求亡书，招学士，经虽少得，尚皆残缺，十亡二三：故学士多老死，新者不见全经，不能尽知先王之事，各以所见为守，分离乖隔，不合不公，二帝三王群圣人之道于是大坏。后之学者无所寻逐，以至于今泯泯也：其祸出于杨墨肆行而莫之禁故也。孟子虽贤圣，不得位，空言无施，虽切何补？然赖其言，而今学者尚知宗孔氏，崇仁义，贵王贱霸而已。其大经大法皆亡灭而不救，坏烂而不收，所谓存十一于千百，安在其能廓如也？然向无孟氏，则皆服左衽而言侏离矣：故愈尝推尊孟氏，以为功不在禹下者，为此也。

汉氏已来，群儒区区修补，百孔千疮，随乱随失，其危如一发引千钧，绵绵延延，浸以微灭。于是时也，而倡释老于其间，鼓天下之众而从之，呜呼，其亦不仁甚矣！释老之害过于杨墨，韩愈之贤不及孟子，孟子不能救之于未亡之前，而韩愈乃欲全之于已坏之后，呜呼，其亦不量其力且见其身之危，莫之救以死也！虽然，使其道由愈而粗传，虽灭死万万无恨！天地鬼神临之在上，质之在旁，又安得因一摧折，自毁其道以从于邪也！①

由此可知，他就是要上承孟子，弘扬周公、孔子之道："今吾之得吾志失吾志未可知，俟五六十为之未失也。天不欲使兹人有知乎，则吾之命不可期；如使兹人有知乎，非我其谁哉？其行道，其为书，其化今，其传后，必有在矣。"②为了"行道化今"，他除了犯颜直谏，攘斥佛老外；还坚持维护国家的统一，反对藩镇割据；坚持弘扬师道，培养人才。所言所为，皆与时代社会密切关联，其用世之心和济世之志始终

① （唐）韩愈：《与孟尚书书》，《韩昌黎文集》第3卷，（唐）韩愈著，马其昶校注，马茂元整理：《韩昌黎文集校注》（上），上海古籍出版社2018年版，第250—252页。
② （唐）韩愈：《重答张籍书》，《韩昌黎文集》第2卷，同上书，第159页。

如一。

为了弘扬其道，他最擅长的就是以文为器。"每言文章自汉司马相如、太史公、刘向、扬雄后，作者不世出，故愈深探本元，卓然树立，成一家言。"（《新唐书》本传）在长期的为文实践中，他既能在前辈文儒探索和倡导的基础上，进一步深化自己的理性认识，又能创造性地形成了影响深远的鲜明文风。他认为，为文之道首先立身和源头要正："古之立言者，则无望其速成，无诱于势利，养其根而俟其实，加其膏而希其光。根之茂者其实遂，膏之沃者其光晔。仁义之人，其言蔼如也。……始者，非三代两汉之书不敢观，非圣人之志不敢存。处若忘，行若遗，俨乎其若思，茫乎其若迷。当其取于心而注于手也。"（《答李翊书》）然后，才渐入佳境，并可言及和处理为文载道及其脉络、言辞等问题了。他说，"愈之为古文，岂独取其句读不类于今者耶？思古人而不得见，学古道，则欲兼通其辞。通其辞者，本志乎古道者也。"（《题哀辞后》）学古人，应"师其意不师其辞"（《答刘正夫书》），这样才"能自树立，不因循者是也。"（同上）为文亦如排兵布阵，要在存乎一心，贵在能自树立。好文章往往来自于特定的情境之中："和平之音淡薄，而愁思之声要妙；欢愉之辞难工，而穷苦之言易好也。"（《荆潭唱和诗序》）他既主张"不平则鸣"，又倡导"气盛言宜""惟陈言之务去""文从字顺各识职"。[1] 因此，发而为文，便形成了真率无忌、汪洋恣肆、雄奇桀傲、气势磅礴的风格。

如《论佛骨表》，不仅敢触逆鳞，亦直指群臣暗哑无声之失责。文中直言："佛不足事""事佛求福，乃更得祸"，举国上下种种供养之行状，乃"伤风败俗，传笑四方"之事。对此，"群臣不言其非，御史不举其失，臣实耻之。"并表示："佛如有灵能作祸祟，凡有殃咎，宜加臣身；

---

[1] 参见韩愈：《送孟东野序》《答李翊书》《南阳樊绍述墓志铭》。

上天鉴临,臣不怨悔。"①此番言论,可谓惊世骇俗,无所畏避,其胆识确实非同凡响。

对待朝政的大是大非问题,作者的态度和行文如此;对待师道与求学等社会人生问题,作者的态度和行文同样如此。他说:"古之学者必有师。师者,所以传道受业解惑也。人非生而知之者,孰能无惑?惑而不从师,其为惑也终不解矣。生乎吾前,其闻道也固先乎吾,吾从而师之;生乎吾后,其闻道也亦先乎吾,吾从而师之:吾师道也,夫庸知其年之先后生于吾乎?是故无贵无贱,无长无少,道之所存,师之所存也。……是故弟子不必不如师,师不必贤于弟子。闻道有先后,术业有专攻,如是而已。"②能用如此简洁明了、平易畅达的文笔,阐明一个人人惑于其中的师道问题,韩愈堪称孔子之后第一人。若无远见卓识和举重若轻之文才,难以做到。

韩愈在文风上的返本开新,还表现在笔随己意、文因人异、骈散不拘、各得其宜等方面。先看《答陈生书》:

> 愈白:陈生足下:今之负名誉享显荣者,在上位几人。足下求速化之术,不于其人,乃以访愈,是所谓借听于聋,求道于盲,虽其请之勤勤,教之云云,未有见其得者也。愈之志在古道,又甚好其言辞,观足下之书及十四篇之诗,亦云有志于是矣;而其所问则名,所慕则科,故愈疑于其对焉。虽然,厚意不可虚辱,聊为足下诵其所闻。
>
> 盖君子病乎在己而顺乎在天,待己以信而事亲以诚。所谓

① (唐)韩愈:《论佛骨表》,《韩昌黎文集》第 8 卷,(唐)韩愈著,马其昶校注,马茂元整理:《韩昌黎文集校注》(下),上海古籍出版社 2018 年版,第 723—726 页。
② (唐)韩愈:《师说》,《韩昌黎文集》第 1 卷,(唐)韩愈著,马其昶校注,马茂元整理:《韩昌黎文集校注》(上),上海古籍出版社 2018 年版,第 50—52 页。

病乎在己者,仁义存乎内;彼圣贤者能推而广之,而我蠢焉为众人。所谓顺乎在天者,贵贱穷通之来,平吾心而随顺之,不以累于其初。所谓待己以信者,己果能之,人曰不能,勿信也;己果不能,人曰能之,勿信也,孰信哉?信乎己而已矣。所谓事亲以诚者,尽其心,不夸于外,先乎其质,后乎其文者也。尽其心不夸于外者,不以己之得于外者为父母荣也,名与位之谓也。先乎其质者,行也;后乎其文者,饮食甘旨,以其外物供养之道也。诚者,不欺之名也。待于外而后为养,薄于质而厚于文,斯其不类于欺与?果若是,子之汲汲于科名,以不得进为亲之羞者,惑也。速化之术,如是而已。古之学者惟义之问,诚将学于太学,愈犹守是说而俟见焉。愈白。[①]

大凡士子未登第成名前,都希望能有一条速成之路可寻。对此类问题,韩愈本从心底里不愿搭理。因为他本人就是一路艰辛坎坷走过来的,世上哪有一步登天、一夜成名的美事?但作为国子先生,面对后学士子普遍持有的这种贪进侥幸的人生问题,又不能避而不答。此封书信,便是为此而写成的。如何教育开导这样的士子呢?为师者一开始就以略带训诫和讥讽的语气,直指问题之所在:天下读书人不知有多少,但你睁大眼睛看一看,当今又有几人能荣登上位、享受功名利禄的?现在,你想问我如何才能快捷地登第成名?那我首先要告诉你,问我这个问题恐怕你是找错人了。就像借听于聋人和求道于盲人一样,即便你请教再勤,可能最终也不会得到什么收获的。我的志向在弘扬古代圣贤的仁义之道,并十分爱好他们的言辞文章。看了你的书信和诗篇,你也说有志于此。但你的所问却在

① (唐)韩愈:《答陈生书师说》,《韩昌黎文集》第3卷,同上书,第207—208页。

成名,你所企慕的是在科第。因此,我对你的所谓志向和所要问的问题,是抱有疑虑的。即便如此,也不能虚辱你的厚意,姑且与你说说我的所知所闻吧。

以如此脾性毕现的文笔开篇,足可见作者笔随己意、文因人异的行文风格。这里没有任何矫饰和客套,作者心里是怎么想的就怎么说,毫不隐晦自己的情感流向,而且单笔散行口语化,完全摆脱了"为文"的各种羁绊。因此,《旧唐书·韩愈传》云:"愈所为文,务反近体;抒意立言,自成一家新语。后学之士,取为师法。当时作者甚众,无以过之,故世称'韩文'焉。"

接下来,作者指出,士君子们面临的最主要问题:一是缺乏自信,不能以仁义之心内省自己的所作所为;二是虚荣心重,不能以顺其自然的心态看待贵贱穷通,进而事亲不诚。要解决好这样的问题,凡事就须有一个正确的认识与判断,不能人云亦云,要相信自己。其次,要克服虚荣的心态,踏踏实实地求道问学,努力做到名实相符,不以得之于外的名利与地位等,作为夸耀和显荣的资本。如果能做到这样,你就不会以一时未得科名和荣进而在亲人面前抱有羞耻之心了。这就是你所要求教的所谓速成之术。古代的学者所求所问只有道义问题,你如诚心想在太学求教,我仍坚守此说而待见你。作者的此番言论,看似迂阔,而理实如此。

再看《进学解》(节选):

> 国子先生晨入太学,招诸生立馆下,诲之曰:"业精于勤荒于嬉;行成于思毁于随。方今圣贤相逢,治具毕张。拔去凶邪,登崇畯良。占小善者率以录,名一艺者无不庸;爬罗剔抉,刮垢磨光。盖有幸而获选,孰云多而不扬。诸生业患不能精,无患有司之不明;行患不能成,无患有司之不公。"

　　言未既，有笑于列者曰："先生欺余哉！弟子事先生于兹有年矣。先生口不绝吟于六艺之文，手不停披于百家之编；记事者必提其要，纂言者必钩其玄；贪多务得，细大不捐。焚膏油以继晷，恒兀兀以穷年：先生之业可谓勤矣。觗排异端，攘斥佛老，补苴罅漏，张皇幽眇；寻坠绪之茫茫，独旁搜而远绍，障百川而东之，回狂澜于既倒：先生之于儒，可谓有劳矣。沉浸醲郁，含英咀华，作为文章，其书满家。上规姚姒，浑浑无涯；周诰殷盘，佶屈聱牙，春秋谨严，左氏浮夸，易奇而法，诗正而葩；下逮庄骚，太史所录，子云相如，同工异曲：先生之于文，可谓闳其中而肆其外矣。少始知学，勇于敢为；长通于方，左右具宜：先生之于为人，可谓成矣。"

　　"然而公不见信于人，私不见助于友，跋前踬后，动辄得咎。暂为御史，遂窜南夷；三年博士，冗不见治；命与仇谋，取败几时；冬暖而儿号寒，年丰而妻啼饥；头童齿豁，竟死何裨。不知虑此，而反教人为？"①

　　这是作者假托向学生的训话，进而引出学生的嘲笑讥评，借以抒发牢骚之作，也可以说是一篇以曲笔书写的不平之鸣。文章明抑实扬，行文上骈散不拘，既充分吸收了辞赋与骈体文中所贯用的铺叙、排偶、藻饰、用韵等形式，又加以革新改造，全篇抑扬顿挫，机趣无穷，富于整饬之美。正如其所言："文章言语与事相侔，……丰而不余一言，约而不失一辞，其事信，其理切。"（《上襄阳于相公书》）对此，任继愈先生曾有评曰："韩愈的功绩并不是打倒骈文，而在于运用文学本身的魅力，扩大了文学的表现领域。"他说："天地之大，品类之繁，世

_____

① （唐）韩愈：《进学解》，《韩昌黎文集》第 1 卷，同上书，第 53—55 页。

态变幻而恢诡，在韩愈眼下，没有不可以入文的，也没有不可以入诗的。语言这个文学工具，简直被韩愈用活了，竟做到无往而不适，无事而不宜。"他认为，韩愈驾驭语言的功力，堪称超逸绝伦。正是在这方面，韩愈开创了新局面，并为后世开了风气。①

清人刘熙载说："韩文起八代之衰，实集八代之成，盖惟善用古者能变古，以无所不包故能无所不扫也。"②"韩文"返本开新之秘奥，正在于此。

柳宗元（773—819），字子厚，河东（今山西运城永济一带）人，出生于仕宦之家。河东柳氏本是源远流长的名门望族，在唐王朝的建立过程中，柳氏家族曾鼎力相助。唐初，柳氏是权贵兼外戚，在朝廷上下势力显赫。"在高宗时，并居尚书省二十二人。"③其伯祖父柳奭曾位至宰相。至宗元时，虽家道中衰，但柳氏家族"世德廉孝，飏于河浒，士之称家风者归焉。"④因此，往昔的家族荣耀仍不时地唤醒其自豪感，并时时激励其修身律己、建功立业。⑤柳宗元还深受其父母言传身教的影响。其父柳镇能诗善文："得《诗》之群，《书》之政，《易》之直方大，《春秋》之惩劝，以植于内而文于外，垂声当时。"⑥他一生虽多在军旅和府县任职，地位不高，但由于长期接触社会现实，加之学养深厚，使他洞达世务，勇于任事，而且为人刚正不阿，不畏权贵。"以

①　参见陈克明：《韩愈年谱及诗文系年·任继愈序》，巴蜀书社 1999 年版，第 4—5 页。

②　（清）刘熙载：《艺概·文概》，上海古籍出版社 1978 年版，第 20—21 页。

③　（唐）柳宗元：《送澥序》，《柳河东集》卷 24，上海世纪出版股份有限公司，上海古籍出版社 2008 年版，第 404 页。

④　（唐）柳宗元：《先侍御史府君神道表》，《柳河东集》卷 12，第 182 页。

⑤　参见孙昌武：《柳宗元评传》，南京大学出版社 1998 年版，第 3—4 页。

⑥　（唐）柳宗元：《先侍御史府君神道表》，《柳河东集》卷 12，上海世纪出版股份有限公司，上海古籍出版社 2008 年版，第 182—183 页。

纯深之行端直之德,名闻于天下。"①德宗曾誉其"守正为心,疾恶不惧。"(《先侍御史府君神道表》)贞元九年(794),柳宗元得中进士第后,在朝廷例行审查有无"朝士子冒进"的过程中,当德宗知其是勇抗奸臣窦参的柳镇之子时,随即说:"吾知其不为子求举矣。"(同上)柳镇端直的人品可谓朝野皆知。这对柳宗元日后的为人行事产生了很大的影响。柳宗元的母亲卢氏,同样具有很高的文化素养,且识见不凡。她出身于著名的士族范阳卢姓,"七岁通《毛诗》及刘氏《列女传》,斟酌而行,不坠其旨。"②柳镇曾对柳宗元说:"吾所读旧史及诸子书,夫人闻而尽知之无遗者。"(同上)柳宗元幼年时随母亲生活在京城长安,"太夫人教古赋十四首,皆讽传之。以诗礼图史及剪制缕结授诸女,及长,皆为名妇。"直到柳宗元身贬南荒,母亲都始终伴随着他,并勉励他"明者不悼往事,吾未尝有戚戚也。"(同上)可见,她不仅是柳宗元的文化启蒙者,还是柳宗元的人格教养者和精神的支柱。

柳宗元童子时即有奇名,"聪警绝众,尤精《西汉诗骚》。下笔构思,与古为侔。"(《旧唐书》本传)"出入经史百子,踔厉风发。"③二十一岁考中进士,"以文章称首"④。其后,"以博学宏词授集贤殿正字,……贞元十九年,由蓝田尉拜监察御史。"⑤"顺宗即位,王叔文、韦执谊用事,尤奇待宗元。与监察吕温密引禁中,与之图事。转尚书礼部员外郎。叔文欲大用之,会居位不久,叔文败,与同辈七人俱贬。

---

① (唐)柳宗元:《故叔父殿中侍御史府君墓版文》,《柳河东集》卷12,第198页。
② (唐)柳宗元:《先太夫人河东县太君归附志》,《柳河东集》卷13,第203—205页。
③ (唐)韩愈:《柳子厚墓志铭》,《韩昌黎文集》第7卷,(唐)韩愈著,马其昶校注,马茂元整理:《韩昌黎文集校注》(上),上海古籍出版社2018年版,第605页。
④ (唐)刘禹锡:《唐故尚书礼部员外郎柳君文集序》,(清)董诰等编:《全唐文》卷605,上海古籍出版社1990年版,第3册,第2707页。
⑤ (唐)韩愈:《答陈生书师说》,《韩昌黎文集》第1卷,(唐)韩愈著,马其昶校注,马茂元整理:《韩昌黎文集校注》(上),上海古籍出版社2018年版,第53—55页。

宗元为邵州刺史。在道,再贬永州司马。既罹窜逐,涉履蛮瘴,崎岖
堙厄,蕴骚人之郁悼。写情叙事,动必以文。为骚文十数篇,览之者
为之凄恻。元和十年,例移为柳州刺史。"(《旧唐书》本传)卒于任,年
仅 46 岁。

　　作为勇于自任的文儒,柳宗元说:"凡儒者之所取,大莫尚孔
子。……吾之所云者,其道自尧舜禹汤高宗文武周公孔子皆由
之。"①当"以生人为己任""及物行道"。①"夫君子之出,以行道也;其
处,以独善其身也。……若苟焉以图寿为道,又非吾之所谓道也。夫
形躯之寓于土,非吾能私之。幸而好求尧舜孔子之志,唯恐不得;幸
而遇行尧舜孔子之道,唯恐不慊,若是而寿可也。求之而得,行之而
慊,虽夭其谁悲? 今将以呼嘘为食,咀嚼为神,无事为闲,不死为生,
则深山之木石,大泽之龟蛇,皆老而久,其于道何如也?"②他认为,人
生在世如果不求"尧舜孔子之志",而"以图寿为道",那就与"深山之
木石,大泽之龟蛇"没有什么两样,即便长寿也没有什么意义。可见
其对"尧舜孔子之道"的坚信不移。对参与"永贞革新"而遭贬谪之
事,柳宗元亦作如是自道:"过不自料,勤勤勉励,唯以忠正信义为志,
以兴尧舜孔子之道,利安元元为务,不知愚陋,不可力强,其素意如此
也。"③"不以是取名誉,意欲施之事实,以辅时及物为道。"④所谓"辅
时及物",就是要顺应时势,惠及生民。这便是其人生观和价值观。

　　柳宗元在《送从兄偁罢选归江淮诗序》中,对其兄恪守"直道而
仕"的柳氏祖训高度认同:"伯氏自淮阳从调,抵于京师。冬十月,牒

---

① (唐)柳宗元:《与杨诲之第二书》,《柳河东集》卷 33,上海世纪出版股份有限公司,上海
　古籍出版社 2008 年版,第 528—529 页。

② (唐)柳宗元:《送娄图南秀才游淮南将入道序》,《柳河东集》卷 25,第 416 页。

③ (唐)柳宗元:《寄许京兆孟容书》,《柳河东集》卷 30,第 480 页。

④ (唐)柳宗元:《答吴武陵论非国语书》,《柳河东集》卷 31,第 508 页。

计不至,摄袵而退,顾谓宗元曰:'昔吾祖士师(柳下惠为士师),生于衰周,与道同波,为世仪表。故直道而仕,三黜不去,孔子称之。遗佚而不怨,厄穷而不悯,孟子赞之。今吾遑遑末路,寡偶希合,进不知向,退不知守,所不敢折其志,戚其心,遵祖训也。'"①事实上,其兄的遭遇和道白,不久也成为自己感同身受的人生经历了。他对堂弟说:"凡士人居家孝悌恭俭,为吏祗肃,出则信,入则厚。足其家,不以非道;进其身,不以苟得。"②其峻洁的秉性,亦在其文风中得以充分的体现。

柳宗元的文学观,形成于其被贬后发愤著书为文的过程中。他在《与杨京兆凭书》中说:"宗元自小学为文章,中间幸联得甲乙科第,至尚书郎,专百官章奏,然未能究知为文之道。自贬官来无事,读百家书,上下驰骋,乃少得知文章利病。去年吴武陵来,美其齿少,才气壮健,可以兴西汉之文章,日与之言,因为之出数十篇书。庶几铿锵陶冶,时时得见古人情状。然彼古人亦人耳,夫何远哉?凡人可以言古,不可以言今。桓谭亦云:'亲见扬子云:容貌不能动人,安肯传其书?'诚使博如庄周,哀如屈原,奥如孟轲,壮如李斯,峻如马迁,富如相如,明如贾谊,专如扬雄,犹为今之人(一有笑字),则世之高者至少矣。由此观之,古之人未必不薄于当世,而荣于后世也。若吴子之文,非丈人无以知之。独恐世人之才高者,不肯久学,无以尽训治诂风雅之道,以为一世甚盛。若宗元者,才力缺败,不能远骋高厉,与诸生摩九霄、抚四海,夸耀于后之人矣。何也?凡为文以神志为主。"③在静心品读百家书的过程中,柳宗元既领略到了不同时代不同作者的不同风格,又倾情于"兴两汉之文章",并悟出了应"以神志为

---

① (唐)柳宗元:《柳河东集》卷24,第401页。
② (唐)柳宗元:《送从弟谋归江陵序》,《柳河东集》卷24,第402页。
③ (唐)柳宗元:《与杨京兆凭书》,《柳河东集》卷30,第488页。

主"的为文之道。他认为,学为文章既要师古,又不可薄今,才可谓师古而不泥于古。古人亦是人,即便如庄周、屈原、孟轲、李斯、司马迁、司马相如、贾谊、扬雄等诗文名家,他们也未必都能得到当时人的认可。一个有才学的作者,最忌盲目自信和懈怠。要想始终保持良好的创作状态,就须久学不厌,全面地领会和掌握风雅之道。那么,如何才能全面地领会和掌握风雅之道呢? 对此,他本人也有一个由浅入深的认识和掌握的过程。他曾回顾说:"始吾幼且少,为文章,以辞为工。及长,乃知文者以明道,是固不苟为炳炳烺烺,务采色夸声音而以为能也。凡吾所陈,皆自谓近道,而不知道之果近乎远乎? ……故吾每为文章,未尝敢以轻心掉之,惧其剽而不留也;未尝敢以怠心易之,惧其弛而不严也;未尝敢以昏气出之,惧其昧没而杂也;未尝敢以矜气作之,惧其偃蹇而骄也。抑之欲其奥,扬之欲其明,疏之欲其通,廉之欲其节;激而发之欲其清,固而存之欲其重,此吾所以羽翼夫道也。本之《书》以求其质,本之《诗》以求其恒,本之《礼》以求其宜,本之《春秋》以求其断,本之《易》以求其动:此吾所以取道之原也。参之《谷梁氏》以厉其气,参之《孟》《荀》以畅其支,参之《庄》《老》以肆其端,参之《国语》以博其趣,参之《离骚》以致其幽,参之《太史公》以著其洁:此吾所以旁推交通,而以为之文也。"[1]作者说自己当初写文章时只把文辞漂亮当作工巧,到了年纪大一些,才知道文章是用来阐明圣贤之道的。因此,不再一味地讲究形式的美观、追求辞采的华美、炫耀声韵的铿锵,并把这些当做自己的才能了。接着又阐述了自己写作时的慎重态度和取法原则,亦即"以神志为主"的为文之道:在广泛学习、博取众长、融会贯通的基础上,追求文章的严谨深刻、含蓄凝炼、流畅明快、清雅庄重。这也确实成为柳宗元文章最鲜明的特

---

[1] （唐）柳宗元:《答韦中立论师道书》,《柳河东集》卷34,第542—543 页。

色和风格了。

柳宗元认为文章有两类:一为学术性文章,即"为学"之文;一为文学性的文章,即"为文"之文。"凡为学,略章句之烦乱,采摭奥旨,以知道为宗;凡为文,去藻饰之华靡,汪洋自肆,以适己为用。"①前者重在"明道",文风简洁明了;后者则可驰骋笔墨,用以抒发作者的真情实感。他进一步阐发道:"文之用,辞令褒贬,导扬讽谕而已。虽其言鄙野,足以备于用。然而阙其文采,固不足以竦动时听,夸示后学。立言而朽,君子不由也。故作者抱其根源,而必由是假道焉。作于圣,故曰经;述于才,故曰文。文有二道,辞令褒贬,本乎著述者也;导扬讽谕,本乎比兴者也。著述者流,盖出于《书》之谟、训,《易》之象、系,《春秋》之笔削,其要在于高壮广厚,词正而理备,谓宜藏于简册也。比兴者流,盖出于虞、夏之咏歌,殷、周之风雅,其要在于丽则清越,言畅而意美,谓宜流于谣诵也。兹二者,考其旨义,乖离不合。故秉笔之士,恒偏胜独得,而罕有兼者焉。厥有能而专美,命之曰艺成。虽古文雅之盛世,不能并肩而生。"②指出文章的根本功用,就是"导扬讽谕",干预社会现实;而其最基本的途径和方式,就是寓褒贬于辞令之中。溯其源,文有二道:古代圣贤所作称之为"经",才华之士所作称之为"文"。"经文"的特点是寓褒贬于辞令之中,如《尚书》《周易》《春秋》等,风格高壮广厚、词正而理备,质朴无华、富于实用,是为后世著书立说的学者所本。此类文章,大多因缺乏文采而不易打动人,只适宜藏于简册。所以,后世君子为文,就应有意识地取其用而兼文采,这样才能避免步入"立言而朽"的困境。而以"导扬讽谕"见长的比兴类文章,如虞、夏之咏歌,殷、周之风雅,风格清丽激越、言畅而意

---

① (唐)柳宗元:《故银青光禄大夫右散骑常侍轻车都尉宜城县开国伯柳公行状》,《柳河东集》卷8,第114—115页。
② (唐)柳宗元:《杨评事文集后序》,《柳河东集》卷21,第371—372页。

美,易于吟诵、广泛流传。这两种文类和文风,很少有人能兼而胜之。而真正能兼胜"辞令褒贬"和"导扬讽谕",将学术著述和文学比兴集于一身的,正是柳宗元自己。①

作为"永贞革新"的核心成员,柳宗元被贬后,在政治上长期备受打压,其后半生实际沦落为蛮荒之地的"系囚"。因此,政治上的失意苦闷发为不平之鸣,成为柳文的基本主题。其《谤誉》写道:

> 凡人之获谤誉于人者,亦各有道。君子在下位则多谤,在上位则多誉;小人在下位则多誉,在上位则多谤。何也?君子宜于上不宜于下,小人宜于下不宜于上,得其宜则誉至,不得其宜则谤亦至。此其凡也。然而君子遭乱世,不得已而在于上位,则道必唎于君,而利必及于人,由是谤行于上而不及于下,故可杀可辱而人犹誉之。小人遭乱世而后得居于上位,则道必合于君,而害必及于人,由是誉行于上而不及于下,故可宠可富,而人犹谤之。君子之誉,非所谓誉也,其善显焉尔。小人之谤,非所谓谤也,其不善彰焉尔。
>
> 然则在下而多谤者,岂尽愚而狡也哉?在上而多誉者,岂尽仁而智也哉?其谤且誉者,岂尽明而善褒贬也哉?然而世之人闻而大惑,出一庸人之口,则群而邮之,且置于远迹,莫不以为信也。岂惟不能褒贬而已,则又蔽于好恶,夺于利害,吾又何从而得之耶?孔子曰:"不如乡人之善者好之,其不善者恶之。"善人者之难见也,则其谤君子者为不少矣,其谤孔子者亦为不少矣。传之记者叔孙武叔,时之显贵者也。其不可记者,又不少矣。是

---

① 参见李伏清:《论柳宗元与儒学复兴》,华东师范大学 2008 届研究生博士学位论文,第177页。

以在下而必困也。及乎遭时得君而处乎人上，功利及于天下，天下之人皆欢而戴之，向之谤之者，今从而誉之矣。是以在上而必彰也。

或曰："然则闻谤誉于上者，反而求之可乎？"曰："是恶可？无亦征其所自而已矣！其所自善人也，则信之；不善人也，则勿信之矣。苟吾不能分于善不善也则已耳。如有谤誉乎人者，吾必征其所自，未敢以其言之多而举且信之也。其有及乎我者，未敢以其言之多而荣且惧也。苟不知我而谓我盗跖，吾又安取惧焉？苟不知我而谓我仲尼，吾又安取荣焉？知我者之善不善，非吾果能明之也，要必自善而已矣。"①

这是作者被贬后，从炎凉世态的切身感受中发而为文，专论如何对待毁谤与赞誉的问题。文章开宗明义，首句即总领全篇。作者说，但凡被人家毁谤或赞誉的人，都各有缘由。接着，便条分缕析：君子如果身处下位，便易遭到很多毁谤；而如身居上位，则易赢得很多赞誉。与之相反，小人身居下位，便会招来很多赞誉；而身居上位，则会落得很多毁谤。什么原因呢？作者从封建社会人们固有的尊卑观念和社会心理角度分析道：因为君子适宜于身居上位而不适宜居处下位，小人则适宜于居处下位而不适宜身处上位。一个人处于他应处的地位才会赢得赞誉，而处于不宜处的地位则会遭到毁谤。当然，这是就其一般性情况而言的。

接下来，作者又从历史和现实中，抽取出特殊时期的事例加以概述分析：

---

① （唐）柳宗元：《谤誉》，《柳河东集》卷20，上海世纪出版股份有限公司，上海古籍出版社2008年版，第358—360页。

　　如果君子遭逢乱世，不得已而处于上位，那么，他的所行之道，必定会违背国君的旨意而惠及人民。因此，毁谤便会产生于上层而不会产生在下面。所以，要杀要辱那是上层的反应，而老百姓还是会赞誉他。如果小人遭遇乱世混进上层社会的话，那么，他的所行之道一定会迎合国君的心意并且遗祸给人民。这样，赞誉便会产生在上面而不会产生在下面。小人可以受到宠爱变得富裕，但老百姓还是会毁谤他。由此看来，君子得到的赞誉，不是一般人认为的赞誉，而是他善行的自然表现；小人受到的毁谤，也不是一般人所说的毁谤，而是他恶行的自然表现。

　　这样说来，那些身处下位而遭到很多毁谤的人，难道全都是愚蠢或狡猾的人吗？那些身处上位而受到很多赞誉的人，又难道全都是仁慈或聪明的人吗？那些毁谤或赞誉他人的人，难道全都是明智或是长于褒贬的人吗？实际并不尽然。但是社会上的人听到毁谤或赞誉之言，就难以分清当与不当了。从一个庸人口中传出来，便很快会引起一群人的传播，并且由近及远四方散扬，没有谁不信以为实的。由此看来，岂止不知该如何对一个人加以褒贬，并且还往往会被自己的好恶心理所蒙蔽，被利害关系所左右，我们又怎么能够得到评价一个人好坏的实情呢？

　　从作者的剖析中，我们可以感受到其中所蕴含的变法革新君子们的辛酸之泪和深沉的感喟。无论是历史上的"商鞅变法""吴起变法"，还是作者参与的"永贞革新"等，但凡勇于任事者，有谁不遭遇来自上层守旧势力的骂名？那么，如何才能真正地分清"谤誉"呢？作者又引述了孔子的所言和所遇，加以阐明。

　　孔子曾说过："不如乡里人认为是好人我们就喜欢他，乡里人认为是坏人我们就憎恶他。"可是，好人我们很难遇到，而那些毁谤君子的坏人却不少。即便像孔子这样的圣贤，当时毁谤他的人也不少。

其中，见之于记载的就有一个叫叔孙武叔的人，还是当时的显贵呢。况且诸如此类的谤言，未能记载下来的还有不少。所以，君子身处下位一定会遭受困厄，而一旦遇着好时运，得到君主的信任而处于人上，功利被天下传闻，天下的人又都会欢天喜地地拥戴他，先前那些毁谤他的人，又转而跟从别人赞誉他了。所以，身居上位的人是最易被人赞誉的。

有人说："这样说来，那么，在上位听到了毁谤或赞誉的话，再回转来探寻毁谤或赞誉的缘由，可以吗？"我说："这怎么可以呢？凡事都应该考察鉴别它的出处。那些从善良的人口中传出来的话，可以相信；那些从不善良的人口中传出的话，就不应该相信。假如我不能分辨哪人是好人还是坏人，那么，就干脆不听那些毁谤或赞誉的话。如果有人对他人进行毁谤或赞誉，我一定要考察鉴别他从何处得来的消息，不敢因为他说得多而全就听信他。那些牵涉到我自己的谤誉言辞，不敢因为他说得多而荣耀或害怕。假如不了解我，说我是强盗头子柳下跖，我又害怕什么呢？假如不了解我，说我是孔丘圣人，我又荣耀什么呢？知道我的，说我好还是不好，并不说明我果真明白自己是好还是不好。因此，一定要做到自我完善才行。"

作者对"谤誉"进行了由表及里的推衍和分析，警示人们在"谤誉"面前，不可人云亦云，轻易听信。凡事都应弄清原委，保持定力，听与不听完全在我。而要想真正地超脱于"谤誉"，最重要的还是修身立己，做到自我完善，这便是结论。

全文思维缜密，逻辑谨严，观点鲜明，层层推进，将"谤"与"誉"的原委分析得丝丝入扣。行文上，兼取经史诸子百家之长，完全摒弃了骈散夹杂的句式结构，且能根据当代口语提炼出新的散文语言，创造出上继三代两汉古文、以奇句单行为主的新文体。此类思维缜密、立论谨严的文章，如《封建论》《断刑论》《天说》等，不仅笔锋犀利，而且在文体和文风上，也都充分体现出了返本开新的特色。

柳宗元在文体和文风上的开拓创新，还体现在他能将诗歌咏怀感遇的特性移入散文，既借切类指事、托喻拟议的方式抒写幽愤，又使之在各类散文中最大限度地体现出立论深入浅出、一针见血的优越性，这便是柳文通过类比以兴寄的独到之处。①

如《永某氏之鼠》：

> 永有某氏者，畏日拘忌异甚。以为己生岁直子；鼠，子神也，因爱鼠，不畜猫犬，禁僮勿击鼠。仓廪庖厨，悉以恣鼠不问。
>
> 由是鼠相告皆来某氏，饱食而无祸。某氏室无完器，椸无完衣，饮食大率鼠之馀也。昼累累与人兼行，夜则窃啮斗暴，其声万状，不可以寝，终不厌。
>
> 数岁，某氏徙居他州。后人来居，鼠为态如故。其人曰："是阴类恶物也，盗暴尤甚。且何以至是乎哉？"假五六猫，阖门撤瓦灌穴，购僮罗捕之，杀鼠如丘，弃之隐处，臭数月乃已。
>
> 呜呼！彼以其饱食无祸为可恒也哉！②

文中以鼠为喻，辛辣地嘲讽和抨击了那些贯于纵恶逞凶的官僚和猖獗一时的丑类，他们满以为依仗庸主和权势的庇护，可以为所欲为，终身饱食无祸，素不知物极必反，侥幸难长，一旦换了人间，汝等"阴类恶物"终将灭亡。此类文章，如《三戒》《临江之麋》《黔之驴》等，继承并发展了古代寓言的传统，嬉笑怒骂，因物肖形，立意新奇深刻，风格简古峭拔。

---

① 参见葛晓音：《古文成于韩柳的标志》，《学术月刊》1987 年第 1 期。
② （唐）柳宗元：《永某氏之鼠》，《柳河东集》卷 19，上海世纪出版股份有限公司，上海古籍出版社 2008 年版，第 344 页。

柳宗元以诗为文的范例,还体现在诸多山水游记中。如《始得西山宴游记》《钴鉧潭记》《钴鉧潭西小丘记》《至小丘西小石潭记》《袁家渴记》《石渠记》《石涧记》《小石城山记》等,"不只模山范水,而是借物写心,主观色彩极为浓厚,颇有迁客骚人的不平之气。"①当然也有作者幽静心境的审美观照。此类作品文笔精粹,语言清丽,从中既可见南国山水的清秀之姿,亦可见贬地作者的峻洁人格。诚如姜书阁先生所云:"柳文亦与韩文同是'集八代之成',而发展变化,融溶以成之者。"②

韩愈和柳宗元二人,虽然性格、文风以及在对待儒、佛等问题上的观点不尽相同,但他们在文学创作的实践中,却能始终做到相互理解,声气相通,同创新风。韩愈赞誉柳文"雄深雅健,似司马子长。"③柳宗元针对时人批评韩愈《毛颖传》《送穷文》等类"感激怨怼之作",是"不以文立制,而以文为戏。"(裴度《寄李翱书》)则特地撰写了一篇《读韩愈所著毛颖传后题》,以驳斥那些"独大笑而以为怪"的人,指出戏谑滑稽"皆取乎有益于世者",是作者"发其郁积,而学者得之劝"之作。④ 后世以"韩柳"并称,信有以也。晚唐杜牧诗云:"李杜泛浩浩,韩柳摩苍苍。近者四君子,与古争强梁。"⑤欧阳修在《新唐书·文艺传》中,从有唐文风三次新变的角度评价道:"唐有天下三百年,

---

① 郭预衡:《中国散文史》(中册),上海古籍出版社 1999 年版,第 243 页。
② 姜书阁:《骈文史论》,人民文学出版社 1986 年版,第 468 页。
③ (唐)刘禹锡:《唐故柳州刺史柳君集》:"子厚之丧。昌黎韩退之志其墓,且以书来吊曰:'哀哉! 若人之不淑。吾尝评其文雄深雅健似司马子长,崔蔡不足多也。'"《刘梦得集》卷 23,四部丛刊景宋本。
④ (唐)柳宗元:《读韩愈所著毛颖传后题》,《柳河东集》卷 21,上海世纪出版股份有限公司,上海古籍出版社 2008 年版,第 336—367 页。
⑤ (唐)杜牧:《冬至日寄小姪阿宜詩》,(唐)杜牧著,(清)冯集梧注:《樊川诗集注》卷 1,上海古籍出版社 1978 年版,第 61 页。

文章无虑三变。高祖、太宗,大难始夷,沿江左余风,緣句绘章,揣合低卬,故王、杨为之伯。玄宗好经术,群臣稍厌雕瑑,索理致,崇雅黜浮,气益雄浑,则燕、许擅其宗。是时,唐兴已百年,诸儒争自名家。大历、正元间,美才辈出,攟哜道真,涵泳圣涯,于是韩愈倡之,柳宗元、李翱、皇甫湜等和之,排逐百家,法度森严,抵轹晋、魏,上轧汉、周,唐之文完然为一王法,此其极也。"充分肯定了韩愈与柳宗元所作出的巨大贡献和深远影响。

第五章

晚唐文儒与文风

晚唐帝国在党争、藩镇和权宦的操弄,以及此起彼伏农民起义的打击下,帝国的大厦百孔千疮、风雨飘摇。时代的衰败,儒道的沦丧,给文儒的心理以巨大的冲击,焦虑、失望、愤激、抗争、沮丧、无奈相交织的情绪,染及文风,或生涩怪奇、质直板重,或词锋锐利、好用夸饰。真正能形成自家面目,且能秉持儒家思想的人物,主要有杜牧、罗隐、皮日休等人。

第一节 "高绝"取向下的气盛词雄之作

杜牧(803—852)①,字牧之,号樊川,京兆万年(今陕西西安)人,出生于"世业儒学"的高门望族。其祖父杜佑"性嗜学,该涉古今,以富国安人之术为己任。……虽位极将相,手不释卷。书成二百卷,号曰《通典》。"(《旧唐书·杜佑传》)杜牧的伯父与父亲也都作京官,一

---

① 按:学界对杜牧卒年,有大中六年、大中末或咸通元年说。此据缪钺《杜牧传·杜牧年谱》(河北教育出版社1999年版)"大中六年(852)"说。

时贵盛无比。他在《冬至日寄小侄阿宜诗》中云：“我家公相家，剑佩尝丁当。旧第开朱门，长安城中央。第中无一物，万卷书满堂。家集二百编（指《通典》。——笔者注），上下驰皇王。……大明帝宫阙，杜曲我池塘。”①这样一个官宦世家和书香门第，为杜牧“读史业儒”创造了条件。在家风的薰陶下，特别是在祖父杜佑经世致用学风的影响下，杜牧自言“少小常孜孜，至今不怠”②，因而“于治乱兴亡之迹，财赋兵甲之事，地形之险易远近，古人之长短得失”等，了然于胸。史载其“敢论列大事，指陈病利尤切至”③，皆源于其家风促成的勤学善思和积极用世之心。

　　像诸多落魄公子一样，杜牧也经历了家道中衰、幼年孤贫的磨难。杜牧十岁时，祖父杜佑逝世。不久，父亲杜从郁也“夭丧”。一个高门大第的人家，顿入困境，甚至沦落到居无定所，“丐于亲旧，……食野蒿藿，寒无夜烛”④的境地。生活的艰难困苦，一方面使得他得以深入社会，认识现实，有助于其日后忧国忧民思想的形成；另一方面，也磨砺了他的品德意志，使其刻苦自励，潜心学业，努力进取，改变现状。大和二年（828），二十六岁的杜牧，进士及第。随后，又应制举贤良方正能直言极谏科登第，授官弘文馆校书郎、试左武卫兵曹参军。历官监察御史，宣州团练判官，殿中侍御史内供奉，左补阙，史馆修撰，膳部、比部员外郎，黄、池、睦三州刺史，司勋员外郎，吏部员外郎，

① （唐）杜牧：《冬至日寄小侄阿宜诗》，（唐）杜牧著，（清）冯集悟注：《樊川诗集注》卷1，上海古籍出版社1978年版，第58—64页。
② （唐）杜牧：《上李中丞书》，（唐）杜牧著，陈允吉校点：《樊川文集》卷12，上海世纪出版有限公司，上海古籍出版社2007年版，第183页。
③ （宋）欧阳修：《新唐书》卷166《杜佑传》附《杜牧传》，上海古籍出版社，上海书店《二十五史》（第6册）1986年版，第539页。
④ 参见（唐）杜牧：《上宰相求湖州第二启》，（唐）杜牧著，陈允吉校点：《樊川文集》卷16，上海世纪出版有限公司，上海古籍出版社2007年版，第244页。

湖州刺史,考功郎中,知制诰等,终官中书舍人。杜牧性格刚直,不拘小节,加之党争阻隔等,虽有经邦济世之才,但一生困踬难振,抱负难展,怏怏不平之气,多以诗文自见。

其《上池州李使君书》云:

> 景业足下。仆与足下齿同而道不同,足下性俊达坚明,心正而气和,饰以温慎,故处世显明无罪悔;仆之所禀,阔略疏易,轻微而忽小。然其天与其心,知邪柔利己,偷苟谀诈,可以进取,知之而不能行之。非不能行之,抑复见恶之,不能忍一同坐与之交语。故有知之者,有怒之者,怒不附己者,怒不恬言柔舌道其盛美者,怒守直道而违己者。知之者,皆齿少气锐,读书以贤才自许,但见古人行事真当如此,未得官职,不睹形势,絜絜少辈之徒也。怒仆者足以裂仆之肠,折仆之胫,知仆者不能持一饭与仆,仆之不死已幸,况为刺史,聚骨肉妻子,衣食有馀,乃大幸也,敢望其他?然与足下之所受性,固不得伍列齐立,亦抵足下疆垅畦畔间耳。故足下怜仆之厚,仆仰足下之多。在京城间,家事人事,终日促束,不得日出所怀以自晓,自然不敢以辈流间期足下也。
>
> 去岁乞假,自江、汉间归京,乃知足下出官之由,勇于为义,向者仆之期足下之心,果为不缪,私自喜贺。足下果不负天所付与、仆所期向,二者所以为喜且自贺也,幸甚,幸甚。夫子曰:"吾少也贱,故多能鄙事。"复曰:"不试,故艺。"圣人尚以少贱不试,乃能多能有艺,况他人哉?仆与足下年未三十为诸侯幕府吏,未四十为天子廷臣,不为甚贱,不为不试矣。今者齿各甚壮,为刺史各得小郡,俱处僻左,幸天下无事,人安谷熟,无兵期军须、逋负诤诉之勤,足以为学,自强自勉于未闻未见之间。仆不足道,

虽能为学,亦无所益,如足下之才之时,真可惜也。向者所谓俊达坚明,心正而气和,饰以温慎,此才可惜也。年四十为刺史,得僻左小郡,有衣食,无为吏之苦,此时之可惜也。仆以为天资足下有异日名声,迹业光于前后,正在今日,可不勉之。

仆常念生百代之下,未必为不幸,何者?以其书具而事多也。今之言者必曰:"使圣人微旨不传,乃郑玄辈为注解之罪。"仆观其所解释,明白完具,虽圣人复生,必挈置数子坐于游、夏之位。若使玄辈解释不足为师,安得圣人复生,如周公、夫子亲授微旨,然后为学。是则圣人不生,终不为学;假使圣人复生,即亦随而猾之矣。此则不学之徒,好出大言,欺乱常人耳。自汉已降,其有国者成败兴废,事业踪迹,一二亿万,青黄白黑,据实控有,皆可图画,考其来由,裁其短长,十得四五,足以应当时之务矣。不似古人穷天凿玄,蹑于无踪,算于忽微,然后能为学也。故曰:生百代之下,未必为不幸也。

夫子曰:"三人行,必有我师焉。"此乃随所见闻,能不亡失而思念至也。楚王问萍实,对曰:"吾往年闻童谣而知之。"此乃以童子为师耳。参之于上古,复酌于见闻,乃能为圣人也。诸葛孔明曰:"诸公读书,乃欲为博士耳。"此乃盖滞于所见,不知适变,名为腐儒,亦学者之一病。

仆自元和已来,以至今日,其所见闻名公才人之所论讨,典刑制度,征伐叛乱,考其当时,参于前古,能不忘失而思念,亦可以为一家事业矣。但随见随忘,随闻随废,轻目重耳之过,此亦学者之一病也。如足下天与之性,万万与仆相远。仆自知顽滞,不能苦心为学,假使能学之,亦不能出而施之,恳恳欲成足下之美,异日既受足下之教,于一官一局,而无过失而已。自古未有不学而能垂名于后代者,足下勉之。

大江之南，夏候郁湿，易生百疾。足下气俊，胸臆间不以悁忿是非贮之，邪气不能侵，慎防是晚多食，大醉继饮，其他无所道。某再拜。①

唐武宗会昌二年(842)春，年届不惑的杜牧由比部员外郎外放为湖北黄州刺史，此文即是他向同僚好友、时任池州刺史李方玄倾吐怀抱、谈学论道的一封书信。②信中说自己生来禀性粗疏，明知阿谀奉迎可以腾达，但却从内心鄙视这样的人和事。作为读书人，理应效仿古代圣贤的本色。为此，不少达官权贵对我恨之入骨。知悉足下您"勇于为义"的处世为官操守，我深引为同道。孔夫子就曾说过，他年轻时身份低下，生活清贫，为了谋生而掌握了诸多技艺。又说，正因为未能被国家任用，所以才学会了诸多谋生的技艺。古代的圣人尚且如此践行人生之道，难道我们就不能效仿吗？何况，你我未届而立就已入仕，未届不惑即已为官一方。虽然郡小地僻，但幸好天下无事，一方平安，我们乘着盛年，更应惜时为学，修身养性。我常常想，我等虽然未能躬逢古贤时代，但却未必为不幸。因为，现在诸多书籍和事类都已累积具备，可供我们研读、思考和借鉴。然而，当今一些不学无术之徒，动辄怪罪郑玄等为经书注解，以为由此使得圣人的精深思想不传了。这完全是危言耸听、欺世盗名的一派胡言乱语！如果不是前人费尽心力、明白完具的注解，周公和孔子的学说，哪能传播复生？而且从其注解中，我们才可据实了解到历朝历代的成败兴废和事业踪迹。孔夫子说，他人的言行举止，必定有值得我学习的地方。可见他老人家对所见所闻，都能随时记上心头并加以分析思考。

---

① (唐)杜牧：《上池州李使君书》，(唐)杜牧著，陈允吉校点：《樊川文集》卷13，上海世纪出版有限公司，上海古籍出版社2007年版，第190—192页。
② 参见缪钺：《杜牧传·杜牧年谱》，河北教育出版社1999年版，第168—170页。

楚王听说孔子见多识广，曾让人去请教一种水草果实的知识，孔子即刻就有了回复。原来，孔子这方面的知识，是来自于他往年听到的童谣，这便是以童子为师的例子。从中，我们应得到这样的启示：若想成为像孔子那样知识渊博的圣贤，就须广泛地学习古代的文献典籍，并在当下的见闻中加以分析思考，但要做到这一点并不容易。诸葛亮曾指出，不少读书人只知为读而读，想由此成为学问广博的人。素不知，这样的学习方式，因缺乏联系实际的思考，不能知晓通变，终将囿于一孔之见。学到最后，只能成为一名迂腐的儒生，这也是学者身上常见的一种毛病。

接着，作者又叙述了自己自元和以来，针对典刑制度、征伐叛乱等相关现实问题所进行的研究与思考，认为这亦可成为一家事业，但仍存在"随见随忘，随闻随废"的毛病和不在其位难以实施的抱憾，希望能与李方玄以学共勉。最后，以保重身体道安。

由上足可见杜牧的书生意气和文儒风骨，他对孔子的思想和为学态度极为推崇，对以郑玄为代表的汉学十分认同，对自己的所学所思颇为自负，但又因僻处一隅、有才难展而深感失落。有学者认为，此文中论学一段意见，乃针对中唐以来治经之风气而发。唐玄宗末年，有啖助者，治《春秋》，主张直探孔子之意旨，弟子赵匡、陆质承其师说，韩愈《寄卢仝》诗所谓"《春秋》三传束高阁，独抱遗经究终始"者，即指此一派。当时治经者，摒弃传注，独探经旨，成为风气。杜牧盖不赞同此种风气，故谓郑玄之注有功于诸经，不可废弃。并引清人李慈铭《越缦堂日记》曰："此等议论，唐中叶以后人所罕知。樊川文章风概，卓绝一代，其学问识力，亦复如是，予向推为晚唐第一人，非虚诬也。"①

---

① 参见缪钺：《杜牧传·杜牧年谱》，河北教育出版社 1999 年版，第 168—170 页。

　　杜牧的文儒意识与文学观念,既受前辈文儒的影响,又带有特定时代条件下形成的鲜明的个性特色。他一直怀有"平生五色线,愿补舜衣裳"(《郡斋独酌》)的儒家政治理想,并像韩愈一样尊儒反佛。他在《书处州韩吏部孔子庙碑阴》中说:"天不生夫子于中国,中国当何如? 曰不夷狄如也。……倘不生夫子,纷纭冥昧,百家闚起,是己所是,非己所非,天下随其时而宗之,谁敢非之。……自古称夫子者多矣,称夫子之德,莫如孟子,称夫子之尊,莫如韩吏部。"①但面对藩镇和边患等诸多的社会危机,他认为真正的儒者不能止于坐而论道,而要既知礼法,明辨是非,更要能知兵论战,为国尽力。在古代,像荀子那样能"以近知远,以一知万,以微知明"(荀子《非相篇》)、"仁义功名著于后世"者,可称为"大儒"②;而在当下,"自艰难已来,儒生成名立功者,盖寡于前代,是以壮健不学之徒,不知儒术,不识大体,取求微效,终败大事,不可一二悉数。"③只有像河阳李尚书那样,既"有才名德望,知经义儒术""知成功立事""知今古成败",且能"亲诛虏,收其土田,取其良马,为耕战之具,西复凉州,东取河朔,平一天下"的人,才可称"大儒";②只有像周相公那样,既能"知兵",又"能制兵而能止暴乱",并"能活生人、定国家者",才可称"大儒"④。而那些只知道依照古法行事,墨守成规,"滞于所见,不知适变"(《上池州李使君书》),不知因时而动因地制宜的人,是典型的"腐儒";至于开元末奏请罢除府兵制,进而造成国家"居外则叛,居内则篡"局面的儒士,则

①　(唐)杜牧:《书处州韩吏部孔子庙碑阴》,(唐)杜牧著,陈允吉校点:《樊川文集》卷13,上海世纪出版有限公司,上海古籍出版社2007年版,第105—106页。
②　(唐)杜牧:《论相》,(唐)杜牧著,陈允吉校点:《樊川文集》卷5,第95页。
③　(唐)杜牧:《上河阳李尚书书》,(唐)杜牧著,陈允吉校点:《樊川文集》卷13,第195—196页。
④　(唐)杜牧:《上周相公书》,(唐)杜牧著,陈允吉校点:《樊川文集》卷12,第177—178页。

是十足的"愚儒"①。

在诗文样态和风格上,杜牧对李白、杜甫和韩愈、柳宗元十分推崇。他说:"李杜泛浩浩,韩柳摩苍苍。近者四君子,与古争强梁。"(《冬至日寄小侄阿宜诗》)意谓李、杜诗歌众口传颂,其影响如浩浩黄河奔腾东注;韩、柳诗文高远无极,如苍天茫茫。这四位文坛君子,足可以与古贤一争高下。又说:"杜诗韩集愁来读,似倩麻姑痒处搔。"(《读韩杜集》)意谓杜诗和韩文于穷愁之际诵读,最能触发人的情思,最能打动人心。此外,他对李贺的才情高致也给予热情的称赞,指出其诗"盖《骚》之苗裔,理虽不及,辞或过之。"②作为一位具有敏锐历史眼光和强烈批判意识的文儒,杜牧在广泛学习前人的基础上,又明确地提出自己所追求的风格是:"惟求高绝,不务奇丽,不涉习俗,不今不古,处于中间。"③这绝非是口出大言,妄求"高绝",而是对当时已成"习俗"风气的一种极具针对性的反拨和冲决。就诗歌创作而言,他既未走"韩孟"诗派奇崛险怪的路径,也未囿于以"元白"为代表的浅切浮靡的"元和体"中,更反对唯情唯美的平弱浮艳时风。而是力图挣脱一切束缚,找到只属于自己的一种高超卓绝的风格,辟出一条既不困于时尚,亦不拘束于古人的新路。在散文创作中,他主张:"凡为文以意为主,气为辅,以辞采章句为之兵卫。……苟意不先立,止以文彩辞句,绕前捧后,是言愈多而理愈乱,如入阛阓,纷纷然莫知其谁,暮散而已。是以意全胜者,辞愈朴而文愈高;意不胜者,辞愈华而文愈鄙。是意能遣辞,辞不能成意,大抵为文之旨如此。"④在此,他只

①　(唐)杜牧:《原十六卫》,(唐)杜牧著,陈允吉校点:《樊川文集》卷5,第89—91页。
②　(唐)杜牧:《李贺集序》,(唐)杜牧著,陈允吉校点:《樊川文集》卷10,第148—149页。
③　(唐)杜牧:《献诗启》,(唐)杜牧著,陈允吉校点:《樊川文集》卷16,第242页。
④　(唐)杜牧:《答庄充书》,(唐)杜牧著,陈允吉校点:《樊川文集》卷13,第194—195页。

从文学的特质出发,阐述为文之要。不再以"宗经明道"或"文以明道"等口号和理念相标榜,而是"意"取代了"道",将它作为文章的主旨,并放在首要的地位。所谓"意",即是文章立意,它源于作者的现实生活,源于作者面对诸多现实问题所触发的思想感情。它可以是政治内容,也可以是生活内容,这就比此前韩愈等所强调的"道",更易把握和操作,从而打破了条条框框对文章内容的限定,也矫正了以"道"统文,抽象谈理的偏颇,还文章以生气勃勃的应有样貌。在此基础上,他还从"意"与"辞"的角度,即文章内容与形式关系方面,对传统的"文质"论给出了自己的回答。提出文章首先要有充实的内容和丰厚的思想感情,至于气势的充沛,以及遣词用语的文采和层次结构的构思安排等,皆应服务于它。如果文章立意高远,那么,行文越朴素,主旨便愈突出,文章的价值便愈高;如果立意平弱,则华丽的辞藻愈多,文章愈显得鄙俗卑下。

反映在具体的创作实践中,杜牧多写致用当世、裨补时阙的"铺陈功业,称校短长"之文。他在《上知己文章启》中说:"某少小好为文章。伏以侍郎文师也,……伏以元和功德,凡人尽当歌咏纪叙之,故作《燕将录》。往年吊伐之道未甚得所,故作《罪言》。自艰难来始,卒伍佣役辈,多据兵为天子诸侯,故作《原十六卫》。诸侯或恃功不识古道,以至于反侧叛乱,故作《与刘司徒书》。处士之名,即古之巢、由、伊、吕辈,近者往往自名之,故作《送薛处士序》。宝历大起宫室,广声色,故作《阿房宫赋》。有庐终南山下,尝有耕田著书志,故作《望故园赋》。虽未能尽窥古人,得与揖让笑言,亦或的的分其状貌矣。"①直陈己之所作,皆是针对历史和现实问题有感而发。兹以《送薛处士序》为例:

---

① (唐)杜牧:《上知己文章启》,(唐)杜牧著,陈允吉校点:《樊川文集》卷16,第241页。

处士之名,何哉? 潜山隐市,皆处士也。在山也,且非顽如木石也;在市也,亦非愚如市人也。盖有大知不得大用,故羞耻不出,宁反与市人木石为伍也。国有大知之人,不能大用,是国病也,故处士之名,自负也,谤国也,非大君子,其孰能当之? 薛君之处,盖自负也。果能窥测尧、舜、孔子之道,使指制有方,弛张不穷,则上之命一日来子之庐,子之身一日立上之朝。使我辈居则来问学,仕则来问政,千辩万索,滔滔而得。若如此,则善。苟未至是,而遽名曰处士,虽吾子自负,其不为矫欤? 某敢用此赠行。①

这是作者为送别薛处士而作的序文,实际上则是一篇为"处士"正名,并揭批国病和伪处士的杂文小品。在杜牧看来,"处士"之名,只是用来指称古代的巢父、许由、伊尹和吕尚这些人的。但近代以来,不少人仍在钟情于"终南捷径",动辄以"处士"相标榜,故作清高,沽名钓誉。对此,作者从内心厌恶鄙视。因此,作者开篇即从所谓"处士"之称谈起:处士这个名称是什么意思呢? 一般来说,潜行于山林,隐迹于市井的,人们都称之为处士。但他们无论是在山林,还是在市井,并非像树木山石一样顽钝,也并非像市井小人一样愚昧,只要有一席用武之地,他们立刻就能干出来一番大事业来。因此,真正的处士,是指这些有大智慧而不被重用才耻于入世之人的。作者的言下之意:薛君你符合这样的"处士"之称吗? 据此比一比,即可知高低真伪。

接着,作者又深究指出:如果一个国家,真有大智慧的人而不能

---

① (唐)杜牧:《送薛处士序》,(唐)杜牧著,陈允吉校点:《樊川文集》卷10,第152页。

被大用,那这显然就是国之病症了。所以,一旦冠以"处士"这个名称,就意味着冠名者本身颇为自负,同时也意味着他对这个国家的失望和责难。如果不是大才大德之人,又有谁能担得起此称呢? 继续暗讽薛君,你有这样的担待吗?

在做了这番分析铺垫之后,再聚焦于这位"薛处士"。作者说: 我想,薛君以"处士"自名,大概是一种自负吧。如果您真能对尧、舜、孔子治国安邦之道了然于心,并能据此为国出谋划策、掌运制约,使得国家的治理能做到宽严相济,上下劳逸有方。那么,皇上的征聘诏书一旦传到您的庐舍,您一旦置身于朝堂之上,让我们这些人不做官时就来向您讨教学问,做了官后就来向您请教从政之道和为政之术,乃至千种辩论和万般引证,都能从您这里得到滔滔不绝的答复。如果能这样,自然很好。如果不能做到这样,却又轻率地自称为"处士",那么即便您自认为很了不起,但实际上您的所作所为,难道不是在故意做作,掩盖本真吗? 临别之际,我就冒昧地用这些话为您送行了。最终,委婉点破薛君以"处士"自名,是为名不副实的矫情之称,大可不必。

一般而言,赠序多为推重、赞许或勉励之辞,但惯于以批判眼光审视世态的杜牧,在此篇中却暗含讥讽。作者用寓谐于庄的笔法,多以虚拟语气来揣度这位以"处士"自名的友人薛君,或促其比照,或委婉点破,使那些大事干不了,小事不愿干,而又时以"处士"自命清高的人,读及此篇,自会"别有一番滋味在心头"。如评者所言,此篇"短小简练,而风格犀利骏发,颇能体现樊川文章的特色。"①

杜牧的文风,不仅犀利骏发,还体现为铺张扬厉、气势充沛,如《阿房宫赋》《罪言》《原十六卫》等,行文上,骈散兼取,古今互证,颇有

---

① 罗时进编选:《杜牧集》,凤凰出版社 2014 年版,第 309 页。

兵家策士之风,具有很强的思辩性和感染力。

杜牧的诗风,亦能独树一帜于晚唐诗坛。清人赵翼云:"杜牧之作诗,恐流于平弱,故措词必拗峭,立意必奇辟,多作翻案语,无一平正者。"①这在其诸多咏史诗中表现得最为突出。

> 折戟沉沙铁未销,自将磨洗认前朝。
>
> 东风不与周郎便,铜雀春深锁二乔。
>
> ——《赤壁》
>
> 胜败兵家事不期,包羞忍耻是男儿。
>
> 江东弟子多才俊,卷土重来未可知。
>
> ——《题乌江亭》
>
> 吕氏强梁嗣子柔,我于天性岂恩仇。
>
> 南军不袒左边袖,四老安刘是灭刘。
>
> ——《题商山四皓庙》

杜牧曾云:"经书括根本,史书阅兴亡。"(《冬至日寄小侄阿宜诗》),他自幼年起就养成了读史参悟的兴趣,成年后的所历所思,更使其形成了别具眼力的历史审视意识。在他看来,赤壁一战成名的东吴大将周瑜,其取胜有侥幸的因素,如果不是天时相助,三国的历史可能会重写。西楚霸王项羽之所以失败,则不是缺乏机遇,而是因为他没有"包羞忍耻"的精神准备和坚韧的毅力。对于人们向来津津乐道的"商山四皓"辅佐太子刘盈的史事,杜牧也一反前人常调而论评之,认为他们的固储拥立之行,其结果却导致了吕后专权,对刘氏江山造成了莫大的威胁。由此可见,其诗作的立意确实高绝警拔,完

---

① (清)赵翼:《瓯北诗话》卷11,上海古籍出版社1998年版,第163页。

全摆脱了传统观念的束缚。

再如《过华清宫绝句三首》：

> 长安回望绣成堆，山顶千门次第开。
> 一骑红尘妃子笑，无人知是荔枝来。
>
> 新丰绿树起黄埃，数骑渔阳探使回。
> 霓裳一曲千峰上，舞破中原始下来。
>
> 万国笙歌醉太平，倚天楼殿月分明。
> 云中乱拍禄山舞，风过重峦下笑声。

这三首讽喻诗，是杜牧经过骊山华清宫时有感而作。作者通过精心的构思，以高度凝练的艺术手法，将唐玄宗晚年荒淫误国的那段历史，剪裁成几组特写镜头予以回放和展示。花团锦簇的行宫，风驰电掣的驿马，嫣然一笑的贵妃，鲜红甜美的荔枝，这组镜像，以见微知著的手法，写尽了玄宗宠妃的穷奢极欲。新丰绿树间的滚滚黄尘，渔阳探使的谎言烟幕，千峰之上的曼妙舞曲和中原沦陷的残酷现实，构成了第二组镜头，既揭露了安禄山的狡黠，又暴露了唐玄宗的糊涂。诗人以极俭省的笔墨概括了一场重大的历史事变，用"舞破中原"这样极度夸张而又极合情理的手法，将统治者昏昧享乐导致国破家亡的严重后果突显了出来，给人以极大的震撼和想象的空间。第三组镜像，由一山一宫拓展到了举国上下，到处沉浸在一片歌舞升平之中，骊山上宫殿楼阁高耸挺拔，在月光下显得格外分明，大腹便便的安禄山胡舞翩翩，杨贵妃那银铃般的笑声，随风飘扬越过层层峰峦，在山间久久回荡。诗人在此不着一字议论，便将玄宗君臣耽于享乐、荒淫误国的丑态刻画得淋漓尽致。

　　三首诗将辛辣无情的嘲讽，寓于简明轻快、可见可思的笔调之中，体现了作者立意的高超，和抓取历史瞬间，构成典型画面的深厚功力。像这样极具历史与现实穿透力的诗作，在杜牧诗集中还有很多。如《题魏文贞》《春申君》《过勤政楼》《商山富水驿》《云梦泽》《题横江馆》《题木兰庙》《奉陵宫人》《台城曲二首》《江南春绝句》《早雁》《泊秦淮》《寄扬州韩绰判官》等等，作者都是站在某个契合点上，打通了历史与当下在意识和情感上的联系，既感慨于历史，又发抒于现今，从而生成了一种跨越时空、融汇古今的历史评价。

　　有学者云："杜牧的作品，独能于拗折峭健之中，有风华流美之致，气势豪宕又情韵缠绵，把两种相反的好处结合起来"①，熔铸出了自己俊爽峭健的艺术风格。清人洪亮吉评曰："杜牧之与韩、柳、元、白同时，而文不同韩、柳，诗不同元、白，复能于四家外诗文皆别成一家，可云特立独行之士矣。"（《北江诗话》卷1）此评是很有见地的。

第二节　末世沉沦中的怨刺锋芒

　　罗隐（833—909），原名横，字昭谏，自号江东生，杭州新城县（今杭州富阳新登镇）人，出身寒儒家庭②，年少苦学，夙慧能文。自言"濩落单门，蹉跎薄命，路穷鬼谒，天夺人谋。营生则饱少于饥，求试则落

---

① 缪钺：《樊川诗集注·前言》，（唐）杜牧著，（清）冯集悟注：《樊川诗集注》，上海古籍出版社1978年版，第9页。
② （唐）罗隐：《投湖南王大夫启》："某族惟卑贱，品在下中。"（唐）罗隐著，潘慧惠校注《罗隐集校注》，浙江古籍出版社1995年版，第559页。

多于上。"①曾十次应试,十次落第,遂愤而改名为隐。但这位"江东才子",并未归隐。在科举不第的窘境中,他曾辗转于湖南、淮南、浙西等藩镇,寻求机遇,然皆不得意,所谓"蹉跎岁月心仍切,迢递江山梦未通"(《魏博罗令公附卷有回》),即是其多方干谒,渴求进用的写照。万般无奈,他乃东归吴越,受杭州刺史钱镠等器重,累官钱唐县令、镇海军掌书记、节度判官、盐铁发运使、著作佐郎、司勋郎中、谏议大夫、给事中②,卒于故乡。

罗隐一生著述甚丰,但多散佚,今存诗集《甲乙集》十卷并补遗一卷,散文名著《谗书》五卷,哲学名著《两同书》两卷,小说《广陵妖乱志》一卷,以及序、记、启、论、碑、传等杂著 30 余篇。

作为孤寒文儒,罗隐素有"执大柄以定是非"的远大志向,"弱冠负文翰"(《南康道中》),"平生四方志"(《思故人》),并一度萌发投笔从戎、建功立业的豪情:"寒城猎猎戍旗风,独倚危楼怅望中。万里山川唐土地,千年魂魄晋英雄。离心不忍听边马,往事应须问塞鸿。好脱儒冠从校尉,一枝长戟六钧弓。"(《登夏州城楼》)他在《君子之位》一文中说:"禄于道,任于位,权也。食于智,爵于用,职也。禄不在道,任不在立,虽圣人不能阐至明;智不得食,用不及爵,虽忠烈不能蹈汤火。先王所以张轩冕之位者,行其道耳,不以为贵。大舜不得位,则历山一耕夫耳;不闻一耕夫能黜四凶而进八元。吕望不得位,则棘津一穷叟耳;不闻一穷叟能取独夫而王周业。故勇可持虎,虎不至则不如怯;力能扛鼎,鼎不见则不知赢。噫!栖栖而死者何人?养浩然之气者谁氏?"他认为,一个君子的积极进用,并非旨在谋取高官厚禄,而是志在得位行道。即其所云:"国计已推肝胆许,家财不为子

---

① (唐)罗隐:《投盐铁裴郎中启》,同上书,第 572 页。
② 参见(宋)范坰:《吴越备史》卷 1,四部丛刊续编景清钞本。

孙谋。"(《夏州胡常侍》)一介文儒如不能得位,即便有如古代大舜、吕望那样出众的才干,也终将栖栖而死。由此,我们便可理解他为何汲汲于科场长达二十八年。由于他个性刚直①,加之诗文中每多"平生胆气平生恨"(《游江夏口》)的强烈讽刺之锋芒,其仕途坎坷亦在所必然了。他为此愤而慨叹道:"只言圣代谋身易,争奈贫儒得路难。"(《江边有寄》)据载,唐昭宗久闻罗隐诗名,欲以进士甲科授予罗隐,立即有大臣奏曰:"隐虽有才,然多轻易。明皇圣德,犹横遭讥,将相臣僚,岂能免乎凌铄?⋯⋯其事遂寝。"(《唐诗纪事》卷69)

　　罗隐的文学观,与其得位行道、修身正己的儒学思想密切相关。他说:"仆少而羁窭,自出山二十年,所向摧沮,未尝有一得幸于人。故同进者忌仆之名,同志者忌仆之道。⋯⋯然仆之所学者,不徒以竞科级于今之人,盖将以窥昔贤之行止,望作者之堂奥,期以方寸广圣人之道。可则垂于后代,不可则庶几致身于无愧之地。⋯⋯其进于秉笔立言,扶植教化,当使前无所避,后无所逊,岂以吾道沈浮于流俗者乎?仲尼之于《春秋》,惧之者,乱臣贼子耳。未闻有不乱不贼者疑仲尼于笔削之间。"②他说自己潜心问学,并非只想在官位上与时人比个你高我下,而是要藉此了解古代贤哲们的处世原则和方式,把握他们的思想精髓,希望能以自己的拳拳之心阐扬圣人之道。能达此愿自可垂名于后世,不能如愿但只要尽到了这份心,也可无愧无悔。作为文儒,秉笔立言的宗旨,在于教化生民,益于世用,努力做到不隐恶,不虚饰,恪守儒道,不受流俗的左右和影响。当年,孔夫子著《春秋》寓褒贬于实录之中,因而引起了那些乱臣贼子们的恐惧,但从未

---

① 按:罗隐在《答贺兰友书》中,说自己"受性介僻,不能方圆,既不与人合,而又视之如仇雠,以是仆遂有狭而不容之说。"(唐)罗隐著,潘慧惠校注:《罗隐集校注》,浙江古籍出版社1995年版,第478——479页。

② 同上。

听说有哪一个正人君子责疑他老人家的春秋笔法的。罗隐在所著的《谗书·重序》中说："文章之兴,不为举场也明矣。盖君子有其位,则执大柄以定是非;无其位,则著私书而疏善恶。斯所以警当世而诫将来也。"①表明著书为文不是用来沽名钓誉的,而在于厘清善恶,"警当世而诫将来"。还说自己的所作所为,目的只有一个,就是"在不枉其道而已矣"②。至于道能否行达天下,则有待于时机。它"在天为四气,在地为五行,在人为宠辱、忧惧、通阨之数。故穷不可以去道,文王拘也,王于周;道不可以无时,仲尼毁也,垂其教。彼圣人者,岂违道而戾物乎? 在乎时与不时耳。"③一个有志于行道之人,不能因为一时的困阨,就背道而驰。而要以周文王和孔夫子为榜样,心中时刻有道。有机遇时,便推而行之;无机遇时,则垂教于后世。因此,罗隐始终秉持儒家的信条,他认为儒家的仁、义、礼、智、信才是人心之所向,言不忠,行不信,不可谓之君子。无论是守道,还是行道,皆须有定力和恒心。对此,他曾以一个乘筏泛游者为喻说:"乘槎者既出君平之门,有问者曰:'彼河之流,彼天之高,宛宛转转,昏昏浩浩,有怪有灵,时颠时倒,而子浮泛其间,能不手足之骇、神魂之掉者乎?'对曰:'是槎也,吾三年熟其往来矣。所虑者吾之寿命不知也,不虞槎之不安而不反人间也。及乘之,波浪激射,云日气候,黯然而昏,? 然而昼,乍揭而傍,乍荡而骤,或落如沈,或触如斗,茫洋乎不知槎之所从者不一也,吾心未尝为之动。心一动则手足之不能制矣,不在洪流、槁木之为患也。苟人能安其所据而不自乱者,吾未见其有颠越,不必

---

① (唐)罗隐:《谗书·重序》,(唐)罗隐著,潘慧惠校注:《罗隐集校注》,浙江古籍出版社1995年版,第499页。
② (唐)罗隐:《答贺兰友书》,同上书,第478页。
③ (唐)罗隐:《道不在人》,同上书,第429页。

槎.'"①面对人欲横流的乱世,有看风使舵、随波逐流的庸俗小人,也有像严君平那样不为所动、心如止水的高士,一个人如果能"安其所据而不自乱",就不会有颠越之虞,更不必去随势俯仰。他说:"善不能自善,人善之,然后为善;恶不能自恶,人恶之,然后为恶。善恶之成,盖视其所适而已。用其正也则君子,用其不正也则小人。"②只要能守住"道义"的底线,哪怕不能进用,不被世人理解,也不为所动。罗隐虽然身处末世,但在大是大非问题上始终立场坚定。他反对藩镇割据,鄙视朱温篡唐;他敢于直面不平的社会现实,勇于保持其铮铮气骨和自信自尊的人格品质,并通过"棱棱有骨"的诗文加以表现。

试看其《投知书》:

> 某去年秋,尝所以为文两通上献,其贵贱之相远,崖谷之相悬,且不啻千里,故罪戮之与悯嗟,不可得而知也。由是卑折惭麼,若不自容者,以至于今。
>
> 然窃念理世之具,在乎文质。质去则文必随之;苟未去,则明天子未有不爱才,贤左右未有不汲善者。故汉武因一鹰犬吏而《子虚》用,孝元以《洞箫赋》使六宫婢子讽之,当时卿大夫,虽死不敢轻吾辈。是以霍光贵也,萧望之责其不下士;公孙述叛也,马援怒其陛戟相见。一为权臣,一为狂虏,犹且不能下一书生。而千百年后,风俗泫敛,居位者以先后礼绝,竞进者以毁誉相高。故吐一气,出一词,必与人为行止,况更责霍光、怒公孙述者乎?何昔人心与今人不相符也如是!
>
> 若某者,正在此机窖中。不惟性灵不通转,抑亦进退间多不

---

① (唐)罗隐:《槎客喻》,同上书,第444页。
② (唐)罗隐:《善恶须人》,同上书,第453页。

合时态。故开卷则悒悒自负,出门则不知所之。斯亦天地间不可人也。而执事者,提健笔为国家朱绿,朝夕论思外,得相如者几人? 得王褒者几人? 得之而用之者又几人?

　　夫昔之招贤养士,不惟吊穷悴而伤冻馁,亦将询稼穑而问安危。呜呼! 良时不易得,大道不易行。某所以迟迟者,为执事惜。苟燕台始隗,汉殿荐雄,则斯人也,不在诸生下。[①]

作者以自己渴求进用的切身感受为例,在古今书生不同遭遇的鲜明对比中,向知己倾诉了大道难行、报国无门的怨愤与不平。他说,一介文儒若得为世所用,必先具备"文"(言谈举止的高雅)与"质"(内在品德的淳厚)两个方面的条件。一个人如果缺乏道德修养,其外在言行就不会好到哪里去。只要能文质兼具,就没有明君不爱才、贤臣不举善的。当年,汉武帝从一个供驱使的小吏那里得知司马相如之所在而立即起用他;王褒也以一曲《洞箫赋》而得到了汉元帝的赏识与任用。当时的卿大夫,没有哪一个敢轻侮文人的。因此,即便像霍光那样煊赫的权贵,萧望之也照例敢以其不能礼贤下士而指责他;公孙述反叛朝廷自立一方,当马援奉使巡察时,他也知盛陈陛卫恭迎以入。以上两人,一为权臣,一为狂虏,犹且不敢轻谩一介书生。但万万没想到千百年后,社会风气会败坏到如此程度:执政者毫无礼贤下士之心,贪婪竞进的小人则以诋毁他人为乐事。你的一举一动,都要看对方的地位与眼色来行事,更不要谈什么指责霍光和怒对公孙述的陈年往事了。古今人心竟有如此之大异,真不知何以致此? 接着,作者以己为例说,像我这样的人,当下正陷此困境中。不仅秉性憨直不会见机行事,而且进退维谷与时相左。因此,读写时便愤懑

[①] (唐)罗隐:《投知书》,同上书,第461—462页。

不平,走出门外则不知路在何方？在他人看来,我大概是个最不合时宜的人了。阁下您权柄在握,时时都在谋划国事,精心选才,并可决定所用之人的职位高低。在此,我只想冒昧地问一下,至今您选到了几个像司马相如和王褒那样的人？即便选到了,能被任用的又有几个人？从前招贤养士,不仅慰藉穷困潦倒之人,而且询及民生疾苦和国家安危。可叹生不逢时,大道难行。我之所以忧虑徘徊,是为您惋惜。如果真能像当年燕昭王高筑黄金台,延聘天下贤士如郭隗,或如汉成帝任用文人杨雄那样,我则不会落在任何人之下。

由此可见其文风极为质朴坦率。史载,罗隐曾"大为唐宰相郑畋、李蔚所知"(《旧五代史·罗隐传》),但面对世风日下、人心不古和执政者尸位素餐、弃才不用的现实,作者锋芒所向,毫不回避。即便是涉及最高统治者皇帝,作者也敢于大胆评说。其《汉武山呼》一文写道:

> 人之性未有生而侈纵者。苟非其正,则人能坏之,事能坏之,物能坏之。虽贵贱殊,及其坏,一也。前后左右之谀佞者,人坏之也;穷游极观者,事坏之也;发于感窦者,物坏之也。是三者,有一于是,则为国之大蠹。孝武承富庶之后,听左右之说,穷游观之靡,乃东封焉,盖所以祈其身,而不祈其民、祈其岁时也。由是万岁之声发于感窦。然后逾辽越海,劳师弊俗,以至于百姓困穷者,东山万岁之声也。以一山之呼犹若是,况千口万口者乎？是以东封之呼不得以为祥,而为英主之不幸。①

作者首先从人性的好坏说起,认为没有谁生来就是一个奢侈极

---

① (唐)罗隐:《汉武山呼》,同上书,第445—446页。

欲、挥霍无度的人。但如果行为不受检束，一味放纵自己的话，那么就可能引来一系列坏的变化。人能使之坏，事使之坏，物也能使之坏。虽然人的地位向来有高贵和低贱之别，但一旦等到他变坏时，就没有什么高贵和低贱之分了。在人们的眼中，坏就是坏。所谓人之坏，是指他的身边皆是一群奉承献媚、极进谗言的小人；所谓事之坏，是指他不理政事，穷年累月地游山玩水；所谓物之坏，是指其见啥爱啥、沉迷其中。以上这三种情形，只要有一种沾染上身，就必定是国之大害。汉武帝就是这样的人，他承平日久、富而思奢，听信投其所好者的进言，不惜耗费大量钱财巡游四方。其东封泰岳，表面上是说要祈求国泰民安，而实际上只是想上天保佑他自己福寿永昌，并不是为生民百姓祈祷，也不是为岁晏年丰而祈祷。由此可知，所谓"山呼万岁"之闻，只不过是他自己心目中的所祈所求罢了。此后，他愈发放纵、南北侈游，弄得天下疲敝，民不聊生。这一切，皆由那一厢情愿的所谓"东山万岁之声"而引发。因祈求一山之呼而致天下疲敝，而要让那千百万人都来同呼万岁，其后果真是不堪设想了。因此，东封泰岳的所谓"山呼万岁"，不要以为是祥瑞，这实在是为一代英明之君的大不幸。

文章写的是汉武帝居功骄纵而带来的严重后果和历史教训，但其中所蕴含的以史警世的思想却极为深刻。它告诫人们，作为一代"英主"，生前尚且有此不幸，而后世那些接踵而来的昏庸之君，在惯听千口万舌的"万岁"声中，给天下百姓带来的深重苦难更是可想而知了。作者将批判的矛头直指最高统治者，这在古代作家中是屈指可数的。有论者说："这样的文章，在罗隐的杂文中可称压卷，在唐代杂文中也是压卷。"①它对后世讽刺小品，有着较深远的影响。

---

① 郭预衡：《中国散文史》(中册)，上海古籍出版社 1999 年版，第 341 页。

罗隐的诗风与其文风相近。史载其"诗名于天下,尤长于咏史,然多所讥讽。"(《旧五代史·罗隐传》)罗隐喜用讽刺手法,擅长以议论为诗,喜用平易通俗的口语,诗句直快犀利,流利活泼而又韵味深长。许多诗句脍炙人口,广为流传,像"我未成名君未嫁,可能俱是不如人""时来天地皆同力,运去英雄不自由""男儿未必尽英雄,但到时来即命通""今朝有酒今朝醉,明日愁来明日愁""只知事逐眼前过,不觉老从头上来""耳边要静不得静,心里欲闲终未闲""只觉流年如鸟逝,不知何处有龙屠""采得百花成蜜后,为谁辛苦为谁甜"等等,已经沉淀到文化生活中,成为古今社会上通行的成语。有论者认为,罗隐无愧为唐代最后一位诗坛巨匠[1],正如清代文学家袁枚《罗昭谏墓》所云:"三生金榜无名字,一卷唐诗殿本朝。"[2]

皮日休(838—884)[3],字逸少,又字袭美,自号鹿门子、间气布衣、醉吟先生、醉士等,复州竟陵人(今湖北天门县),曾隐居襄阳鹿门,后又移居肥陵(今安徽寿州)、避乱苏州等地。[4] 据其自述云:"皮子之先,盖郑公之苗裔贤大夫子皮之后。……时日休之世,以远祖襄阳太守,子孙因家襄阳之竟陵,世世为襄阳人。自有唐以来,或农竟陵,或隐鹿门,皆不拘冠冕,以至皮子。"[5]"余顷在江汉,尝耘鹿门,渔洞

---

① 参见李定广:《杰出的文学家、思想家罗隐》,《古典文学知识》2011年第3期。

② (清)袁枚:《小仓山房集》卷1,清乾隆刻增修本。

③ 按:关于皮日休生卒年问题,由于史无确载,学界争议颇多。其生年有大和七年(833)、大和八年至开成三年(834—838)、开成五年(840)等三种主要说法,其卒年有广明元年(880)、广明四年(883)、天复二年(902)等多种说法。兹取王辉斌《皮日休婚姻考略——兼及其生卒年与死因诸问题》一文观点,详见《阜阳师院学报》(哲学社会科学版),2001年第1期。

④ 参见傅璇琮主编:《唐才子传校笺》(第3册),中华书局1990年版,第497—507页。

⑤ (唐)皮日休:《皮子世录》,(唐)皮日休著,萧涤非、郑庆笃整理:《皮子文薮》,上海世纪出版股份有限公司,上海古籍出版社2017年版,第138—139页。

湖。"[1]是知日休生于寒庶之家，早年曾过着躬耕苦读的生活。自咸通四年(863)前后，出门远游，以文干谒，寻求仕进。咸通七年(866)，入京应进士试不第，退居寿州，自编所作诗文集《皮子文薮》。咸通八年(867)再应进士试，以榜末及第。历任著作局校书郎、太常博士、毗陵副使。后为黄巢所得，授翰林学士，黄巢兵败后被诛。[2]

皮日休虽然生于寒门，且值末世和乱世，但他却充满自信，时时以古代圣贤激励自己，志在弘扬儒道，安邦济民。他说："圣贤命世，世不贱不足以立志，地不卑不足以立名。是知老子产于厉乡，仲尼生於阙里。苟使李乾早胎，老子岂降？叔梁早胤，仲尼不生。贤既家有不足为，立大功，致大化，振大名者，其在斯乎？"(《皮子世录》)一个人世贱地卑家贫不可选择，但立功致化扬名却自可期许。又说："伊余幼且贱，所禀自以殊。弱岁谬知道，有心匡皇符。意超海上鹰，运蹋辕下驹。……文章邺下秀，气貌淹中儒。展我此志业，期君持中枢。苍生眼穿望，勿作磻豀谟。"(《奉酬崔璐进士见寄次韵》)他认为，生当国家需要文儒贤士匡扶之际，理应一展志业，千万不可归隐闲居，故作高士。他在《移元征君书》写道：

> 征君足下，行奇操峻，舍明天子、贤宰相，退隐于陵阳。踞见青山，傲视白云。得丧不可摇其心，荣辱不能动其志。桎拳冠冕，泥滓禄位。甚善！甚善！苟与足下同道者，必汲汲自退，名惟恐闻，行惟恐显，老死为山谷人矣。或名欲遗千载，利欲及当今者，闻足下之道，可以不进其说耶？日休闻古之圣贤无不欲有意于民也。苟或退者，是时弊不可正，主惛不可晓。进则祸，退

① (唐)皮日休：《太湖诗并序》，同上书，第163页。

② 参见马丕环：《皮日休年谱会笺》(上下)，《宝鸡文理学院学报》(人文社会科学版)1996年第1期、第2期。

则安。斯或隐矣。有是者，世不可知其名，俗不能得其教，尚惧来世圣人责乎？无意于民故也。此谓之"道隐"。其次者，行不端于己，名不闻于人。欲乎仕，则惧祸；欲乎退，则思进。必为怪行以动俗，诡言以矫物。上则邀天子再三之命；下则取诸侯殷勤之礼。甚有百世之风，次有当时之誉。此之谓"名隐"。其次者，行有过僻，志有深傲，饰身不由乎礼乐，行己不在乎是非。入其室者惟清风，升其牖者惟明月。木石然，麋鹿然。期夫道家之用，以全彼生。此之谓"性隐"。然而道隐者，贤人也；名隐者，小人也；性隐者，野人也。有夫尧、舜救世，汤、禹拯乱之心者，视道隐之人，由夫樵苏之民耳，况名与性哉？

今天下虽无事，河湟有黠虏之患，岭徼有遗蛮之虞。主上焦心灼思，晏询夜谋，宰相战栗于岩廊；百执事奔走于朝右。然尚未复贞观、开元之大治。有致君于唐虞，跻民于仁寿者，其人则鲜，其求则勤。玄纁之聘，屡降于山林；少微之星，但明于霄汉。此真足下之所高视也。呜呼！斯时也，山林之间，宜倒衣以接礼，重跰以应命。赴明天子千年之运，成大丈夫万世之业，勋铭于锺鼎，德著于竹帛，可不盛哉？夫主上知足下之道久矣。加以郡守荐之，宰相誉之，虽锡命屡颁，而高风转固。接物日简，入山益深，且足下将为道隐乎？则道隐者，世不可知其名，俗不能得其尚。足下之名，尚矣，丹青于世矣。岂谓道隐哉？将为名隐乎？则名隐者，以怪行动俗，以诡言矫物。足下之道，伸之而伊、夔，屈之而夷、齐。岂谓名隐哉？将为性隐乎？则性隐者，饰身不由乎礼乐，行己不在乎是非。足下顷荐名于有司，客位于侯伯。岂谓性隐乎？然三隐者，足下皆出其表，复何为而高卧哉？如终卧陵阳而不起，是废乎古人之道者也。仲尼曰："素隐行怪，后世有述焉，吾弗为之也。君子遵道而行，半途而废，吾弗能已

矣。君子依乎中庸,遯世不见知,而不悔。"夫前三者,圣人之所
不为。足下之学,杨、墨乎? 申、韩乎? 何其悖于道也。如遯世
不见知而不悔,则舜不为高蹈也,舜不为真隐也。足下其亦有意
乎? 如纳仆之言,翻然而起,醒然而用,朝廷必处足下于大谏,次
用足下于宰辅。其在大谏也,以直气吹日月之翳,以正道立天地
之根。先黜陟于朝廷,次按察于侯国。其在宰辅也,外以道宁四
夷,内以法提百揆。俾天地反妖为瑞,使阴阳易怨为穰。然后以
玄菟、乐浪为持节之州,昆仑、崦嵫作驻跸之地。又不知房、杜、
姚、宋何人也。果行是道,罄南山之竹,不足以书足下之功;穷百
谷之波,不足以注足下之善。以足下之风,可以知仆之志;以仆
之道,可以发足下之文。故不远千里授书于御者,用以吐仆臆中
之奇贮也。仆之取舍,自有方寸。异时,无望于足下。发函之
后,但起无疑! 不宣。日休再拜。[①]

　　据考,此文作于咸通五年(864)[②]。时年 24 岁的作者,正怀抱着
一"匡皇符"的理想,出游江左,求取功名。他在此文中,通过对"道
隐""名隐"和"性隐"三类人等的列举与评述,强烈地嘲讽与批判了沽
名钓誉的假隐行为,旗帜鲜明地亮出了自己志在用世的态度,敦促元
征君幡然而起,为国尽力。作者开篇即用明扬暗抑的笔法,为下文正
面阐述自己的观点打好铺垫。他说,元征君舍弃"明天子、贤宰相"
(此用"贤""明"相冠,实已暗含对元征君之行为持否定态度了),决然
隐于陵阳(今安徽宣城),可谓"行奇操峻"。一个人能睥睨于得失荣

①　(唐)皮日休:《移元征君书》,(唐)皮日休著,萧涤非、郑庆笃整理:《皮子文薮》,上海世
　　纪出版股份有限公司,上海古籍出版社 2017 年版,第 101—103 页。
②　参见马丕环:《皮日休年谱会笺》(上),《宝鸡文理学院学报》(人文社会科学版)1996 年
　　第 1 期。

辱和冠冕禄位，自然令人称善。如有与你想法相同的人，想必也会激流勇退，情愿老死于山谷的。而那些想名利双收的人，在得知你的所想所为后，可能更会大肆宣扬了。但我听说古代圣贤们皆把苍生百姓记挂在心，即便有选择退隐的，也是因时弊不可矫正、君主不可理喻而不得已为之。他们进用即会遭祸，退隐则能安身。像这样被迫退隐的人，世人不可能知道其名姓，也不可能得到他们的言传身教，又还哪里谈得上害怕来世圣人的指责呢？这是因为他们已不可能寄意于苍生百姓了，是可谓之因志向而隐。而另外有的人，自身行为不端，也无人知其名姓，却一心想做官，但又怕祸事；想着退隐，又欲罢不能。此时此际，便口出大言，怪象百出了。上想天子三请四邀，下想诸侯殷勤致礼，所作所为即便不能风传百世，也可博得一时之誉，此可谓之为求名而隐。还有的人，性情十分古怪，傲然独行，不受任何礼乐和是非的羁绊，所居之处清风吹拂，明月相照，山石树木环绕，麋鹿出没其中。他们信奉避世无为、远祸全身的道家宗旨，是可谓之因性情而隐。以上三类，因志向而隐者，堪称贤人；为求名而隐者，则是小人；因性情而隐者，可谓疏野之人。一个人如果具有像尧舜和汤禹那样的救世拯乱之心，那么在他看来，即便是那些因志向而隐者，也不过是为讨生计而采薪与取草之辈，至于那些为求名而隐和因性情而隐的人，就更不在其眼中了。

由此可见，皮日休的匡时用世之心是十分坚定的。这既源于他对儒家思想的坚守，也基于他对当时社会的认识。他说，现今天下虽无战事发生，但西北一带时有胡虏扰边之患，岭南山区仍有蛮夷不驯之忧。皇上为此日询夜谋，焦虑不已；宰相大臣们为此战战兢兢，会商良策。即便如此，当下仍未重现贞观和开元时代天下大治的气象。目前，真正想辅佐皇上能成为像尧帝那样的古代贤君、并使苍生百姓都能安居乐业的人太少见了，而追求一己名位利禄的人则比比皆是。

一个个都想披红著紫、一夕成名，这也真是足下你的深谋远虑了（反语讥讽）。但我认为，此时此际的处士们应毫不犹豫地走出山林，应国家之聘，赴朝廷之命，建功立业，垂名青史。而足下你久为主上所知，又有郡守推荐，宰相赞誉，你却一再辞谢，固守不出，难道真是因志向而隐吗？真正因志向而隐的人，世人是不知其名姓和趣尚的，而足下你却大名远播、事迹昭著，这哪里称得上是因志向而隐呢？如果说是因求名而隐，则必言行怪异，而足下你却时时想着得位时要像伊尹与夔那样一匡天下，不被征聘时则希望像伯夷与叔齐那样采薇而食、守节而终，这些都是正常人之所想（语含嘲戏），因此也不能说是为求名而隐啊！如果说是因性情而隐，则必完全超脱于世俗，但足下你却不时地自荐名姓于朝廷主司者，又常干谒叩拜于大小官员之门（直言不讳，揭其所短），这也称不上是因性情而隐啊！既然以上三类，足下皆不沾边，你又何必高卧不出呢？如果避而不起，你就是有意要废弃圣贤之道了。孔夫子说："有些人，专找歪理，做些怪诞的事情来欺世盗名，后代也许还会有人来记述他，为他立传，但我是绝不会这样做的。君子按照中庸之道去做事，有的却半途而废，不能坚持下去，但我是绝不会停止的。君子依照中庸的道理去做事，即使隐居起来不被人知道，也绝对不后悔，这只有圣人才能做得到。"可见，像以上所举的那三类人和事，都是古代圣贤所反对的。足下你的所学所行，是杨朱与墨翟呢？还是申不害与韩非呢？你这样做，有悖于圣贤之道太远了！一个人如果遁世不出无人知晓内心也不懊悔，那么相比之下，当年舜的避退也就算不上是高蹈风尘之外，称不上是真的退隐了。对此，你是怎么想的呢？如果你能接纳我的意见，即刻出山应聘，朝廷定会任用你为谏议大夫，或则登于宰辅之位。如任谏议大夫，则须刚直无畏，及时纠正君主的缺失之处，促使其正道直行以固国本。先要把好朝廷的人才进退和官吏升降关，再则须及时了解和掌握地方官员的所作所为。如在宰辅之位，对外应以道义安抚好周边民族，对内须以法度约束百官，处理好各种政务，从而使得天下安宁，四方来朝。如能致此，像房玄龄、杜如晦、姚崇、宋璟那样的名宰相也就不在话下了。你的大功大德势必写不尽、道不完。以足下你的风尚，应该明了我的志向；而以我的处世之道，则定会给你寄送书信。因此，我不远千里传书于信使，旨在一吐心底的所思所想。至于我的取舍，自有主见，日后不会累及于你。只愿如函如述，即刻出山，不必疑虑！其他不再赘言。

作者通过对历史与现实中各类"退隐"现象的分析，鞭辟入里地揭批了那些只图一己名利，不顾天下苍生的伪君子和假名士。不仅表明了自己的积极用世之心，而且对如何从政匡时具有十分认真的思考。他指出，文儒在其位就要谋其政尽其责，要有不输名宰贤臣的时代担当，具备以天下为己任的博大胸怀，敢于躬行直道，德法兼行，力除各种弊端，凡事不可半途而废，而应像孔子那样，遵道而行，决不停止。进而能恢复贞观之治和开元之治那样的时代辉煌，建功立业，青史留名。

皮日休对孔子极为推崇，而且具有很强的儒家道统意识。他在《襄州孔子庙学记》中说：

> 天地，吾知其至广也，以其无所不覆载；日月，吾知其至明也，以其无所不照临；江海，吾知其至大也，以其无所不容纳。料广以寸管；测景以尺圭；航大以一苇。广不能逃其数；明不能私其质；大不能忘其险。伟哉！夫子后天地而生，知天地之始；先天地而没，知天地之终。非日非月，光之所及者远；不江不海，浸之所及者溥。三代礼乐，吾知其损益，百王宪章，吾知其消息。君臣以位，父子以亲，家国以肥，鬼神以享。道未可诠其有物；释

未可证其无生。一以贯之,我先师夫子圣人也。帝之圣者曰尧,
王之圣者曰禹;师之圣者曰夫子。尧之德有时而息,禹之功有时
而穷;夫子之道久而弥芳,远而弥光。用之则昌,舍之则亡。昔
否于周,今泰于唐。不然,何被衮而垂裳,冕旒而王者哉!①

皮日休认为,孔夫子才是世间的第一伟人,夫子知天地之始终,
其智慧之光,如日月在天,照临万物;其教化之泽,如浩浩江海,浸润
四方。举凡三代礼乐、百王宪章、人间伦理,唯有先师孔子一以贯之,
发扬光大,传之久远。其大功大德,即便像尧和禹那样圣明的帝王也
难以企及,至于道家和释家之流就更不值一提了。进而指出:"夫子
之道久而弥芳,远而弥光。用之则昌,舍之则亡。"因此,皮日休自觉
地传承了韩愈所倡导的儒家道统观,他在《请韩文公配飨太学书》中
指出:

圣人之道,不过乎求用。用于生前,则一时可知也;用于死
后,则百世可知也。故孔子之封赏,自汉至隋,其爵不过乎公侯,
至于吾唐,乃策王号。七十子之爵命,自汉至隋,或卿大夫,至于
吾唐,乃封公侯。曾参之孝道,动天地,感鬼神。自汉至隋,不过
乎诸子,至于吾唐,乃旌入十哲。噫! 天地久否,忽泰则平;日月
久昏,忽开则明;雷霆久息,忽震则惊;云雾久郁,忽廓则清。仲
尼之道,否于周、秦,而昏于汉、魏,息于晋、宋,而郁于陈、隋。遇
于吾唐,万世之愤,一朝而释。倘死者可作,其志可知也。今有
人,身行圣人之道;口吐圣人之言。行如颜、闵,文若游、夏,死不

---

① (唐)皮日休:《襄州孔子庙学记》,(唐)皮日休著,萧涤非、郑庆笃整理:《皮子文薮》,上
海世纪出版股份有限公司,上海古籍出版社 2017 年版,第 271 页。

得配食于夫子之侧,愚又不知尊先圣之道也。

夫孟子、荀卿翼传孔道,以至于文中子。文中子之末,降及贞观、开元,其传者醨,其继者浅,或引刑名以为文,或援纵横以为理,或作词赋以为雅。文中之道,旷百世而得室授者,惟昌黎文公焉。文公之文,蹴杨、墨于不毛之地,躁释、老于无人之境,故得孔道巍然而自正。夫今之文,千百世之作,释其卷,观其词,无不裨造化,补时政,繄公之力也。公之文曰:"仆自度,若世无孔子,仆不当在弟子之列。"设使公生孔子之世,公未必不在四科焉。国家以二十二贤者,代用其书,垂于国胄,并配享于孔圣庙堂,其为典礼也大矣美矣。苟以代用其书,不能以释圣人之辞,笺圣人之义哉?况有身行其道,口传其文,吾唐以来,一人而已,死反不得在二十二贤之列,则未闻乎典礼为备。伏请命有司定其配享之位,则自兹以后,天下以文化,未必不由夫是也。[①]

皮日休认为儒家之道,贵在求用。用在生前,仅一时可知;而用在死后,则百世可知。孔子之位,虽自汉至隋历代有封,但至唐最尊;孔子之道,历经盛衰,至唐乃大。其中,身体力行弘扬儒道,居功至伟者,就是文公韩愈。自孟子、荀子传承孔道,至唐代,始有文中子王通承接;中经贞观、开元,传继浮浅;唯有韩文公得文中子精髓,他攘斥佛老,抵排异端,自此孔道始得弘扬正大。韩文堪称千百世之杰作,其字里行间,无不充溢着有益教化、补察时政的热忱。韩文中曾写道:"我曾暗自揣度过,如果世上没有出现过孔子,我韩愈恐怕不会成为任何人的门徒。"作者认为,如果韩文公生当孔子之世,亦足以跨入

① (唐)皮日休:《请韩文公配飨太学书》,(唐)皮日休著,萧涤非、郑庆笃整理:《皮子文薮》,上海世纪出版股份有限公司,上海古籍出版社 2017 年版,第 104—105 页。

"孔门四科"(德行、言语、政事、文学)之列,成为像颜渊、子贡、冉有、子夏那样的孔门大贤。为此,作者大声疾呼,韩文公理应列入国家祀贤之列,这乃是以文教化天下的必然选择。从皮日休的相关文章中,可以发现,虽然他在儒家道统的序列认识上与韩愈不尽一致,但他弘扬儒家道统的精神与韩愈还是一脉相承的。

皮日休的文学观,由上文中已可窥知一二。他十分推崇韩文,因为韩文的字里行间,无不充溢着有益教化、补察时政的热忱。他不再抽象地讲"明道"或"载道",而是强调凡有所作,必有所用:"圣贤之文与道也,求知与用。"①他在《文薮序》中联系自己的创作说:"赋者,古诗之流也。伤前王太佚,作《忧赋》;虑民道难济,作《河桥赋》;念下情不达,作《霍山赋》;悯寒士道壅,作《桃花赋》。《离骚》者,文之菁英者伤于宏奥。今也不显《离骚》,作《九讽》。文贵穷理,理贵原情。作《十原》。太乐既亡,至音不嗣,作《补周礼九夏歌》。两汉庸儒,贱我《左氏》,作《春秋决疑》。其馀碑、铭、赞、颂、论、议、书、序,皆上剥远非,下补近失,非空言也。"②文章所用,就是要"上剥远非,下补近失",不作"空言"。即要指陈分析历史上和当下的是非得失,使之有益于"救时补政"。如其在《桃花赋序》中所说:"日休于文,尚矣。状花卉,体风物,非有所讽,辄抑而不发。"③在其《正乐府·序》中更是具体地表达了诗歌的美刺教化功能观点:"乐府,盖古圣王采天下之诗,欲以知国之利病,民之休戚者也。得之者,命司乐氏入之于塕籁,和以管蕭。诗之美也,闻之足以观乎功;诗之刺也,闻之足以戒乎政。故《周礼》,太师之职掌教六诗,小师之职掌讽诵诗。由是观之,乐府之道大矣。今之所谓乐府者,唯以魏、晋之侈丽,陈、梁之浮艳,谓之乐

---

① (唐)皮日休:《悼贾并序》,同上书,第21页。
② (唐)皮日休:《文薮序》,同上书,第1页。
③ (唐)皮日休:《桃花赋序》,同上书,第10页。

府诗,真不然矣! 故尝有可悲可惧者,时宜于咏歌,总十篇,故命曰
《正乐府诗》。"他大力称道先秦时合乐的《诗三百篇》,认为它具有美
刺功能,藉此可使人们见到政治得失,足以引起当政者的警诫。因
此,古代是将采听乐府诗视为治国之大事的。而现今,却将魏晋以至
梁陈乐府的侈丽浮艳之作视为当然,这显然已严重偏离了古道。为
此,日休才将那些曾引起自己所悲所忧的人和事,付诸诗作,并命名
它为《正乐府诗》。可见,作者是自觉地继承了《诗经》反映现实的创
作传统。此外,他还主张"文贵穷理,理贵原情",情理相融。在坚持
诗文创作须有指陈、尽其实用的基础上,他赞赏多样化的艺术风格。
他认为人之才性各异,"广之为沧溟,细之为沟窦,高之为山岳,碎之
为瓦砾,美之为西子,恶之为敦洽,壮之为武贲,弱之为处女。"①就像
天地之气,有四时之分,"其为春,则煦枯发梢,如弃如护,百物融洽,
酣人肌骨。其为夏,则赫曦朝升,天地如窑,草焦木喝,若燎毛发。其
为秋,则凉飔高瞥,若露天骨,景爽夕清,神不蔽形。其为冬,则霜阵
一凄,万物皆瘁,云沮日惨,若惮天责。"①千变万化,各展风采。用之
于文学创作亦如此,不可拘之如一,理应风格多样。如其在《七爱诗》
中所表达的,既爱元结的"清介""利民",也爱李白的"澄澈""自傲";
既爱白居易的"直声谏刺"之作,也爱其"自然轻艳"之篇。其立论之
通达,认识之深刻,实不多见。

皮日休诗文的主要风格,体现为简朴峭直、情理交织、笔带锋芒。
其政论小品文,犀利明快,泼辣简约;说理透辟,议论深刻;爱憎分明,
愤世疾俗;借古讽今,多言人所不敢言。其《读司马法》写道:

> 古之取天下也以民心,今之取天下也以民命。唐、虞尚仁,

---

① (唐)皮日休:《松陵集序》,同上书,第266—267页。

天下之民从而帝之。不日取天下以民心者乎？汉、魏尚权，驱赤子于利刃之下，争寸土于百战之内，由士为诸侯，由诸侯为天子，非兵不能威，非战不能服，不日取天下以民命者乎？由是编之为术（六韬也），术愈精而杀人愈多，法益切而害物益甚。呜呼！其亦不仁矣。蚩蚩之类，不敢惜死者，上惧乎刑，次贪乎赏。民之于君，由子也，何异乎父欲杀其子，先给以威，后啗以利哉？孟子曰："我善为阵，我善为战，大罪也！"使后之君于民有是者，虽不得士，吾以为犹士焉。[①]

作者一针见血地指出，古与今统治者之间最大的不同，就在于治国理念上的差异。古代贤君如唐尧、虞舜崇尚仁义，靠的是民心；而现今的统治者靠的是威权和战争，贱踏的是成千上万老百姓的性命。其战术越精，就意味着杀人愈多；严刑峻法益切，残害天下就越严重。老百姓本是君主的子民，为君者这样做，与为父而杀其子有何区别？孟子曾说："善于摆兵布阵，攻城掠地，是罪大恶极的！"如果后世的君主能醒悟于此，善待生民百姓，他即便一时未能招揽到贤才辅佐，但只要能悉从古代圣贤之言，我以为这就如同有高才大贤辅佐完全一样。

又如其《原谤》写道：

天之利下民，其仁至矣。未有美于味而民不知者；便于用而民不由者；厚于生而民不求者。然而暑雨亦怨之，祁寒亦怨之。己不善而祸及，亦怨之；己不俭而贫及，亦怨之。是民事天，其不仁至矣。天尚如此，况于君乎？况于鬼神乎？是其怨訾恨讟蕋

---

① （唐）皮日休：《松陵集序》，同上书，第73—74页。

倍于天矣。有帝天下、君一国者,可不慎欤?故尧有不慈之毁,舜有不孝之谤。殊不知尧慈被天下,而不在于子;舜孝及万世,乃不在于父。呜呼!尧、舜,大圣也,民且谤之;后之王天下,有不为尧舜之行者,则民扼其吭,捽其首,辱而逐之,折而族之,不为甚矣。①

此前,韩愈写过《原毁》,旨在抒发个人的愤懑,作者从"责己""待人"两个方面,进行古今对比,指出当时社会风气浇薄,毁谤滋多,并剖析其原因在于"怠"与"忌",希望人们"乐于为善"。柳宗元也写过《谤誉》,旨在警示人们,凡事都应弄清原委,保持定力,听与不听完全在我。而要想真正地超脱于"谤誉",最重要的还是修身立己,做到自我完善。而皮日休此文则别出心裁,反其意而用之。作者从民怨上天说起,好像意在赞美上天的仁厚,诉说百姓的刁蛮。谁知笔锋一转,化作长矛,直指当时的最高统治者。毫不留情地指出,后世那些在天下称君称王的人,有谁不行尧、舜之政,那么百姓掐住他的喉咙,揪住他的脑袋,侮辱他,扭逐他,打倒他,消灭他的家族,一点儿也不过分。由此不仅表现出了作者深厚的民本思想,更流露出了强烈的反叛意识和战斗精神。文章言辞之犀利、批判之激烈,远超韩、柳之文,更令"帝天下、君一国"者惊心动魄。

皮日休善作短小精悍的警世箴言。其《鹿门隐书》中写道:"吾谓自巨君、孟德已后,行仁义礼智信者,皆夺而得者也。悲夫!""文学之于人也,譬乎药。善服,有济。不善服,反为害。""毁人者,自毁之。誉人者,自誉之。夫毁人者,人亦毁之,不曰自毁乎?誉人者人亦誉之,不曰自誉乎?""古之官人也,以天下为己累,故己忧之;今之官人

① (唐)皮日休:《原谤》,同上书,第31页。

也,以己为天下累,故人忧之。""古之俭也性,今之俭也名。""古之隐也志在其中,今之隐也爵在其中。""如不行道,足以丧身。不举贤,足以亡国。""古之杀人也,怒;今之杀人也,笑。古之用贤也,为国;今之用贤也,为家。""古之置吏也,将以逐盗;今之置吏也,将以为盗。"①作者对社会生活有着深切的体验,对社会百态有着深刻的认识,因而对日益浇薄颓败世风的抨击,能做到一针见血、入木三分。

皮日休的诗风同样具有峭直讽谏的特色。其《三羞诗》(其三)《卒妻怨》《橡媪叹》《贪官怨》《农夫谣》《哀陇民》等,都从不同的侧面真实地反映了老百姓困苦流离的悲惨生活:"儿童啮草根,倚桑空羸羸。斑白死路傍,枕土皆离离。"(《三羞诗》(其三))"河湟戍卒去,一半多不回。……其夫死锋刃,其室委尘埃。"(《卒妻怨》)"蚩蚩陇之民,悬度如登天。……百禽不得一,十人九死焉。"(《哀陇民》)深刻地揭露了朝廷官吏的贪婪腐败:"狡吏不畏刑,贪官不避赃。……吾闻田成子,诈仁犹自王。"(《橡媪叹》)"国家省闼吏,赏之皆与位。素来不知书,岂能精吏理。大者或宰邑,小者皆尉史。愚者若混沌,毒者如雄虺。"(《贪官怨》)以上诗作,充分体现了作者为民为时为事而作的宗旨和指陈现实的锋芒。皮日休的部分咏史诗,还以新颖的立意和精辟的议论为人称道。如《汴河怀古二首》其二:"尽道隋亡为此河,至今千里赖通波。若无水殿龙舟事,共禹论功不较多。"②作者对一些历史问题,能持理性的思考和认识。他认为,大运河的开凿,便捷了东西南北的交通与联系,至今人们还在获享其利。如果隋炀帝不事水殿龙舟漫游之事,其历史功绩则可与大禹相提并论。他还进一步阐发道:"隋之疏淇、汴,凿太行,在隋之民,不胜其害也;在唐之

---

① (唐)皮日休:《鹿门隐书六十篇并序》,同上书,第108—117页。
② (唐)皮日休:《汴河怀古二首》,同上书,第249页。

民,不胜其利也。今自九河外,复有淇、汴,北通涿郡之渔商,南运江都之转输,其为利也博哉!"①对隋炀帝开凿大运河,以及运河在国家政治经济生活中所发挥的巨大作用,给予了充分的肯定。

皮日休的后期创作,以记游、咏物等身边琐事微物和诗友联唱为主,诗境狭窄,情调闲适,诗风转细,在一定程度上开辟了宋诗先河。

---

① (唐)皮日休:《汴河铭》,同上书,第48页。

结语

唐代诗文风气的转变和演进，既有时代氛围的影响，也与"文儒"阶层的倡导和活动密不可分。唐代"文儒"的地位身份、文学观念及其价值取向的变化，与唐代诗文创作风貌的更易之间，有着十分明显的对应关系。

自太宗武德年间"引礼度而成典则，畅文词而成风雅"的倡导，文儒之士成为令人钦慕的天下贤良，崇文尚儒，著力典籍文章，成为普遍的社会风气。文儒之士的习尚，自然也成为文坛的风向标。只是此时的"文儒"，或则恪守重经尚用的北学传统，以"儒"自重；或则未脱轻靡浮艳的南朝习气，以"文"见长。尚"文"与重"儒"的习性区隔和轻重偏离，反映在著述和创作的风格上，便体现为质实与浮艳的判然两端。虽然人们已意识到，要兼融南北，"各去所短，合其两长"，创立一种文质并重的新文风，但归根结底这要取决于"文"与"儒"两者知识习性和思维方式的改变，亦即有待于"文""儒"真正合一的新文人的出现。事实上，这个过程是艰难而缓慢的。初唐文学的"百年徘徊"，原因正在于此。

时至盛唐，随着国势的强盛和社会的安定，出于颂美需要的大倡礼乐，以及相应的文化建设，为"文"与"儒"的结合，提供了良好的契机。一批"文""儒"兼擅，"文""儒"相融的文人群体，登堂入室，引领时风。以"二张"（张说、张九龄）为代表的一代"文儒"，在用人导向和诗文创作上，共同发力，大力荐举和弘扬质文并重、"天然壮丽"的新人新作。上承汉魏风骨，下开盛唐新声，至此不仅成为一种理性的自觉，还成为可感可见、丰富多彩的创作实践。

由于时代风云的变幻和政治地位的不同，特别是在重文佑儒或重经用吏等导向的驱使下，众多中下层士子有时还会在"文"与"儒"之间摆动。而真正能"文""儒"双兼的人物，杜甫是个典型。尚文和重儒在自认"诗是吾家事"，并标榜"奉儒守官，未坠素业"的杜甫身上得到了集中的体现。其创作活动表现出作为文学之儒而非经学之儒的精神气质。这一"文""儒"双兼的人格类型和博大深沉的创作取向，对后世文人及其创作活动产生了深远的影响。

中唐时期，是文儒文化与文风的一个重要转型期。针对国家礼崩乐坏、风衰俗怨和百废待兴的现实，在挽救危局的政治氛围下，以天宝至大历时期的萧颖士等为前导，以韩愈和柳宗元等为代表的文儒，秉持复古正德、"文以载道"的理念，努力地实现文与道的统一。在文风上，展现出了返本开新的重大变化。特别是韩、柳二人，他们希望趁着当时唐廷力图恢复统一的政治形势，借复兴儒学这一契机，试图重新找回自己在政治上的辉煌。此时的文学成了儒学的外衣，明道的工具，由尚质复古进而求新求变，遂成其时的主流文风。

晚唐文儒受中唐文儒与文风的影响较大。其时，社会的衰败，儒道的沦丧，给文儒的心理以巨大的冲击，焦虑、失望、愤激、抗争、沮丧、无奈相交织的情绪，染及文风，或生涩怪奇、质直板重，或词锋锐利、好用夸饰。其善思辩，重理致的创作倾向，在一定程度上开启了宋诗宋文的先河。

综而言之，唐代"文儒"多以复古为取向，其"通经致用"的儒学观念,对文学创作产生了深刻的影响。由初唐"文儒"的重儒尚用,到开元"文儒"藉艺文礼乐润饰盛世,中经"安史之乱"前后杜甫等用诗文揭露现实,再到韩愈、柳宗元等人及晚唐"文儒"的明道、讽世之文,文学的功用目的越来越明确。从文儒与文风这一新的视角来审视,文学的繁荣离不开礼乐文明的积极倡导,离不开融通古今、勇于开新的旗帜性人物;人的主体性的呈现,必须与文学的社会性有机融合、统一,才能形成气象壮观的文学风貌。

主要参考文献

一、古代文献

《史记》,(汉)司马迁撰,中华书局点校本二十四史修订本《史记》(全 10 册)
  2013 年。

《汉书》,(汉)班固撰,上海古籍出版社,上海书店《二十五史》(第 1 册),1986 年。

《三国志》,(晋)陈寿撰,(南朝宋)裴松之注,上海古籍出版社,上海书店《二十五
  史》(第 2 册),1986 年。

《艺文类聚》,(唐)欧阳询撰,汪绍楹校,上海古籍出版社 1982 年。

《史通》,(唐)刘知几撰,(清)浦起龙通释,上海古籍出版社 2015 年。

《沈佺期宋之问集校注》,(唐)沈佺期、宋之问撰,陶敏、易淑琼校注,中华书局
  2001 年。

《张说集校注》,(唐)张说著,熊飞校注,中华书局 2013 年。

《张九龄集校注》,(唐)张九龄撰,熊飞校注,中华书局 2008 年。

《杜诗镜铨》,(唐)杜甫撰,(清)杨伦笺注,上海古籍出版社 1962 年。

《韩昌黎文集校注》(上中下册),(唐)韩愈著,马其昶校注,马茂元整理,上海古
  籍出版社 2018 年。

《柳河东集》(上下册),(唐)柳宗元撰,上海古籍出版社 2008 年。

《大唐新语》,(唐)刘肃撰,许德南、李鼎霞点校,中华书局 1984 年。

《通典》,(唐)杜佑撰,中华书局 1988 年。

《萧颖士集校笺》,(唐)萧颖士著,黄大宏、张晓芝校笺,中华书局 2017 年。

《樊川文集》,(唐)杜牧著,陈允吉校点,上海世纪出版有限公司,上海古籍出版
  社 2007 年。

《樊川诗集注》,(唐)杜牧著,(清)冯集梧注,上海古籍出版社 1978 年。

《罗隐集校注》,(唐)罗隐著,潘慧惠校注,浙江古籍出版社 1995 年。

《皮子文薮》,(唐)皮日休著,萧涤非、郑庆笃整理,上海世纪出版股份有限公司,
  上海古籍出版社 2017 年。

《旧唐书》,(五代)刘昫撰,上海古籍出版社,上海书店《二十五史》(第 5 册),
　　1986 年。

《新旧唐》,(宋)欧阳修撰,上海古籍出版社,上海书店《二十五史》(第 6 册),
　　1986 年。

《资治通鉴》,(宋)司马光撰,上海古籍出版社 1987 年。

《四书集注》,(宋)朱熹撰,王浩整理,凤凰出版社 2005 年。

《唐会要》,(宋)王溥撰,中华书局 1955 年。

《唐诗纪事》,(宋)计有功撰,上海古籍出版社 1987 年。

《郡斋读书志》(全二册),(宋)晁公武撰,孙猛校证,世纪出版集团,上海古籍出
　　版社 1990 年。

《增订湖山类稿》,(宋)汪元量,中华书局 1984 年。

《文山先生全集》,(宋)文天祥撰,国学整理社 1936 年。

《文章明辨序说》,(明)吴讷撰,于北山校点,人民文学出版社 1962 年。

《唐诗品汇》,(明)高棅撰,上海古籍出版社 1982 年。

《唐诗解》,(明)唐汝询撰,王振汉校点,河北大学出版社 2001 年。

《诗薮》,(明)胡应麟撰,上海古籍出版社 1979 年。

《杜臆》,(明)王嗣奭撰,上海古籍出版社 1983 年。

《全唐文》,(清)董诰等编,上海古籍出版社 1990 年。

《全唐诗》,(清)彭定求等编,中华书局 1960 年。

《十三经注疏》(全二册),(清)阮元校刻,中华书局影印本,1980 年。

《二十二史考异》,(清)钱大昕撰,《嘉定钱大昕全集》(全十册),江苏古籍出版社
　　1997 年。

《历代诗话》(全二册),(清)何文焕辑,中华书局 1981 年。

《历代诗话续编》(全三册),丁福保辑,中华书局 1983 年。

《艺概》,(清)刘熙载撰,上海古籍出版社 1978 年。

《全唐文纪事》(全三册),(清)陈鸿墀撰,上海古籍出版社 1987 年。

《钱注杜诗》,(清)钱谦益笺注,上海古籍出版社 1979 年。

《通典》(全五册),(唐)杜佑撰,中华书局标点本,1988 年。

《诗比兴笺》,(清)陈沆撰,上海古籍出版社 1981 年。

《越缦堂读书记》,(清)李慈铭著,由云龙辑,上海书店出版社 2000 年。

《清诗话续编》,(清)贺贻孙《诗筏》,郭绍虞编选,富寿荪校点,上海古籍出版社
　　1983 年。

《带经堂诗话》,(清)王士禛撰,张宗柟纂集,戴鸿森校点,人民文学出版社
　　1982 年。

《瓯北诗话》,(清)赵翼撰,上海古籍出版社 1998 年。

二、今人著述

著作:

《元白诗笺证稿》,陈寅恪撰,上海古籍出版社 1978 年。

《唐代进士行卷与文学》，程千帆撰，上海古籍出版社1980年。

《论语译注》，杨伯峻撰，中华书局1980年。

《金石论丛》，岑仲勉撰，上海古籍出版社1981年。

《驳〈说儒〉》，《郭沫若全集·历史编》第1卷，郭沫若撰，人民出版社1982年。

《古史辨》，钱穆撰，上海古籍出版社1982年。

《张说年谱》，陈祖言撰，香港中文大学出版社1984年。

《唐代科举与文学》，傅璇琮撰，陕西人民出版社1986年。

《骈文史论》，姜书阁撰，人民文学出版社1986年。

《唐才子传校笺》（全五册），傅璇琮主编，中华书局1987—1995年。

《汉唐文学的嬗变》，葛晓音撰，北京大学出版社1990年。

《唐代墓志汇编》，周绍良主编，上海古籍出版社1992年。

《中国散文史》（上、中、下），郭预衡撰，上海古籍出版社，1986年（上册），1993年
（中册），1999年（下册）。

《唐代文学演变史》，李从军撰，人民文学出版社1993年。

《走向盛唐》，尚定撰，中国社会科学出版社1994年。

《士大夫政治演生史稿》，阎步克撰，北京大学出版社1996年。

《中国现代学术经典·章太炎卷》，刘梦溪主编，河北教育出版社1996年。

《初盛唐诗歌的文化阐释》，杜晓勤撰，东方出版社1997年。

《唐五代文学编年史》（全四册），傅璇琮主编，辽海出版社1998年。

《诗国高潮与盛唐文化》，葛晓音撰，北京大学出版社1998年。

《中国思想史》（第一卷、第二卷），葛兆光撰，复旦大学出版社1998年，2001年。

《柳宗元评传》，孙昌武撰，南京大学出版社1998年。

《隋唐五代文学思想史》，罗宗强撰，中华书局1999年。

《杜牧传·杜牧年谱》，缪钺撰，河北教育出版社1999年。

《韩愈年谱及诗文系年》，陈克明撰，巴蜀书社1999年。

《斯文：唐宋思想的转型》，（美）包弼德撰，刘宁译，江苏人民出版社2001年。

《初唐宫廷诗风流变考论》，聂永华撰，中国社会科学出版社2002年。

《杜甫评传》，陈贻焮撰，北京大学出版社2003年。

《张九龄年谱》，顾建国撰，中国社会科学出版社2005年。

《从游士到儒士——汉唐士风与文风论稿》，查屏球撰，复旦大学出版社2005年。

《张九龄研究》，顾建国撰，中华书局2007年。

《唐代思潮》，龚鹏程撰，商务印书馆2007年。

《唐诗综纶》，林庚撰，商务印书馆2011年。

《杜甫评传》，莫砺锋撰，南京大学出版社2011年。

《盛唐诗坛研究》，袁行霈撰，北京大学出版社2012年。

《初唐诗歌系年考》，彭庆生撰，北京大学出版社2012年。

《中国古代文学观念发生史》，王齐洲撰，人民文学出版社2014年。

《杜牧集》，罗时进编选，凤凰出版社2014年。

《魏晋隋唐文学艺术思想研究》，杨继刚、张丽君等著，郑州大学出版社2015年。

《唐代文质论研究》,陆双祖撰,新华出版社 2016 年。

《唐诗流变论要》,葛晓音撰,商务印书馆 2017 年。

《陈子展文存》(复旦中文先哲丛书),陈子展撰,上海古籍出版社 2018 年。

《杜甫诗选》,莫砺锋、童强撰,商务印书馆 2018 年。

论文:

《甲骨文中所见的儒》,徐中舒撰,《四川大学学报》(哲学社会科学版)1975 年第
　　4 期。

《李华卒年考辨》,尹仲文撰,《河北大学学报》1979 年第 2 期。

《论初、盛唐诗歌革新的基本特征》,葛晓音撰,《中国社会科学》1985 年第 2 期。

《张说在唐代文学史上的地位》,彭菊华撰,《中国文学研究》1988 年第 2 期。

《皮日休与晚唐儒学》,王国轩撰,《孔子研究》1989 年第 1 期。

《论唐代文化政策与文化繁荣的关系》,魏承思撰,《学术月刊》1989 年第 4 期。

《刘知几与古文运动》,李少雍撰,《文学评论》1990 年第 1 期。

《李华、萧颖士生卒年新考》,姜光斗撰,《文学遗产》1990 年第 3 期。

《初唐四杰与齐梁文风》,葛晓音撰,《求索》1990 年第 3 期。

《论宫廷文人在初唐诗歌艺术发展中的作用》,葛晓音撰,《辽宁大学学报》1990
　　年第 4 期。

《李华卒年补正》,姜光斗撰,《文学遗产》1991 年第 1 期。

《贾曾谱系、生平及文章编年考辨》,刘国宾撰,《烟台大学学报》(哲社版)1993 年
　　第 3 期。

《杜牧的文学思想》,寇养厚撰,《文史哲》1993 年第 6 期。

《论龙朔初载的诗风新变》,杜晓勤撰,《文学遗产》1994 年第 5 期。

《白居易的人生观》,褚斌杰撰,《文学遗产》1995 年第 5 期。

《论张说延纳后进与唐开元间的以文举人》,蒋咏宁撰,《四川师范大学学报》(社
　　会科学版)1996 年第 4 期。

《王充哲学与东汉社会》,周桂钿撰,《北京师范大学学报》(社会科学版)1996 年
　　第 5 期。

《皮日休年谱会笺》(上下),马丕环撰,《宝鸡文理学院学报》(人文社会科学版)
　　1996 年第 1 期、第 2 期。

《梁肃年谱稿》(上、下),胡大浚、张春雯撰,《甘肃社会科学》1996 年第 6 期,1997
　　年第 1 期。

《南齐秀才策题中之法家论调考析》,阎步克撰,《北京大学学报》(哲学社会科学
　　版)1997 年第 2 期。

《释"儒"》,雷庆翼撰,《学术月刊》1997 年第 4 期。

《盛唐"文儒"的形成和复古思潮的滥觞》,葛晓音撰,《文学遗产》1998 年第 6 期。

《唐初三十年的文学流程》,傅璇琮撰,《文学遗产》1998 年第 5 期。

《皮日休婚姻考略——兼及其生卒年与死因诸问题》,王辉斌撰,《阜阳师院学
　　报》(哲学社会科学版)2001 年第 1 期。

《杜审言年谱》,陈冠明撰,《杜甫研究学刊》2001 年第 3 期。

《杜甫叔父杜并墓志铭笺证》，胡可先撰，《杜甫研究学刊》2001 年第 2 期。

《儒臣与文儒：杜诗中的儒学观与唐代社会文化》，冯乾撰，《杜甫研究学刊》2001
年第 3 期。

《梁肃的文学观》，胡大浚撰，《唐代文学研究》2002 年。

《典范的变改：中唐文儒历史记忆之书写》，刘顺撰，《河北师范大学学报》（哲学
社会科学版）2003 年第 4 期。

《杜审言与五律、五排声律的定型——兼述初唐五律、五排声律的定型过程》，韩
成武、陈菁怡撰，《深圳大学学报》（人文社会科学版）2003 年第 1 期。

《唐代文儒的文学与历史承担———从张说到孙逖》，臧清撰，《郑州大学学报》
（哲学社会科学版）2004 年第 4 期。

《"珠英学士"诗歌活动考论》，聂永华撰，《郑州大学学报》（哲学社会科学版）
2004 年第 3 期。

《唐代中叶的文人经说》，龚鹏程撰，《湖南大学学报》2006 年第 1 期。

《罗隐〈太平两同书〉的社会政治思想》，郭武撰，《宗教学研究》2006 年第 3 期。

《唐景龙年间修文馆学士考略》，王殊宁撰，《社会科学论坛》2006 年第 7 期。

《张说研究》，周睿撰，四川大学 2007 年博士学位论文。

《萧颖士研究》，张卫宏撰，西北大学 2007 年博士学位论文。

《杜甫对张说诗之承袭初探》，周睿撰，《杜甫研究学刊》2007 年第 1 期。

《论许敬宗及其诗歌创作》，李晓青撰，《安徽理工大学学报》（社会科学版）2007
年第 4 期。

《新编杜甫年表》（一），张忠纲撰，《古籍研究》2007 年卷下。

《王勃文学思想中的"文儒"特征》，李伟撰，《武汉科技大学学报（社会科学版）》
2008 年第 3 期。

《论"燕许"对后进文士的荐引之功》，林大志撰，《漳州师范学院学报》（哲学社会
科学版）2008 年第 4 期。

《初盛唐礼乐文化与文学关系述论》，赵小华撰，《华南师范大学学报》（社会科学
版）2008 年第 5 期。

《论柳宗元与儒学复兴》，李伏清撰，华东师范大学 2008 届研究生博士学位论文。

《杜诗"沉郁顿挫"辨识》，王辉斌撰，《杜甫研究学刊》2009 年第 1 期。

《唐前文儒概念的生成》，李伟撰，《贵州师范大学学报》（社会科学版）2009 年第
4 期。

《唐前期的文儒与吏能之争》，刘顺撰，《安徽史学》2009 年第 5 期。

《皮日休对儒家传统的继承与突破》，高微征撰，《太原科技大学学报》2009 年第
2 期。

《论房琯对中唐初期士风与文风的影响》，胡永杰撰，《中州学刊》2009 年第 4 期。

《"致君尧舜上，再使风俗淳"——试论盛唐后期到中唐前期的文儒思想及其文
学影响》，邓芳撰，《北京大学学报》（哲学社会科学版）2009 年第 2 期。

《贾至中书制诰与唐代古文运动》，鞠岩撰，《北京大学学报》（哲学社会科学版）
2010 年第 3 期。

《论杜审言对唐诗发展的艺术贡献》，汤军撰，《前沿》2010 年第 24 期。

《崔融对唐诗的三大影响》，龚祖培撰，《长沙理工大学学报》（社会科学版）2010 年第 1 期。

《柳宗元：唐代三教融合思潮中的儒家代表》，张勇撰，《孔子研究》2010 年第 3 期。

《姚察、姚思廉散文特点及其对古文运动的影响》，毛振华撰，《南昌大学学报》（人文社会科学版）2011 年第 2 期。

《从温丽到平实：李华文风"安史之乱"前后之变》，周玉华撰，《湖南科技学院学报》2011 年第 7 期。

《杰出的文学家、思想家罗隐》，李定广撰，《古典文学知识》2011 年第 3 期。

《唐代官箴名著〈臣轨〉研究》，裴传永撰，《理论学刊》2012 年第 2 期。

《回向自我：中唐文儒的危机应对与儒学转型》，刘顺撰，《南昌大学学报》2013 年第 4 期。

《中唐文儒的诗文新变》，刘顺撰，《安徽师范大学学报》2013 年第 6 期。

《晚唐咏史诗兴盛的儒学背景》，向铁生撰，《云南大学学报》2013 年第 2 期。

《作为新儒家承前启后中介人物的皮日休》，李珺平撰，《湛江师范学院学报》2013 年第 2 期。

《文儒的兴起：中唐儒学与文学的交融演进》，张文浩、沈文凡撰，《社会科学论坛》2014 年第 11 期。

《白居易在唐代诗歌史上的"第三极"意义》，罗时进撰，《文艺理论研究》2014 年第 3 期。

《唐初文馆学士诗歌平议——以许敬宗为主要考察对象》，梁尔涛撰，《郑州大学学报》（哲学社会科学版）2014 年第 1 期。

《北门学士及其历史书写》，孟宪实撰；《论北门学士》，刘健明撰；收入王双怀、贾云主编《汉唐史论——赵文润教授八十华诞祝寿文集》，三秦出版社 2015 年。

《论唐代中书舍人的使职化》，赖瑞和撰，《清华大学学报》（哲学社会科学版）2015 年第 2 期。

《柳宗元的儒家君子观》，孙君恒、温斌撰，《常州大学学报》（社会科学版）2016 年第 3 期。

《试论白居易的"身心观"与闲适思想》，李俊撰，《中国青年社会科学》2017 年第 2 期。

《"九龄风度"与唐代文学的审美取向》，陈建森撰，《文学评论》2017 年第 1 期。

《唐景龙修文馆学士及文学活动考论》，胡旭、胡倩撰，《文史哲》2017 年第 6 期。

《梁肃文学思想之文质观浅论》，陆双祖，马海音撰，《牡丹江大学学报》2018 年第 2 期。

附录

论张九龄的文儒风范及其导向意义①

[**摘要**]　张九龄是唐代"文儒"的领袖人物,其独特的文儒气质和风范主要表现为:躬行直道,矜持较真;学养深厚,器识过人;忠孝俭朴,出处有度。张九龄的文儒风范对后世文人具有非常鲜明的导向意义,在岭南的影响犹为绵长深远。

[**关键词**]　张九龄　文儒风范

关于唐代著名的政治家、思想家和文学家张九龄道德风范的研究,学界已有文从"九龄风度"的特定内涵以及张九龄本人的文化价值取向等方面进行了探讨。本文拟从文儒特质这个视角,对张九龄道德风范的底蕴、成因及其导向意义进行分析,以期得出一些新的认识。

张九龄是开元时期与张说齐名的"文儒"集团的领袖人物。"文

————————

① 谨以此文纪念张九龄诞辰 1330 周年。

儒"之称，源自东汉王充，其名著《论衡》云："著作者为文儒，说经者为世儒。"[1](p.1150) 在王充的心目中，文儒高于世儒，他认为文之可贵"实诚在胸臆，文墨著竹帛，外内表里，自相副称。"[2](p.609) 人的才能品格最终都要以物化形态的"文"得到验证，因此他主张"人以文为基"，"人有文质乃成"。[3](p.31149) 近人章太炎又云："所谓文儒者，九流六艺太史之属；所谓世儒者，即今文家"。[4](p.170) 而在唐代，"儒学博通及文词秀逸者"，[5](p.7730) 即为文儒的表征。唐代大诗人白居易曾云："文献始兴公九龄……开元中以儒学诗赋独步一时。"[6](pp.497—4973) 可知张九龄确为一代文儒宗师。他最初由乡贡中进士，再举制科，并以文学见用。经过仕途的历练，其经世理政的才干亦逐渐成熟。《开元天宝遗事》载："明皇于勤政楼，以七宝装成山座，高七尺，召诸学士讲议经旨及时务，胜者得升焉。惟张九龄论辩风生，升此座，余人不可阶也。时论美之。"[7](p.66) 开元二十年，九龄"扈从北巡，便祠后土，命公撰敕，对御为文，凡十三纸，初无稿草。上曰：'比以卿为儒学之士，不知有王佐之才。今日得卿，当以经术济朕。'"[8](pp.4489—4492) 其深厚的儒学修养和过人文才、干才由此可见一斑。

作为盛唐前期的诗坛宗主和开元时期的"文场元帅"，张九龄更具有独特的文儒气质。《唐语林》中曾有这样一则描述："玄宗早朝，百官趋班。上见张九龄风仪整秀，有异于众，谓左右曰：'朕每见张九龄，精神顿生。'"[9](p.128) 联系新旧唐书本传和《资治通鉴》等史书中关于"九龄风度"的记载，可以肯定，张九龄的个性气质和精神风度确有其特异之处。这种特异之处，我认为主要体现在以下几个方面：

（一）躬行直道，矜持较真。

清人韩海在《张曲江公文集序》中曾云："考唐自明皇践祚之始，号多贤相。大约姚崇尚通，宋璟尚法，张嘉贞尚吏，张说尚文，李元纮、杜暹尚俭，韩休与曲江公独尚直。"[10](p.226)

这主要是就每个人的为政特点而言的,但"尚直"这一特征,又恰恰是张九龄的为人处世之道,如他自己所云:"平生去外饰,直道如不羁。"[11](p.38)张九龄在政治上从不隐瞒自己的思想观点和价值判断,一生恪尽职守,义无反顾。开元初年,身为谏官的张九龄即因直言时弊而触犯了宰相姚崇。当时,姚崇、张说皆称名相,但他们在执政期间也都有过以"吏能"取人和以"文学"取人的排斥异己的行为。对此,张九龄剀切指陈道:"任人当才,为政大体。与之共理,无出此途。而曩之用才,非无知人之鉴,其所以失,溺在缘情之举。……有议者曰:'不识宰相,无以得迁。不因交游,无以求进。'明主在上,君侯为相,安得此言犹出其口?某所以为君侯至惜也。"他还特别揭露了那些善于投机钻营的小人的嘴脸:"初则许之以死徇,体面俱柔。终乃背之而饱飞,身名已远。…… 其间岂不有才? 所失在于无耻。"[12](p.124)正因为九龄崇尚和坚持堂堂正正做人做事的立身准则,他才有底气敢于向宰相提出如此直率的问责。这也使听惯了颂扬声的时宰姚崇,顿时陷入了"退自循省,惭惧亦深"的境地[13](p.125)。由于政见上的不合,九龄当时便作出了退避乡里而绝不阿附的选择。

张九龄坚持直道,反对用人上的"缘情之举",这不仅仅是针对与他政见不合的姚崇,对与他关系密切的张说,也同样表现出了"不因势利而合"的正直秉性。九龄与张说的关系是非常亲密的。九龄未出仕前,贬官岭南的张说对他便"一见厚遇之",并与他"叙为昭穆,尤亲重之"。[14](p.3098)张说执政后,又一直提携和举荐他。可以说,张九龄终能入阁辅政,与张说的积极引荐是有很大关系的。但即便如此,他也不愿阿谀奉迎、结党营私。开元十三年冬,玄宗举行登封泰山的大典,身为宰相的张说,多引自己亲信随帝登封。封礼完毕,推恩随员时,张说又只给随同登封的亲信加封官爵而不及他人。当他命九龄起草诏书时,九龄便明确表示反对云:"官爵者,天下之公器也。德望为先,劳旧次焉。若颠倒衣裳,则讥谤起矣"。劝说张说应"审筹之",无令"四方失望"。(同上)但张说未能采纳九龄的意见,后来果然被宇文融等乘机弹劾。不仅张说本人被罢相,而且九龄亦蒙受冤屈,被降职外放。面对封建官场上的这种以人划线、相互倾轧的怪象,九龄一时难以接受,不禁愤然发问道:"凡为前相所厚者,岂必恶人耶?仆爰自书生,燕公待以族子,颇以文章见许,不因势利而合。但推奖之日,不量不才,引致披垣,有负时议。然则初有超拔,岂由本心?嗷嗷之口,曾不是察。既不称其服,又加之谗间。负乘致寇,几于不免。当此时也,若无所容,以孤特之身,处背憎之地,自怪既往,何幸而全。追想寒心,恍恍发悸。"[15](pp.125—126) 有的学者认为:"这话虽出于一时的怨愤,却也表现了政治上的天真。事实上,既'为前相所厚',在不同政见的执政者看来,也就不免成为'恶人'。权势之争,历来如此。"[16](p.105)但若从九龄的文儒气质角度来看,这正是其矜持较真、实话实说的生动体现。他丝毫不隐瞒与前相张说的亲密关系,但在职守上又始终坚守自己的道德底线,不阿谀奉迎,不结党营私。这种气质风范在当时的官僚阶层,也确实是凤毛麟角、卓异不凡的。

《唐会要》卷五十九载:"贞元十二年五月,信州刺史姚骥奏举员外司马卢南史赃犯。……是日,令监察御史郑楚相、刑部员外郎裴澥、大理寺评事陈正仪,充三司同往覆按之。……三人将退,澥独留奏曰:'……臣闻开元中,张九龄为五岭按察使,有录事参军告其非法,朝廷唯令大理评事往按。'"[17](pp.1034—1035)九龄究因何事被告非法,史无详载。《徐碑》云:"(九龄)徙桂州都督、摄御使中丞、岭南按察兼选补使,黜免贪吏,引申正人,任良登能,亮贤劳事,泽被膏雨,令行祥风。"[18](p.4489)据此,我以为九龄被告,当是其到任后,在革除弊政,"黜免贪吏,引申正人,任良登能"的选人用人问题上,打击了一些贪婪竞进的小人,触及了部分庸吏的既得利益,进而引起了他们的嫉恨和诬告的。从上告者的身份来看,"录事参军"本为府曹掌机要和督办的核心官吏之一,向由吏部委任,为七品职事官。既已触及了这样的官吏,由此亦可见九龄直道而行、不以私利而合的一贯作风。《旧传》曾云:"(九龄)性颇躁急,动辄忿詈,议者以此少之。"[19](p. 3099)这当然是其性格的负面,但若联系其躬行直道、整肃吏治、处理刑狱等公务的特定环境,我们又可说九龄是一位雷厉风行、讲求绩效的行政官员。《开元天宝遗事》载:"张九龄累历刑狱之司,无所不察。每有公事赴本司行戡,胥吏辈未敢讯劾,先取则于九龄。因于前面分曲直,口撰案卷,囚无轻重,咸乐其罪。时人谓之张公口案。"[20](p. 92)由此可见九龄精明干练的理事本领和为政作风。张九龄既不是那种明哲保身的和事佬,更不是奉上压下的官僚,这也为他登朝以后的作为所证明。

张九龄在诸如谏相李林甫、谏相牛仙客、谏相张守珪、谏废太子瑛等一系列君国大事上,始终恪守儒道,仗义执言,甚至不惜触鳞固争。九龄认为:"宰相代天治物,有其人然后授,不可以赏功。国家之败,由官邪也。……名器不可假也。"[21](p. 4428)"尚书古之纳言,唐兴以来,惟旧相及扬历中外有德望者乃为之。"[22](p. 6822)坚决反对以名器赏功,坚决反对"目不知书"者入阁。① 九龄还是一位言行一致的践行者,他曾竭尽全力对皇太子的地位予以保护。开元二十四年,玄宗听信谗言,欲废太子李瑛。九龄当即冒死谏争,他毫不隐晦地列举了历史上曾因君王动摇国本而引起的一宗宗祸害,进而明确表示:"陛下必欲为此,臣不敢奉诏。臣忝居相职,陛下之事,臣事也,臣不敢不尽

---

① 《资治通鉴》卷二百十四:(开元)二十四年十一月,"林甫引萧炅为户部侍郎。炅素不学,尝对中书侍郎严挺之读'伏腊'为'伏猎'。挺之言于九龄曰:'省中岂容有"伏猎侍郎"'! 由是出炅为岐州刺史。"

心表之"。[23](p.393)从其状表的口吻声气中,我们足可想见其人。这种守正疾邪、不作阿媚固宠之臣的秉性和敢触逆鳞、义无反顾的精神,着实令人起敬。徐碑云:"公直气鲠词,有死无二;彰义瘅恶,见义不回。"[24](p.4490)信然。《新传》载:"卒九龄相,而太子无患。"[25](p.4429)也正因为如此,九龄遭到了口蜜腹剑的李林甫的连续中伤和暗算:"九龄书生,不达大体。""苟有才识,何必辞学?天子用人,有何不可?""(太子废立)此主上家事,何必问外人!"[26](p.6824)半明半暗的唐玄宗最终舍弃了张九龄。

(二)学养深厚,器识过人

九龄"弱不好弄,七岁能文。"[27](p.4489)"年十三,以书干广州刺史王方庆,大嗟赏之,曰:'此子必能致远'。"[28](p.3098)这与张氏家族源远流长的诗礼传家的儒风影响有很大的关系。张九龄郡望范阳,其远祖中有两位名留青史的人物,一为"兴汉三杰"之一留侯张良,一为西晋重臣张华。张华有《博物志》十卷及文章传世,我在拙著《张九龄研究》中曾提出,张九龄一名博物,也许就源于对这位高才懿德远祖的仰慕与崇敬。而张九龄的见用于时,亦与张华这位远祖有着类似之处。[29](p.22)张良的功成身退,张华"勇于赴义,笃于周急"的弘旷器识,众所推服的"王佐之才",我们都可以在张九龄的身上找到印记。

与九龄曾同朝共事的文友徐安贞在《唐故尚书右丞相赠荆州大都督始兴公阴堂墓志铭并序》中称:"公诞受正性,体于自然;五行之气均,九德之美具。"[30](p.48)说明九龄早年家庭环境的纯和与家教的严正。九龄祖父官至越州剡县令,父亲为新州索卢丞,从叔张弘雅是初唐时期整个岭南地区屈指可数的几位科举及第者之一,也是韶州曲江的第一名进士。① 可以说曾以诗文名世的范阳张氏一支,经多世

---

① 参见(清)郝玉麟等修《广东通志》卷三十一《选举志》。

播迁至九龄的父辈时,其书香门风又始复盛,父辈们的所作所为,对幼年的张九龄自然会有耳濡目染的影响。

再从其交友圈来看,亦多为文儒之士,上及"文章四友""沈宋""吴中四士"和"燕许"二公等著名文人,下携王维、孟浩然、綦毋潜、卢象、韦陟、钱起、皇甫冉、王昌龄、李泌等后起之秀。其执秉文衡的核心引荐人张说便是盛唐前期"文儒"集团的领袖,九龄曾以极高的政治热情,支持和参与了张说所倡导的北祠后土、东封岱岳、春祀南郊,以及制礼修典等各项礼乐文明盛事。可知九龄之志在"文儒"辅国,九龄之行在文章用世。

朝廷在其《充右丞相制》中云:"张九龄器识宏远,文词博达;负经纬之量,有谋猷之能。自翼赞台堦,彝伦攸叙,直道之心弥固,謇谔之操愈坚。"[31](p. 256)在此仅举其要者,以窥其才略。

在选官用人的导向和政策上,九龄力主罢循资格,劝奖贤俊之士。"循资格"本是原侍中裴光庭倡导并施行的选官用人方略。《资治通鉴》卷二一三载:"(开元十八年)夏四月乙丑,以裴光庭兼吏部尚书。先是,选司注官,惟视其人之能否,或不次超迁,或老于下位,有出身二十余年不得禄者。……光庭始奏用'循资格'。各以罢官若干选而集,官高者选少,卑者选多,无问能否,选满即注,限年蹑级,毋得逾越,非负谴者,皆有升无降,其庸愚沉滞者皆喜,谓之'圣书',而才俊之士无不怨叹。"[32](p. 6789)这一措施"对于选人多而员阙少的社会矛盾是有一定的缓解作用的,"[33](p. 116)并"有利于无数从胥吏起家的从事日常工作的人,"[34](p. 40)但不利于劝奖贤才。如《唐会要》卷七十四《吏曹条例》载开元二十一年六月二十八日《诏》所云:"顷者,有司限数,及拘守循资,遂令铨衡,不得拣拔天下贤俊,屈滞颇多。"[35](p. 1348)因此,此制一开始就遭到了宋璟等人的反对。九龄亦力主罢之,《徐碑》云:"由是,去循资格,置采访使,收拔幽滞,引进直言,野无遗贤,

朝无缺政。"[36](p. 4490)

　　为相后,九龄根据历史的经验和自己从政多年的认识,及时奏置十道采访处置使,以此加强对地方官员行政绩效的督查和管理。《旧传》云:"九龄在相位时,建议复置十道采访使。"[37](p. 3099)《唐会要》卷七十八"采访处置使"条下亦注明:"宰相张九龄奏置。"[38](p. 1402)《徐碑》《新传》略同。查《旧唐书·玄宗纪》云:"开元二十二年二月辛亥,初置十道采访处置使。"[39](p. 220)《剑桥中国隋唐史》:"自706年以来,按察使(即巡察使)不时被派往全国的十个道,733年,帝国重新划分为15个道,把几个较难控制的地区分成更容易管理的行政单位,以便视察。734年阴历二月,即在张九龄奏议以后,各道常设的按察使制度被建立,此制度继续存在到玄宗退位以后。"[40](p. 411)

　　在对外方略上,九龄始终坚持和平友好的开放政策,坚决反对穷兵黩武的开边主张;在民族关系上,力主怀柔致远,反对结怨构仇,彰显了泱泱大国的器度和形象。

　　《册府元龟》卷一七〇载:"开元二十一年八月,日本国朝贺使真人广成与僚从五百九十人,舟行遇风,飘至苏州,刺史钱惟正以闻,诏通事舍人韦景先往苏州宣慰焉。"[41](p. 2054)之后,身为宰相的张九龄又亲拟《敕日本国王书》,对此次海难的情况详细通报,对一船失踪人员深表疚怀,并表示将尽力救遣其幸存者。从中可见,唐王朝对保持中日友好关系的高度重视。而日本学者认为,"此件国书的时代,正值盛唐,玄宗身为中华大帝国天子,充满自信,而日本处于单方面吸收唐朝文化的地位,逐渐被人当做东方小国而看低了。"[42](p. 77)《曲江集》中还有三篇《敕新罗王金兴光书》,皆是九龄为相时所拟。其一是当新罗国使者金信忠还归之际,九龄拟敕称赞金兴光国王"君子为邦,动必由礼",[43](p. 57)对年来两国协谋共防渤海滋扰之事多加赞赏,对金志廉等使者不幸染疾殂逝深表悼惜。其二对金兴光国王输诚虚己之雅怀,深为感佩,称赞新罗国"文章礼乐,粲然可观。"[44](p.61)并同意新罗于浿江置戍,以警寇安边。《宋本册府元龟》卷九七一载:"开元二十四年六月,新罗王金兴光遣使贺正献表曰:'伏奉恩敕:浿江已南,宜令新罗安置。……锡臣土境,广臣邑居,遂使垦辟有期,农桑得所。臣奉丝纶之旨,荷荣宠之深,粉骨靡身,无由上答。'"[45](p.3851)可见两国关系之亲密融洽。

在唐与吐蕃关系的处理上,更可见九龄坦诚相待之苦心。《曲江集》中有《敕吐蕃赞普书》凡七篇,此外还有多篇敕书涉及吐蕃问题。开元二十二年十月,九龄拟敕剑南节度使王昱,告知其吐蕃请和、近与结约等事,并敕其柔远怀来,妥善处置翻附诸蛮事宜,固其归化之心。[46](p.211)开元二十三年三月,朝廷得西域四镇节度使表,知吐蕃与突骑施苏禄可汗暗相交通,即刻引起警觉,九龄拟敕吐蕃赞普书,重申唐蕃姻亲和好之大义:"皇帝问赞普:缘国家先代公主(文成公主),既是舅甥;以今日公主(金城公主),即为子婿。如是重姻,何待结约。遇事是以相信,随情是以相亲,不知彼心复同以否?"[47](p.83)同年五月,因西南边界纠纷,九龄再拟敕吐蕃赞普书,说明事情原委,申明朝廷态度:"今既和好,何有嫌疑?"奉劝吐蕃赞普"边城委任,当择忠良,无信小人,令得间构。"[48](p.84)开元二十四年春,吐蕃赞普来章又论蛮中地界及抄掠等事,九龄拟敕回复,再申汉蕃连姻结约大义及彼中州铁柱图地记之故事,谴责吐蕃侵伐小勃律国和与突骑施相合谋唐碛西之地的不义之举。敕曰:"两国通好,百姓获安;子孙已来,坐受其福。……国家之所守者信,鬼神之所助者顺,未有背道求福,违约能昌。"[49](p.85)同年三月,吐蕃使来,仍言境上蛮夷越界筑城、将兵抄掠等事,九龄分别致敕赞普与金城公主,再申维护和好之意,并允公主所请之事,劝勉公主"仍善须和顺,使欢好如初。"[50](pp.86—87)

在处理突厥以及奚和契丹等边地民族问题上,九龄同样坚持怀柔致远的国策,他认为边地民族自有其特性,或往或来,不可责于常理。力主边防军应审慎行事,切勿以一军之利而黩武结怨,为国生患。督责守边将领"必为远图,无得妄动。"[51](pp. 97—98)对恃勇轻进、无视军威的安禄山之流,九龄力主严惩,杀一儆百,从而断绝边将黩武以邀荣赏之野心。直到九龄卒后十七年,怆惶流寓至蜀的唐玄宗才幡然醒悟九龄当初的先见之明,并为之追思流泪。①

(三) 忠孝俭朴,出处有度。

张九龄本是一位"抗迹追古人"的君子儒,他不仅具有管乐之志、王佐之才,更讲求忠孝节义、君子之德。"人伦用忠厚"[52](p. 16),即是其行为的准则。朝廷认为九龄"文孝著于四科,忠信弘于十室。"[53](p. 251)唐玄宗赞许他:"移孝于忠,自家刑国,诚有必尽,义实可嘉。"[54](p. 117)又云:"卿之忠诚,本于孝行。亦既许国,每怀安亲。"[55](p. 113)九龄早年不幸遭遇丧父之变,迫使其衔哀自立。他自己多年为官在外,而老母和妻子因习于南方水土,始终未随其客居他乡。作为家中的长兄,他从登第起即时刻心系家园,其孝亲老母、关爱兄弟的情怀愈见浓烈。每当赴使南归时,他总是喜不自禁,恨不得千里遥程一日尽;聚首家园时,他又总是流连忘返,亲人间的殷切话语溢于言表;离别故园时,则恋恋不舍,黯然伤神。这在很大程度上,皆缘于其因父亲早逝而深深刻印在心的孝亲情结和家庭责任意识。在离家赴任之际,他对友人坦诚道白:"恋亲方委咽,思德更踌躇。徇义当由此,怀安乃阙如。"[56](p. 32)对孝亲在乡的弟弟更是示嘱有加:"至爱孰能舍,名义来相迫。负德良不贷,输诚靡所惜。一木逢厦构,纤尘愿山益。无力主君恩,宁利客卿璧。去去荣归养,怃然叹行役。"[57](p. 32)其内心交织着的忠孝两难的矛盾及其声色行态如在目前。

---

① 参见《徐碑》、《唐国史补》卷上、《资治通鉴》卷二百十九。

　　作为一代文儒，九龄十分推崇儒家的"仁政"和"德治"思想，竭力维护忠孝节义的行为。除了上所提及的为政举措外，最典型的就是九龄"欲活孝子"之事。开元二十三年，身为宰相的张九龄曾公开袒护为父复仇的两位孝子张瑝和张琇，以至此案竟上廷议，最终由玄宗了断。① 有的学者认为，这个事件涉及到主张伦理道德的儒生（如张九龄）与制度和法律政策的鼓吹者（如李林甫）之间传统的争论问题。此事从国家行政的角度来说，并不是多么了不起的案子。但是，从朝廷上的分歧以及对它的处理所隐含的意义却值得深思。因为，张九龄等人对张审素之子的复仇，以孝亲、人情的角度理解而欲加宽宥，是不违背古礼的基本精神的。况且，唐朝倡导孝亲，唐玄宗也曾亲注《孝经》。而李林甫等人对于儒家的经典是并不怎么在意的。在情与法的比较中，唐玄宗与所谓吏治派官僚还是选择了国法为上的原则。②

　　张九龄之所以勇于任事，还与他廉洁俭朴的为官作风息息相关。他认为，治国要以"以大道为原，以至仁为根"[58](p.3)，这样才能使社会风气达到"返华伪于朴，还浇漓于淳"（同上）的理想境界。因此，他始终坚持"士修素行""立名节"[59](pp.121—124)的修身原则，并认为文儒之士的品行应如劲竹一般伟岸："高节人相重，虚心世所知。"[60](p.16)我们从以下一些事例中即可见其高风亮节。开元二十一年底，他任宰相后不

① 《资治通鉴》卷二百十四，开元二十三年二月后叙云："初，殿中侍御史杨汪既杀张审素，更名万顷。审素二子瑝、琇皆幼，坐流岭表。寻逃归，谋伺便复仇。三月丁卯，手杀万顷于都城。系表于斧，言父冤状。欲之江外杀与万顷同谋陷其父者。至汜水，为有司所得。议者多言二子父死非罪，稚年孝烈，能复父仇，宜加矜宥。张九龄亦欲活之。裴耀卿、李林甫以为如此坏国法。上亦以为然。谓九龄曰：'孝子之情，义不顾死。然杀人而赦之，此途不可启也。'乃下敕曰：'国家设法，期于止杀。各申为子之志，谁非徇孝之人。展转相仇，何有限极？咎繇作士，法在必行；曾参杀人，亦不可恕。宜付河南府杖杀。'士民皆怜之，为作哀诔，胜于衢路。市人敛钱，葬之北邙。恐万顷家发之，仍为疑冢数处。"
② 参见崔瑞德：《剑桥中国隋唐史》第七章、任士英：《唐代玄宗肃宗之际的中枢政局》第二编，社会科学文献出版社，2003年。

久,朝廷即赐其官宅,并令增修。翌年春,九龄看过官邸后,以为过于弘敞,有奢侈和贪冒之嫌,于是立刻呈上《让赐宅状》:"右去正月二十六日,中使李仁智宣口敕:赐臣前件宅仍令官修及什物一事已上。……臣生身蓬荜,所居浅陋。罾属苴麻,岂图弘敞?……又臣见在家累仅十余人,臣之俸禄,实为丰厚,以此贸迁,足办私室。今崇其甲第,更使增修,或恐因缘多有费损。上则亏耗国器,下则招集身尤。纵陛下时垂宽容,而臣苟为贪冒,其如物议何?其如公道何?……其宅及什物并却令官收,无任荒惧之至。"[61](p.116)恳请朝廷收回弘敞官邸,但玄宗御批不允,并命择日移入。朝廷在其《起复拜相制词》中云:"风望素高,人伦是仰"[62](p.253),确为九龄的评。张九龄不仅生前廉洁俭朴,死后亦安然薄葬。1960 年 7 月,广东省文物管理委员会和华南师范学院历史系,曾联合对韶关市西北郊的张九龄墓地进行清理发掘,所出随葬器物都为一般民间用器,其质地和制作粗糙,甚至还用其子张拯的陶砚随葬。对此,发掘简报称这可能与历代盗掘、坟墓迁葬或张氏晚年政治失意等原因有关。①简报所称的这些因素或许存在,但我认为更为重要的一点恰恰被忽视了,这就是清廉自守的为官之道伴随了张九龄一生。如上所提及的"返华伪于朴,还浇漓于淳",乃是张九龄企求的理想境界。他是这样说的,也是这样做的。

综观九龄一生,天性敏感,出处有度,堪称孤高之士。其诗亦"秀骨清襟,言多衷怀"[63](p.360),他常常用古人格写自家诗。诸如:"士伸在知己,况已仕于君"[64](p.37),"贤哉有小白,仇中有管氏。若人不世生,悠悠多如彼"[65](p.37),"君子体清尚,归处有兼资"[66](p.35),"志合岂兄弟,道行无贱贫"[67](p.39),等等,这便是其诗歌中不时显现出的一位内外兼修的醇儒主人公的形象。清人贺贻孙在评论九龄的《感遇》诗

---

① 详参《唐代张九龄墓发掘简报》,《文物》1961 年第 6 期。

时曾感慨云："盖诗品也，而人品系之。"[68](p.170) 从人生经历来看，张九龄与屈原、贾谊等有一定的相似之处，他们都是以文才而见用的政治家，都曾是最高统治层中的一员，都始终怀有忠君恋阙、奉公佐国的一腔热忱，又都是缘于躬行直道而遭谗被贬、倍受打击的。因此，九龄曾云"怀屈原而可作"[69](p.130)。又云："轻既长沙傅，重亦边郡徙。"[70](pp.34—35) 将自己的被贬与贾谊当年的遭遇视同一辙。但由于时代氛围的差异，九龄在出处之道上又与屈、贾二人有所不同。唐代自开国至玄宗，几代帝王皆持儒、道、佛三教并行而以儒术为治的政策，因而唐代文人的人生出处，亦大多呈现出儒、道、佛杂揉的多元化色彩，而且这一色彩在每个人不同的人生阶段的体现又各有其侧重。张九龄在其青年时期坚信"被褐有怀玉，佩印从负薪。"[71](p.39) 其最高理想就是要做一名"朝端挹至公"的贤相。在经受仕途历练后的壮年时期，其所思所想便渐趋理性："当须报恩已，终尔谢尘缁"[72](p.34)，即逢时报恩，功成身退。晚年被贬荆州后，他对自己以及士子的人生追求则有了更为深刻的反思："道家贵至柔，儒生何固穷。始终行一意，无乃过愚公。"[73](pp.39—40) 认为像他这样的一介文儒之所以运乖命舛，都在于对理想的追求太执着了。倘若能像道家提倡的那样"抱圆守一"，随顺自然，也许就不会有那么多苦恼的折磨了。因此他悟出了"物生贵得性，身累由近名"这个道理，并劝导人们"虽然经济日，无忘幽栖时。"[74](p.35) 要做到知足常乐，随时准备激流勇退。张九龄在这一方面又表现出了远比屈原豁达的心态，可以说在某种程度上发展了屈原的政治人格。

作为开元名相和一代文宗，张九龄的文儒风范对后世文人具有非常鲜明的导向意义。如王维、孟浩然、李白、杜甫等盛唐文人，就都曾将张九龄确立的乘时而起、功成身退的处世哲学奉为圭臬。张九龄所恪守的"报恩非徇禄""高节人相重"的信念和节操，亦成为盛唐文人们的共同追求。此外,作为"岭海千年第一人"[75](p.73),张九龄在岭南的影响亦绵长深远。他不仅在当时以其功业政绩为岭南人民兴利,以其才学文章为岭南士子作则,更以其"躬行直道""不卖公器"的人品风范遗泽后世。像宋代的名臣余靖、明代的海瑞等,都是以为政清廉、刚直不阿驰名于世的。因此明朝岭南著名文人邱濬曾深有感触道:"自公生后,五岭以南,山川闪闪有光,气士生是邦,比仕于中州,不为海内士大夫所鄙夷者,以有公也。"[76](pp.467—468)指出岭南的山川人物因张九龄而平添光彩,可以说是从一个独特的视角,形象地总结了张九龄文儒风范的导向意义。

[参考文献]

[1]［2］［3］黄晖. 论衡校释[M]. 北京:中华书局,1990.

[4] 洪治纲. 章太炎经典文存·原儒[Z]. 上海:上海大学出版社,2003.

[5]［41］王钦若等撰. 册府元龟(明刊本,全十二册)[M]. 北京:中华书局,1989.

[6] 白居易. 张仲方墓志[M]. 李昉等编. 文苑英华[Z]. 北京:中华书局,1966.

[7]［20］王仁裕等撰,丁如明辑校. 开元天宝遗事十种[M]. 上海:上海古籍出版社,1985.

[8]［18］［24］［27］［36］徐浩. 唐故金紫光禄大夫中书令集贤院学士知院事修国史尚书右丞相荆州大都督府长史赠大都督上柱国始兴开国伯文献张公碑铭(简称《徐碑》)[J]. 全唐文[Z]. 北京:中华书局,1983.

[9] 王谠. 唐语林[M]. 上海:上海古籍出版社,1978.

[10]［31］［62］张九龄撰,温汝适批校. 唐丞相曲江张文献集(简称"温校本")[M]. 四部丛刊续编[Z]. 上海:上海书店出版社,1994.

[11] 张九龄. 在郡秋怀二首. 曲江集[M]. 上海:上海古籍出版社,1992.

[12] 张九龄. 上姚令书. 曲江集[M]. 上海:上海古籍出版社,1992.

[13] 姚崇. 姚令公答书. 曲江集[M]. 上海:上海古籍出版社,1992.

[14]［19］［28］［37］刘昫. 旧唐书·张九龄传(简称《旧传》)[M]. 北京:中华书局,1975.

[15] 张九龄. 答严给事书. 曲江集[M]. 上海:上海古籍出版社,1992.

[16] 郭预衡. 中国散文史[M]. 上海:上海古籍出版社,1993.

[17]［35］［38］王溥. 唐会要. 北京:中华书局,1955.

[21]［25］欧阳修、宋祁. 新唐书·张九龄传(简称《新传》)[M]. 北京:中华书

局,1975.

[22]　[26]　[32]　司马光.资治通鉴(卷二百十四)[M].北京:中华书局,1956.

[23]　张九龄.谏废三子.唐丞相曲江张文献集(简称"温校本")[M].四部丛刊续编[Z].上海:上海书店出版社,1994.

[29]　顾建国.张九龄研究[M].北京:中华书局,2007.

[30]　广东省文物管理委员会、华南师范学院历史系.唐代张九龄墓发掘简报[J].文物.1961,(6).

[33]　王勋成.唐代铨选与文学[M].北京:中华书局,2001.

[34]　[40]　(英)崔瑞德编,中国社会科学院历史所西方汉学研究课题组译.剑桥中国隋唐史[M].北京:中国社会科学出版社,1990.

[39]　刘昫.旧唐书·玄宗纪[M].北京:中华书局,1975.

[42]　(日)堀敏一.隋唐帝国与东亚[M].昆明:云南人民出版社,2002.

[43]　[44]　张九龄.敕新罗王金兴光书.曲江集[M].上海:上海古籍出版社,1992.

[45]　王钦若等撰.宋本册府元龟(全四册)[M].北京:中华书局,1989.

[46]　顾建国.张九龄年谱[M].北京:中国社会科学出版社,2005.

[47]　[48]　[49]　张九龄.敕吐蕃赞普书.曲江集[M].上海:上海古籍出版社,1992.

[50]　张九龄.敕金城公主书.曲江集[M].上海:上海古籍出版社,1992.

[51]　张九龄.论东北军未可轻动状.曲江集[M].上海:上海古籍出版社,1992.

[52]　张九龄.和苏侍郎小园夕霁寄诸弟.曲江集[M].上海:上海古籍出版社,1992.

[54]　李隆基.御批张九龄让两弟起复授官状.曲江集[M].上海:上海古籍出版社,1992.

[55]　李隆基.御批张九龄谢两弟移官就养状.曲江集[M].上海:上海古籍出版社,1992.

[56]　张九龄.初发道中赠王司马兼寄诸公.曲江集[M].上海:上海古籍出版社,1992.

[57]　张九龄.将发还乡示诸弟.曲江集[M].上海:上海古籍出版社,1992.

[58]　张九龄.龙池圣德颂.曲江集[M].上海:上海古籍出版社,1992.

[59]　张九龄.上封事书.曲江集[M].上海:上海古籍出版社,1992.

[60]　张九龄.和黄门卢侍郎咏竹.曲江集[M].上海:上海古籍出版社,1992.

[61]　张九龄.让赐宅状.曲江集[M].上海:上海古籍出版社,1992.

[63]　陆时雍.唐诗镜(卷八)[M].文渊阁四库全书(第1411册)[Z].上海:上海古籍出版社,1987.

[64]　张九龄.荆州作二首.曲江集[M].上海:上海古籍出版社,1992.

[65]　[71]　张九龄.咏史.曲江集[M].上海:上海古籍出版社,1992.

[66]　张九龄.骊山下逍遥公旧居游集.曲江集[M].上海:上海古籍出版社,1992.

[67] [71] 张九龄. 叙怀二首. 曲江集[M]. 上海：上海古籍出版社，1992.

[68] 贺贻孙. 诗筏[M]. 郭绍虞编选，富寿荪校点. 清诗话续编（第一册）[Z]，上海：上海古籍出版社，1983.

[69] 张九龄. 岁除陪王司马登薛公逍遥台序. 曲江集[M]. 上海：上海古籍出版社，1992.

[70] 张九龄. 使还都湘东作. 曲江集[M]. 上海：上海古籍出版社，1992.

[73] 张九龄. 杂诗五首. 曲江集[M]. 上海：上海古籍出版社，1992.

[74] 张九龄. 骊山下逍遥公旧居游集. 曲江集[M]. 上海：上海古籍出版社，1992.

[75] 邱濬. 寄题曲江张丞相祠十首（之一）. 重编琼台会稿（卷四）[M]. 文渊阁四库全书（第1248册）[Z]. 上海：上海古籍出版社，1987.

[76] 邱濬. 唐丞相张文献公开凿大庾岭碑阴记. 张九龄撰，温汝适批校. 唐丞相曲江张文献集（附《曲江集考证》卷下）[M]. 四部丛刊续编[Z]. 上海：上海书店出版社，1994.

（本文是2008年应邀参加广东省社科联暨韶关市委、韶关市政府联合召开"纪念张九龄诞辰1330周年大会暨学术研讨会"提交的学术论文。最初发表于《韶关日报》2008年11月27日B3版。后收入巫育明主编《张九龄学术研究论文集》（下册），珠海出版社，2009年10月第1版，第22—34页）

李白从璘非由"迫胁"辩

——侧议李白的人格评价

在李白一生中，从璘一事是桩著名的公案，诗人生前就为此顿足"鸣冤"①，其好友同调亦为之申辩求贳，然终未见谅于唐统治者，以致

---

① 李白《经乱离后赠江夏韦太守良宰》一诗云："……半夜水军来，浔阳满旌旃。空名适自误，迫胁上楼船。徒赐五百金，弃之若浮烟。辞官不受赏，翻谪夜郎天。"载《李太白全集》卷之十一。李白《为宋中丞自荐表》："……属逆胡暴乱，避地庐山，遇永王东巡胁行，中道奔走，却至彭泽"。……载《李太白全集》卷之二十六。

垂暮之年戴罪绝域,几被放死。后因此案涉及到李白的人格评价,故由唐以降,"论者不失之刻,即曲为讳、失之诬。"(《唐音癸签》卷二十五)二十世纪五十年代末,乔向钟先生曾对此案作过认真的清理和分析,给人启迪良多。但今天看来,乔先生的某些观点、结论(下称"乔文")仍有可以商榷和补充的必要。

历史上,此案争辩的热点主要集中在两个问题上:一、李璘兴兵是谋乱作逆,还是见义勇为? 二、李白从璘是出于"迫胁"? 还是出于自愿? 争辩的结果有三种:(1)李璘谋乱作逆,李白出于迫胁;(2)李璘见义勇为,李白出于自愿;(3)李璘谋乱作逆,李白出于自愿。上述三种观点分别以苏轼、王穉登和苏辙为代表。[1] "乔文"基本倾向于第(1)种观点。其文论述道:"永王谋乱不是一般的王储之争,他的趁机攘夺王位,抵消了当时的抗敌力量,增加了人民的苦难,与国家和民族来说,是极为不利的。但这并不等于说李白从璘也是叛逆。"又说"李白的从璘,有受强力胁迫的因素,李白自己也有藉此尽一点自己的能力,促使形势好转的报国心愿。"[2]总之,李白的从璘仍是被动的。本文拟就此一辩。

自孔子以"思无邪"评诗以来,我们有相当一部分文艺批评家承袭了这一思维定势,动辄对作家作品进行宣判,而忽视对作家的个性、心理、气质、人格等因素与作品之间的关系及对作品本身审美价值的深入研究,或则因言废人,或则因人废言。这一弊端,在李白的评价问题上表现得尤为突出。即便像王安石这样的开明人物也认为

---

[1]《苕溪渔隐丛话后集》卷第四载:东坡云:"李太白,狂士也。又尝失节于永王璘,此岂济世之人哉?……白之从璘,当由迫胁,不然,璘之狂肆寝陋,虽庸人知其必败也。"《李太白全集》卷之三十三"附录"载:王穉登《李翰林分体全集序》:"璘以同姓诸王,建义旗,倡忠烈,恢复神器,不使未央井中玺落群凶手。白亦王孙帝胄,慨然从之。"《苕溪渔隐丛话前集》卷第五载:苏子由云:"……永王将据江淮,白起而从之不疑,遂以放死,今观其诗固然。"

[2] 乔向钟:《李白从璘事辩》,《文学遗产》增刊第七辑。

李白"其识污下,诗词十句九句言妇人、酒耳"。(《冷斋夜话》,引自《李太白全集》卷之三十四"附录"丛说)再如"迫胁"说的认同者苏轼,虽有意为李白辩护,但他也并不否认李白的从璘,客观上仍是一种"失节"的行为。另一些崇李白者,如明人王稺登等则矫枉过正,一扫訾议,将起事的李璘誉为"建义旗、倡忠烈"的一代英杰,而李白的从璘则被认为是"王孙帝胄"的"复祚"之举。面对众述纷纭的从璘一案,"乔文"虽多方考辩,力图得出公允的结论。然而,由于受当时环境和传统的思维定势的影响,"乔文"难免带有政治与道德评论的色彩。事实上,唐肃宗的"平乱"与李璘的图谋,很难用"正""逆"断之。近人詹锳先生就曾指出:"盖永王引舟师东下,自肃宗视之则为称兵作乱,然肃宗亦何尝非僭位者! 意者肃宗即位之后,永王必至为不满,因有坐大之意。"[①]的确如此,因为当初,肃宗的灵武即位就是一种先立后奏的逼宫行为,而李璘倒是倍受玄宗赏识的人物。当时,"诸子无贤于王(指李璘)者,如总江淮锐兵,长驱雍洛,大功可成。"(《新唐书》卷八十二)可是,"乔文"则完全将肃宗的派兵弹压视为天经地义之事了。如从"乔文"所说的"抵消了抗敌力量"这一角度来考虑的话,那么,我们不同样可以要求肃宗放弃武力手段,采取宽容策略,联合李璘共同抗敌吗? 所以,李璘与肃宗之间的图谋争斗,说到底,不过是统治阶级内部的一次实力较量罢了,我们不能将李白的从璘与否,当作衡量其人品优劣高低的一个准绳。

　　我们认为,李白的从璘,并非是受强力的"迫胁",而是出于他的自愿。李白乃盛唐造就的一代诗豪,在他的身上,最典型地体现了盛唐人那种恢宏的气度与豁达的侠士风貌。他不是政治家,但渴求从政;他更非战略家,却喜谈戎机。正如有人用"自由精神和理想主义"

---

① 詹锳:《李白诗文系年》,人民文学出版社,1984 年 4 月北京新 1 版,第 114 页。

来概括其思想特征一样,我们说,李白常常"诗化"了他的生存环境与生活实践。因此,在考察其实践活动时,我们只有从"这一个"的特质出发,才能得出可信的结论。

第一,李白的从璘,是与其独特的仕进方式的必然耦合。李白向来自视非凡,他既想"立登要路津",又"耻于考功第"。他要以纵横之术、非常之才直干明主,立谈知我,致身卿相。"要走非常之路,不鸣则已,一鸣惊人。"①所谓"风云感会起屠钓,大人龋屼当安之"这类君臣际会之事,便是他朝思暮想的东西。他不仅希冀如此风流荣耀地入仕,而且还向往着洒脱不羁的归宿。他要像范蠡那样"功成拂衣去,摇曳沧洲傍"(《玉真公主别馆苦雨赠卫尉张卿》);像鲁仲连那样"意轻千金赠,顾向平原笑"(《古风》之十)。为此,他调动了各种仕进手段,如仗剑行侠,交流干谒,隐居结社等等。他的这些举动,自有其浪漫的气质在,但又确有其可行性。在他之前,马周、张玄素、张九龄等,便是偶遇帝王重臣的赏识,由布衣一跃为卿相的。同时,卢藏用所说的那条"终南捷径",也的确成了"悟官"、求官之道。因此,李白在屡经挫折、无可奈何地避入庐山之后,尽管有过惶惶然的感觉,但其"东山高卧时起来,欲济苍生未应晚"的念头仍时时地萦绕于怀。在这种情境下,他一旦接到了永王璘辟书,又怎能舍弃其梦寐以求的仕进之途呢?

第二,李白的从璘是与其以战功名世的侠士心理和济世大志密切相关的。也许是生于西域,又为将门之后的缘故,李白少年时,便有一种侠士的气质和风骨。他自诩道:"本家陇西人,先为汉边将。功略盖天地,名飞青云上。……世传崆峒勇,气激金风壮。英烈遗厥孙,百代神犹王。"(《赠张相镐》)据其诗文看,他"十五好剑术"(《与韩荆州书》)挟此以自雄,确有其先祖的遗风。此外,当时一般文士所持

---

① 葛景春:《自由精神与理想主义》,《文学遗产》1988 年第 5 期。

有的那种"宁为百夫长,胜作一书生"的从军立功的心态,也给尚侠的李白提示了施展才能的方式和处所。所以,他不止一次地表示要"从军向临洮"(《白马篇》),"沙漠收奇勋"(《赠何七判官昌浩》),做一名"功成献凯见明主,丹青画像麒麟台"的风云人物。当然,他一方面认为干戈骚扰、战马纷争之际,乃是英雄崛起、建功立业的极好机会;但另一方面,他也看清了如哥舒翰等一些将领"西屠石堡取紫袍"之类的行径,纯属穷兵黩武、弄武求宠,这便是他迟迟未能赴边从军的一个原因。而永王东巡,正值安史叛军攻占洛阳、长安,生灵涂炭的危难时刻,当此"猛士奋剑之秋、谋臣运筹之日"(《为宋中丞请都金陵表》),李白岂能心如死灰、怯守不出? 对此,宋人蔡宽夫早就有过分析,他认为李白"其学本出纵横,以气侠自任,当中原扰攘时,欲藉之以立奇功耳。"(《苕溪渔隐丛话》前集,卷第五)当然,我们也知道,他在《赠江夏韦太守良宰》一诗中,确曾回忆当时的情形说:"乐毅倘再生,于今亦奔亡",但那是因为无人理解和任用他,他在"揽涕黄金台,呼天哭昭王"之后,才不得不避入庐山的。至于"乔文"说:"当时李白还不敢深信永王,是否出山? 他是犹豫不定的,而且出山之后,他对永王的东巡仍抱怀疑和观望的态度",这也是值得商榷的。"乔文"此说的依据,主要是李白所写的那封《与贾少公书》,细检此信,我们发现,其中除了有"乔文"所摘引发挥的内容外,还有"斯言若谬,天实殛之"的咒辞,有"惠子知我,夫何间然"的自我宽慰之语,这样的情态和口吻,说它是永王事败后,李白所写的一份辩白书也无不可。詹锳先生亦认为:"当其辟白为府僚佐时,白亦必不以为图反,迨永王兵败,白亦坐罪,乃诡称为受璘迫胁耳。观白《与贾少公书》,知其并非由于迫胁也。"①既然我们没有确凿证据可断定它写于何时,那么,引此作证更难以服人。

---

① 詹锳:《李白诗文系年》,人民文学出版社,1984 年 4 月北京新 1 版,第 114 页。

而李白的那些明确标示作于随永王东巡途中的一些作品,"乔文"又未能全面引述,这也给人们留下了责疑之处。

第三,李白从璘后的精神风貌中丝毫没有受强力迫胁的阴影。他在《永王东巡歌》之二中写到:"三川北虏乱如麻,四海南奔似永嘉。但用东山谢安石,为君谈笑静胡沙。"这种踌躇满志、意气风发的精神风貌,有哪一点与"乔文"所说的"对永王的东巡仍抱怀疑与观望的态度"相吻合? 再看《在水军宴赠幕府诸侍御》,"天人"李璘辟他入幕的情景是:"如登黄金台,遥谒紫霞仙",可见礼遇之隆盛。而此时的李白又持有一种怎样的心理动机呢? 他不无感慨的披露道:"卷身编蓬下,冥机四十年。宁知草间人,腰下有龙泉。浮云在一决,誓欲清幽燕……齐心戴朝恩,不惜微躯捐。所冀旄头灭,功成追鲁连"。原来,李白是将此行当作他四十年来翘首以待的良机。借此,他既可以实现"治国平天下"的宏伟抱负,又可以荣名归隐,无论为国为己都是最为适意的选择。所以,他甘愿赴汤蹈火,许以性命。即使后来从璘受累,被迫南奔的途中,李白仍念念不忘"过江誓流水,志在清中原"(《南奔书怀》)。这一志愿一直保持到他临终前一年(上元二年),他知道太尉李光弼率部讨伐史朝义乱军的消息后,竟不顾疾病缠身,由金陵上路,希望再一次从军报国、平乱立功。

可见,李白的确是"以个人为主体,以自由为本位",是"将一己之自由与国家民族的自由结合在一起"[①]的具有独立人格精神的大诗人。而先前的一些论辩者,往往忽略或淡化了李白生活历程中这条鲜明的人格主线,以至各执一端,曲解李白,我们应引以为训。

(原载《盐城师专学报》(哲学社会科学版)1998 年第 2 期)

---

① 葛景春:《自由精神与理想主义》,《文学遗产》1988 年第 5 期。

以俗为雅　枯笔写真

——"荀鹤体"诗简论

　　杜荀鹤(846—904),字彦之,号九华山人,池州石埭(今安徽石台县)人,是晚唐诗坛上一位引人注目的作家。有《唐风集》三卷,其诗"辞句切理,为时所许"(《旧五代史》卷二十四)宋严羽《沧浪诗话》将杜荀鹤的诗视为自成一格之作,称为"杜荀鹤体"。

　　对"荀鹤体"诗,历来有不同的理解和评价。同是宋人,魏庆之却认为"杜荀鹤诗鄙俚近俗,惟宫词为唐第一。"(《诗人玉屑》卷十六)胡仔也指斥《唐风集》中诗极低下"(《苕溪渔隐丛话·后集》卷十五)。真正能上继严羽,从诗体演变这一角度观察问题,并能使我们对"荀鹤体"诗的特征有所认识的,当推明人胡震亨。胡氏云:"唐七言律自杜审言、沈佺期首创工密。至崔颢、李白时出古意,一变也。……杜陵雄深浩荡,超忽纵横,又一变也。……乐天才具泛滥,梦得骨力豪劲,在中、晚唐间自为一格,又一变也。……韦庄、罗隐之务趋条畅,皮日休、陆龟蒙之填塞古事,郑都官、杜荀鹤之不避俚俗,变又难可悉记。"(《唐音癸签》卷十)撇开种种偏见和好恶,由以上几家的论述中,我们可以寻出这样一种共识:"荀鹤体"诗最明显的特点是语言的"俚俗"。也正是在这个意义上,近人郑振铎才将杜荀鹤列为唐代的通俗诗人之一,"荀鹤体"诗也才成为"通俗诗"的代称的。但是问题在于,唐代通俗诗的创作并非杜荀鹤所独擅,初唐的王梵志,中唐的顾况、白居易,晚唐的罗隐等,也同样以诗歌的通俗浅近而闻名。那末,"荀鹤体"诗的其他内涵和形式特征又是什么,为何会形成这样的特色等等,便是本文所要探讨的问题。

1. 我们认为，"荀鹤体"诗的主要内涵是：内容上着意写真、写实，风格上清寒苦淡，语言上大量地以俗语、口语入诗。它最显著的形式特征，就是以近体诗写时事、写人生，将近体诗乐府化、通俗化。杜荀鹤在晚唐诗坛的历史地位和对唐诗发展的贡献，就是由此确立的。

杜荀鹤的诗，现存 331 首，全是近休诗。从其题材内容来看，既有久为人们所称道的揭露社会黑暗、同情民生疾苦的现实主义杰作，也有许多咏环、题赠、酬唱和投献之作。这些诗歌，从不同的侧面，给人们展现了晚唐社会的真实面貌和失意士子的真实人生。

众所周知，唐末"政在臣下，南牙、北司互相矛盾"，特别是"自懿宗以来，奢侈日甚，用兵不息，赋敛愈急。关东连年水旱，州县不以实闻，上下相蒙，百姓流殍，无所控诉，相聚为盗，所在蜂起。"（《资治通鉴·唐纪》六十八）从唐宣宗大中十三年（859），到唐禧宗乾符元年（874），短短 15 年间就先后爆发了裘甫、庞勋和黄巢领导的三次农民、戍卒起义，可见当时的社会阶级矛盾和各种危机，已尖锐、加剧到了何种地步。生活在这一时期的杜荀鹤，面对这样严酷的社会现实，他异常沉痛地在诗中作了真切的描绘，为我们留下了唐末社会的一幅幅形象的画面：

戍卒的苦况："战士说辛勤，书生不忍闻。三边远天子，一命信将军。

野火烧人骨，阴风卷阵云。其如禁城里，何以重要勋。"

——《塞上伤战士》》

百姓的悲惨遭遇："夫因兵死守蓬茅，麻苎衣衫鬓发焦。

桑柘废来犹纳税，田园荒后尚征苗。

时挑野菜和根煮，旋斫生柴带叶烧。

任是深山更深处，也应无计避征摇。"

——《山中寡妇》

农村的残破景象:"经乱衰翁居破村,村中何事不伤魂。

因供寨木无桑柘,为著乡兵绝子孙。

还似平宁征赋税,未尝州县略安存。

至于鸡犬皆星散,日落前山独倚门。"

——《乱后逢村叟》

官吏的歹毒:"去岁曾经此县城,县民无口不冤声。

今来县宰加朱绂,便是生灵血染成。"

——《再经胡城县》

已故的文学史家刘大杰先生曾评论说:"从这些诗中所揭露的统治阶级残暴毒辣的手段看来,也阐明了唐末农民起义的声势所以如此猛烈,以及起义军所以能得到群众的拥护,正有其历史的必然性,因此,也可以当作'史诗'来读。"

杜荀鹤之所以能写出这样令人触目惊心的力作,是与他长期生活在社会底层,与"村叟""田翁""蚕妇""寡妇"等有着直接的接触,并有其因战乱而流离失所、艰辛备尝的亲身体验分不开的。同时,这也是他在现实主义诗歌创作思想指导下自觉实践的产物。杜荀鹤曾明确地提出过自己诗歌创作的主张是"共有人间事,须怀济物心"(《与友人对酒吟》),要求"言论关时务,篇章见国风"(《秋日山中寄李处士》),提倡诗歌创作应"外却浮华景,中含教化情。"(《读友人诗》)这种远绍风雅、近承杜甫、元、白等批判现实的创作勇气和济世精神对当时那种以精工柔靡相推毂的诗风,无疑是一种有力的反拨。

与杜荀鹤同时的诗人吴融,对当时的诗风曾有这样的描述和哀叹:"李长吉以降,皆以刻削峻拔、飞动文采为第一流,有下笔不在洞房蛾眉、神仙诡怪之间,则掷之不顾。迩来相教学者,靡漫浸淫,困不知变。呜呼,亦风俗使然也。"(《禅月集》序,见《全唐文》卷八二〇)一些上层文人,不仅将诗书当作无聊消遣的工具,而且还公开地倡导梁、陈时"宫体诗",大兴其"香艳文学"。如韩偓在其《香奁集》序中就公然以自己的诗歌在"香艳"和"风流"方面超过了"宫体"而沾沾自喜:"遐思宫体,未能称庾信之文;却诮《玉台》,何必请徐陵作序? 粗得捧心之志,幸无折齿之惭。柳巷青楼,未尝糠秕;金闺绣户,始预风流。咀五色之灵芝,香生九窍;咽三危之瑞露,春动七情。"(见《全唐文》卷八二九)完全是一副颓废下流的心理写照。而通读《唐风集》后,我们不仅没有发现一首类似之作,甚至连正常的情爱类作品也极少见,就是那首历来为封建文人们交口称誉的《春宫怨》,我以为也只是借一个宫女的失宠来比喻自己的怀才不遇而已,绝非真正的"洞房蛾眉"之作。因为杜荀鹤对上流社会的"风流韵事"极少体验,他的大半生几乎都是在穷愁潦倒中度过的。当然,我们也不能就此断定,杜荀鹤是一个生性孤僻、情感或缺的人。事实上,"荀鹤嗜酒,善弹琴,风情雅度,千载犹可想望也。"(《唐才子传》卷九)他不是不能做"温李"一派那种词采华丽、情意缠绵之诗,而是有意识地选择了"能歌生民病"的现实主义的诗歌创作道路,从而使中唐元、白所倡导的"新乐府运动",在晚唐又得以发扬光大了。他的社会写真诗,不仅在思想性上与元、白的"新乐府"一脉相承,而且在艺术上亦有许多共通之处。这主要表现在语言的通俗浅近和描写的直接切入等方面。

还值得注意的是,在创作观念上,杜荀鹤大胆地以俗为雅,像近体诗这一文人圈内的典雅诗体,经过他的努力,其创作领域和风格特色便得到了新的拓展,不仅被用来多方面地反映现实、描写人生、抨击时弊,而且语言风格也乐府化、通俗化了。比如绝句这一体裁,在初、盛唐时,人们主要用它来抒发个人的情感与抱负,风格清新明快,意气俊爽;中唐以后,杜牧等人有所开拓,他们运用七言绝句,创作了许多脍炙人口的咏史、抒情佳作,风格柔婉含蓄;而到了杜荀鹤手中,

七言绝句则主要被用来反映和揭露社会的现实,风格一变而为通俗冷峻。如:

> "无子无孙一病翁,将何筋力事耕农。官家不管蓬蒿地,须勒王租出此中。"
>
> ——《伤硖石县病叟》

> "粉色全无饥色加,岂知人世有荣华。年年道我蚕辛苦,底事浑身着苎麻。"
>
> ——《蚕妇》

诗中,作者不仅对劳动人民的疾苦寄予了深切的同情,对敲骨吸髓的"官家"进行了无情的揭露与批判,而且诗人还将笔触深入到了劳动人民的内心,并用劳动者的口吻直接向黑暗的官府发出了愤怒的诘难和控诉。可以说,诗人在创作这类诗歌的时候,从身份到语言,都已将自己视为"病叟"与"蚕妇"们的代言人了。

2. 杜荀鹤的诗中,更多的则是其个人遭际的悲吟愁唱之作,亦即对其人生的写真。这类诗作,比较典型地表现出了唐末一批中下层失意文人的共同情感和心路历程。同时,也比较鲜明地体现了"荀鹤体"诗清寒苦淡的风格特色。

杜荀鹤出生于小乡宦之家,"甫七岁,资颖豪迈,志存经、史。"(《江南通志·池州府志》)但后来他所选择的人生道路,仍然是求取功名,希冀仕宦有成,这在他的许多诗作中都有反映。他说"一名一宦平生事,不放愁侵易过身"(《登城有作》),又说"求名日苦辛,日望日荣亲"(《入关历阳道中却寄舍弟》),并勉励诗友"莫以孤寒耻,孤寒达更荣。"(《读友人诗》)然而,像他这样一位既非显宦子弟,又无名人荐引的孤寒士子,想顺利地登上仕途谈何容易,何况当时又是"九土如今尽用兵,短戈长戟困书生"的乱世。他在屡试不第之后,随之而来的便是无限的感伤与悲叹:"三族不当路,长年犹布衣"(《寄从叔》),自称是"江湖苦吟士,天地最穷人"(《郊居即事投李给事》)。在这种穷愁潦倒的情况下,他常常将个人的落魄惆怅与"秋"联系在一起来写照,使传统的悲秋之作又有所丰富和发展了。他曾这样表述过自己对"秋"的敏感:"官情随日薄,诗思入秋多。"(《和吴太守罢郡山村偶题》)细检其诗作,我们发现,以秋为题或涉及秋景、秋意的,竟有几十首之多。比较有代表性的,如:

《馆舍秋夕》:"寒雨潇潇灯焰青,灯前孤客难为情。
　　　　　　兵戈闹日别乡国,鸿雁过时思弟兄。
　　　　　　冷极睡无离忧梦,苦多吟有彻云声。
　　　　　　出门便作还家计,直至如今计未成。"
《感秋》:"年年名路谩辛勤,襟袖空多马上尘。
　　　　画戟门前难作客,钓鱼船上易安身。
　　　　冷烟黏柳蝉声老,寒渚澄星雁叫新。
　　　　自是侬家无住处,不关天地窄于人。"

另有《秋晨有感》《秋夜闻砧》《秋日闲居寄先达》《秋日卧病》《秋夜苦吟》等等。诗中可见,杜荀鹤对"秋"的感悟,已到了非常细微的地步。从"秋晨"到"秋夕""秋夜",乃至整个"秋日",时时处处几乎都在触发其愁思,而且他已将自己的身世之感与悲凉的秋色、秋意完全融为一体了,诗的语言与立意,也纯然"清寒"逼人。

在科举不第、仕宦无名的痛苦煎熬中,杜荀鹤像其他寒庶士子一样,"岁月消于酒,平生断在诗"(《江南逢李先辈》),诗酒流连成了其排遣胸中块垒和打发时光的主要途径。这方面,杜荀鹤亦很典型,他能将自己"如今已无计,只得苦于诗"的种种情态,毕现于读者面前,并为人们塑造了一位苦吟诗人的形象。

杜荀鹤在文学观上,受建安文人的影响很深。他认为"凡事有兴废,诗名无古今"(《赠李蒙叟》),人生在世,应珍惜光阴、潜心诗文,方能立言立名。所以,他表示"生应无辍日,死是不吟时"(《苦吟》)。又因为他在诗歌体裁的选择上对近体诗情有独钟,而这种体裁在声律与对仗等方面的要求又特别严格,所以,要想熟练地驾驭这种诗体,也必须苦练苦吟。诸如:"一更更尽到三更,吟破离心句不成"(《宿栾城驿却寄常山张书记》),"江月渐明汀露湿,静驱吟魂入玄微"(《秋日泊浦江》),"典尽客衣三尺雪,炼精诗句一头霜"(《淮扬冬末寄幕中二从事》)等等,像这样描写其"此心闲未得,到处被诗磨"的"苦吟"情态之作,《唐风集》中随处可见。可以说,杜荀鹤的"苦吟"与贾岛相比是毫不逊色的。荀鹤的苦吟精神和清寒苦淡的诗歌风格,在某种程度上也的确是受到贾岛的影响的。在《经贾岛墓》和《哭刘德仁》等诗中,杜荀鹤就曾同病相怜地慨叹过贾岛"生前不见春"的坎坷身世,并对贾岛留给后世的"人口数联诗"表示了由衷的赞誉,甚至对像贾岛那种看破红尘、出世为僧的选择,他也予以认同和理解,认为"唯有禅居离尘俗",才可"了无荣辱挂心头"(《题开元寺阁》)。《唐风集》中那几十首"寻佛访道"之作,便是他这种心理状态的直接反映。这类诗作,写得恬淡清空,颇近贾岛,只是诗歌的语言未落入冷峭瘦硬一格。还应一提的是,杜荀鹤的家乡池州就紧挨着佛教胜地九华山,而且杜荀鹤也确曾一度隐居于此,这客观上一方面便于他瞻佛拜谒;另一方面,"家山白云里,卧得最高峰"的清幽的生活环境,自然也会对他的心境和诗风产生一定的影响,就如他在诗中所云:"窗风从此冷,诗思当时清。"(《新栽竹》)

当然,杜荀鹤最终并未"禅居离尘俗",他在乡间过着"酒瓮琴书伴病身,熟谙时事乐于贫"的生活的同时,其实内心深处还是常常充满矛盾的。一旦失意的心情得以平复,他便又不甘只作"宇宙闲吟客"了,而且还"白云山下懒归耕"(《遣怀》),念念不忘的仍是所谓"相如志""季子荣"和"立后名"。所以他勉励同道云:"古人犹晚达,况未鬓霜侵。"(《寄李溥》)这就使他一次次地登上了干谒求仕之途,写出了一些毫无足取的投献诗。这一种现象,在当时同样带有相当的普遍性。明人胡震亨就曾指出:"晚唐人集,多是未第前诗,其中非自叙无援之苦,即訾他成事之由,名场中钻营恶态,忮懥俗情,一一无不写尽。"(《唐音癸笺》卷二十六)杜荀鹤虽然辩白说:"干人不得已,非我欲为之"(《江上与从弟话别》),但说到底,他世界观和人生观中的主导方面,仍是功名利禄思想。这就限制了他诗歌的思想和艺术品位,使其不可能达到一流作家的境界。杜荀鹤一生的可悲之处也正在此。

3. 从以上已列举的一些诗歌中,我们可以发现,杜荀鹤的诗不仅写事写情真切可辨,而且不事用典雕饰,不涉怪格险调,平易写来,流畅可读,充分体现了通俗诗的语言风格。对此,我们可作进一步的了解与认识。

所谓通俗诗,简言之,就是一般民众能一听就懂、一看就知的诗。它给人的感觉就像是信手写来、脱口而出似的。比如:"大海波涛浅,小人方寸深。海枯终见底,人死不知心。"(《感遇》)"田翁真快活,婚嫁不离村。"(《题田家翁》)"少年心壮轻为客,一日病来思在家。"(《秋日卧病》)"易落好花三个月,难留浮世百年身。"(《乱后山居》)"逢人不说人间事,便是人间无事人。"(《赠质上人》)这样的诗作,正是"杜荀鹤体"最显著的特色所在,即所谓"不避俚俗",而且"唐人诗句中用俗语者,唯杜荀鹤、罗隐为多"(《五代诗话》二卷)。但反过来看,在这一点上的争论和分歧也最多。如前所说,在许多封建士大夫的眼中,这样的诗是绝不能登大雅之堂的，甚至是被嗤之以鼻，视为至陋的。

目前，我们应如何正确地看待和分析这一问题呢？首先，应从当时"荀鹤体"诗被接受的情况来考察。杜荀鹤本人曾描述过自己诗歌传播的情形："一句我自得，四方人已知。"(《苦吟》)又说："多惭到处有诗名。"(《叙吟》)后来的史书也说他"善为诗，辞句切理，为时所许。"这说明，他的诗歌是赢得了时人的赞誉和欢迎的。因为对于下层民众包括一些失意的文人来说，荀鹤的这些诗，说的都是他们的眼前景、身边事和口头禅，诗似乎就是为他们而写的。既然众多的人们接受了它，"荀鹤体"诗的社会影响和存在价值自然也就实现了。其次，可从更高的艺术层次上来审视。我们如果将"荀鹤体"诗与盛唐诸家相比照的话，显然又会觉得，"荀鹤体"诗虽然通俗真切，但诗中总缺少一种蓬勃向上的生机活力和旺盛的激情、魅力，其笔调不是丰润有神，而是枯墨露白，这的确又是一种缺憾和不足。其原因何在呢？第一，是时代使然。诗人身处末世，他不仅未浸染过"开元全盛日"的人文风采，而且连"夕阳无限好"的中兴希望也未能领略。相反，耳濡目染的不是"兵戈到处弄性命"的战乱风烟，便是"县民无口不冤声"的黑暗现实，生活本身早已失却了美妙的幻想和浪漫的激情，而作为"自小僻于诗"的杜荀鹤，就只能在"苦吟"中"以衰调写衰代"(《唐音癸笺》卷八)；第二，是创作观念使然。中唐以后，诗坛上出现了韩、孟和元、白两大诗派，"韩、孟尚奇警，务言人所不敢言；元、白尚坦易，务言人所共欲言。"(《瓯北诗话》卷四)而杜荀鹤诗歌创作的主张和语言风格等方面，正是直接继承和取法了元、白诗派的。由于在语言上"务言人所共欲言"，难免就会出现诗句的直白和意蕴浅露的不足了，就像一些诗论家所指出的："夫诗，纯淡则无味；纯朴则近俚。"(叶燮《原诗》卷一)

总之，在唐末那一个衰颓、动荡的特定时期里，杜荀鹤能继承和发扬现实主义诗歌创作的优良传统,并努力探索一条以俗为雅、通俗写实的诗歌创作道路,这无疑是难能可贵的。虽然受时代和思想观念等因素的制约,使"荀鹤体"诗还不能与李白、杜甫等大家的诗作在同一个艺术品位上等量齐观,但在当时,其成就又的确是最高的,是值得我们重视与探讨的。

(原载《淮北煤师院学报》(社会科学版)1995年第4期)

如何理解唐代诗文中的"学士"和"侍御"

读唐人诗文集,我们会发现这样一些有趣的现象,即唐代文人之间好用习称、泛称和昵称,诸如《送顾八分文学适洪吉州》(《钱注杜诗》卷八)、《奉赠严八阁老》(《钱注杜诗》卷十)、《钱济阴梁明府各探一物得荷叶》(《曲江集》卷四)、《补江南上别孙侍御》(《曲江集》卷四)、《鲁郡东门送杜二甫》(《李太白全集》卷十七)、《过崔八丈水亭》(《李太白全集》卷二十一)、《赠沈学士张歌人》(《樊川诗集》卷二)、《池州春送前进士蒯希逸》(《樊川诗集》卷三)等等。对诗题中之"文学""阁老""歌人""明府""前进士"等习称,已皆有切解共识;于昵称排行也已屡见不鲜。但于"学士""侍御"这一类泛称、习称之理解,就必须具体问题具体分析了。

例如:唐代著名文人张九龄的《曲江集》中,就有《同綦毋学士月夜闻雁》(卷五)和《在洪州答綦毋学士》(卷二)两首诗。《唐五代文学编年史》(初盛唐卷)于唐玄宗开元十五年闰九月条下云:"綦毋学士,或以为綦毋潜,非是。潜于天宝末方入集贤院。"《编年史》的逻辑判断是:綦毋潜在开元时期,既然未入集贤院,就不可称为学士;那么,这个綦毋学士，就不应该是綦毋潜。这里就涉及到了如何看待"学士"之称的问题了。

先看《辞源》对"学士"的解释：(1)古指在学的贵族子弟。(2)学者，文人。(3)官名。魏晋六朝征文学之士主掌典礼、编纂、撰述诸事，通称学士；诸王及节帅亦得置学士，以师友相待，无定员、品秩。唐开元时始置学士院，官员称翰林学士，掌起草皇帝诏命。其后有承旨、侍读、侍讲、直学士等品秩之分。比照《辞源》的这三条释义，《编年史》在此显然是视"学士"为官名的。据唐玄宗开元年间修撰而成的政书《大唐六典》卷九："集贤殿书院，开元十三年所置。五品以上为学士，六品以下为直学士。"《旧唐书》卷一四八《裴垍传》："奏集贤御书院请准《六典》：登朝官五品以上为学士，六品以下为直学士。自非登朝官，不问品秩，并为校理，其余名目，一切勒停。"是知当初是以品秩的高低，来区分"学士"和"直学士"之称的。但后来，学士的名目越来越多，让人难以一一细分。因此裴垍才建议"学士"之称，还是宜粗不宜细。事实上，官员之间的习称就是如此。元代马端临《文献通考》卷五十四云："唐之所谓翰林学士，只取文学之人，随其官之崇卑，入院者皆为学士，未尝有一定之品秩也。其孤远新进者，或起自初阶，或元无出身，至试令草麻制，甚者或试以诗赋，如试进士之法，其人皆呼学士。"可见，随着品秩之规的约束被打破，但凡入院者，人们就称其为学士。甚至未入院而以文学见用于馆阁者，人们也称其为学士。

沈括《梦溪笔谈》卷一云："《集贤院记》：'开元故事，校书官许称学士。今三馆(按：指宋朝所设的广文、大学、律学三馆)职事皆称学士，用开元故事也。"胡道静《梦溪笔谈校正》注引宋人费衮《梁谿漫志》卷二《兰馆馆职》云："……开元故事，校书官许称学士。本朝三馆职事，皆称学士。绍兴初犹仍此称，盖旧典也。"宋人吴曾《能改斋漫录》卷一:"学士惟三馆可称,他则否。按唐《集贤院记》:开元故事,校书官许称学士。'故《笔谈》云:今三馆职事,皆称学士,用开元故事也。'"是可知,唐玄宗开元时期,对校书官亦习称为"学士"的。这对《辞源》的解释条目,应是一则补充。

另如前所引《赠沈学士张歌人》(《樊川诗集》卷二)一诗,清人冯集梧对"学士"之称亦有解云:"唐人于士人称谓,多所假借。《六典》吏部尚书侍郎下注云:'或有名学士,考为等第。'则所称学士,亦如《礼传》所称学士大夫,不定是有官人也。"这又可列为《辞源》对"学者""文人",亦可称为"学士"之解释的注脚。再具体到綦毋潜本人,他既曾"入集贤院待制",又曾官秘书省校书郎,那么,称其为"学士",应该是没有问题的。综上所述,《编年史》将是否入过集贤院,作为判断"学士"之称的依据,不但理由显得不够充分,而且也容易引起学术误断,故应予以纠正。

还是以《曲江集》为例,本集中有《酬赵二侍御使西军赠两省旧僚》(卷二)这样一首诗。经考,诗题中"赵二"是指赵冬曦,今人刘斯翰校注本《曲江集》在这首诗的题解中云:"《新唐书·赵冬曦传》云'进士擢第,历左拾遗'。又言其神龙初,上书论律。'开元初,迁监察御史,坐事流岳州,召还复官。'颇疑'监察御史'为'殿中侍御史'之讹,或迁监察御史后,流岳州前南迁殿中侍御史。以张说集中有《赠赵侍御》《出湖寄赵冬曦》《同赵侍御巴陵早春作》《与赵冬曦尹懋子均登南楼》等诗,可证赵冬曦以殿中侍御史流岳州。合诗中情事观之,此诗当作于赵氏流放前,约为开元二年。"这里又涉及到了"侍御"的称谓问题了。即监察御史可否称为"侍御"?

《辞源》中对"侍御"条目的解释未涉及到这个问题,其释义仅两项:(1)古代贵族的侍从官。《书·冏命》:"其侍御仆从,罔匪正人"。清代也称御史为侍御。(2)极精细的米。也省称"御"。

其实,唐人赵璘所撰《因话录》卷五对这种习称便早有记述:"御史台三院:一曰台院,其僚曰侍御史,众呼为端公;二曰殿院,其僚曰殿中侍御史,众呼为侍御;三曰察院,其僚曰监察御史,众呼亦曰侍御。若三院同见台长,则通曰三院侍御,而主簿纪其所行之事。"宋人王谠的《唐语林》卷八亦有载。在《曲江集》中,我们就正好找到了这种习称的一条内证。本集卷四有《郡江南上别孙侍御》一诗,其后附有孙侍御和诗一首,题为《奉酬洪州江上见赠》,下注:监察御史孙翃。《全唐诗》卷一一三亦载:"孙翃,尝以监察御史使洪州。张九龄在洪州时,翃与往还。诗一首:奉酬张洪州九龄江上见赠。"《唐御史台精舍碑题名考》附录二:监察御史内有孙翃。

再从其他唐人诗文中引证之。元结《与党侍御并序》云:"庚子中,元子次山为监察御史,党茂宗罢大理评事。次山爱其高尚,曾作诗一篇与之,及次山未辞殿中,茂宗已受监察(按:即监察御史)。采茂宗相诮戏之意,又作诗与之"(《全唐诗》卷二四一)。可见,同事之间,也习称"监察御史"一职为"侍御"了。

最后,再对"赵二侍御"的指称问题略作辨正。《中原文物》1986年第4期载《赵冬曦墓志铭》:"除右拾遗,迁监察御史。以他事连及,放于岳州。岁满恩召,家艰停,私服阙。重(拜)本官,兼掌国史。"《编年史》考云:"开元六年赵冬曦妻牛氏卒,其服阙当在开元八年。"既然赵冬曦直到开元八年,仍重(拜)本官,为监察御史,那么,刘斯翰校注本《曲江集》中所谓赵冬曦"流岳州前再迁殿中侍御史"云云,就显然是误断了,其原因就在于未明监察御史是可称为"侍御"的。

(原载《古典文学知识》2005年第4期)

唐代"寓直"制漫议

"寓直",寓,指寄寓;直,通"值",合而言之,则特指驻守在朝中或府衙值班。这项制度古已有之,但由于相关资料的稀少,使人们很难了解到这方面的具体情形。本文拟从诗史互证的角度,对唐代的"寓直"制度,略作梳理和概述。

唐代的"寓直"制度有一个不断补充、修订和完善的过程。唐初沿袭前朝惯例:"尚书省官,每一日一人宿直,都司执直簿转以为次。凡内外官,日出视事,午而退,有事则直,官省之务繁者,不在此限。"(《唐会要》卷八十二)贞观五年,新补充一条:"文武官妻娩月,免宿直。"(同上)武周革命后,为了加强其集权统治,于天册万岁元年三月"令宰相每日一人宿直,其后与中书门下官通值"(同上),这便是著名的"三省通值"制。到开元年间,朝廷对"寓直"制度进行了一次较为全面的整理、修订和细化,形成其后相当长时期内被奉为范式的"开元式"。它规定:"尚书左右丞、及秘书监、九寺卿、少府监、将作监、御史大夫、国子祭酒、太子詹事、国子司业、少监御史中丞、大理正、外官二佐以上及县令,并不宿直"(同上),但宰相仍参与值班。为此,曾引发过一次冲突。开元二年,姚崇为紫微令(中书令),按规定,紫微省的官员要轮流值班,当轮值到姚崇时,姚崇便提出了一个灵活变通的意见:凡年位已高者,可以免值。但省内的其他官员认为这违背朝廷制度,因此,多不从其所由,仍派胥吏几次三番地手持值簿前往催值。直到开元十一年,朝廷才取消了宰相寓直制度。由此可见,当时的"寓直"制,对寓直者的约束还是比较严格的。晚唐会昌以后,由于朝纲不振、风气萎靡,表现在"寓直"制的执行上,也就远没有先前那样神圣和严肃了。不少官员常常在当值日也敢溜回私第,到傍晚才又回到本仗宿值,有的甚至就不到岗。面对如此松弛和紊乱的局面,朝廷不得不重申:"今日以后,昼日并不得离本仗。纵有公事期集,当值人亦不得去。仍令御史台差朝堂驱使官觉察,如有违者,录名闻奏。敕旨:宜各罚一月俸。"(同上)以上便是散见于史料中的唐"寓直"制的大致情况。如果我们再辅以诗文观照这一视角,就会发现,唐人的"寓直"情形,要比这干巴巴的几项条文规定,具体丰富得多了。

　　1. 参加"寓直"的人员:多为三省六部的郎官、员外、舍人、学士、给事中和将军等。我们仅从如下的诗题中,就可略知一二:《酬薛舍人万年宫晚景寓直怀友》(上官仪)、《和许给事中直夜简诸公》(张九龄)、《和中书侍郎杨再思春夜寓直》(沈佺期)、《和王员外冬夜寓直》(卢纶)、《和诸学士秋夕禁直遇雪》(吴融)、《和胡将军寓直》(王建)等。其中,因"黄门侍郎,每日暮,向青琐门拜",更有"夕郎"之称(《大唐六典》卷之八)。对此,有诗云:"千庐宵驾合,五夜晓钟稀。……烟光章奏里,纷向夕郎飞"(沈佺期《和中书侍郎杨再思春夜宿直》),"玉漏随铜史,天书拜夕郎"(王维《春日值门下省早朝》)。

　　2. "寓直"的时间和轮次:各级官员,一般是每三旬为一个轮次,每一轮次值五夜,晚寓晓出。如,武后时文人乔知之的《和苏员外寓直》诗云:"三旬登建礼,五夜直明光。……晓漏离阊阖,鸣钟出未央。"大历进士张少博的《尚书郎上直闻春漏》诗云:"催筹当五夜,移刻及三春。"元和名臣权德舆亦有诗云:"迢迢五夜永,脉脉两心齐"(《中书直夜寄赠》)。凡参加轮值的官员,不论节假日,只要轮到寓直,就必须在岗,甚至有时生病也还得坚持履职。如,吴融的《八月十五夜禁直寄同僚》诗云:"中秋月满尽相寻,独入非烟宿禁林。曾恨人间千里隔,更堪天上九门深。"这一定规成例,从初唐一直沿袭到中、晚唐。

3. "寓直"的住所：直庐内。初唐宋之问的《和库部李员外秋夜寓直之作》诗云："起草仪仙阁，焚香卧直庐。"中唐羊士谔的《和窦吏部雪中寓直》云："金闺通籍恨，银烛直庐空。"晚唐姚合也有诗云："直庐仙掖近，春气曙犹寒"(《西掖寓直春晓闻残漏》)。初唐著名文人颜师古在为《汉书·金日䃅传》作注时，曾对"庐"作过如下注解："殿中所止曰庐。"西晋陆机在《赠尚书郎顾彦先》一诗中也已提及"朝游游层城，夕息旋直庐。"由此看来，寓居殿中庐舍值班，也是相沿已久的一个特定的处所了。通过有关诗作，我们还可得知，直庐内，或一人独宿，或几人同寓。卧的是"连铺"，枕的是"通中枕"，这与官员的家中条件相比，自然是较为清苦的："风翻朱里幕，雨冷通中枕。耿耿背斜灯，秋床一人寝。"(白居易《禁中秋宿》)"欲卧暖残杯，灯前相对饮。连铺青缣被，封置通中枕。仿佛百余宵，与君同此寝。"(白居易《冬夜与钱员外同直禁中》)从中可见一斑。

4. "寓直"时的事务和心绪。情况因岗或因人而异。像中书省的官员，有时就需连夜起草诏告和各类公文等："夜深草诏罢，霜月凄凛凛"(白居易《冬夜与钱员外同直禁中》)，"西垣草诏罢，南宫忆上才"(韦应物《和张舍人夜直中书，寄吏部刘员外》)等，便是此类情形的反映。在暂无公务干办时，他们或"月夜吟丽词"(崔邠《礼部权侍郎阁老史馆张秘监阁老有离合酬赠之什，宿宜吟玩，聊继此章》)，或"闲坐寂无语"(白居易《冬夜与钱员外同直禁中》)，偶尔，也会独酌或对饮几杯："吟诗清美招闲客，对酒逍遥卧直庐"(姚合《和令狐六员外直夜即事寄上相公》)。此外，似乎就没有更多的娱兴活动了。至于在地方寓直的官员，那可能相对要自由一些："棋罢嫌无月，眠迟听远砧"(姚合《县中秋宿》)，毕竟是天高皇帝远嘛。

就宫掖寓直者的心绪而言，一方面，他们大都有一种身处清要之位的荣耀感："轩掖殊清秘，才华固在斯"(张九龄《酬通事舍人寓直见示篇中兼起居陆舍人景献》),"寓直久叨荣,新恩倍若惊"(权德舆《奉酬张监阁老》)。因此,他们便时时想着要知恩图报,为国事而尽心尽责:"素餐无补益,报恩愁力小"(白居易《西掖早秋直夜书意》),"声华大国宝,夙夜近臣心"(张九龄《和许给事中直夜简诸公》)。但另一方面,由于宫禁的森严和"寓直"生活的单调,他们也免不了要生发出寂寞之思和笼鸟池鱼之感:"寂寞闻宫漏,那堪直夜心"(权德舆《病中寓直代书题寄》)。特别是在朝纲不振或个人失意之际,这种郁闷心绪的流露,就于斯为甚。可以这样说,"寓直"制的宽严张弛是与政风的好坏臧否息息相关的,而"寓直"者心绪的好坏,有时同样也可从某个侧面反映出一个朝代的政风的高下。

(原载《淮阴师范学院学报》(哲学社会科学版)2002 年第 3 期)

文化维度与当代意识

关于中国古代文学研究与教学的反思,始于 20 世纪 80 年代末。其时,这门古老的学科在新的文化环境中显得异常被动。一些有识见的学者适时地提出了寻求与当代生活的接触点,使人们能在心灵的远游中,重新认识并完善自己的种种构想。我想,对于任何新问题的探求与思索,都不应离开它的逻辑起点。近十年来,我国学术界同仁们的艰辛劳作及其成果,便是我们进入新视域的重要参照。

1. 观念的变迁。近十年来,由于大开放的格局,进一步促进了各方学术文化的交流,使得人们的学术文化视野更加宏阔。先前的传统束缚和习惯性思路、观念,已明显地表现为不相适应。这方面的突出表现就是,人们不再把古代文学仅仅局限于重建已经失去的经验的范围,也不再苛责于某些新观念和新方法的引进和运用,而是将目光更多地转到了这些观念与方法的运用所带来的实际成果方面,并以其是否揭示或启迪了人们的新的认识领域、新的认知层面,有无新的规律的发现等,作为价值判断的标准。无论是老一辈的学者,还是中青年研究者,都已比较注重当代意识在各自研究领域内的渗透与体现了。

2. 视角的多维。随着观念的变迁,人们从事研究的视角,也显得更加新颖与多样。诸如心理心态角度,思维方式角度,主体意识角度,意象现象角度,语义话语角度,原型类型角度,地域民俗角度等等,不胜枚举。其中,尤以文化大视角的切入成果最为突出。从先秦典籍的系列文化解读,到某些具体问题的深入探析,每每给人以耳目一新的感觉。如,地域民族和某类群体文化对文学的影响,如草原文化之于元曲,关陇文化与贞观诗风,金代的民族文化与金诗的特殊风貌,方士文化与汉赋的兴盛,南朝家族文化与文学的关系等。再就是对作品的文化阐释。由于视角的多维,在文学史的编写上也就打破了几十年一贯制的僵化模式,文学通史,断代文学史,体裁文学史,专题文学史,文学编年史等先后问世。尽管我们还不能说这些著述都很成功,但它们确实打开了读者的视域。

3. 方法的多样。从研究的角度来看,作为古老学科的传统方法,如笺注、考据、辑佚、校雠等,依然时有精品出现。而流行了几十年的社会学方法,也还有其运用的空间。与此同时,各种新方法的尝试和运用,则令人眼界大开。如在作家心理和创作过程的研究中,就有象征研究、精神分析研究和神话原型研究等;在读者接受研究中,有现象学研究、解释学研究、接受美学研究和读者批评研究等。另外,就是古籍检索的电子化。从教学方面看,尽管传统的讲授法还占主导地位,但已有不少学校开始了新的探索和改革。

在长期的教学与研究过程中,我们感到,现在大学的传统文科教研必须有意识地引入文化维度和世界眼光。否则，这些古老的学科就难以焕发出新的生命力。前些年，关于传统文化的现代转型问题的热烈探讨，就已经从哲学层面上开启了这扇窗子。通过这扇窗子，我们一方面看到，当今世界异质文化的撞击和沟通已遍及全球；另一方面，我们也看到了商品大潮对人文情趣确已提出了严峻的挑战。一个民族能否以独特的精神风范屹立于世界民族之林，这正是我们每一位从事传统文科教研者应该认真思考的问题，而且这也正是我们的传统学科能够重新焕发生机与活力的机遇之所在。江泽民主席在哈佛大学演讲时，就曾将我国优良的历史文化传统浓缩为四个方面：一是爱国主义的团结统一传统，二是体现民族精神的独立自主传统，三是体现礼仪之邦的爱好和平的传统，四是体现奋斗意志的自强不息的传统。我们在教学与研究的过程中，应该有这样宏观的文化视野和意识去挖掘它、阐释它。

在具体的实践中，还可以从以下几个方面继续作出探索与努力。第一，确立大文学观念，增强"通古今之变"的意识，努力打通古代文学与现、当代文学之间的壁垒。第二，进一步挖掘和展示古代优良文化精神，着力提升人们的思想和生活境界。作为传统文化，客观上它是一笔不会再生的遗产，但是每一个民族的文化传统，却又始终是活的东西，是每一代文化传承中作出的不同诠释。因此，从这个意义上看，中国古代文学就是我们民族精神的一座宝贵的富矿，它需要我们加以认真地开掘和提炼。像我国上古"精卫填海"与"女娲补天"、"愚公移山"和"鲧禹治水"等神话中所体现的先民们的"自强不息"与"厚德载物"的精神；春秋战国时代，儒家的积极入世、追求道德的自律与完善，道家对外在物欲和事功的相对超脱与达观，墨家的勤苦笃行，屈原的以身殉志；其后，司马迁的发愤著书，陶渊明的耿介风范，李白、王维、孟浩然的自然山水情怀，杜甫的忧国忧民之心，陆游、辛弃疾的报国激情,文天祥的凛然正气,夏完淳的牺牲精神,黄遵宪的开放视野等,都可以从不同的层面,调适人们的心理,满足其文化需求。第三,大力倡导实事求是、厚积薄发的学风,保持和弘扬国学研究的优良学术品格。我们应努力克服那种浅尝辄止、寻求名声的浮躁心态,用沉潜和蕴藉的国学传统来自律和自慰。

(原载 2001 年 10 月 16 日《光明日报》"理论周刊·学术版")

后记

　　"唐代文儒与文风研究"这一专题研究,萌生于新千年开启后的几年间。当时,拙著《张九龄年谱》已由中国社会科学出版社正式出版,另一书稿《张九龄研究》(也是后来的博士学位论文)正在撰写过程中。期间,阅读了诸多相关资料和论文,但限于作家专题研究的体例,面上的问题一时难于展开。2006年上半年,在我博士论文《张九龄研究》答辩的过程中,恰有一问:"你的下一步研究方向和打算是什么?"我的回答便是"唐代文儒与文风研究"。

　　2014年10月,"唐代文儒与文风研究"课题经评审,被列为江苏省社会科学基金项目(14wb005)。当这一课题刚写完第一章时,"江苏文脉整理与研究工程"启动,我受聘担任《江苏地方文化史·淮安卷》首席专家。因此,工作之余的主要精力不得不投放到这一集体项目中去。承蒙淮阴师院社科处的关心和江苏省哲学社会科学规划办公室的审批同意,2019年10月,《江苏地方文化史·淮安卷》正式出版后,我才得以接续完成"唐代文儒与文风研究"这一课题。

　　"附录"中的几篇文章,是我从事中国古代文学研究的一个轨迹。其中,《以俗为雅,枯笔写真——"荀鹤体"诗简论》,是我本科毕业论文的修订完善之作。《李白从璘非由"迫胁"辩——侧议李白的人格评价》，是我 1986 年到 1987 年在北京大学中文系随陈贻焮教授和葛晓音老师进修时，受陈先生开讲"李白研究"提出问题的启发而完成的一篇作业。《唐代"寓直"制漫议》和《如何理解唐代诗文中的"学士"和"侍御"》这两篇短文，是我在撰写博士论文《张九龄研究》过程中，对所遇问题的破解之作。《唐代"寓直"制漫议》一文的观点，被台湾新竹清华大学历史研究所赖瑞和先生《论唐代官员的办公时间》一文（《中国史研究》2005 年第 4 期）所引用，并被其专著《唐代基层文官》（中华书局，2008 年）和《唐代中层文官》（中华书局，2010 年）列为参考文献。《论张九龄的文儒风范及其导向意义》一文，是 2008 年我应邀参加广东省社科联暨韶关市委、韶关市政府联合召开"纪念张九龄诞辰 1330 周年大会暨学术研讨会"提交的学术论文，最初发表于《韶关日报》，后收入巫育明主编的《张九龄学术研究论文集》（珠海出版社，2009 年）。发表于《光明日报》（理论周刊学术版）的《文化维度与当代意识》一文，是我对中国古代文学教学与研究问题的思考。时隔多年，我仍秉持此文的主要观点，并在 2019 年江苏省中国古代文学学会学术年会上作了陈述。

唐代文学研究，一直是中国古代文学研究中的显学。想在这片沃土上有所收获，必须精耕细作。本课题的着力点，就是回归文学本体研究。在细读相关作家本文的基础上，结合已有的研究成果，进行再研判再分析，力求对唐代文学的发展变化和不朽的魅力能生发出一些新的认识。限于学殖不厚，所思所述难免粗浅，诚望方家指正。

顾建国
2020 年 8 月 20 日于淮师文华苑寓所

图书在版编目(CIP)数据

唐代文儒与文风研究/顾建国著.—上海:上海三联书店,
2021.8
ISBN 978-7-5426-7438-8

Ⅰ.①唐… Ⅱ.①顾… Ⅲ.①儒学－研究－中国－唐代
Ⅳ.①B222.05

中国版本图书馆 CIP 数据核字(2021)第 107525 号

唐代文儒与文风研究

著　　者 / 顾建国

责任编辑 / 冯　征
装帧设计 / 一本好书
监　　制 / 姚　军
责任校对 / 张大伟　王凌霄

出版发行 / 上海三联书店
　　　　　(200030)中国上海市漕溪北路 331 号 A 座 6 楼
邮购电话 / 021-22895540
印　　刷 / 上海惠敦印务科技有限公司

版　　次 / 2021 年 8 月第 1 版
印　　次 / 2021 年 8 月第 1 次印刷
开　　本 / 890mm×1240mm　1/32
字　　数 / 200 千字
印　　张 / 8.625
书　　号 / ISBN 978-7-5426-7438-8/I·1703
定　　价 / 68.00 元

敬启读者,如发现本书有印装质量问题,请与印刷厂联系 021-63779028